Quelqu'un te surveille

Au mépris des menaces

AMANDA STEVENS

Quelqu'un te surveille

Traduction française de
CHRISTINE BOYER

BLACK ROSE

HARLEQUIN

Collection : BLACK ROSE

Titre original :
SOMEONE IS WATCHING

HARPERCOLLINS FRANCE
83-85, boulevard Vincent-Auriol, 75646 PARIS CEDEX 13
Service Lectrices — Tél. : 01 45 82 47 47 - www.harlequin.fr
ISBN 978-2-2804-5407-0 — ISSN 1950-2753

Composé et édité par HarperCollins France. Achevé d'imprimer en avril 2021.
par CPI Black Print - Barcelone - Espagne
Dépôt légal : mai 2021.

FSC www.fsc.org
MIXTE
Papier issu de sources responsables
FSC® C159065

Pour limiter l'empreinte environnementale de ses livres, HarperCollins France s'engage à n'utiliser que du papier fabriqué à partir de bois provenant de forêts gérées durablement et de manière responsable.

1

Depuis trois soirs, Ellie Brannon recevait sur la tribune libre de son émission de radio un appel téléphonique troublant à plus d'un titre. La réception était si mauvaise qu'elle parvenait à peine à distinguer la voix au bout du fil, et encore moins le sens de son message, brouillé par trop de parasites. Mais l'intonation fébrile de son interlocutrice, comme le moment de ses interventions, avait quelque chose d'inquiétant.

Bien à l'abri dans son studio insonorisé, Ellie n'avait en général aucune difficulté à se plonger dans les récits étranges et insolites que lui contaient ses plus fervents auditeurs.

Lancée une dizaine d'années auparavant, son émission traitait de sujets divers et variés dont le point commun était le mystère. Les thèmes abordés allaient des phénomènes paranormaux aux complots politiques en passant par les grandes énigmes de l'histoire. Contrairement à la plupart des animateurs radio, elle refusait de filtrer les appels. Pourtant, *Midnight on Echo Lake* était à présent diffusée dans tout le pays par transmission hertzienne. Et depuis qu'elle passait en direct sur Internet, elle attirait de plus en plus de personnes et avait acquis une certaine notoriété. Mais Ellie souhaitait ouvrir son micro à tout le monde et à ses yeux, l'anonymat facilitait les confidences et garantissait l'esprit convivial de son talk-show.

Elle pressa un bouton pour saluer son auditrice mais de nouveau, des parasites crépitèrent dans ses écouteurs.

— La parole est à vous. Vous êtes en direct sur les ondes avec Ellie Brannon. Nous vous écoutons.

Pendant quelques instants, il y eut moins de friture sur la ligne et le chuchotement se mua en une voix féminine plus distincte et plus forte.

— Il revient. Il arrive…

Ellie ignora le frisson qui lui parcourut l'échine et s'efforça de garder un ton égal.

— Je ne vous reçois pas très bien. Pourriez-vous éteindre votre poste de radio ?

La voix faiblit tandis que les interférences montaient en un crescendo infernal. Ellie joua avec les boutons de sa console, tentant de neutraliser ces insupportables parasites.

— Chère auditrice, êtes-vous toujours là ?

Maintenant, elle n'entendait plus rien qu'un silence glaçant.

D'une main tremblante, elle ajusta les commandes de sa table de mixage. Une sourde angoisse s'empara d'elle sans qu'elle comprenne pourquoi. Les appels étranges étaient la raison d'être de son émission ! Mais celui-ci la déstabilisait.

Sans doute s'agissait-il d'un canular.

Elle était habituée à recevoir des appels émanant de plaisantins. Ils étaient d'ailleurs moins nombreux que ce à quoi elle aurait été en droit de s'attendre, vu le thème de son émission. La plupart des auditeurs qui prenaient le temps de lui téléphoner avaient simplement envie de témoigner sur un forum où leurs propos ne seraient pas immédiatement ridiculisés. Ils voulaient se confier sans être jugés. Mais de temps en temps, des gamins désœuvrés se mettaient mutuellement au défi d'appeler l'émission avec des histoires farfelues sur les enlèvements extraterrestres, par exemple. À une autre époque, d'autres adolescents avaient poussé, également par défi, trois de leurs camarades de classe à s'aventurer la nuit dans les Ruines, un hôpital psychiatrique abandonné, situé non loin du studio d'Ellie. Par nuit claire, elle voyait la haute cheminée de l'ancien asile s'élever au-dessus des pins alors qu'elle parcourait la courte distance qui séparait son studio d'enregistrement de sa maison. Parfois, lorsqu'elle s'en sentait le courage, elle descendait jusqu'au débarcadère, s'y asseyait et, les pieds dans l'eau, elle cherchait des yeux les toits du vieux bâtiment en ruine. Et elle se souvenait…

La plupart du temps, cependant, une fois son émission terminée, elle se hâtait de rentrer chez elle et elle s'enfermait à double tour. La peur était toujours là. Malgré toutes les années passées depuis le drame.

« Il revient. Il arrive… »

Avec un sursaut, elle se rendit compte qu'elle avait enfreint la règle d'or à la radio – jamais de temps mort, jamais de silence en cours d'émission. Rejetant le dernier appel, elle s'apprêta à lancer le générique de fin.

— L'heure est venue de rendre l'antenne. Ellie Brannon, qui émet depuis les rives du mystérieux lac Echo, vous souhaite de beaux rêves. Et vous retrouvera demain, à la tombée de la nuit…

Quand la musique se termina, elle coupa le micro et retira ses écouteurs.

Et maintenant ?

Elle tenta de retracer l'appel en utilisant un code dédié à cet usage mais la manœuvre n'aboutit à rien. Devait-elle prévenir son frère, le shérif du comté de Nance ? Si quelqu'un avait des ennuis, Tom devait le savoir. Cela dit, ce coup de fil pouvait provenir de n'importe quel coin du pays. Ou même de l'étranger. De toute façon, il ne s'agissait sans doute que d'une mauvaise blague. Si une femme avait vraiment eu des problèmes, elle aurait contacté la police plutôt que d'appeler trois soirs de suite une émission de radio…

Rentre chez toi. Sers-toi un verre, mets un peu de musique et détends-toi. Un bon bain t'y aidera peut-être.

Pourtant, elle s'attardait dans le studio, consultait le registre pour vérifier que son étrange interlocutrice avait bien téléphoné à la même heure, les deux soirs précédents. Avec un dispositif de filtrage d'appels, sa correspondante aurait été obligée de donner son nom et ses coordonnées avant de passer à l'antenne. Au lieu de quoi, Ellie n'avait rien d'autre qu'un « Numéro inconnu ».

Elle coupa son matériel, éteignit tout pour la nuit, quitta le studio et se pressa sur le chemin qui menait chez elle. La lune brillait au-dessus du lac, recouvrant l'eau de reflets argentés et projetant de grandes ombres sur le rivage. Le cri plaintif d'un huard la fit frissonner. Au moins, n'était-ce pas le braillement d'un paon, toujours impressionnant dans l'obscurité. Cela dit, elle y était habituée, à présent. Quelques mois plus tôt, sa vieille voisine était morte, lui laissant le soin de s'occuper des paons qui avaient élu domicile sur sa propriété.

Ellie n'était plus qu'à quelques pas de sa terrasse quand le glapissement du huard se transforma en un rire démoniaque, comme si le grand volatile sentait un danger. Elle balaya le lac des yeux. Le vent était tombé et rien ne venait rider l'étendue d'eau. Les crapauds et les grillons s'étaient tus depuis longtemps. Les prédateurs avaient pris possession de la nuit.

Quelle horrible pensée.

Elle s'était laissé envahir par l'atmosphère angoissante de la nature environnante et, surtout, par les appels anonymes qu'elle venait de recevoir. Contre toute raison, elle sentait son cœur battre à tout rompre dans sa poitrine, des gouttes de sueur perler à son front et sa gorge se serrer. La peur la gagnait. Elle n'avait pas subi de crise d'angoisse aiguë depuis des années mais elle en reconnaissait les premiers symptômes. Elle se remémora les exercices qu'elle pratiquait autrefois pour les contrer.

Inspire profondément, expire lentement. Regarde un point fixe au loin. Imagine-toi dans un endroit où tu es bien, où tu te sens détendue...

Ces petites techniques avaient souvent fonctionné mais là, tous ses instincts l'exhortaient à se ruer vers la maison. Elle savait d'expérience qu'une attaque de panique pourrait la terrasser pendant des heures, voire des jours. Mieux valait prendre le temps de juguler la crise avant qu'elle s'installe.

Elle s'obligea donc à respirer à fond, à trouver un point éloigné sur le lac. Le clair de lune brillait à travers les branches de cyprès, créant de charmants scintillements à la surface de l'eau. Ellie se visualisa dans une barque, laissant traîner ses mains dans l'onde fraîche et chatoyante...

Après un moment, son rythme cardiaque ralentit et, un peu calmée, elle se remit en marche, s'interdisant de courir. Il n'y avait rien à craindre dans les bois. Depuis combien de temps vivait-elle seule ici ? Cinq ans ? Ou peut-être même six, maintenant. Malgré la récente vague de crimes violents qui avait bouleversé le comté de Nance, elle était en sécurité chez elle. Rien d'effrayant ne lui était arrivé depuis...

Une brindille craqua derrière elle et elle se retourna pour scruter la pinède tout en se reprochant son imagination débordante. Tout cela à cause de deux ou trois appels provenant sûrement d'un mauvais plaisantin...

« Il revient. Il arrive... »

Son cœur frappait à grands coups dans sa poitrine.

Elle s'ordonna de regarder les reflets de la lune sur le lac…

Avec une profonde inspiration, elle se hâta vers la maison, guidée par les lampes solaires qui bordaient le chemin. Elle gravit en vitesse les marches de la terrasse. Ce soir, pas question de s'y attarder pour profiter de la douceur de la nuit. Elle ouvrit la porte, pressa l'interrupteur. Dès que la lumière jaillit, elle s'adossa contre le mur avec un soupir de soulagement. Elle promena les yeux dans sa cuisine bien rangée. Comme elle l'avait appris, elle se concentra sur sa respiration jusqu'à ce que la sensation d'oppression se dissipe.

Elle ouvrit alors une bouteille de vin, se servit un verre et monta à l'étage. Une fois dans la salle de bains, elle décida de prendre une bonne douche chaude plutôt qu'un bain. Emmitouflée dans un peignoir, elle redescendit et se pelotonna dans un fauteuil pour regarder la télévision.

Elle somnolait à moitié quand soudain, un grand bruit la réveilla. D'abord, elle crut qu'elle avait rêvé. Mais comme elle se frottait les yeux, le doute s'insinua dans son esprit. Elle se demanda si elle avait imaginé les coups sur sa porte d'entrée ou s'ils étaient réels.

Lentement, elle se redressa et regarda autour d'elle. La pièce était étrangement éclairée par la télévision. Elle l'éteignit et, attrapant son smartphone, elle regarda l'heure. Dans un état léthargique, elle se persuadait qu'elle avait tout inventé quand la sonnette de l'entrée retentit plusieurs fois, la tirant complètement de sa torpeur.

Le souffle court, elle comprit que son rêve avait intégré le martèlement sur sa porte et le bourdonnement de la télévision.

Mais maintenant, elle était bien réveillée.

Elle se leva, resserra les pans de son peignoir autour

d'elle et se dirigea vers la fenêtre pour jeter un coup d'œil au-dehors. La lune était pleine. Il faisait si clair qu'elle voyait distinctement l'allée sur toute sa longueur jusqu'à la route. Il n'y avait pas de voitures garées sur les bas-côtés, ni de silhouettes dissimulées dans les buissons. Elle reporta alors son attention vers l'arrière de la maison, sur la terrasse, avant de promener lentement les yeux sur les marches qui menaient au débarcadère. Malgré la pleine lune, les ombres étaient profondes le long de la rive. Une brise légère agitait la mousse espagnole qui pendait des arbres.

Revenant sur ses pas, elle ouvrit une boîte posée sur la console du hall pour y prendre une clé. Elle s'en servit pour déverrouiller un tiroir et s'empara du petit pistolet qui s'y trouvait. Elle en avait un autre à l'étage, dans sa table de nuit.

Pendant près de trente ans, son père avait occupé les fonctions de shérif du comté de Nance. Il avait veillé à lui apprendre, ainsi qu'à son frère, le maniement des armes dès leur plus jeune âge et, après les kidnappings, il avait insisté pour pousser Ellie à acquérir des réflexes d'autodéfense.

Si elle s'était installée dans une zone plus peuplée, en pleine ville, par exemple, sans doute n'aurait-elle pas éprouvé le besoin d'être armée. Mais vivre seule sur les rives du lac Echo changeait la donne. Ses plus proches voisins étaient loin et ne l'entendraient pas appeler à l'aide. Elle se trouvait à des kilomètres de Belle Pointe. Et tout près de l'endroit où, quinze ans plus tôt, deux de ses amies s'étaient fait enlever et où elle-même avait été attaquée et laissée pour morte. Bien sûr, si elle avait jeté son dévolu sur cette maison, il ne s'agissait pas d'un hasard. Elle s'était fait une promesse. *Regarde tes monstres en face ou tu resteras sous leur emprise.*

L'arme au poing, elle balaya le porche des yeux. Le détecteur de mouvement s'était déclenché, éclairant les lieux comme en plein jour. Elle avait une vue parfaite des marches et de la cour. Il n'y avait personne mais la lumière ne s'était pas activée toute seule. Certes, il n'était pas rare que des ratons laveurs, des opossums ou des chats errants déclenchent le dispositif mais aucun d'eux n'aurait tambouriné à la porte.

Se pouvait-il qu'un gamin ait frappé et sonné avant de s'enfuir ?

Ce ne serait pas la première fois. Le thème de son émission de radio invitait aux moqueries et aux sales blagues. Certains adolescents du coin avaient recommencé à traîner aux Ruines. Ces derniers temps, elle avait vu les faisceaux lumineux de leurs lampes de poche sur la digue, avait entendu leurs rires alors que, assise sur le ponton, elle contemplait le crépuscule. Elle s'était ordonné de faire preuve d'indulgence. Elle aussi avait eu quinze ans, été sensible à la pression de ses camarades et joué à se faire peur.

La nuit où elle et ses deux meilleures amies s'étaient aventurées dans les ruines de l'asile psychiatrique, une lune de sang brillait, pourtant Ellie refusait d'y penser. Elle ne voulait pas davantage se remémorer le grincement des lattes du plancher qui aurait dû les prévenir d'un danger ni la lueur des yeux qui les épiaient sûrement dans l'ombre. Elle n'avait aucune envie de s'attarder sur les souvenirs de cette terrible nuit, ni sur la culpabilité d'avoir survécu qui la ravageait encore et sur les images violentes qui hantaient ses rêves.

Elle s'interdisait de ressasser cet horrible passé, même si toute cette tragédie l'avait ramenée au lac Echo.

Aux aguets, elle resta longtemps devant la fenêtre. Rien ne semblait anormal. Celui qui avait déclenché le détecteur de mouvement du porche était soit parti depuis longtemps, soit caché dans les buissons pour voir comment elle réagirait. Peut-être que si elle sortait et tirait en l'air, celui ou ceux qui avaient voulu l'effrayer paniqueraient et s'enfuiraient en courant. Et réfléchiraient à deux fois avant de revenir sonner à sa porte.

Remettant l'arme dans le tiroir, elle rangea la clé dans la boîte et s'ordonna d'aller se coucher. De cesser de s'inquiéter. Elle avait besoin de se reposer. *Tout ira mieux demain.*

En tout cas, elle avait réussi à réprimer une crise d'angoisse, se dit-elle avec fierté en regagnant sa chambre.

Pourtant, le sommeil fut long à venir. Quand elle parvint enfin à s'assoupir, les images d'un visage démoniaque traversèrent son subconscient.

Sam Reece n'arrivait pas à dormir. Il s'assit sur le balcon de son pavillon et regarda le clair de lune scintiller sur le petit étang qui ornait le parc de sa résidence. À cette heure tardive, les rues étaient désertes, ses voisins silencieux. Tout à l'heure, il avait remarqué un jeune couple qui promenait son chien mais tous trois étaient rentrés chez eux depuis longtemps.

Il était la proie d'une étrange nervosité dont il ne comprenait pas l'origine. Il aimait ce quartier pittoresque de Dallas où il avait élu domicile, à mi-chemin entre l'agitation du centre-ville et One Justice Way où il travaillait. L'ambiance y était parfois un peu morne mais à trente-sept ans, il ne ressentait plus le besoin de sortir en permanence. La proximité des bars et des restaurants était devenue moins importante à ses yeux que le calme du voisinage.

Il n'y avait pas si longtemps, il ne se serait jamais imaginé vivre dans un endroit pareil. Jamais il n'aurait pensé qu'il demanderait lui-même à être muté en province – et encore moins à Dallas – après avoir passé tant d'années à Washington DC. Peut-être traversait-il une sorte de crise d'avant la quarantaine, peut-être avait-il envie de retrouver ses racines. Il avait grandi dans le nord-est du Texas et, après quelques semaines de formation à Quantico, il avait commencé sa carrière au FBI à Tyler. Par la suite, il avait été transféré à l'agence locale de Dallas et de là, au siège du FBI où il avait travaillé une dizaine d'années, à la tête d'une équipe chargée de retrouver les enfants kidnappés aux quatre coins du pays.

Son parcours professionnel avait été passionnant et trépidant, épuisant aussi à bien des égards, mais le chaos et le désordre lui avaient plutôt réussi. Il aimait relever des défis et rien ne lui plaisait davantage que d'enquêter sur une affaire compliquée. Pourtant, il avait finalement décidé de revenir sur son ancien terrain de jeu.

Certes, une mutation à Dallas n'avait rien d'une rétrogradation. Cette antenne locale du FBI était l'une des plus appréciées du pays et ne manquait pas de dossiers stimulants. Mais en toute honnêteté, il n'était pas revenu parce qu'il s'ennuyait à Washington. Ni pour se rapprocher de sa famille. Non. Il devait l'avouer, sa première affaire, la première grosse enquête qui lui avait été confiée, le hantait toujours.

Par une nuit de lune de sang, trois adolescentes de Belle Pointe, au Texas, s'étaient aventurées dans les ruines d'un hôpital psychiatrique abandonné. L'une d'elles avait été retrouvée inconsciente le lendemain matin au bord du lac Echo. Une autre avait été découverte quelques semaines plus tard errant le long d'une route de campagne, dans un état lamentable. Personne n'avait plus jamais revu la troisième, Riley Cavanaugh.

Dans les jours et les semaines qui avaient suivi sa disparition, les autorités locales avaient passé la campagne au peigne fin et interrogé des dizaines, voire des centaines de témoins. En désespoir de cause, ils avaient finalement fait appel au FBI. Sam, frais émoulu de Quantico et convaincu qu'il allait sauver le monde, avait été envoyé sur place. Il avait utilisé toutes les ressources fédérales à sa disposition, remué ciel et terre, mais Riley Cavanaugh n'avait jamais été retrouvée, pas plus que son ravisseur.

Sam n'avait objectivement rien à se reprocher. Il avait mené les investigations selon les règles. Il avait tout mis en œuvre pour chercher cette gamine et la ramener à la maison. Il avait appliqué les procédures et fait tout ce qui était en son pouvoir pour aboutir. Mais maintenant, il se demandait si, avec plus d'expérience ou une meilleure compréhension de l'esprit criminel, il n'aurait pas conduit l'enquête différemment.

Les deux survivantes – Ellie Brannon et Jenna Malloy – n'avaient pas montré un réel désir de coopérer. Les réticences de Jenna étaient compréhensibles. La malheureuse avait été profondément traumatisée par ses semaines de captivité. La réaction d'Ellie Brannon s'expliquait beaucoup moins. Depuis le début, Sam la soupçonnait de cacher quelque chose, peut-être inconsciemment. Maintenant encore, il se demandait si la clé de l'énigme de la disparition de Riley Cavanaugh n'était pas toujours enfouie quelque part dans le subconscient d'Ellie Brannon.

Voilà pourquoi, depuis quelques années, il écoutait son émission de radio chaque fois qu'il en avait l'occasion. *Midnight on the Echo Lake.* Un nom évocateur pour une émission étrange, ayant trait soit aux phénomènes paranormaux, soit aux complots. Au début, il avait écouté l'émission d'Ellie Brannon dans l'espoir d'y trouver des indices subtils et de mieux comprendre la psyché de l'animatrice. Le calme d'Ellie et sa voix apaisante l'avaient fait revenir. Il se demandait à quoi elle ressemblait, à présent. La dernière fois qu'il l'avait interrogée, elle n'était qu'une gamine. Elle lui avait paru effrayée, méfiante, sur la défensive et peut-être aussi un peu intimidée par la présence d'un agent du FBI. Pourtant, à l'époque, il était très jeune, mais elle l'était davantage encore.

Jenna Malloy avait eu une réaction inverse. Alors qu'après le drame, elle avait refusé de voir qui que ce soit, y compris ses parents, y compris Ellie Brannon, elle avait accepté de se confier à Sam et rien qu'à lui. Lorsqu'il avait été transféré à Washington DC, il était resté en contact avec elle, lui téléphonant de temps en temps. Peut-être était-ce une erreur. Elle avait tendance à s'accrocher à lui. Conscient que cette dépendance affective presque obsessionnelle n'était pas très saine, il avait été forcé de fixer des limites.

Bizarrement, alors qu'il n'avait pas entendu parler d'elle depuis plusieurs années, il avait reçu au cours des dernières semaines une série d'appels téléphoniques et de lettres de Jenna. Comme si elle avait anticipé, deviné, son retour à Dallas avant qu'il sache lui-même qu'il y reviendrait.

Maintenant qu'ils étaient dans la même ville, il devait faire attention à la façon dont il gérerait leurs relations. Il ne voulait pas lui tourner le dos, mais il n'était pas question non plus de lui permettre de le considérer comme un ami. Il avait besoin de maintenir une distance professionnelle, mais ce n'était pas toujours facile. Surtout lorsqu'il se remémorait l'état dans lequel elle était quand elle avait été retrouvée. Après le drame et des années durant, elle avait fréquenté bon nombre d'établissements psychiatriques. Sam se souvenait d'elle, assise devant l'une des hautes fenêtres de l'hôpital Penn Shepherd de Dallas, regardant distraitement le parc. Quand elle s'était retournée et l'avait reconnu, ses yeux bleus s'étaient aussitôt éclairés et elle avait paru sortir de sa léthargie.

— Agent spécial Reece ! s'était-elle écriée. C'est gentil d'être venu me voir.

— Comment te sens-tu aujourd'hui, Jenna ?

— Mieux, je pense.

— Ça fait plaisir à entendre.

— Puis-je vous demander une faveur, agent Reece ?

— Bien sûr. Laquelle ?

— J'aimerais beaucoup que vous m'appeliez Jenny, comme Riley le faisait.

— Très bien… Jenny.

— Vous ne pouvez pas savoir à quel point cela me rend heureuse. Acceptez-vous de le répéter ?

— Plus tard, d'accord ? Maintenant, je souhaiterais te poser quelques questions, si cela te convient.

— D'accord. Mais j'espère que vous n'êtes pas venu parler d'elle.

— De Riley, tu veux dire ?

— Vous savez très bien que ce n'est pas de Riley que je n'ai plus envie de parler.

— Pourquoi n'as-tu pas envie de parler d'Ellie Brannon ?

— Elle m'a abandonnée là-bas. Elle nous a abandonnées toutes les deux. Alors qu'elle disait nous considérer comme ses meilleures amies. Elle répétait que nous étions des sœurs pour elle. Et je ne comprends toujours pas comment elle a pu nous faire un coup pareil.

— Sans doute n'a-t-elle pas eu le choix. Elle a été retrouvée inconsciente au bord du lac, le lendemain matin. Si son frère n'avait pas réagi aussi vite, elle serait morte.

— Il y a des épreuves pires que la mort, agent Reece.

— J'en suis bien conscient, Jenny…

La sonnerie de son smartphone ramena Sam au présent. Il regarda l'écran, surpris de voir le nom de Jenna s'y afficher. Comment avait-elle deviné qu'il était assis ici dans le noir, en train de penser à elle ? Elle était dotée d'une intuition étrange, une intuition qui semblait presque surnaturelle.

Il hésita à rejeter l'appel et à la laisser enregistrer un message sur sa boîte vocale, mais sa conscience le lui interdit.

— Bonsoir, Jenna.

— Il faut dire Jenny, l'avez-vous oublié ?

Elle avait l'air irritée.

Il garda une voix posée mais ferme.

— As-tu une idée de l'heure qu'il est ?

— Je sais qu'il est tard, mais vous ne dormiez pas, n'est-ce pas ?

Il scruta les alentours. Était-elle quelque part en train de l'observer ? Il ne le pensait pas, c'était fort peu probable et pourtant, il ressentait une appréhension irrationnelle.

— En effet, mais nous avions décidé que tu n'appellerais que pendant la journée, tu t'en souviens ?

— Ce que j'ai à vous dire ne peut pas attendre.

— Pas même jusqu'à demain matin ?

Elle soupira.

— Vous êtes fâché contre moi.

— Non. Je veux seulement m'assurer que tu as bien compris notre accord.

— Bien sûr, je l'ai compris. Je n'ai pas quatre ans. Mais parfois, des circonstances particulières changent la donne.

— Quelles circonstances ?

Pendant un long moment, elle ne répondit rien.

— Jenny ? Es-tu encore là ?

— Oui, je suis là.

Il fouilla les ténèbres des yeux.

— Dis-moi à quoi tu penses, ce soir.

— Je pense à beaucoup de choses, en fait. Saviez-vous que j'avais trouvé un nouvel emploi ?

Sam s'efforça de réprimer son agacement.

— C'est génial mais tu ne m'appelles pas à 1 heure du matin pour parler d'un nouvel emploi, n'est-ce pas ?

— J'habite aussi un nouvel endroit. Je ne suis plus très loin de vous, maintenant.

Il se frotta la nuque, sentant ses poils se hérisser.

— Comment sais-tu où je vis ?

Encore un long silence.

Sam se leva et fit les cent pas sur son balcon. La lune était pleine et le parc de sa résidence bien éclairé, mais les ombres de l'autre côté de l'étang étaient impénétrables. Même si elle avait réussi à trouver son adresse, Jenna ne pourrait pas franchir le portail sans le code d'accès. Cela dit, il y avait mille moyens de s'introduire quelque part si on le voulait vraiment, il le savait. Et Jenna Malloy était ingénieuse.

— Ne vous inquiétez pas, c'est juste une coïncidence.

Vraiment ?

— Ma colocataire avait déjà loué la maison lorsqu'elle m'a proposé d'emménager avec elle. Elle s'appelle Hazel. Aimez-vous ce prénom ? Il est un peu désuet et pourtant, il n'y a rien de suranné chez Hazel Lamont. Elle ne ressemble à personne que je connaisse.

Sam n'était pas d'humeur à bavarder mais il savait aussi qu'il valait mieux ne pas laisser percer l'énervement dans sa voix. Sa relation avec Jenna Malloy n'était pas dénuée de risque, mais il avait toujours l'espoir que quelque chose lui reviendrait au cours d'une de leurs conversations et lui permettrait de résoudre enfin le mystère de la disparition de Riley Cavanaugh.

— Comment vous êtes-vous rencontrées, toutes les deux ? demanda-t-il.

— Oh ! nous nous connaissons depuis longtemps. Disons que nous nous sommes revues grâce à une connaissance commune. Nous avons d'ailleurs beaucoup en commun.

— C'est génial. Je suis content pour toi, dit Sam. Mais là encore, tu ne m'as pas téléphoné en pleine nuit pour me parler de ta nouvelle colocataire.

— Non, c'est vrai. Mais parfois, j'ai besoin de bavarder pour calmer mes nerfs. Un de mes thérapeutes me l'avait conseillé, il y a longtemps.

— Pourquoi te sens-tu nerveuse ?

Sa voix n'était qu'un murmure quand elle répondit :

— Je ne me sens pas seulement nerveuse, agent Reece. J'ai peur.

Soudain, elle semblait vulnérable, et Sam se rappela pourquoi il s'efforçait toujours de cacher son irritation même lorsqu'elle dépassait les bornes. Il n'avait jamais été capable d'oublier l'image d'elle sur cette route de campagne, ses yeux hantés alors qu'elle serrait une couverture sale sur ses frêles épaules. Il n'avait jamais pu oublier non plus les rapports médicaux qui avaient détaillé les sévices dont elle avait été victime ni les photographies d'elle prises à cette époque.

— De quoi as-tu peur ? demanda-t-il doucement.

— Vous n'écoutiez pas ce soir ?

Il savait à quoi elle faisait allusion mais il posa quand même la question.

— Tu veux parler de l'émission de radio d'Ellie Brannon ? Je l'ai manquée, ce soir. Je suis rentré trop tard.

— Elle a de nouveau appelé, agent Reece.

— Qui a appelé ?

— Riley.

— Ce n'est pas possible, tu le sais bien.

La voix de Jenna monta d'un cran.

— Je n'en sais rien et vous non plus. Son corps n'a

jamais été retrouvé. Elle est peut-être encore en vie. Qu'en savons-nous, après tout ?

— Après tout ce temps, c'est peu probable.

— En tout cas, *quelqu'un* a contacté l'émission d'Ellie trois soirs de suite. Elle m'a appelée, moi aussi, agent Reece.

— Quoi ?

Sam s'appuya contre la balustrade, s'efforçant de contenir son malaise. La nuit était encore calme. L'épaisse enceinte qui entourait la résidence atténuait les bruits de la circulation, et pourtant, les ténèbres semblaient soudain vivantes, remplies de regards indiscrets et d'ombres rampantes. Tout cela était le fruit de son imagination, bien sûr. Personne ne traînait par ici à cette heure de la nuit. Il n'y avait pas de vagabonds à l'intérieur de son havre protégé. Dans le quartier où habitait Jenna Malloy, il en était sans doute autrement.

— Pourquoi m'en parles-tu seulement maintenant ? demanda-t-il.

— Parce que je voulais m'assurer qu'il s'agissait bien de Riley. Elle appelle toujours la nuit. Peut-être n'a-t-elle pas la possibilité de le faire dans la journée. Parfois, la communication est coupée dès que je décroche, mais parfois je l'entends respirer.

— Comment sais-tu que c'est Riley ?

— Une fois, elle s'est mise à pleurer. Des petits sanglots qui me faisaient penser à un chaton perdu. Cela m'a fait pleurer aussi, agent Reece. Je me sentais tellement impuissante ! J'ignorais où elle était et comment l'aider.

— As-tu parlé de ces appels à quelqu'un d'autre ?

— À ma thérapeute. Elle ne voulait pas me croire.

Il choisit ses mots avec soin.

— La personne qui t'appelait n'a rien dit mais tu es pourtant convaincue qu'il s'agissait de Riley ?

— Oui.

— Depuis combien de temps reçois-tu ces appels ?

— Quelques jours, je pense. Vous savez, je perds parfois la notion du temps.

— Qu'a-t-elle dit ce soir quand elle a appelé la radio ?

— Qu'il revenait, qu'il arrivait.

— C'est tout ?

— Cela ne vous suffit pas, agent Reece ? Que voudriez-vous qu'elle dise de plus ?

— Ce n'est pas la première fois que tu entends la voix de Riley, lui rappela-t-il. Un jour, tu croyais l'avoir aperçue à l'arrêt de bus, t'en souviens-tu ?

— C'est différent, insista-t-elle. J'étais complètement perdue, à l'époque. Je le sais, à présent. Je ne pouvais pas toujours faire la différence entre le fantasme et la réalité à cause de tous les médicaments qu'ils me donnaient dans cet endroit horrible. Mais je vais mieux maintenant. Elle ne se contente pas de me téléphoner, agent Reece. Elle est passée chez moi, ce soir. Voilà pourquoi j'ai préféré vous appeler. Je ne voulais pas attendre demain pour vous en parler.

— Tu l'as vue ?

— Non, mais elle a laissé quelque chose sous mon porche. Un cadeau qui n'a de sens que pour moi.

— Peux-tu être plus précise ?

— Quand nous étions petites, Riley et moi aimions toutes les deux les paons. C'était notre truc. Une vieille femme du coin en élevait et nous allions souvent à vélo jusqu'au lac pour les regarder. Parfois, nous trouvions leurs plumes sur le sol et Riley les ramassait. Ce soir, elle a laissé une plume de paon sous mon porche. C'était un message. Elle essaie de me faire savoir qu'elle est en vie et en difficulté.

— Si c'était le cas, pourquoi n'irait-elle pas trouver la police ? répliqua Sam, tentant de la raisonner. Pourquoi laisser une plume sous ton porche et appeler l'émission de radio d'Ellie Brannon au lieu de demander l'aide des autorités ?

Jenna se tut à nouveau. Quand elle reprit finalement la parole, sa voix était toujours basse et tremblante, mais aussi étonnamment déterminée.

— J'ai été détenue contre ma volonté pendant près de trois semaines. Dix-neuf jours d'horreur indescriptible. Quand on m'a trouvée, errant sur cette route, je ne savais pas où j'étais ni où j'avais été emprisonnée. Je pouvais à peine parler. J'étais incapable d'arrêter une voiture et de demander de l'aide à quelqu'un et encore moins d'appeler la police. Riley est avec ce monstre depuis quinze ans. Quinze ans, agent Reece. Pouvez-vous imaginer une épouvante pareille ? Dans ces conditions, comment s'attendre à ce qu'elle se comporte de manière rationnelle ? Elle appelle au secours comme elle le peut.

Son argument était si convaincant que Sam se surprit à y croire avant de se ressaisir. Il y avait quinze ans, Riley Cavanaugh avait disparu sans laisser de traces. Les chances qu'elle soit encore en vie étaient minimes, pour ne pas dire nulles.

Sans doute Jenna était-elle victime d'hallucinations ou d'une blague cruelle. C'était l'explication la plus logique.

Mais s'il y avait la moindre chance…

— Peut-être devrions-nous convenir d'un moment pour nous rencontrer afin que tu m'en dises davantage, reprit Sam.

— Oui, bien sûr, répondit Jenna avec empressement. Nous déciderons alors quoi faire, n'est-ce pas ? Si elle a réussi à s'échapper, il fait tout pour la retrouver. Il est probablement déjà en train de la chercher en ce moment.

Sam essaya de la raisonner.

— Gardons notre sang-froid, d'accord ?

— Mais nous avons déjà perdu trop de temps !

— Jenna…

— Promettez-moi que vous la retrouverez, vous. Promettez-moi que vous n'abandonnerez pas comme la dernière fois.

L'accusation lui fit l'effet d'un coup de poignard.

— Je n'ai jamais abandonné, dit calmement Sam.

— Alors, allez la chercher, agent Reece. Retrouvez-la avant qu'il la retrouve, *lui*.

2

Ellie se réveilla de nouveau avant l'aube. Pas à cause de coups sur sa porte, cette fois, mais d'un rêve qui la plongea dans une indicible terreur. Le pire était qu'elle ne parvenait à se remémorer que des bribes de ce cauchemar. Elle se voyait en train de courir pour essayer d'échapper à un monstre sans visage. À moins que ce ne soit son passé qu'elle tentait de fuir.

Elle se leva, s'empara de la bouteille d'eau sur sa table de chevet et gagna la fenêtre. De sa chambre, elle pouvait admirer les rives du lac jusqu'à une cabane de pêcheur. Son propriétaire, un vieux médecin aimé de tous, était mort dernièrement et l'endroit semblait sombre et abandonné.

Quelques étoiles brillaient encore. Tandis qu'elle contemplait l'aurore, Ellie avait l'étrange sensation d'être suspendue dans une brume de souvenirs à moitié oubliés. À une époque, elle aurait essayé de reconstituer les fragments qui lui revenaient, mais voilà longtemps qu'elle avait appris qu'il valait mieux laisser certaines choses telles qu'elles étaient.

Son frère lui avait souvent demandé si elle avait emménagé sur les rives du lac Echo dans l'espoir que la proximité des Ruines lui raviverait la mémoire. Peut-être au début y avait-elle pensé, mais la raison principale de sa décision de s'installer ici était son refus de vivre dans la peur jusqu'à la fin de ses jours. Elle ne voulait pas passer son temps à s'inquiéter de la présence éventuelle d'un psychopathe l'épiant dans l'ombre de son jardin. Si elle parvenait à habiter si près de l'endroit où ses meilleures amies avaient été enlevées, alors elle réussirait à faire face à ses vieilles terreurs sans avoir envie chaque fois de s'enfuir en courant ou d'aller se cacher.

Il lui avait fallu travailler longtemps sur elle-même pour en arriver là. À bien des égards, sa peur avait été plus facile à vaincre que sa culpabilité, mais elle avait finalement accepté ce qui s'était passé. Elle ne saurait probablement jamais pourquoi elle avait été épargnée. Peut-être était-ce parce qu'elle était la fille du shérif et que leur ravisseur craignait que les recherches la concernant soient plus intenses. Ou peut-être pouvait-il juste enfermer deux prisonnières et avait-il rejeté Ellie à cause de quelque chose chez elle qui lui déplaisait. Elle n'obtiendrait jamais de réponses à ces questions. Depuis des années, elle avait appris qu'il était inutile de spéculer dans le vide. Mieux valait se concentrer sur les aspects de sa vie qu'elle pouvait contrôler.

Étouffant un bâillement, elle s'étira pour dénouer ses muscles ankylosés. Une longue journée l'attendait. De nombreuses personnes s'imaginaient que son activité se résumait à discuter avec des auditeurs et parfois des invités. Mais en réalité, être à l'antenne trois heures par nuit, cinq jours par semaine exigeait beaucoup de préparation. Elle se mettait au travail au plus tard à 9 heures du matin et finissait à minuit quand elle rendait l'antenne. Pour tenir le rythme, elle avait besoin d'un temps de repos suffisant mais elle devinait qu'elle ne parviendrait pas à se rendormir. Alors autant descendre se préparer un café.

Elle commençait à se détourner de la fenêtre lorsqu'un mouvement au bord du lac attira son attention. Son cœur s'accéléra aussitôt. Elle tenta de se persuader qu'il s'agissait d'une ombre ou d'une branche d'arbre agitée par le vent. Mais plus elle regardait, plus elle était certaine qu'il y avait quelqu'un… Une femme.

Ellie était trop loin pour distinguer ses traits, d'autant qu'il faisait encore sombre le long du rivage. Mais soudain, l'inconnue se retourna comme si un bruit l'avait surprise. Puis, lentement, elle leva la tête vers la fenêtre.

Leurs regards se croisèrent, se soutinrent, un long moment. Ellie aurait pu jurer que cette personne articulait des paroles, lui disait quelque chose. Sans doute était-elle victime de son imagination. Peut-être était-elle dans un autre rêve éveillé.

La femme lui lança un dernier regard avant de s'enfoncer dans l'ombre et de disparaître dans les bois.

Le nez collé à la vitre, Ellie scruta les environs. De toute évidence, quelqu'un lui faisait une blague cruelle. Quel qu'il soit, il connaissait assez la maison pour situer sa chambre.

La sonnerie de son smartphone brisa le silence et elle retourna à sa table de chevet pour s'emparer de l'appareil d'une main tremblante. Voyant qu'il s'agissait d'un numéro inconnu, elle décida de ne pas répondre et de laisser son correspondant enregistrer un message sur sa boîte vocale. Quelqu'un voulait l'effrayer, mais qui et pourquoi ?

Finalement, sur une impulsion, elle prit l'appel.

— Allô !

Elle n'entendit que des parasites.

— Allô ! Allô !

— Il revient, il arrive, chuchota une voix à travers la friture.

Les doigts d'Ellie étreignirent le téléphone.

— Qui est à l'appareil ?

Silence.

— Qui êtes-vous et que voulez-vous ?

Silence.

Ellie ferma un instant les paupières.

— Pourquoi faites-vous ça ?

— Il revient, il arrive, Elliette.

Le surnom la fit sursauter. Personne ne l'avait appelée ainsi depuis très longtemps.

— Qui arrive ? Qui revient ?

— Le Prédicateur, répondit la voix.

— Il est mort, rétorqua fermement Ellie.

— Il n'est pas mort, Elliette. Il revient pour te prendre.

Des gouttes de sueur perlaient sur le front d'Ellie. La gorge serrée, elle agrippa le récepteur.

— Même s'il était vivant, pourquoi risquerait-il de revenir ici après tout ce temps ?

Un silence.

— Pour t'enlever, toi. Toi qui as réussi à lui échapper.

Depuis sa porte-fenêtre, Ellie suivait des yeux le faisceau de la lampe torche de son frère. Il longea la rive avant de disparaître dans les bois. Quand il revint chez elle, une bonne demi-heure plus tard, elle le rejoignit sur sa terrasse. Ils s'assirent sur la balancelle pour partager un café. Tandis que le soleil montait lentement à l'horizon, le ciel passait du jaune orangé au rose flamboyant. Des nappes de brume flottaient à la surface du lac. Par intervalles, le sifflement mélodieux d'une grive des bois rompait le silence matinal.

Lorsque Tom était arrivé, Ellie lui avait fait écouter l'enregistrement de l'appel inquiétant qu'elle avait reçu au cours de l'émission, la veille au soir. Elle avait dû lui avouer qu'elle avait eu une crise d'angoisse en sortant du studio.

— Ce coup de fil anonyme t'a manifestement perturbée, dit Tom en étirant ses longues jambes devant lui.

— Pas tout de suite. Il y avait beaucoup de parasites sur la ligne lors des appels de lundi et de mardi soir. Je parvenais à peine à distinguer une voix. Comme tu l'as entendu toi-même, celui d'hier soir était différent.

— Tu l'as reçu à la même heure que ceux des deux soirs précédents, n'est-ce pas ?

— Oui. Ils semblaient programmés pour être les derniers de l'émission.

— Après avoir rendu l'antenne, es-tu rentrée directement chez toi ?

— Si tu fais abstraction de la crise de panique qui m'a saisie en chemin, oui. En arrivant, j'ai pris une douche, un peu de vin et je me suis finalement endormie devant la télévision.

— Combien de verres as-tu bus ?

— Pas assez pour être ivre ou pour avoir imaginé les coups donnés à ma porte, ou la femme qui regardait ma fenêtre.

— Tu as remarqué l'heure à laquelle la sonnette de l'entrée t'a réveillée ?

— Il était presque 1 heure du matin.

— Qu'as-tu fait ensuite ?

— Je suis montée me coucher mais il m'a fallu un certain temps pour m'endormir. Je me suis réveillée de nouveau à l'aube et c'est là que j'ai vu l'inconnue au bord du lac.

— Qu'est-ce qui t'avait réveillée ?

— Un cauchemar, je pense.

Il fronça les sourcils.

— Tu en as encore ? Pourquoi ne m'en as-tu pas parlé ?

— Tout le monde en fait de temps en temps. Je ne vais pas t'appeler chaque fois que je fais un mauvais rêve.

Il parut hésiter à en discuter mais demanda finalement :

— Que s'est-il passé ensuite ?

— J'ai reçu un nouveau coup de fil.

Ellie passa les doigts dans ses cheveux en désordre.

— Je sais que ça paraît bizarre, mais je te promets qu'il ne s'agissait pas d'un rêve. Je n'invente rien.

— Je n'ai jamais insinué le contraire.

— De toute évidence, quelqu'un a voulu me faire une sale blague. Je n'aurais pas dû te déranger pour si peu.

Il la dévisagea avec gravité.

— Tu ne me déranges pas. Tu peux me téléphoner pour tout et n'importe quoi. Les frères servent à ça.

— Tu n'es pas seulement mon frère. Tu es également le shérif du comté. Je n'aime pas te faire perdre ton temps.

— Écoute-moi. N'hésite jamais à m'appeler chaque fois que tu en ressens le besoin. Si un jour, j'estime que tu me fais perdre mon temps, je te le dirai. D'accord ?

Ellie hocha la tête et serra son mug chaud entre ses mains.

— Tu n'as rien trouvé au bord du lac, n'est-ce pas ? demanda-t-elle finalement, presque à contrecœur.

— J'ai vu des traces de pas le long de la rive. Une ou deux brindilles cassées à la lisière des bois. À quand remonte la dernière fois que tu es descendue sur le rivage ?

— Hier après-midi quand je suis allée à la maison Thayer pour nourrir les paons.

— Dans ce cas, certaines de ces empreintes sont probablement les tiennes, dit-il. Maintenant qu'il fait jour, nous pouvons aller les examiner ensemble. Mais je pense que tu as raison. Quelqu'un s'amuse à te faire peur. Depuis la disparition de Sophie, le kidnapping de Riley fait de nouveau la une des journaux.

Ellie hocha la tête tout en laissant son regard se promener sur le lac. Le paysage était idyllique et pourtant, ses pensées devenaient de plus en plus chaotiques.

— La femme au bout du fil a dit que le Prédicateur revenait pour moi.

— Tu sais bien que ce n'est pas possible.

Elle se tourna pour étudier le profil de son frère.

— Qu'en savons-nous, en réalité ? Il n'a jamais été retrouvé. Il se cache peut-être quelque part.

— Silas Creed serait un vieillard, maintenant. S'il n'est pas mort, il a probablement été incarcéré pour un autre crime. Il ne reviendra pas.

— Elle m'a appelé Elliette.

Tom haussa les épaules.

— Moi aussi, je te surnomme parfois ainsi. Cela ne prouve rien.

Ellie lui lança un regard de reproche.

— Tu m'appelles rarement Elliette. Riley était la seule à le faire.

— Elle ne reviendra pas non plus, sœurette.

— Je sais. C'est seulement que…

Son ton devint anxieux.

— Tu me crois, n'est-ce pas ? Je n'ai pas imaginé la femme dans le bois. Je n'ai pas non plus inventé ces appels téléphoniques et le fait que quelqu'un a sonné à ma porte.

— Tu n'as certainement pas imaginé la personne qui a téléphoné pendant ton émission de radio, hier soir. Je l'ai entendue moi-même sur l'enregistrement, lui rappela Tom.

Le doute tenaillait pourtant Ellie. Sur la défensive, elle croisa les bras tout en scrutant le lac.

— Qu'y a-t-il ? demanda Tom d'un ton cajoleur.

— Et si cet appel troublant au cours de l'émission avait déclenché le reste ?

— Que veux-tu dire ?

— Il m'a provoqué une crise de panique, hier soir. Peut-être a-t-il également réveillé des souvenirs enfouis, d'anciennes peurs. Peut-être ai-je imaginé tout ce qui s'est passé ensuite. Peut-être suis-je en train de perdre la tête.

— Il y a un instant, tu étais certaine que tu n'avais pas rêvé.

— J'essayais peut-être de m'en convaincre.

Tom posa sa tasse sur le sol et se tourna vers elle pour la regarder en face.

— Il n'est pas étonnant que tu sois sur les nerfs. N'importe qui le serait, à ta place. Cela ne signifie pas que tu perds la tête. Mais que tu es un être humain.

— Tu es un frère formidable, Tom. Ne laisse personne prétendre le contraire.

— Je te le rappellerai la prochaine fois que tu me traiteras d'emmerdeur, dit-il avant de reporter son attention sur le ciel.

Ils restèrent assis dans un silence agréable tout en sirotant leur café. Ellie remarqua que Tom s'était habillé à la hâte après son coup de fil. Plus tard, en rentrant chez lui, il prendrait le temps de se changer et de se raser. En tant que shérif du comté de Nance, il se devait de soigner son apparence. N'ayant pas ces contraintes, elle vivait en short et en débardeur.

Elle se pencha pour frapper un moustique sur sa cheville.

— Si tu penses que la femme que j'ai vue au bord du lac était réelle, alors pourquoi ne m'interroges-tu pas à son sujet ?

— Y a-t-il d'autres éléments que j'ai besoin de savoir ? demanda-t-il. Je pensais que tu m'avais déjà tout dit.

— Je t'ai dit tout ce dont je me souviens, mais des questions pertinentes me rafraîchiraient peut-être la mémoire. N'aie pas peur de m'interroger. Ne me traite pas différemment de n'importe qui d'autre qui t'aurait appelé à l'aube.

Tom hocha la tête.

— Très bien alors. Tu dis que tu n'as pas vu son visage, mais comment était sa silhouette ?

— Comme la mienne mais un peu plus grande, je pense.

— Et ses cheveux ? Longs, courts, bouclés, raides ?

Ellie ferma les yeux pour se remémorer l'inconnue.

— Je crois qu'elle était blonde. Comme Riley. Comme moi. Je revois la façon dont le clair de lune brillait sur sa chevelure.

— Et ses vêtements ?

— Elle portait une robe blanche. Ou une chemise de nuit.

— Tu as dit qu'elle avait levé les yeux vers ta fenêtre et t'avait dit quelque chose. Pourtant, il faisait trop sombre pour que tu puisses distinguer ses traits.

Ellie bondit.

— Tu vois ? Je savais que tu ne me croyais pas !

— Je n'ai jamais dit cela. Si tu veux savoir si je pense que Riley Cavanaugh t'a téléphoné pour t'avertir du retour prochain du Prédicateur ou qu'elle est venue en face de chez toi pour regarder la fenêtre de ta chambre, alors la réponse est non. Je n'en crois rien. Mais je suis persuadé que quelqu'un cherche à t'embêter. Probablement des adolescents qui s'ennuient, mais cela ne me plaît pas. Pourquoi ne viendrais-tu pas quelques jours chez moi, jusqu'à ce que tout ça s'arrête ?

— Je dois me préparer pour l'émission de ce soir et de plus, Rae et toi n'avez pas envie de m'avoir dans vos jambes alors que vous êtes en train d'organiser votre mariage.

— Cela ne la dérangerait pas.

— Cela me dérangerait, moi. Vous avez besoin d'être tranquilles tous les deux.

Tom et Rae Cavanaugh s'étaient fiancés au début de l'été. Ellie ne s'y attendait pas. En effet, Rae avait longtemps reproché à Tom la disparition de sa sœur. Ils s'étaient à peine adressé la parole pendant les quinze années qui avaient suivi le drame, et maintenant ils s'apprêtaient à s'unir pour la vie.

Ellie était heureuse pour son frère mais son bonheur soulignait sa propre solitude. Jamais elle ne le lui avouerait, bien sûr. Tom se mettait déjà en quatre pour la protéger. Il n'avait pas besoin d'une autre raison de s'inquiéter pour elle.

Il lui lança un regard sombre qui l'interpella.

— Qu'y a-t-il ? demanda-t-elle.

— Il y a quelque chose que je dois te dire. J'aurais dû t'en parler en arrivant.

Ellie se redressa. Elle n'aimait pas son ton.

— Oui ?

— Te souviens-tu de Melanie Kent ? Cette journaliste qui avait écrit la série d'articles sur la disparition de Riley ?

Ellie sentit un frisson glacé longer son dos.

— Je ne l'oublierai jamais. Elle a fait de nos vies un enfer jusqu'à ce que tu la démasques. Pourquoi me parles-tu d'elle ?

Tom prit une profonde inspiration.

— Elle est peut-être en ville.

Ellie sursauta.

— Quoi ? Que veux-tu dire ? Elle serait revenue à Belle Pointe ?

Il semblait avoir du mal à la regarder en face.

— Je ne l'ai pas encore croisée mais une des cousines de Rae qui travaille au journal local lui a dit que Melanie avait postulé pour un emploi là-bas.

— Quand était-ce ?

— Il y a une semaine ou deux.

— Et tu ne m'en parles que maintenant ? protesta Ellie. Tu estimais qu'il n'était pas utile de me mettre au courant ?

— Elle n'a pas obtenu le poste, répondit Tom. J'espérais qu'elle quitterait la ville aussi vite qu'elle y était entrée.

— Mais elle ne l'a pas fait…

— Je n'en sais rien. Je n'ai pas réussi à la localiser.

Ellie fusilla son frère des yeux.

— Je n'arrive pas à croire que tu me l'aies caché.

Il haussa les épaules avec un soupir d'impuissance.

— Je voulais te protéger.

— En laissant à une femme qui a essayé de me détruire la possibilité de m'aborder demain sans que je m'y attende ?

Il grimaça.

— Présenté comme ça... Tu as raison. J'aurais dû t'en parler.

Ellie se recala sur la balancelle, essayant de réprimer sa colère. S'en prendre à Tom ne l'aiderait en rien. Si Melanie Kent était de retour en ville, ils devaient rester unis.

Melanie était entrée pour la première fois dans leur vie quand Ellie était en première année à l'université. Alors qu'elle venait de se voir confier un poste d'animatrice d'une émission nocturne sur la chaîne de radio universitaire, elle avait commencé à recevoir des appels d'une dénommée Marie Nightingale, un pseudonyme, manifestement. Marie affirmait avoir été kidnappée et détenue pendant des années dans d'affreuses conditions avant une audacieuse évasion. Nuit après nuit, elle avait captivé Ellie et son auditoire avec ses histoires déchirantes. Après quelque temps, Marie avait commencé à apparaître sur le campus, se mêlant au cercle d'amis d'Ellie afin d'obtenir des renseignements sur sa vie personnelle et sur la disparition de Riley. Loin de se douter qu'il s'agissait d'une journaliste, Ellie s'était confiée à elle sans se méfier.

Quand Tom avait finalement découvert sa véritable identité, Melanie Kent alias Marie Nightingale avait déjà publié un livre qui se voulait sensationnel sur le kidnapping de Riley. Il était fondé pour l'essentiel sur des informations fausses et des témoignages inventés. Les prétendues révélations de l'ouvrage visaient à mettre en doute l'innocence d'Ellie et à entacher la réputation de Tom.

Pourquoi Ellie avait-elle été la seule des trois amies à échapper aux griffes du Prédicateur, cette nuit-là ? N'était-il pas curieux, pour ne pas dire suspect, que son frère ait pu la sauver, elle, mais pas les deux autres filles ?

Melanie Kent n'était pas la seule à avoir nourri de tels soupçons. Quand Tom s'était rendu compte qu'Ellie, Riley et Jenna étaient sorties en catimini de la maison, cette nuit-là, il s'était précipité aux Ruines pour les retrouver. Il était alors tombé dans une embuscade. Lui aussi avait été laissé pour mort sur les rives du lac Echo. En reprenant conscience, il avait dû faire le choix tragique de rechercher les deux amies disparues ou de conduire sa sœur aux urgences. Il avait probablement sauvé la vie d'Ellie, mais il y avait encore des gens en ville qui pensaient que Tom et Ellie avaient abandonné Riley et Jenna pour sauver leur peau.

Il avait fallu de nombreuses années pour résister à de telles insinuations. Voilà pourquoi Ellie avait hésité à appeler Tom plus tôt, pourquoi elle détestait l'entraîner dans une situation qui pourrait remuer de mauvais souvenirs et des sentiments amers. Les Cavanaugh n'étaient pas les seuls à avoir été ravagés par la disparition de Riley.

— J'ai effectué quelques recherches, dit Tom. Melanie a récemment été renvoyée du journal pour lequel elle travaillait à Tyler et avant cela, elle avait été licenciée du *Dallas Herald*. C'est sans doute la raison pour laquelle elle est revenue fourrer son nez à Belle Pointe. Elle cherche à se relancer.

— Penses-tu qu'elle est derrière ces appels ?

— Disons que je n'en serais pas étonné, d'autant qu'elle semble aux abois. Elle a toujours été immorale et ambitieuse. Ce ne serait pas la première fois qu'elle inventerait un plan tordu pour pondre un article ou décrocher un contrat pour un livre.

— J'aurais aimé que tu m'en touches un mot plus tôt, répéta Ellie avec inquiétude.

— J'aurais dû te le dire à la minute où j'ai appris qu'elle était de retour. C'était une erreur, je suis désolé.

— Ne me cache plus rien.

— Je ne le ferai plus, promis.

Il s'interrompit, visiblement mal à l'aise.

— Quoi ? lança Ellie. Il y a autre chose ?

— Rien concernant Melanie, je le jure. Mais si cela ne t'ennuie pas, je préférerais que Rae ne soit pas au courant de ces appels téléphoniques ni de la femme que tu as vue au bord du lac. Du moins, pas pour le moment.

— Penses-tu que lui cacher ce genre de choses soit une bonne idée ? Elle le découvrira tôt ou tard, prévint Ellie.

— Je sais, mais après tout ce qu'elle et sa famille ont traversé, j'aimerais qu'elle profite des préparatifs du mariage sans avoir à replonger dans le kidnapping de sa sœur. Je vais essayer de mettre un terme à cet épisode sans l'impliquer.

— Très bien, dit Ellie. Comme tu veux.

— En attendant, j'ai l'intention de découvrir ce que Melanie Kent prépare vraiment.

— D'accord, merci.

— Je ne pense pas qu'il y ait de quoi s'inquiéter mais promets-moi de redoubler de prudence. Verrouille bien la porte du studio lorsque tu es à l'antenne. Celles de la maison quand tu rentres chez toi. Et appelle-moi à toute heure du jour ou de la nuit si tu entends ou vois quelque chose de suspect.

— Je le ferai. Espérons que quelqu'un s'est bien amusé et que rien d'autre ne se produira. Mais, Tom…

Avec un gros soupir, Ellie ferma un instant les yeux.

— Et si ce n'était pas quelqu'un qui me jouait une sale blague ou une journaliste de caniveau qui cherchait à se relancer ? Je ne dis pas que Riley est toujours en vie mais imagine que la personne qui appelait soit vraiment en difficulté ?

— Alors pourquoi n'irait-elle pas trouver la police ?

— Peut-être ne le peut-elle pas pour une raison que j'ignore. Je ne sais pas, dit Ellie en soupirant. Pour ma tranquillité d'esprit, je veux m'assurer d'avoir fait tout ce que je pouvais.

— Je comprends. Nous allons régler le problème, je te le promets.

Ellie hocha la tête mais elle ne put se débarrasser de l'impression désagréable que ces appels téléphoniques n'émanaient pas d'un mauvais plaisantin.

Ils passèrent une heure à examiner les empreintes de pas et à marcher dans les bois, à la recherche d'éventuels indices laissés par la visiteuse de l'aube. Comme ils ne trouvèrent rien, Tom retourna en ville et Ellie partit pour la maison des Thayer afin de nourrir les paons.

Elle s'interdit de se torturer au sujet de l'origine de ces coups de fil ou de la raison pour laquelle une inconnue serait venue aux aurores sur les rives du lac pour regarder la fenêtre de sa chambre. Peut-être avait-elle imaginé tout l'épisode. D'ailleurs, alors qu'elle se souvenait avec beaucoup de précision de l'étrange conversation téléphonique, la silhouette féminine au bord de l'eau lui semblait déjà floue et surréaliste.

Ce ne serait pas la première fois qu'elle verrait ou entendrait quelque chose qui n'existait pas vraiment. Depuis des années, elle était la proie de cauchemars et d'hallucinations nocturnes. En un sens, elle préférait que son imagination ait tout inventé. Une personne en chair et en os l'inquiétait bien davantage qu'une illusion. L'éventualité qu'elle soit la cible d'un harceleur ou d'un farceur malveillant l'angoissait plus profondément qu'elle ne voulait l'admettre.

Lorsqu'elle arriva dans l'ancienne propriété des Thayer, un paon la salua de ce cri presque humain qui effrayait tant de gens. Les femelles étaient moins bruyantes que les mâles car leur priorité était d'engloutir au plus vite les graines qu'Ellie leur jetait. Le grand mâle, lui, tenait à lui signifier qu'elle s'était permis d'entrer sur son territoire. Il déploya les magnifiques plumes de sa queue avant d'approcher jusqu'à la digue pour l'observer.

Ellie s'assit sur les marches du porche et laissa son esprit vagabonder pendant un moment. Pourtant, elle avait besoin de rentrer et de commencer sa journée de travail. Mais elle s'attarda, comme si ce paon avait en quelque sorte le pouvoir de la protéger des événements. Un petit mâle en profita pour rejoindre les femelles qui picoraient la terre, trop heureux d'avoir l'occasion de se pavaner. Mais le mâle plus âgé revint dans le cercle et le jeune s'éloigna pour s'empiffrer de raisins sauvages.

Ellie n'aurait su dire depuis combien de temps elle était assise là, perdue dans ses pensées, quand soudain, un picotement à la nuque la poussa à lever la tête pour scruter les alentours. Elle ne remarqua rien d'inhabituel ou de louche mais les paons se dispersèrent. Quelqu'un traversait les bois.

Sa première pensée fut qu'Adam Thayer, le propriétaire de la maison, était revenu de Dallas. Ou que sa petite amie, Nikki Dresden, passait en son absence pour s'assurer que tout allait bien. Mais elle n'avait pas entendu de voiture. Elle se tourna vers l'allée envahie par la végétation, espérant voir une silhouette familière apparaître.

Tout était silencieux. Même le vent était tombé. Pourtant, Ellie avait désormais la certitude angoissante qu'elle n'était plus seule.

Elle se leva et, agrippée à la rambarde, balaya la pinède des yeux avant de reporter son attention sur le lac. Une petite embarcation était amarrée au débarcadère. Était-elle là à son arrivée ? Elle aurait certainement entendu le ronronnement du moteur d'un hors-bord mais, perdue dans ses pensées, sans doute n'aurait-elle pas remarqué l'approche d'une barque. Un intrus aurait pu accoster discrètement en ramant sans bruit et se faufiler dans les bois pour l'espionner.

Elle eut beau se répéter qu'elle n'avait aucune raison de s'inquiéter, la voix qui chuchotait au bout du fil revint la hanter. L'inconnue qui l'avait appelée avait touché une corde sensible, ravivé sa plus grande peur. Enfouie au plus profond de son subconscient se trouvait la terreur que le Prédicateur revienne un jour la chercher. Rationnellement, elle savait que son frère avait raison. Ce monstre était mort ou emprisonné depuis longtemps. D'ailleurs, s'il était encore en liberté, il était très âgé. Pourquoi prendrait-il le risque de revenir ici la tourmenter ?

Parce que c'est toi qui as réussi à lui échapper.

Mais en réalité, elle ne s'était pas enfuie. Pas vraiment. Elle et ses amies s'étaient séparées cette nuit-là en arrivant aux Ruines. Terrifiée depuis le début, Riley avait serré le bras de Jenna en bas de l'escalier pour regarder Ellie grimper à l'étage. À mi-chemin, terrorisée, Ellie avait regretté sa témérité, mais elle était trop fière pour faire demi-tour même lorsque Riley l'avait suppliée de redescendre.

— *Notre seule chance de nous en tirer vivantes est de rester ensemble, Elliette, avait-elle dit.*

— *Ne sois pas si froussarde, Riley. Nous sommes seulement dans un vieux bâtiment. Que veux-tu qu'il nous arrive ? Il n'y a rien à craindre. Pourquoi ne montes-tu pas ici avec moi ?*

— *Pas question.*

— *Tu n'es qu'une poule mouillée.*

— *Laisse-la tranquille, Ellie, avait dit Jenna. Nous n'aurions jamais dû venir avec elle, pour commencer.*

— *Tu voulais nous accompagner, n'est-ce pas, Riley ?*

— *Sans doute.*

— *Tu vois, Jenna ? Maintenant, c'est toi qui as la frousse.*

— *Non, mais je me préoccupe de Riley. Contrairement à toi, qui ne penses qu'à toi-même.*

— *Arrêtez, toutes les deux ! Finissons-en avec... Qu'est-ce que c'était ?*

— *Qu'est-ce que c'était quoi, Riley ?*

— *J'ai entendu un bruit.*

— *Probablement des lattes du plancher qui grincent.*

— *Non, elle a raison, Ellie. Il y a quelqu'un...*

Le souvenir s'estompa tandis qu'Ellie descendait lentement les marches du porche. Les rayons du soleil scintillaient à la surface du lac mais l'épaisse canopée de pins bloquait leur lumière dans l'allée. Un instant plus tôt, il n'y avait pas une once de vent mais maintenant, une petite brise passait à travers les branches, chargée de l'odeur résineuse des conifères et peut-être aussi de la fumée d'une cigarette.

Ellie voulut crier mais, paralysée par la peur, elle resta pétrifiée sur place, incapable d'émettre un son, incapable de fuir, incapable de faire autre chose que d'imaginer le visage démoniaque de son ennemi juré. Elle était certaine qu'il allait sortir de l'ombre et fondre sur elle.

La panique la saisit. Pour la contrer, elle essaya de s'intéresser à l'éclat du soleil sur l'eau. Le jeu de lumière était magnifique. Elle croyait voir des diamants. *Focalise-toi sur les diamants...*

Elle se concentra sur sa respiration, inspirant profondément, expirant lentement, jusqu'à ce que son sentiment d'oppression se dissipe et qu'elle puisse mettre un pied devant l'autre. Il lui fallut une éternité pour traverser la cour et gagner la digue mais ensuite elle descendit trop vite les marches, se tordit la cheville et tomba sur les genoux.

Paniquée, elle se remit sur ses pieds et se dépêcha de descendre vers le débarcadère, déterminée à étudier le petit bateau de plus près. Elle était incapable de dire s'il était là à son arrivée ou non. En tout cas, Adam Thayer en possédait un qui lui ressemblait beaucoup. Elle l'avait souvent vu traverser le lac à bord de son jon boat. Il avait probablement rangé les rames dans un endroit sûr pendant son absence.

Tu vois ? Il y a une explication logique. Il n'y a rien à craindre. Tu es venue ici des dizaines de fois pour nourrir les paons et…

Ses pensées s'interrompirent brusquement quand elle aperçut quelqu'un en haut de la digue.

Il se tenait dans l'ombre, si parfaitement immobile qu'Ellie douta un instant qu'il s'agisse d'un être humain. Elle tenta de se persuader que ce n'était rien. Un arbre ou un buisson. *Personne.*

Mais quand l'ombre s'approcha du bord, elle devina une silhouette masculine. L'homme était vêtu d'un costume noir et portait un chapeau de pasteur à l'ancienne, aux larges bords rabattus sur son visage. Sur le mur des Ruines, quelqu'un avait peint une fresque murale du Prédicateur ainsi habillé et coiffé d'un chapeau similaire, les traits déformés par une grimace démoniaque.

Ce visage terrifiant avait empêché Ellie de dormir pendant des années alors qu'elle arrivait à peine à se souvenir de Silas Creed, un ancien malade mental qui avait autrefois travaillé en ville, à de petits boulots. Il avait disparu la nuit des kidnappings. Depuis lors, personne ne l'avait plus revu vu ni entendu parler de lui. Personne ne savait où il était passé. Certains juraient qu'il se cachait toujours dans le coin, volant pour subsister. D'autres affirmaient qu'il était mort et que son fantôme hantait encore les ruines de l'ancien hôpital psychiatrique. Ellie essaya de ne pas penser du tout à lui, mais il se tenait là…

Arrête ! Il n'est pas réel. Il n'existe pas. Il n'y a rien, en réalité.

Le soleil brillait à travers les pins, enveloppant la silhouette vêtue de noir dans une douce lueur dorée et, un instant, Ellie se demanda si elle voyait vraiment un fantôme.

Il ne la regarda pas, n'établit aucun contact visuel avec elle, ne chercha pas à le faire. Il se tenait simplement là, la tête penchée, comme en prière ou plongé dans une profonde méditation.

Quelque chose heurta l'eau et Ellie se tourna vers le débarcadère. Sa distraction ne dura qu'une fraction de seconde mais quand elle reporta son attention sur la digue, il avait disparu.

Craignant que l'homme ne soit descendu vers le rivage sans qu'elle le voie, elle scruta l'orée des arbres, tout en cherchant le chemin le plus court pour rentrer chez elle. La route serait plus rapide mais si elle choisissait cette option, elle devrait remonter les marches, traverser la cour et descendre l'allée… Non. Peut-être avait-elle intérêt à sauter dans le bateau et à se laisser dériver jusqu'au milieu du lac d'où elle pourrait voir dans toutes les directions…

Fonce !

Le cœur battant, elle se précipita sur le sentier. Une volée d'aigrettes prit son envol sur son passage. Surprise, elle trébucha de nouveau mais cette fois, elle se redressa et continua de courir. Dans le dernier virage, elle jeta un coup d'œil par-dessus son épaule pour s'assurer que personne ne la poursuivait.

C'était une erreur. Quand elle se retourna, il se tenait devant elle sur le chemin, bloquant sa fuite.

3

Ellie se redressa et leva les bras, prête à se battre s'il le fallait. Son père, qui avait exercé sa vie durant les fonctions de shérif, lui avait enseigné le maniement des armes mais aussi les techniques d'autodéfense. Cela dit, dans le cas présent, elle n'eut pas à faire usage de la force. Dès qu'il l'aperçut, l'homme sur le chemin s'écarta et lui céda le passage. Mais la décharge d'adrénaline qui avait envahi les veines d'Ellie la brûlait toujours. Il dut voir briller dans ses yeux une lueur qui le surprit car il fit un autre pas en arrière.

— Oh ! là. Ça va ?

Ce n'était pas l'homme qu'elle avait aperçu sur la digue. Celui-ci n'était pas vêtu de noir, ne portait pas de chapeau et était beaucoup trop jeune pour être le Prédicateur. Ellie essaya de se calmer suffisamment pour réévaluer la situation tout en jetant un coup d'œil par-dessus son épaule. Le chemin derrière elle était désert, Dieu merci.

Il lui fallut un moment pour recouvrer son souffle et reprendre ses esprits, puis elle se tourna vers le nouveau venu. Grand, brun et musclé, il était habillé d'un pantalon gris et d'une chemise blanche dont il avait retroussé les manches.

Il lui avait fait peur et elle lui lança sans chercher à dissimuler sa contrariété :

— Vous avez tort de surgir ainsi sans crier gare.

— Je n'en ai pas l'habitude, répliqua-t-il. Vous êtes arrivée si vite que je n'ai pas eu le temps de m'écarter.

Ellie repoussa ses cheveux en arrière tandis que son rythme cardiaque revenait progressivement à la normale. Avait-elle vraiment vu quelqu'un en haut de la digue ou la silhouette vêtue de noir était-elle une autre création de son imagination ?

Maintenant qu'elle était hors de danger, le doute s'insinuait dans son esprit, elle ne savait pas pourquoi. Il faisait grand jour et elle était bien réveillée. Elle n'avait pas plus inventé cette forme sombre coiffée d'un chapeau qu'elle n'avait imaginé la femme au bord du lac. Les deux personnes qu'elle avait vues étaient bien réelles, ce qui signifiait que quelqu'un la tourmentait délibérément. Mais qui et pourquoi ?

— Êtes-vous sûre que tout va bien ? insista l'inconnu.

Revenant au présent, elle leva le nez et croisa son regard sombre et perçant.

— Je me sentirais beaucoup mieux si vous me disiez qui vous êtes et ce que vous faites ici.

Il détonnait dans sa tenue à la fois professionnelle et décontractée, une tenue inhabituelle chez les promeneurs qui fréquentaient les rives du lac Echo.

Elle se figea soudain.

— Attendez… Je vous connais.

Il leva une main comme pour la rassurer, puis de l'autre il tira ses papiers de sa poche.

— En effet… Agent spécial Sam Reece… Et toi, tu es Ellie Brannon. J'ai eu du mal à te reconnaître.

Ellie eut l'impression d'un coup de massue. Une autre personne de son passé. Un autre visage de ses cauchemars.

L'agent Samuel Reece n'était certainement pas un inconnu. Elle ne se souvenait que trop bien des interminables interrogatoires qu'il lui avait fait subir après la disparition de Riley. Le scepticisme et l'impatience qui teintaient sa voix quand Ellie ne lui donnait pas les réponses qu'il espérait. À l'époque, elle l'avait souvent trouvé arrogant et impitoyable dans sa quête pour découvrir la vérité. Il avançait tel un bulldozer, sans se soucier d'écraser ceux qu'il considérait comme des obstacles sur son chemin. En principe, elle aurait dû considérer sa détermination à aboutir comme une qualité, mais il n'avait jamais caché ses doutes. Il avait longtemps été persuadé que le shérif du comté cherchait à couvrir sa fille.

— Que voulez-vous ?

Elle lança la question avec plus d'agressivité qu'elle ne l'aurait souhaité et, au lieu de lui présenter des excuses pour son ton peu amène, elle leva le menton d'un air de défi.

— J'aimerais te poser quelques questions, si cela ne t'ennuie pas.

Ces yeux insondables l'observaient avec curiosité. Indéniablement, Sam Reece était un homme séduisant. Elle se souvenait de ça aussi. Les années n'avaient fait qu'accroître son charisme et l'assurance tranquille qui émanait de lui. En quinze ans, il avait dû changer, comme la plupart des gens, mais Ellie estima trop risqué de lui accorder le bénéfice du doute.

Elle répliqua froidement :

— Pensez-vous que mes réponses seraient différentes de ce qu'elles étaient, il y a quinze ans ?

Il haussa les épaules.

— Probablement pas. Je ne pensais pas te poser les questions d'il y a quinze ans. Je suis ici à propos de la personne qui a appelé ton émission de radio, hier soir.

Elle le dévisagea avec étonnement.

— Comment le savez-vous ?

— J'écoute ton émission de temps en temps.

Elle ne savait pas ce qui la dérangeait le plus – qu'il soit venu l'interroger à propos de cet appel angoissant ou qu'il écoute son émission. L'idée qu'il la surveillait depuis toutes ces années l'accablait.

— Je trouve le thème fascinant, ajouta-t-il.

— Quel sujet, en particulier ? rétorqua-t-elle.

— J'apprécie toutes tes émissions mais je préfère celles qui portent sur les mystères non résolus.

— Oui, je ne suis pas surprise que cela vous intéresse. Vous devriez peut-être venir participer au programme, un jour. Je vous interviewerai… pour changer.

— Quand tu veux.

Elle se retourna.

— Vous êtes sérieux ?

Il sourit tout en haussant les épaules.

— Pourquoi pas ? Cela dit, je dois t'avertir que je ne suis pas du genre à répondre poliment aux questions posées.

— Je n'en doute pas, marmonna-t-elle, parcourant à nouveau le sentier des yeux.

Si quelqu'un l'avait suivie depuis la maison des Thayer, cette personne était soit partie depuis longtemps, soit bien cachée. Peut-être devait-elle remercier Sam Reece qui l'avait sans doute fait fuir.

Elle laissa son regard errer à travers les arbres avant de reporter son attention sur lui.

Il fronça les sourcils.

— Es-tu sûre que tout va bien ? insista-t-il. Tu sembles nerveuse. Tout à l'heure, lorsque tu es arrivée sur le chemin, tu avais l'air effrayée. Pourquoi ? Que s'est-il passé ?

À qui mieux confesser ses craintes qu'à un agent du FBI ? Mais cet agent en particulier l'avait un jour accusée de dissimuler des secrets. Ellie ne voulait surtout pas déclencher une nouvelle série de soupçons chez lui, aussi décida-t-elle de ne rien dire jusqu'à ce qu'elle apprenne la véritable raison de sa visite inattendue.

— Tout va bien, assura-t-elle. Si vous êtes ici pour m'interroger, le mieux est d'aller chez moi où nous serons plus à l'aise. Mais j'ai du travail qui m'attend, je n'ai pas beaucoup de temps à vous consacrer.

Une émotion qu'elle eut du mal à définir passa dans les yeux de l'agent Reece. Elle aurait presque pu y voir du remords si une telle hypothèse n'avait été impossible.

— Je ne suis pas venu te faire subir un interrogatoire. Je n'ai que quelques questions simples, dit-il. J'essaierai d'être bref.

Il lui emboîta le pas. Quand ils arrivèrent chez elle, il gravit à sa suite les marches de la terrasse. Au lieu de l'inviter à l'intérieur, elle lui désigna une chaise qui faisait face au lac.

— Asseyez-vous. Je vais chercher du café. Ou préférez-vous du thé glacé ?

Le soleil était déjà chaud et elle transpirait après sa course folle mais à l'ombre, il faisait bon. Elle souhaitait n'avoir rien de plus pressant à faire qu'à paresser tranquillement sur sa terrasse et regretta de ne pas avoir le courage d'envoyer paître Reece. Mais la curiosité l'emporta. Pourquoi était-il là, en réalité ? Quelle était la vraie raison de sa venue ?

Il sourit.

— Un café serait parfait, merci.

Ignorant la chaise, il se dirigea vers la balustrade et contempla l'immense étendue d'eau. Ses cheveux noirs étaient coupés court, même s'ils semblaient un peu plus longs que dans ses souvenirs. Lorsqu'il tourna la tête, elle remarqua ses tempes argentées.

— C'est beau, dit-il. Paisible. J'avais oublié à quel point le lac Echo était magnifique.

— Le jour, oui. Quand le soleil se couche, il fait

vraiment sombre avec tous les arbres alentour. Beaucoup de personnes trouvent ce spectacle effrayant.

— Pourtant, toi, tu as choisi de vivre ici.

— Je suis habituée aux ténèbres. Et comme vous l'avez dit, c'est un endroit magnifique. Si l'on ne cherche pas trop les monstres…

Il lui sourit.

— Je suis heureux de te revoir, Ellie.

La familiarité avec laquelle il employait son prénom la perturba. Elle sentit quelque chose remuer au creux de son ventre, un mélange de peur, de joie et d'attirance.

Il balaya des yeux la maison et les bois.

— Apparemment, tu t'es bien débrouillée.

— Je ne me plains pas.

Un long moment, il sembla perdu dans ses souvenirs.

— Je sais que j'y allais fort à l'époque. C'était ma première grande enquête. J'étais inexpérimenté, obsédé par cette affaire, et nous étions confrontés à un compte à rebours angoissant. Chaque seconde qui passait comptait double. Alors je te mettais la pression, je te poussais à te rappeler les moindres détails. J'étais sans doute trop dur avec toi, compte tenu de ce que tu avais traversé. Mais ce n'était jamais personnel.

— C'était personnel.

— Alors je te demande pardon. Voilà longtemps que je voulais te présenter mes excuses.

Ellie ne savait pas si elle devait le croire ou non. Il semblait sincère mais elle préférait ne pas baisser la garde. Pas encore. Elle avait déjà été victime de sa crédulité. Des acteurs accomplis avaient abusé de sa naïveté. Des journalistes à la recherche d'un scoop, d'un bon article, l'avaient piégée. Elle aimait se convaincre que ce genre d'épisode ne se reproduirait pas, qu'elle avait appris de ses erreurs.

— Je n'ai jamais eu qu'un espoir, dit-elle. Que Riley soit retrouvée saine et sauve et soit rendue à ses parents.

— C'est ce que nous voulions tous.

Elle s'apprêtait à ajouter quelque chose mais y renonça et entra dans la maison. Depuis la fenêtre de la cuisine, elle voyait bien la terrasse, ce qui lui permit d'étudier discrètement Sam Reece tout en préparant du café. Chaque fois qu'elle avait pensé à lui au fil des ans, elle s'était toujours souvenue de ses yeux. Dans son esprit, ils étaient froids, noirs et insondables, mais en réalité ils étaient d'un bleu profond, intense. Plus tôt, elle avait remarqué des petites rides qui ne s'y trouvaient pas autrefois et une tristesse indéfinissable cachée au fond de son regard qui la poussait à s'interroger sur son passé, sur sa vie…

Il avait dû voir des horreurs au cours des quinze années écoulées depuis leur dernière rencontre. Il avait cherché des enfants enlevés à leurs parents et les monstres qui les avaient emportés. Un travail comme le sien pouvait ravager un homme, elle en était certaine, mais cela ne voulait pas dire qu'elle était disposée à lui faire confiance.

Elle passa une main dans ses cheveux en désordre, se demandant si elle devait prendre le temps de les coiffer. Peut-être même troquer son short contre un jean pour être un peu plus présentable. Mais très vite, elle y renonça avec un haussement d'épaules. Elle n'était plus une gamine effrayée et traumatisée. Elle était capable d'affronter quelques questions sans avoir besoin de revêtir une armure.

Il s'avança pour lui ouvrir la porte moustiquaire. Refusant son aide, elle lui tendit une tasse fumante et fit de nouveau un signe vers les chaises.

De l'autre côté du lac, une famille de cerfs se désaltérait au bord de l'eau mais le cadre idyllique n'apaisait guère la nervosité d'Ellie. Pourquoi Reece était-il ici ?

À contrecœur, elle reporta son attention sur son hôte.

— Vous avez donc écouté *Midnight on Echo Lake*, hier soir.

— Cela te surprend ?

— Cela m'étonne, oui. Comment avez-vous connu mon programme ? J'occupe une toute petite niche sur les ondes.

— Pas si petite que cela. Tu as un auditoire fidèle. J'ai entendu dire beaucoup de bien de ton émission.

— Elle est parvenue aux oreilles des habitants de Washington DC ? J'ai du mal à le croire…

— Je ne travaille plus à Washington. Je suis revenu à Dallas.

Elle s'efforça de lui cacher son inquiétude.

— Depuis quand ?

— Depuis peu.

Ellie mit sa tasse de côté et croisa les bras.

— Arrêtons de tourner autour du pot, agent Reece. Pourquoi ne pas m'expliquer la véritable raison de votre venue ? Pourquoi maintenant, après tout ce temps ? Votre visite ne tient certainement pas seulement à ces appels inaudibles au cours de mon émission. Vous n'avez pas…

Elle s'interrompit.

— Pas quoi ?

Elle arrivait à peine à le dire.

— Retrouvé… des restes humains ?

— Non, rien de tout cela.

Il posa également sa tasse.

— Avant d'aller plus loin, je dois préciser que je n'ai pas entendu personnellement ton émission, hier soir. Quelqu'un m'a parlé de la personne qui avait appelé. Et tu as raison. Ce n'est pas la seule raison de ma venue.

— Qui vous en a parlé ?

Comme une idée la traversait, Ellie s'interrompit, submergée par une bouffée de colère.

— Vous avez été en contact avec Melanie Kent, n'est-ce

pas ? Voilà pourquoi vous êtes ici. Que vous soyez revenus tous les deux à Belle Pointe au même moment n'est certainement pas une coïncidence. Que vous a-t-elle dit ?

Il parut déstabilisé.

— Je suis désolé. J'ignore de quoi tu parles. Je ne connais personne du nom de Melanie Kent.

— Bien sûr que si ! Elle vous avait interviewé pour un livre qu'elle avait écrit sur la disparition de Riley. Vous aviez déclaré : « J'ai toujours pensé que la fille de Brannon cachait quelque chose. » Cette citation avait été reprise par les journaux du coin. Vous n'imaginez pas ce que j'ai enduré à cause de ce genre d'accusations gratuites.

Il eut la décence de paraître désolé.

— Elle avait sorti cette citation de son contexte.

— Alors vous vous souvenez d'elle.

— Vaguement.

Ellie hocha la tête.

— Maintenant, tout commence à prendre sens. Melanie Kent revient en ville après toutes ces années et comme par hasard, je reçois d'étranges appels téléphoniques. Et vous voilà. Je ne suis pas loin de penser qu'elle a tout orchestré.

— Je t'assure que je n'ai pas parlé à Melanie Kent ni à aucun autre journaliste de l'affaire Cavanaugh depuis des années. Si je me souviens bien, ce que j'ai vraiment dit était…

— Je me fiche de ce que vous aviez dit ! coupa Ellie. Je ne m'intéresse qu'à la raison pour laquelle vous êtes ici.

— Je suis ici parce que Jenna Malloy est convaincue que la personne qui a appelé pendant ton émission de radio est Riley.

Ellie le dévisagea, sidérée.

— Vous avez parlé à Jenna ? Quand ?

— Hier soir, après qu'elle eut entendu ton émission.

Ellie ne savait pas quoi penser de ces nouvelles révélations. Jenna avait informé le FBI de l'appel mystérieux ? Et Sam Reece l'avait suffisamment prise au sérieux pour se rendre en personne au lac Echo ?

— Vous ne pensez quand même pas que Riley est toujours en vie… Si ?

— Les chances sont minces, reconnut-il. Mais il semble que Jenna ait également reçu des appels téléphoniques. Hier soir, quelqu'un a laissé une plume de paon sous son porche. Elle pense que Riley cherchait à lui envoyer un message.

— Via une plume de paon ? Pourquoi le pense-t-elle ?

— Elle m'a dit que les paons étaient leur truc à toutes les deux, Riley et elle.

— Non, les paons étaient et sont toujours mon truc, répliqua Ellie. Riley avait peur d'eux. Elle n'aimait pas entendre leurs cris la nuit. Elle prétendait qu'ils lui donnaient des cauchemars. Pourquoi Jenna vous a-t-elle dit que les paons étaient leur truc ?

— Elle semble croire que la plume n'avait de sens que pour elle.

— Je suis restée en contact avec Jenna. Pas autant que je l'aurais dû, certes, mais je sais qu'elle a encore beaucoup de problèmes. Ce qui est compréhensible après tout ce qu'elle a vécu.

Il hocha la tête, le regard sombre.

— J'en suis conscient. Nous sommes également restés, elle et moi, en contact au fil des ans.

Ellie ne savait pas quoi en penser. Elle se sentit soudain déconnectée, comme si elle se réveillait d'un long et profond sommeil pour découvrir que beaucoup d'événements troublants s'étaient produits pendant qu'elle dormait.

Voilà ce qui arrive lorsque tu te caches trop longtemps. Tu perds la notion du temps et des gens.

Elle lui lança un regard soupçonneux.

— C'est curieux parce que je ne l'ai jamais entendue mentionner votre nom.

Il ne cilla pas.

— À quelle fréquence vous parlez-vous, toutes les deux ?

— Assez souvent pour savoir que ce n'est pas la première fois qu'elle imagine que Riley tente d'entrer en contact avec elle.

— Oui, mais cette tentative semblait différente, cette fois.

— Différente en quoi ?

Il hésita.

— Rien que je puisse définir pour le moment. Je ne lui ai pas parlé de visu. Une fois que je l'aurai rencontrée, j'aurai peut-être une meilleure idée de la situation.

Ellie agrippa les bras de sa chaise. Elle prit une profonde inspiration, s'ordonnant de se détendre.

— Je ne comprends toujours pas pourquoi vous êtes ici.

Il se leva et retourna au bord de la terrasse. Appuyé contre la balustrade, il lui fit face. Il était encore plus grand que dans ses souvenirs. Toujours intimidant, même si elle détestait le reconnaître.

— Je voulais avoir ton point de vue sur cet échange radiophonique avec cette inconnue avant de parler à Jenna, dit-il.

— Ce n'était pas vraiment un échange. La connexion était mauvaise, il y avait beaucoup de parasites.

— Tu n'as pas reconnu la voix ?

Ce fut au tour d'Ellie d'hésiter.

— L'appel a été très bref et, comme je le disais, il y avait beaucoup de friture sur la ligne.

— Qu'a dit la personne ?

— « Il revient. Il arrive. »

— Rien d'autre ?

— Rien d'audible. Je suppose que vous avez expliqué à Jenna que si Riley était toujours en vie et avait réussi à échapper à son ravisseur, elle irait trouver la police ou téléphonerait à sa famille au lieu d'appeler une émission de radio.

— Je l'ai fait. Et Jenna m'a rappelé qu'après quinze ans de captivité, Riley n'est peut-être pas capable de penser et d'agir rationnellement.

Ellie détourna la tête, envahie par un flot d'images sombres. Elle ferma les yeux, essayant de bloquer ces visions d'horreur.

— Vous ne pouvez pas imaginer qu'elle est toujours en vie.

— Comme je l'ai dit, les chances sont minces.

— Pourtant, vous avez fait tout ce chemin à cause d'un appel téléphonique.

— L'enquête n'a jamais été close. Nous continuons à suivre les pistes au fur et à mesure qu'elles arrivent.

— À quelle fréquence arrivent-elles ?

— Elles se font de plus en plus rares, ces jours-ci.

Les mains sur la balustrade, il se pencha en arrière. Il paraissait extrêmement à l'aise alors que le cœur d'Ellie continuait de battre à grands coups dans sa poitrine. Elle se tourna pour observer le lac, gardant Sam Reece à la périphérie de son champ de vision. Quinze ans plus tôt, il venait de terminer sa formation à Quantico et n'était qu'un jeune agent fédéral ambitieux qui voulait se faire un nom à ses dépens. Et maintenant ? Elle n'arrivait pas à le décrypter. Croyait-il vraiment que Riley puisse être encore en vie ou était-il venu parce qu'il soupçonnait Ellie ? Et de quoi ?

Elle avait besoin de le faire parler un peu, de découvrir ce qu'il cherchait réellement avant de le renvoyer. Mais elle devait faire preuve de prudence. L'agent spécial Reece était plus âgé, plus sage et, malgré son calme apparent, probablement beaucoup plus cynique.

— Je suppose que Jenna vous a également parlé des autres appels qui sont intervenus au cours de mon émission, les deux soirs précédents. Ils sont arrivés à peu près à la même heure, mais la réception était si médiocre que je n'ai pas réussi à distinguer la voix de la personne qui appelait.

— Que penses-tu de ces appels ? demanda-t-il.

— En vérité ? Qu'ils font partie d'un canular élaboré. D'une farce cruelle émanant d'un malade. Depuis l'enlèvement de Sophie Cavanaugh, il y a quelques semaines, la disparition de Riley a de nouveau fait la une des journaux. Et comme il fallait s'y attendre, cela a provoqué des appels de personnes prétendant l'avoir vue. Ou affirmant être elle.

— Cela arrive souvent ?

— Les Cavanaugh sont des personnes importantes dans le comté. Chaque fois que l'un d'eux fait la une, l'enlèvement est invariablement évoqué.

Il hocha la tête d'un air songeur.

— Je suppose que tu as un enregistrement de l'émission d'hier soir ? J'aimerais écouter la partie avec l'appel téléphonique, si cela ne te dérange pas.

— Cela ne me dérange pas mais vous n'apprendrez rien.

— J'aimerais quand même l'entendre. Et je voudrais aussi que tu me racontes la suite de ta soirée et de ta nuit.

Elle fronça les sourcils.

— Pourquoi ?

— J'essaie de remplir les blancs, dit-il. Je voudrais avoir une idée de ta routine, de tes habitudes. Tu n'as pas à me dire quoi que ce soit que tu préfères que je ne sache pas.

Que voulait-il dire par là ? Imaginait-il toujours qu'elle avait quelque chose à cacher ?

— J'ai éteint mon matériel, fermé le studio et je suis rentrée chez moi.

Il se tourna vers elle.

— Le studio n'est pas dans ta maison ?

— Non, il est au bout de ce sentier, par là.

— C'est pratique de l'avoir si près, fit-il remarquer.

— Les avantages de la technologie moderne.

Il resta impassible mais une lueur sombre passa dans ses yeux. Il cherchait toujours des réponses mais elle refusait de se replonger dans ses horribles souvenirs. Silas Creed était mort depuis longtemps. Rien d'autre n'avait d'importance.

Elle leva le menton et le regarda en face, trouvant une petite satisfaction à le voir détourner la tête le premier.

Il poursuivit.

— Donc, après l'appel, tu as fermé le studio et tu es rentrée chez toi. Et ensuite ?

— J'ai pris une douche et je me suis préparée pour la nuit.

Il fit un vague signe de tête comme si son esprit était déjà parti ailleurs. Puis il se tourna pour lui faire face.

— Quelque chose m'intrigue. Pourquoi qualifies-tu ces appels remplis de parasites de « canular élaboré » ? « Élaborer » implique une intention, une volonté de nuire.

Ellie se reprocha de ne pas avoir été plus attentive dans le choix de son vocabulaire. Mais était-ce si important ? Oui, se dit-elle. Elle ne se souvenait que trop bien de la ténacité de Reece. S'il sentait qu'elle dissimulait quoi que ce soit, il continuerait à la harceler. Il l'aurait à l'usure.

— Après ma douche, je suis descendue regarder la télévision. Je me suis endormie devant le poste. Des coups à la porte puis la sonnette m'ont réveillée un peu plus tard mais il n'y avait personne sous le porche. Puis, un peu avant l'aube, je me suis levée et j'ai vu une femme au bord du lac. Elle semblait regarder la fenêtre de ma chambre. Elle a disparu dans les bois et, quelques instants plus tard, j'ai reçu un coup de fil de quelqu'un affirmant que le Prédicateur revenait pour moi, pour me prendre, pour m'enlever. Et avant de vous croiser sur le chemin, j'avais vu quelqu'un vêtu de noir et coiffé d'un chapeau de pasteur. Dans le style de celui porté par le Prédicateur sur la fresque murale des Ruines. Tout cela est-il assez élaboré pour vous, agent Reece ? Et cela ne prend même pas en compte tout ce qui se passe avec Jenna.

Il se redressa pour la dévisager avec attention.

— Y a-t-il une raison pour laquelle tu ne m'as rien dit de tout cela plus tôt ?

— Vous m'avez surprise. Je ne m'attendais pas à vous croiser sur le chemin.

Il avait l'air de vouloir la presser d'autres questions mais il y renonça.

— Penses-tu que les appels proviennent de la même personne ?

— Je suppose mais je ne peux pas en être sûre, dit-elle, baissant les yeux sur ses doigts qui serraient les accoudoirs.

— Pourrais-tu me décrire la femme que tu as aperçue au bord du lac ?

— Blonde, mince, un peu plus grande que moi. Je ne l'ai pas bien vue. Elle était trop loin et les ombres étaient trop profondes le long de la rive.

— Et l'homme au chapeau de pasteur ?

— Je n'ai pas vu son visage.

— Est-il possible qu'ils puissent être la même personne ?

Cette éventualité désarçonna Ellie.

— Je suppose. À bien y réfléchir, la silhouette était similaire. Où voulez-vous en venir, agent Reece ?

— À rien de spécial. Je cherche à comprendre.

— Nous sommes deux à tenter de le faire, dit Ellie. Ma seule certitude est que ni l'un ni l'autre n'était Riley Cavanaugh.

4

Sam regarda la myriade d'émotions qui passaient sur le visage d'Ellie alors qu'elle cherchait les enregistrements. Grâce à son émission de radio, sa voix lui était si familière qu'il avait l'impression de bien la connaître. Mais en réalité, il n'avait pas revu Ellie depuis des années et elle était très différente de l'adolescente dont il avait gardé le souvenir. Il fallait s'y attendre, bien sûr. Elle n'avait plus rien de la gamine traumatisée qu'elle était, quinze ans auparavant. Elle était désormais une femme accomplie et très séduisante, s'il voulait être honnête. Mais toujours sur la défensive. Et avec des secrets.

Visiblement à contrecœur, elle lui désigna les bandes.

— Prenez tout le temps dont vous avez besoin pour les écouter. J'ai du travail à faire à la maison. Verrouillez simplement la porte lorsque vous aurez fini.

— Merci.

Elle hocha la tête et eut l'air de vouloir ajouter quelque chose mais elle y renonça et quitta le studio. Il la regarda s'éloigner à travers la grande baie vitrée qui donnait sur le sentier. Il la suivit des yeux jusqu'à ce qu'elle disparaisse derrière la végétation luxuriante bordant sa terrasse. Il reporta alors son attention sur la tâche à accomplir. Les écouteurs sur ses oreilles, il appuya sur « Start » et régla le volume. Il écouta les enregistrements jusqu'au bout avant de se les repasser.

À l'époque de sa disparition, il avait entendu la voix de Riley Cavanaugh enregistrée sur des vidéos fournies par ses amis et par sa famille. La personne qui avait appelé l'émission pouvait-elle être Riley ? L'hypothèse paraissait inconcevable, presque absurde, et pourtant, Sam ne pouvait nier une vague ressemblance, qui était peut-être le fruit de son imagination.

Après quelques écoutes supplémentaires, il retira les écouteurs, éteignit le matériel et quitta le studio.

La main en visière, il regarda le lac qui scintillait sous le soleil. La mousse espagnole ondulait sous la brise tandis que les nénuphars s'épanouissaient à la chaleur. Maintenant que la brume s'était dissipée, la matinée était belle et la journée s'annonçait caniculaire. Il prit un instant pour admirer la beauté primitive du paysage avant d'observer la vieille cheminée qui s'élevait à travers la cime des arbres.

Il n'était pas retourné aux Ruines depuis des années, mais au cours des premières semaines de l'enquête, quinze ans plus tôt, il avait passé beaucoup de temps à arpenter les enfilades de pièces, à fouiller les décombres. Parfois, il s'était simplement tenu debout dans l'ombre à s'efforcer de se représenter le déroulement de la tragédie.

Il n'allait pas tarder à se rendre dans l'ancien hôpital psychiatrique, mais pas tout de suite. Il n'en avait pas tout à fait fini avec Ellie Brannon.

Attablée sur sa terrasse, elle pianotait sur le clavier de son ordinateur portable. Quand elle l'entendit gravir les marches, elle referma l'appareil et se tourna vers lui. Ses yeux étaient d'un beau bleu clair, presque cristallin. Elle avait profité de ce moment de solitude pour se coiffer et nouer ses mèches blondes en une queue-de-cheval qui brillait sous le soleil matinal. Elle portait un T-shirt blanc sur un short en jean. Sam posa un bref regard sur ses jambes bronzées avant de se ressaisir.

Oublie. N'y pense même pas.

Comme elle levait le menton, il se demanda si elle avait remarqué son intérêt.

— Alors ?

Il traversa la terrasse pour venir s'asseoir en face d'elle.

— J'aimerais faire analyser l'enregistrement, si tu n'y vois pas d'objection. Si nous arrivons à filtrer les parasites, nous réussirons peut-être à capter des éléments importants en arrière-plan.

Écartant l'ordinateur, elle croisa les bras sur la table.

— Faites ce que vous voulez mais pourquoi perdre du temps avec ces enregistrements ? Vous avez sûrement mieux à faire.

Il répondit prudemment :

— Je doute que la famille de Riley considère ces analyses comme une perte de temps.

Elle le dévisagea avec colère.

— J'espère que vous n'avez pas l'intention de leur en parler. Du moins, pas encore. Il semble cruel et inutile de leur donner de faux espoirs.

— Ne penses-tu pas qu'ils ont le droit de savoir ?

— Savoir quoi ? demanda-t-elle. Qu'une personne horrible a brusquement décidé de nous tourmenter, Jenna et moi, de nous faire une mauvaise blague ?

— Les incidents que vous avez relatés toutes les deux nécessitent une certaine dose de planification et d'organisation. Cela dépasse le stade de la blague.

— Alors que se passe-t-il, à votre avis ?

La peur assombrissait ses yeux alors que ses doigts serraient les accoudoirs de son fauteuil. Elle était bien plus anxieuse qu'elle ne voulait l'admettre, comprit Sam.

Il s'efforça de paraître détendu. Il ne voulait surtout

pas l'inquiéter mais il devinait que dans le contexte, elle avait intérêt à se montrer prudente.

— As-tu des ennemis ou des rivaux professionnels ? Quelqu'un qui voudrait nuire à ta réputation ? Te chasser des ondes, peut-être ?

— La radio est un univers aussi féroce qu'un autre mais l'audience de mon émission est confidentielle, il faut le dire. Je ne fais d'ombre à personne. Par ailleurs, j'essaie de rester modeste à l'antenne, de n'offenser personne. J'aime ce que je fais, je ne rêve pas d'être écoutée par davantage de gens… De plus, si ces appels étranges et l'intrusion de ces personnes dans ma vie étaient motivés par une rivalité professionnelle, pourquoi s'en prendre à Jenna ? Je suis sûre que vous avez déjà fait la même déduction.

Il la dévisagea avec attention.

— Bien sûr, mais il est parfois utile d'imaginer divers scénarios. Et de procéder par élimination.

Ellie n'avait pas l'air convaincue. Il pouvait difficilement le lui reprocher. Dans le passé, il ne lui avait donné aucune raison de lui faire confiance.

— Dis-m'en davantage sur cette Melanie Kent, dit-il.

— Je ne peux pas vous dire grand-chose de plus. Mon frère a appris qu'elle avait été renvoyée du journal pour lequel elle travaillait à Tyler, et avant cela du *Dallas Herald*. Il paraît qu'elle a postulé auprès du journal local, en vain.

— Elle semble un peu aux abois, si je comprends bien.

— Vu le peu de scrupules qui animent cette femme et son besoin vital de remonter la pente, je crains le pire. Elle serait prête à tout pour un scoop qui lui permettrait de se relancer. En tout cas, je trouve curieux que tous ces incidents coïncident avec son retour à Belle Pointe. Peut-être tente-t-elle de nous convaincre, Jenna et moi, que Riley est toujours en vie pour pouvoir écrire une suite à son premier livre.

— Je vais essayer de découvrir ce qu'elle fait, proposa Sam.

— Ne vous donnez pas cette peine. Mon frère s'en charge.

— J'ai des sources qu'un shérif de comté n'a pas.

Ellie eut l'air à la fois agacée et sceptique.

— Cette histoire est-elle vraiment du ressort du FBI ?

— Le nom de Melanie Kent est apparu au cours de mon enquête initiale. Que je m'intéresse à elle est donc justifié.

— Au cours de votre enquête initiale ? Dois-je donc considérer votre présence comme une visite officielle ?

Ellie semblait bizarrement perturbée par cette éventualité. Sam ne put s'empêcher de se demander pourquoi.

— Comme je te l'ai dit, l'affaire n'a jamais été close.

— Et vous continuez à suivre toutes les pistes au fur et à mesure qu'elles se présentent. Je sais. Je vous ai entendu.

Elle soutint son regard un moment avant de le détourner.

— De toute façon, vous devriez probablement parler à mon frère si vous restez en ville. Tout sera plus facile pour vous si vous le tenez au courant de vos intentions.

— Je comptais le faire, dit Sam. J'ai appris à mes dépens que se mettre le shérif du comté de Nance à dos n'était jamais une bonne idée.

Le premier shérif Bannon lui avait longtemps donné du fil à retordre. Il voulait partir sur de meilleures bases avec l'actuel.

— J'ai été désolé d'apprendre la mort de ton père, ajouta-t-il.

Ellie redressa brusquement la tête.

— Comment l'avez-vous su ?

— Nous étions restés en contact.

Elle écarquilla les yeux.

— Pourquoi ?

— Essentiellement pour partager des informations.

Nous nous étions engagés à nous tenir au courant de tout ce qui avait trait à cette affaire. Si un élément pertinent retenait notre attention, nous le transmettions à l'autre.

Elle resta un moment silencieuse.

— Voilà donc pourquoi vous écoutez mon émission, en réalité, non ? Pour rester informé de mes activités ?

— Cette raison m'a peut-être motivé au départ. Maintenant, je suis un fidèle auditeur parce que je l'apprécie.

— J'avoue avoir du mal à le croire.

— D'accord. J'essaie peut-être aussi d'apprendre quelque chose, reconnut-il. Je ne pense pas que tu caches quoi que ce soit mais j'espère toujours qu'un souvenir capital te reviendra.

Elle fronça les sourcils.

— Après tout ce temps ?

Il ne répondit pas tout de suite, observant un banc de nuages blancs qui passaient au-dessus de la pinède avant de reporter son attention sur elle. Les yeux d'Ellie étaient pénétrants, comme s'ils avaient la capacité de sonder son âme. Il trouvait leur intensité étrangement séduisante.

— Lorsque je t'ai interrogée après le drame, tu m'as dit que tu n'avais rien remarqué d'extraordinaire avant d'entendre l'une de tes amies crier. Puis ton agresseur s'est approché de toi par-derrière pour te coller un linge imbibé de chloroforme sur le visage. Tu n'as pas pu le voir ni l'entendre.

— C'est exact.

— Je suis persuadé que tu es sincère mais l'amnésie dissociative a pu t'induire en erreur. Les souvenirs traumatisants sont parfois enterrés si profondément dans l'inconscient qu'ils en viennent à être oubliés. Comme si l'événement ne s'était jamais produit. Mais des années plus tard, quelque chose peut déclencher un flash-back. Un cauchemar ou une photo. Ou le son d'une voix.

— Et peut-être n'ai-je rien vu ou entendu qui sortait de l'ordinaire, cette nuit-là, rétorqua-t-elle. Une possibilité que vous n'avez jamais voulu envisager.

Il attendit un moment pour lancer :

— As-tu déjà pensé à l'hypnose ?

— J'ai fait plus qu'y penser. J'ai essayé une fois.

— Quand était-ce ? demanda-t-il, surpris.

— À l'université. L'expérience a échoué.

— Sais-tu pourquoi ?

Elle haussa les épaules mais Sam la vit frissonner.

— Une résistance naturelle à la perte de contrôle, je suppose. La raison n'a pas beaucoup d'importance, au fond. Les experts s'accordent pour dire que l'hypnose régressive n'est pas fiable. La perception des événements n'est pas toujours exacte et c'est pourquoi l'hypnose médico-légale est très controversée.

— C'est vrai, dit-il. Menée par un thérapeute qualifié, elle peut pourtant être utile. Je l'ai vue fonctionner.

— C'est formidable, mais comme je l'ai dit, elle n'a pas rien donné avec moi. Quel serait l'intérêt d'une nouvelle tentative, de toute façon ? Rien ne ramènera Riley. Rien ne rendra la santé mentale à Jenna. Au contraire, l'expérience ne ferait sans doute qu'aggraver son état. Quant à leur ravisseur… Silas Creed est certainement mort. Il ne reviendra pas et je doute que ses restes soient un jour retrouvés.

— Tu sembles certaine que Creed a enlevé Riley… Alors que tu n'as pas vu ton agresseur.

— Oui. J'en suis sûre.

Sam l'observa et s'ordonna d'y aller doucement.

— Il y avait très peu d'éléments physiques le liant aux enlèvements, dit-il. À l'exception de quelques empreintes digitales et de fibres qui auraient pu être laissées dans les ruines avant la nuit des rapts. Mais nous n'avons pas trouvé d'ADN. Et personne ne l'a vu sur les lieux ce soir-là.

Ellie blêmit.

— Et alors ? Cela ne prouve rien. Il y a quinze ans, de nombreuses émissions télévisées avaient déjà sensibilisé le public à l'importance des traces d'ADN sur une scène de crime. Il savait qu'il fallait y faire attention.

— Silas Creed était-il assez intelligent pour y penser ?

— Il n'avait rien d'un imbécile, il avait été éduqué. Les gens l'oublient parce qu'ils se fondent sur la façon dont il a vécu après avoir quitté l'établissement psychiatrique.

— D'accord. Mais crois-tu qu'il était physiquement capable de vous suivre, tes amies et toi, dans les Ruines et de te neutraliser avec du chloroforme, ce qui, d'ailleurs, prend beaucoup plus de temps que dans les films ? Tu as dû te débattre. Et ensuite, lorsque ton frère est arrivé, inquiet de ta fugue, Creed l'a frappé à la tête. Après vous avoir tous les deux assommés, il s'est enfui avec Jenna et Riley, sans doute inconscientes, le tout sans laisser de traces.

La peur et la consternation brillaient dans les beaux yeux d'Ellie mais pas la surprise. Ces incohérences lui avaient traversé l'esprit, à elle aussi, à un moment donné, mais elle ne voulait toujours pas y croire.

— S'il n'avait rien à se reprocher, pourquoi s'est-il enfui ? Il a disparu tout de suite après le drame. Et personne ne l'a jamais revu ou n'a entendu parler de lui.

— Peut-être se doutait-il que, compte tenu de ses antécédents psychiatriques et de sa tendance à traîner dans les Ruines, il serait suspecté. Toutes les polices du comté et de l'État étaient à ses trousses. Creed avait de la famille dans la région. Ton père m'a dit un jour qu'il s'était toujours demandé si un ami ou un parent ne l'avait pas aidé à quitter la ville parce qu'ils craignaient qu'il soit accusé à tort. Après tout, il avait le profil du coupable parfait. Il a pu servir de bouc émissaire. Un ancien malade mental solitaire qui prononçait aux Ruines des sermons teintés de soufre devant d'invisibles paroissiens… Il connaissait les lieux, les entrées, les sorties, les passages. Il cochait toutes les cases. Réfléchis-y. Même le surnom de Prédicateur contribuait à le diaboliser.

— Vous semblez vouloir croire en son innocence, dit-elle, une pointe d'accusation dans le ton.

— Je ne cherche que la vérité, dit Sam.

— Pourtant, ce serait un coup de pouce providentiel pour votre carrière, si vous réussissiez à résoudre l'affaire après tout ce temps. Sans parler du battage médiatique. Vous pourriez même sortir un livre qui cartonnerait.

Il essaya de ne pas prendre l'insinuation personnellement.

— Tu ne souhaites pas que l'affaire soit résolue ?

— Dans mon esprit, elle est déjà résolue.

— Je comprends, dit-il. L'hypothèse que le véritable ravisseur puisse encore être là quelque part est plutôt effrayante. Même s'il est encore en vie, Silas Creed est si vieux qu'il n'est plus une menace. Mais je ne suis pas convaincu qu'il ait été capable de réussir seul ces enlèvements et ton père ne l'était pas non plus. Nous avons tous les deux envisagé la possibilité qu'il ait eu un complice. Ou qu'un autre gars ait fait le coup. Un solitaire, marginal peut-être, qui lui aussi connaissait bien les Ruines et les rituels des adolescents du coin. Quelqu'un de beaucoup plus sournois et intelligent que Silas Creed. Quelqu'un qui vit peut-être encore dans le coin, ajouta-t-il après un moment.

Le visage d'Ellie avait pris la couleur de la cendre. Il perçut le tremblement de sa voix quand elle reprit la parole.

— Et pourquoi cette personne aurait-elle brusquement décidé de s'en prendre à Jenna et moi, à présent ?

— Tu as dit toi-même que la disparition de Riley avait

refait la une des journaux locaux, cet été. Peut-être ces publications ont-elles réveillé en lui des pulsions qu'il avait réussi à maîtriser toutes ces années. Ou peut-être veut-il que ta mémoire ne te semble plus très fiable, au cas où quelque chose te reviendrait. Je n'ai pas les réponses pour le moment. C'est la raison pour laquelle je suis ici. Et voilà pourquoi j'avais besoin de revenir après toutes ces années.

— Peu importe à vos yeux le nombre de souvenirs douloureux que vous allez raviver ? Et le nombre de personnes que vous allez blesser en rouvrant le dossier ?

Sam se blinda intérieurement face à l'émotion dont Ellie était la proie et qu'elle tenta de dissimuler en détournant la tête.

— Si c'est ce qu'il faut pour obtenir justice pour Riley et sa famille, oui. Ne le souhaites-tu pas, toi aussi ?

— Bien sûr que si !

— Alors aide-moi à trouver la vérité.

— Comment ?

— Nous pourrions essayer de retourner sur les lieux. Peut-être un souvenir te reviendra-t-il là-bas.

Sa suggestion la laissa sans voix.

— Tout ira bien, insista-t-il doucement.

Elle lui lança un regard sombre.

— Ce sont exactement les mots que j'ai lancés à Riley avant que nous entrions aux Ruines, cette nuit-là.

5

Le reste de la journée se passa tranquillement pour Ellie. Elle ne vit pas d'inconnus, ne reçut pas d'autres appels anonymes, ni de visites du FBI. Tout en se préparant pour son émission, elle s'efforça de faire abstraction de tous ces événements perturbateurs et, en particulier, de sa conversation avec Sam Reece.

En général, elle était plutôt douée pour compartimenter son existence, mais son échange avec l'agent Reece avait rouvert une brèche dans laquelle de vieilles peurs s'étaient engouffrées.

Et si le ravisseur de Riley était vraiment quelqu'un qu'elle connaissait ? Pire : s'il s'agissait de quelqu'un à qui elle parlait régulièrement ? Et s'il n'avait jamais cessé de l'observer depuis quinze ans, sous couvert d'un visage familier ? Si le monstre qui sommeillait en lui s'apprêtait à repasser à l'attaque ?

Elle s'efforça de repousser ces éventualités toutes plus terrifiantes les unes que les autres et s'installa dans sa bibliothèque pour travailler au frais, tournant résolument le dos à la fenêtre, aux dangers extérieurs. Elle alluma son ordinateur portable et relut ses notes. Pour l'émission de la soirée, elle avait invité un auteur qu'elle trouvait très intéressant. Ils parleraient à distance de son dernier livre sur la conscience collective. Ellie connaissait bien les recherches passionnantes qu'il menait depuis des années sur le sujet. Elle espérait que ce moment avec lui la distrairait de ses angoisses.

Si l'interview ronronnait, elle ouvrirait une tribune téléphonique pour permettre aux auditeurs d'intervenir dans la discussion. Elle avait toujours aimé leurs questions et leurs contributions aux débats, mais depuis qu'une inconnue avait chuchoté de sombres prédictions sur ses ondes, elle hésitait à le faire. Elle commençait à avoir peur.

Lorsqu'elle quitta la maison pour regagner son studio au fond du jardin, elle se sentait en proie à une sourde terreur. Comme elle parcourait le sentier, le soleil s'enfonçait lentement dans la pinède, projetant de longues ombres sur le lac. Les bois semblaient se refermer sur elle. La gorge serrée, elle promena un œil inquiet à travers les arbres avant de scruter le rivage.

En ce mois d'août, les températures étaient caniculaires mais Ellie frissonna en mesurant à quel point sa maison était isolée, à quel point elle vivait loin de tout. Elle tenta de se rassurer. Le monstre de son passé était mort. Quant aux créatures obscures qui hantaient ses cauchemars, elles ne pouvaient l'atteindre, en réalité. Elle pouvait longer les rives du lac Echo, observer la vieille cheminée cylindrique qui se dressait au milieu des pins en toute liberté. Elle n'avait pas besoin de s'enfuir en courant. Avec les années, elle avait appris à voir les choses telles qu'elles étaient, à cesser d'imaginer des dangers cachés partout.

Alors pourquoi n'es-tu jamais retournée là-bas ?

En fait, elle s'y était aventurée, une fois ou deux. En plein jour.

Elle avait été sidérée par l'immense fresque qu'un artiste inconnu avait peinte sur le mur de l'entrée, quelque temps après la disparition de Riley. Le Prédicateur y était représenté sous la forme d'un personnage démoniaque avec un chapeau à larges bords rabattus sur des yeux rouges. Et désormais, Ellie – comme sans doute la plupart des habitants de Belle Pointe – ne pouvait plus imaginer Silas Creed autrement.

Pourtant, en réalité, Creed était un petit homme maigrichon, d'apparence ordinaire, à l'exception de la lueur de folie qui brillait dans son regard. Les oraisons enflammées qu'il prononçait dans les ruines de l'hôpital psychiatrique étaient devenues légendaires, mais Ellie ne connaissait personne qui l'ait réellement vu aux Ruines, ou qui l'ait entendu y déclamer ses prédications apocalyptiques.

Le doute s'insinuait dans son esprit. Avait-il été accusé à tort ? Silas Creed était-il un individu un peu dérangé désigné comme bouc émissaire par des gens enragés qui voulaient à tout prix un coupable ? Et par Ellie qui avait besoin d'un nom pour évacuer sa peur ?

Elle ferma un instant les paupières pour fouiller ses souvenirs et passer au crible ses cauchemars. Elle avait dû voir un détail important, cette nuit-là, entendre autre chose que les battements affolés de son propre cœur. Y avait-il eu des bruits de pas dans l'escalier ? Des craquements de lattes du plancher ? Un visage lui était-il apparu une fraction de seconde avant que tout devienne noir ?

Quelqu'un avait crié mais elle n'avait jamais su s'il s'agissait de Jenna ou de Riley. Affolée, elle avait couru le long du couloir du premier étage pour se pencher par-dessus la rambarde.

— *Riley ? Jenna ? Tout va bien ?*

Comme personne ne lui répondait, elle avait commencé à descendre les marches, rapidement au début, puis plus lentement tandis que la peur l'aspirait comme des sables mouvants.

Elle devinait un problème dans l'air, une menace, une catastrophe. Elle mourait d'envie de s'enfuir au plus vite mais elle devait retrouver ses amies et s'assurer qu'il ne leur était rien arrivé. Elle ne pouvait pas les laisser ici.

Alors qu'elle parvenait au pied de l'escalier, une odeur avait chatouillé ses narines. Une odeur de cigarette peut-être. Elle ne savait pas d'où émanait cette fumée qui lui brûlait les yeux et lui irritait la gorge.

Une main sur sa poitrine, elle s'était ordonnée d'avancer...

— Jenna ? Riley ? Où êtes-vous ? S'il vous plaît, répondez-moi. Si c'est une blague, elle n'est pas drôle...

Où étaient-elles ? S'il leur était arrivé malheur, elle ne se le pardonnerait jamais. Tout était sa faute... C'était elle qui avait eu l'idée de venir ici. Riley aurait préféré ne pas les accompagner... Elle avait tellement peur.

— Ne fais pas ton bébé, s'était moquée Ellie. Bien sûr, on y va. Il n'y a rien à craindre...

— Riley ? Ça va ? Jenna ?

De vieux chiffons entassés sur le sol avaient attiré son attention. Ils bougeaient...

Des pas avaient résonné derrière elle alors que l'odeur de fumée devenait plus forte... Un bras s'était enroulé autour de sa taille... Un linge humide avait été pressé contre sa bouche et son nez... Elle ne pouvait plus respirer... La pièce s'était mise à tourner, ses jambes s'étaient dérobées sous elle...

Et puis, plus rien. Les ténèbres l'avaient engloutie.

Le souffle court, Ellie repoussa ces souvenirs et s'obligea à se tourner vers le ciel. Les couleurs dorées d'un coucher de soleil texan balayèrent la noirceur de ces terribles images. Elle ouvrit grand les yeux pour s'abreuver de la beauté du paysage, tout en s'enivrant des odeurs de pin et de chèvrefeuille. Elle avait besoin de se fondre dans le moment présent pour oublier cette horrible nuit aux Ruines.

Sentant l'imminence d'une crise de panique, elle s'ordonna d'inspirer profondément, d'expirer lentement.

Elle choisit un point sur la rive opposée, là où la lumière du soleil brillait à travers les pins, et se concentra dessus.

Inspire... Expire...

Déjà, les nénuphars se refermaient pour la nuit. Les cigales sortaient de leurs cachettes, des nuées de moustiques bourdonnaient à ses oreilles. De rose, le ciel devenait écarlate puis mauve tandis que le soleil disparaissait à l'horizon.

Inspire... Expire...

Le regard d'Ellie était toujours fixé sur la rive opposée. Elle aperçut quelque chose et plissa les paupières. Elle aurait pu jurer qu'un bateau était caché derrière les rideaux de mousse espagnole qui caressaient la surface de l'eau. Levant une main pour ombrager ses yeux, elle scruta le lac avec attention. Une silhouette humaine prit forme dans l'embarcation. Un homme, la tête penchée, le visage dissimulé derrière les larges bords de son chapeau.

La gorge serrée, Ellie sentit la peur la submerger. *Respire !*

Il s'agissait d'un mirage, d'un produit de son imagination provoqué par les ombres. À force de penser au Prédicateur, elle avait invoqué son fantôme. Cet homme n'avait aucune réalité. Il n'y avait personne. Personne.

Inspire... Expire...

Il s'agissait d'un jeu de lumière sur l'eau. Rien d'autre qu'une illusion. Le Prédicateur n'était pas là. Pas en vrai.

Elle le répéta à haute voix.

— Il n'est pas là. Pas en vrai !

Le son de sa propre voix renforça son courage. Elle éclata de rire et continua de crier aux ombres à travers le lac :

— Qui êtes-vous ? Que voulez-vous ? Hé, vous, répondez-moi au moins ! ajouta-t-elle, enhardie par le silence.

Tu perds la tête, Elliette. Parler à des ombres. Voir des personnes qui n'existent pas. Ressaisis-toi.

La campagne était devenue silencieuse. Ellie n'entendait

plus que le clapotis de l'eau contre la berge. La lumière s'était estompée, le ciel assombri. Le lac prenait un miroitement mystérieux.

— Je n'ai pas peur de vous ! hurla-t-elle. Voulez-vous savoir pourquoi ? Parce que vous n'êtes pas réel ! Vous n'existez pas !

Quelque chose tomba dans l'eau juste au-delà du rideau de mousse. Ellie tenta de se convaincre qu'il ne s'agissait que d'une grenouille, ou peut-être d'un poisson.

Rien d'humain, en tout cas. Rien de monstrueux.

Un autre bruit d'eau se fit entendre comme si quelqu'un qu'elle ne pouvait voir avait projeté une pierre à la surface du lac.

Un souvenir s'imposa à sa mémoire.

— *Pas comme ça, Riley. Ne jette pas ton galet. Pour réussir un ricochet, tout est dans le coup de poignet. Je vais te montrer.*

Plop, plop, plop.

Ce n'était pas une grenouille, ni un poisson, ni une tortue.

Il y avait quelqu'un là-bas.

Ellie se figea. Sous l'effet de la peur, elle sentit les poils de sa nuque se hérisser. Elle avait envie de risquer un coup d'œil par-dessus son épaule, de s'assurer que personne n'était derrière elle. Mais elle n'osait pas. Elle craignait que, d'une manière ou d'une autre, le Prédicateur se matérialise au bord du lac et vienne la chercher.

La tête rentrée dans les épaules, elle tourna le dos à l'étendue d'eau. Qu'avait-elle espéré en criant ainsi à travers le lac ? Pensait-elle vraiment que le Prédicateur était assis dans un bateau à l'espionner ?

Des frissons glacés lui parcouraient l'échine mais elle se força à marcher sans hâte jusqu'à son studio. Une fois à l'intérieur, elle verrouilla la porte et contourna sa table de mixage pour se poster devant la baie vitrée qui donnait surle lac.

Rien ne bougeait.

Parce qu'il n'y avait personne.

La sonnerie de son téléphone brisa le silence de son studio insonorisé. Elle baissa les yeux avec effroi sur l'appareil, s'attendant à voir les mots « Numéro inconnu » sur l'écran, mais le nom de son frère apparut à la place. Soulagée, elle répondit aussitôt.

Tom en fut surpris.

— Tu es rapide, dit-il. Tout va bien ?

— Oui, je suis au studio, je me prépare pour l'émission.

— Déjà ? Le soleil se couche à peine.

— Ta réflexion prouve que tu n'as aucune idée de ce que je fais. Mon travail ne se résume pas à trois heures d'antenne, tu sais.

Ellie s'exprimait avec calme, naturel. Elle se félicita que son frère ne puisse pas la voir. Après l'épisode sur le sentier, elle devait avoir l'air d'une folle et elle tremblait encore de tous ses membres.

— Je ne te retiens pas, dit Tom. J'appelais seulement pour m'assurer que tout allait bien.

— Merci.

Agrippée au téléphone, elle regarda par la fenêtre. Le crépuscule envahissait les bois, se fondant dans les ombres où se dissimulaient les prédateurs, mais elle distinguait encore les contours du lac. Une brise légère secouait la mousse espagnole mais derrière ce rideau végétal, il n'y avait rien, personne.

— J'ai besoin de te dire quelque chose avant de te laisser, annonça Tom d'un ton hésitant.

Son intonation la ramena brutalement au présent.

— Quoi ?

— Ce n'est rien d'important, se hâta-t-il d'assurer.

Mais j'ai promis de ne plus rien te cacher. J'ai reçu de la visite cet après-midi. Toi aussi, je crois.

Elle laissa échapper un soupir de soulagement.

— Sam Reece ? Oui, je l'ai vu ce matin. Que te voulait-il ?

— Il s'agissait d'une visite de courtoisie mais il m'a demandé l'autorisation de jeter un coup d'œil aux dossiers de l'affaire Cavanaugh. Il semble particulièrement intéressé par les notes de notre père. Apparemment, il a décidé de se pencher à nouveau sur l'enlèvement de Riley.

Ellie frissonna.

— Je sais.

— Il m'a parlé de Jenna. Il paraît qu'elle a reçu, elle aussi, des appels anonymes. Et que quelqu'un a laissé une plume de paon sous son porche. Il a également parlé d'un homme coiffé d'un chapeau de pasteur que tu aurais vu en rentrant de chez les Thayer. Pourquoi ne m'as-tu pas appelé pour me raconter cette histoire ?

Elle essaya de garder son ton détendu.

— Parce que je ne voulais pas que tu te précipites ici alors que tu as tant à faire. Il ne s'est rien passé. Il n'y a rien de nouveau. Quelqu'un me fait une sale blague. Ou j'ai peut-être tout imaginé.

— Tu n'as rien imaginé et tu aurais dû m'appeler.

Son frère avait tendance à se montrer surprotecteur et généralement Ellie le repoussait. Mais pas cette fois.

— Tu as raison. Je suis désolée. Cela ne m'a pas paru nécessaire parce que je n'étais pas seule. Je suis tombée sur Reece alors que je revenais de nourrir les paons. C'est là qu'il m'a parlé de Jenna. Elle est, paraît-il, convaincue que Riley essaie de nous contacter.

— Nous savons tous que ce n'est pas possible, dit Tom.

— Pourtant, l'agent Reece est de retour à Belle Pointe, répliqua-t-elle, s'efforçant de réprimer un autre frisson. Sa présence risque de remuer beaucoup de mauvais souvenirs. Et de ressentiments aussi. Sa façon d'interroger n'est pas très délicate.

— S'il va trop loin, dis-le-moi, lança Tom.

— Je suis capable de gérer ses questions. Je regrette surtout que Rae ait de nouveau à subir cette épreuve.

Ellie s'éloigna de la fenêtre et prit place derrière sa console.

— Tom, Sam Reece a dit quelque chose que je n'arrive pas à sortir de ma tête. Il prétend que notre père n'a jamais été convaincu que Silas Creed avait agi seul. Ni même eu la certitude de sa culpabilité. Savais-tu qu'ils étaient restés en contact ? Qu'ils partageaient des informations sur l'affaire ? Je n'en avais pas la moindre idée. Il ne m'avait rien dit.

— Notre père n'aimait pas rapporter des dossiers à la maison, répondit Tom avec prudence. Surtout pas celui de l'affaire Cavanaugh.

Ellie glissa une mèche de cheveux derrière son oreille.

— Je sais. Il tenait à me protéger, comme toi à présent, mais je déteste l'idée d'avoir été laissée à l'écart. Je suis moins fragile que tu le penses.

— Je ne crois pas que tu sois fragile, protesta Tom. Mais tu es parfois imprudente. Et tu as raison de ne pas vouloir être laissée dans l'ignorance, voilà pourquoi je t'ai appelée dès que Reece a quitté mon bureau.

— Merci.

Ellie se leva et fit les cent pas, évitant la fenêtre qui donnait sur les bois et le lac. Les ombres qui s'agrandissaient la troublaient.

— D'après Sam Reece, notre père avait envisagé la possibilité qu'un ami ou un parent ait aidé Silas Creed à disparaître parce que ce dernier pensait qu'il serait accusé des kidnappings. Il craignait que le véritable ravisseur ne soit quelqu'un de la région et vive toujours dans le coin. Tom…

Elle ne put s'empêcher de jeter un coup d'œil par la fenêtre.

— Étais-tu au courant de ses doutes, de ses interrogations ?

— Je savais que beaucoup de gens avaient été entendus à l'époque et diverses hypothèses envisagées. C'est la procédure standard. Ou devrait l'être. Un bon enquêteur fait de son mieux pour éviter de se concentrer trop tôt sur un suspect. Il risque ensuite de se retrouver dans un tunnel.

Ellie serra le téléphone.

— Et pourtant, aucun de vous n'a jamais jugé utile de me parler de ces autres possibilités ?

— Nous n'avions pas envie de te faire peur. Après la tragédie, tu étais en grande souffrance. Tu avais failli mourir et tes meilleures amies avaient disparu. Nous avons fait notre possible pour te protéger. Notre père ne voulait surtout pas que tu passes le reste de ta vie à te cacher, à vivre derrière des portes verrouillées ou à regarder en permanence derrière ton épaule. Il avait envie que tu mènes une existence normale.

— Mais qu'en est-il de toi, Tom ?

— De moi ?

— Est-ce pour cette raison que tu as toujours été si présent pour moi ? demanda Ellie. Parce que tu avais peur que le ravisseur rôde toujours dans le coin ?

— J'ai veillé sur toi parce que je suis ton frère.

— Tu n'as pas répondu à ma question. Dis-moi la vérité. Penses-tu que Silas Creed était innocent ?

— Je n'en sais rien, Ellie. C'est la vérité.

Elle l'imaginait passant les doigts dans ses cheveux.

— Je me suis repassé cette nuit-là dans ma tête un million de fois, reprit-il, et je me suis demandé à maintes reprises s'il était coupable ou s'il avait agi seul… Qui peut l'affirmer avec certitude ? Il avait des parents dans la région. Il est possible qu'un ou plusieurs d'entre eux l'aient aidé à quitter la ville.

— Vivent-ils encore ici ?

— Sa demi-sœur est morte, il y a quelques années. Le fils de celle-ci a repris la ferme familiale. Je ne l'ai pas vu depuis des lustres, bien que je sache qu'il a ajouté des serres et une pépinière aux potagers de sa mère. Sa propriété est située à une vingtaine de kilomètres au sud de Belle Pointe, près de Carlisle. Après ce qui s'est passé, sa mère a toujours évité la ville. Cory aussi, sans doute.

— Quel est son nom de famille ? demanda Ellie.

— Small.

Cory Small. Ce nom lui disait quelque chose.

— Sam Reece connaît-il ces gens-là ?

— J'en suis sûr. La demi-sœur a été interrogée un bon nombre de fois après la disparition de Creed. Notre père s'est toujours senti désolé pour elle. Elle était veuve, essayait de gagner sa vie en s'investissant corps et âme dans une entreprise physiquement exigeante. Elle avait du mal à tout gérer. Si je me souviens bien, Creed avait une vingtaine d'années lorsque la famille l'a fait interner. Ils n'arrivaient plus à le canaliser. Il était resté à l'hôpital jusqu'à la fermeture de l'établissement dans les années 1980. À ce moment-là, ses parents étaient morts. Sa sœur était son plus proche parent vivant. Elle l'a aidé à trouver du travail et un logement mais elle avait Cory à élever. Elle a coopéré comme elle a pu avec les autorités, mais il lui était difficile de renier un membre de sa propre famille.

— Penses-tu qu'elle ait aidé son frère à quitter la ville ?

— C'est possible, même si ses ressources étaient limitées. Il faut beaucoup d'argent et de relations pour disparaître sans laisser de traces. La vérité est que nous ne saurons peut-être jamais ce qui est arrivé à Silas Creed. Parfois, je pense que cela vaut mieux.

En entrant dans sa maison plongée dans le noir, Sam alluma avant de jeter ses clés sur la console. Il se sentait fatigué et il ne savait pas pourquoi. Se replonger dans l'affaire Cavanaugh l'affectait sans doute plus que prévu.

Tous les kidnappings dont il s'était occupé le hantaient, en particulier ceux qui n'avaient pas été résolus. Souvent, il avait dû se résoudre à admettre que certaines familles ne retrouveraient jamais leur enfant, ne sauraient jamais ce qui s'était passé et ne vivraient plus jamais en paix. L'affaire Riley Cavanaugh était différente. Pas seulement parce qu'elle avait été sa première enquête, mais surtout parce que la peur d'être passé à côté d'un élément crucial l'avait toujours tenaillé. Que son arrogance et son inexpérience aient permis à un psychopathe d'échapper à la prison, qu'elles lui aient donné la possibilité d'enlever et de tuer à nouveau le ravageait.

Il essaya de réprimer la tristesse qui l'envahissait. Son bureau était au rez-de-chaussée et il pensait y passer un peu de temps avant de monter chez lui. Il y avait toujours un dossier qui méritait un peu plus d'attention. Ses journées étaient trop courtes. Il n'avait jamais assez de temps pour tout faire.

Au lieu de quoi, il gagna directement sa cuisine et se versa un verre. Puis il dénoua sa cravate et retira sa veste. Son whisky à la main, il sortit sur le balcon et s'appuya contre la balustrade pour regarder la nuit.

Sa petite escapade à Belle Pointe avait remué de nombreux souvenirs. Il n'y était pas revenu depuis qu'il avait été retiré de l'affaire, trois mois après le début de l'enquête. En surface, l'endroit n'avait pas beaucoup changé. Les roseraies et la place pittoresque du centre-ville cachaient toujours des ombres. Sam avait ressenti une étrange oppression au moment où il avait franchi les portes de la ville. Quinze ans après la disparition de Riley Cavanaugh, son fantôme hantait toujours les rues.

Il laissa son esprit revenir à sa conversation avec Ellie Brannon. Il n'arrivait pas à la sortir de sa tête. Il avait pensé à elle pendant le long trajet de retour à Dallas et pendant le reste de l'après-midi. Il avait pourtant une montagne de paperasse à classer. Même maintenant, des heures plus tard, l'épuisement et un bon whisky n'apaisaient guère sa nervosité.

Il avait toujours cru et il continuait de croire qu'Ellie détenait la clé de l'énigme de l'affaire Cavanaugh. Les souvenirs de Jenna Malloy sur son enlèvement et sa captivité étaient enfermés pour toujours dans son esprit brisé. Sa survie même dépendait de l'oubli définitif de cette tragédie. L'expérience d'Ellie était différente. Elle n'avait pas été kidnappée avec les deux autres, ce qui restait également un mystère. Sam ne pensait pas qu'elle dissimulait délibérément quoi que ce soit, mais il était possible qu'elle ait vu ou entendu quelque chose avant de perdre connaissance. Quelque chose qu'elle avait oublié depuis longtemps. Dans des circonstances favorables, des détails apparemment anodins pourraient lui revenir. La situation devrait être gérée avec tact, bien sûr. Il avait besoin de gagner sa confiance.

Il avait fait le premier pas, aujourd'hui. Planté une graine. Spontanément, elle n'était pas encline à coopérer mais leur échange l'avait secouée. Certes, elle essayait de minimiser ce qui s'était passé, mais elle avait eu l'air terrifiée quand il l'avait croisée sur le sentier, ce matin-là. Sa peur finirait par exiger des réponses et Sam avait depuis longtemps appris les vertus de la patience.

Il retournerait à Belle Pointe dès que son emploi du temps le lui permettrait. Il se passait ici des événements étranges qui ne se réduisaient pas à une farce cruelle. Ellie Brannon était prise pour cible et, tout en sachant que son frère veillait sur elle, Sam fut surpris de constater à quel point il était impatient de la revoir.

Une émotion remua au creux de son ventre et il prit une autre gorgée, utilisant le feu du whisky pour faire taire l'inévitable vérité. Pourtant elle restait là, exigeant d'être reconnue.

Ellie l'attirait et il en était surpris. Qui aurait imaginé une éventualité pareille ? La dernière fois qu'il l'avait vue, c'était une adolescente effrayée. Blessée, perdue, et sur la défensive quand il la poussait à se souvenir. Maintenant, elle était devenue une femme. Grande, mince, blonde avec les yeux bleus les plus clairs qu'il ait jamais vus. Une clarté trompeuse, parce que, comme pour la ville de Belle Pointe, les ombres de son passé se cachaient encore sous la surface.

Il ne pouvait s'empêcher de se demander à quoi avait ressemblé sa vie ces quinze dernières années. Il connaissait les bases. Elle avait obtenu un diplôme en communication et médias à l'université du Nord Texas. Elle travaillait comme animatrice de radio. Elle était célibataire, ne s'était jamais mariée. Elle vivait seule sur les rives du lac.

Sa propre existence n'était pas très différente. Il était seul, ne vivant que pour le travail. Quand il avait déménagé de Washington DC pour s'installer à Dallas, il avait laissé derrière lui une série de relations inabouties avec des femmes attirantes qui avaient réussi professionnellement. Des femmes patientes qui avaient pourtant fini par se lasser de ses voyages incessants, de ses horaires extensibles. Des femmes de valeur qui avaient finalement été dégoûtées par les ténèbres glacées qui s'accrochaient à ses basques comme une mauvaise odeur après chaque cas d'enfant enlevé.

Ellie Brannon savait tout sur ces ténèbres. Pour y avoir plongé.

Une nouvelle vague de désir fit basculer Sam contre la balustrade. Il tenta de se raisonner, s'ordonna de se calmer.

Ellie était hors limites. Et devait le rester. Même si, un jour, elle lui faisait un signe, l'encourageait à s'approcher – ce qu'elle ne ferait pas –, il n'esquisserait pas un geste vers elle. Après tout ce qu'elle avait vécu, elle méritait mieux. Non pas qu'il soit un mauvais bougre. Mais il avait vécu dans le monde de ses cauchemars. Il ne convenait pas à quelqu'un comme elle.

Alors pourquoi y pensait-il ?

Peut-être avait-il besoin de sortir de la maison, d'aller dans un bar, de boire quelques verres. De parler à des gens. D'oublier les monstres, d'oublier les visages de tous ces enfants disparus qui défilaient pendant son sommeil, ceux qu'il avait retrouvés et les autres. D'oublier Belle Pointe et une fille disparue nommée Riley Cavanaugh et ses amies, Jenna Malloy et Ellie Brannon.

Il lui fallait vraiment se changer les idées. Il était encore tôt, même pour un soir de semaine, et Dallas était une ville animée. *Va prendre un whisky quelque part et parler à des gens. Va te frotter au monde réel.*

Il retourna à l'intérieur, posa son verre sur la table avant d'attraper sa veste. Tout en conduisant dans la nuit, il gardait l'œil ouvert. Les prédateurs qu'il chassait depuis des années étaient là, cachés dans les centres commerciaux et les cinémas, observant dans l'ombre, épiant à travers les fenêtres. Ils repéraient les proies faciles, leurs futures victimes. Sam avait appris à vivre avec les sombres réalités de son métier mais il n'avait jamais trouvé un moyen de tenir les cauchemars à distance.

Quelques instants plus tard, il se gara et descendit la rue jusqu'à l'un des rares bars qu'il fréquentait depuis son retour à Dallas. La ville avait beaucoup changé en quinze ans. Elle s'étendait dans tous les sens et les embouteillages semblaient permanents. Il regardait les visages sur le trottoir en marchant, établissait un contact visuel de temps en temps.

L'endroit était bondé et bruyant. Le rythme de la musique vibrait à travers son cerveau alors qu'il prenait place au bar et commandait un autre whisky. Il sirota lentement son verre en observant la foule dans le miroir. Il ne cherchait pas à converser. Il ressentait seulement l'envie d'échapper à l'obscurité pendant une heure ou deux. De se sentir normal.

Au bout d'un moment, une blonde assise seule à une table attira son attention. Mince, séduisante, elle lui rappelait Ellie. Il détourna rapidement les yeux avant qu'elle interprète mal son regard. Pas ce soir.

Il vida son verre et se demanda s'il devait en commander un autre. Il pouvait toujours rentrer en taxi et récupérer sa voiture au matin. Ou aller acheter des plats à emporter pour dîner chez lui. Il fit signe au barman.

Son téléphone sonna et le nom de Jenna Malloy apparut sur l'écran. Comme toujours, il hésita à laisser l'appel tomber sur la messagerie vocale mais il en était incapable.

Il pressa le téléphone contre son oreille.

— Allô ?

Pas de réponse.

— Jenna ? Tu es là ?

Quelqu'un était là. Il percevait de la musique et des voix en arrière-fond. Puis la communication fut brusquement coupée.

Il se leva et sortit, laissant l'argent sur le comptoir. La

soirée était chaude. Il s'adossa contre le bâtiment, luttant toujours contre cette étrange nervosité.

Sa sonnerie retentit à nouveau et il répondit immédiatement.

— Jenna ?

— Bonsoir, agent Reece.

Il ne reconnut pas la voix mais elle lui semblait étrangement familière.

— Qui est à l'appareil ?

Un rire doux.

Un klaxon retentit dans la rue. Sam releva la tête et promena les yeux autour de lui, les sens en alerte. Il regarda les passants, cherchant quelqu'un avec un téléphone portable à l'oreille, ce qui semblait être le cas de presque tout le monde.

— Qui est à l'appareil ? répéta-t-il. Pourquoi avez-vous le téléphone de Jenna ?

— Je n'étais pas sûre que vous répondriez si j'utilisais le mien.

Il lança un peu au hasard.

— Hazel ?

— Bravo, agent Reece. Vous êtes très fort.

La nouvelle colocataire de Jenna. Les picotements s'intensifièrent.

— Où est Jenna ?

— Oh… Elle n'est pas loin, elle est dans les parages.

— Passez-la-moi. J'aimerais lui parler.

— Ce n'est pas une bonne idée. Pas pour le moment.

— Pourquoi pas ?

Une pause.

— Elle n'est pas elle-même, ce soir.

Sam commença à marcher.

— Cela veut dire quoi ? Elle va bien ?

— Ne vous en faites pas pour Jenny. Elle ira mieux

bientôt. Cette fille est une résiliente mais je ne vous l'apprends pas. Vous savez ce qu'elle a traversé, n'est-ce pas, agent Reece ?

— Pourquoi me téléphonez-vous, Hazel ?

— J'ai pensé que c'était le moment de nous parler.

— De quoi devrions-nous parler ?

— N'êtes-vous pas curieux de savoir avec qui Jenna vit, à présent ? En tout cas, moi, je suis curieuse de vous. Elle parle de vous tout le temps. Elle éprouve des sentiments pour vous. Je commence à comprendre pourquoi.

— Où êtes-vous, Hazel ?

Un autre rire doux.

— S'il vous plaît, passez-moi Jenna. J'ai besoin de savoir qu'elle va bien.

— Je vous l'ai dit, Jenna va bien. Je suis plus inquiète pour vous, en ce moment.

Il regarda autour de lui.

— Pourquoi vous inquiétez-vous pour moi ?

— Vous avez l'air si seul, ce soir.

Des reflets de phares sur une vitrine éblouirent Sam. Après le passage du véhicule, il aperçut quelqu'un qui se tenait sur le trottoir d'en face. Une blonde avec un smartphone collé à l'oreille.

Il aurait pu jurer que cette femme était Jenna Malloy mais quand il se retourna, il n'y avait plus personne.

6

Ce soir-là, l'inconnue ne chercha pas à contacter Ellie au cours de son émission. Le programme se déroula sans accroc et après avoir rendu l'antenne, elle retira ses écouteurs avec un soupir de soulagement. L'idiote qui s'était amusée à lui faire peur trois soirs de suite s'était peut-être lassée de son petit jeu malsain.

Elle l'espérait.

Cela dit, les appels anonymes étaient désormais le cadet de ses soucis. Si elle détestait le reconnaître, l'agent Reece avait raison. Les événements étranges survenus ces derniers jours avaient demandé un minimum d'organisation et de planification. Quelqu'un s'était donné la peine de chercher où elle vivait et de s'intéresser à sa routine quotidienne. À cent kilomètres de là, ce quelqu'un avait également laissé une plume de paon sous le porche de Jenna.

Était-il possible que la plume soit un message destiné en réalité à Ellie ? C'était elle qui avait toujours aimé les paons. Pas Jenna. Ni Riley. La plume symbolisait certainement quelque chose. Mais quoi ?

Ces questions tournaient en boucle dans sa tête tandis qu'elle éteignait son matériel. Se postant à la fenêtre, elle regarda le lac, à la recherche d'une embarcation cachée, d'ombres suspectes, de monstres. Elle ne vit rien, il n'y avait personne. Pourtant, la perspective de quitter le havre de paix qu'était son studio d'enregistrement pour parcourir la courte distance qui la séparait de sa terrasse la remplissait d'effroi.

Ne sois pas ridicule. Si Tom pensait que tu courais le moindre danger, il ne t'aurait jamais laissée seule ici. Tout va bien. Rentre chez toi, prends une douche et détends-toi.

Peut-être se préparerait-elle une tisane. Il y avait encore quelques jours, elle se serait servi un verre de vin qu'elle aurait siroté sur la balancelle pour profiter de la douceur de la nuit. Maintenant, et après avoir vérifié que les portes du rez-de-chaussée étaient bien verrouillées, elle préférait s'installer dans sa chambre, à l'abri, avec son arme à portée de main.

Elle coupa les lumières et resta un moment dans la pénombre. Puis, rassemblant son courage, elle quitta le studio et se hâta vers la maison. Alors qu'elle remontait le sentier d'un bon pas, une chouette hulula en haut d'un cyprès. La lune était pleine et la campagne alentour baignait dans une lueur argentée. Le lac, lui, semblait sombre et menaçant.

D'un coup d'œil par-dessus son épaule, elle observa la pinède derrière elle. La petite brise qui soufflait à travers les branches lui donna la chair de poule. Une odeur de fumée flottait dans le vent. Celle d'un feu de camp éloigné, peut-être. Ou d'une cigarette.

Un frisson lui parcourut l'échine. Quelqu'un était dans le bois. Elle n'avait rien vu, rien entendu et pourtant, elle sentait une présence. Quelqu'un la suivait des yeux, l'épiait.

Il arrive…

La voix chuchotant cet avertissement lui revint en mémoire. Elle s'attendait presque à entendre à présent la sonnerie de son smartphone, à recevoir un appel anonyme. Mais tout était silencieux, à l'exception des battements précipités de son cœur et du bourdonnement d'un moustique dans ses cheveux. Saisie d'une brusque terreur, elle s'élança en avant, trébuchant dans sa hâte de rentrer chez elle.

Alors qu'elle courait vers la maison, elle s'arrêta soudain. Et si au lieu de fuir un danger derrière elle, elle fonçait tête baissée vers lui ?

Pétrifiée, elle tendit l'oreille vers les pins, le lac, s'efforçant d'identifier les bruits environnants. S'agissait-il du rugissement d'un hors-bord au loin ? Du clapotis de l'eau contre une coque en fibre de verre ? Elle balaya les alentours du regard. Pourquoi n'avait-elle pas pris une arme avec elle quand elle avait quitté la maison ? Pourquoi n'était-elle pas restée enfermée à l'intérieur du studio jusqu'au matin ?

La panique la gagnait. L'obscurité semblait se refermer sur elle comme un piège.

Avec une profonde inspiration, elle se remit en marche. Sa maison était tout près, maintenant. Comme elle levait les yeux vers la fenêtre de sa chambre, elle eut l'impression que quelqu'un la regardait, mais elle se rendit compte que ce n'était que le reflet du clair de lune sur la vitre.

Elle gravit les marches de la terrasse tout en tirant la clé de sa poche. Parvenue devant la porte, elle inséra la clé et se figea.

Quelqu'un était venu chez elle pendant son émission. Et lui avait laissé un cadeau, un objet du passé qui n'avait d'importance que pour Ellie, Jenna… et Riley.

Un bracelet en fils de coton était accroché à la poignée de la porte, un de ces bracelets d'amitié qui étaient à la mode à l'époque où elles étaient au collège. Elles avaient fabriqué les leurs ensemble, chacune dans sa couleur préférée – le bleu pour Ellie, le jaune pour Jenna et le rouge pour Riley –, en veillant à mêler à la teinte dominante des brins des couleurs des deux autres pour symboliser leur amitié.

Quand elle passa les doigts sur la tresse colorée, Ellie eut la chair de poule. Elle retira sa main alors qu'un autre souvenir remontait à sa mémoire. Tout en essayant de repousser l'image, elle jeta un coup d'œil affolé par-dessus son épaule.

Elle avait envie de laisser le bracelet sur la poignée de la porte, de faire comme si elle ne l'avait pas vu, comme s'il n'existait pas, mais adopter la politique de l'autruche ne la mènerait nulle part, elle le savait. Si quelqu'un venait la chercher, elle devait s'y préparer.

Saisissant le bracelet, elle se précipita à l'intérieur et verrouilla la porte à double tour. Elle alluma et remonta le couloir au pas de course pour vérifier que toutes les portes étaient fermées à clé. Satisfaite de constater que la maison était bien sécurisée, elle se rendit dans la cuisine, mit de l'eau à bouillir. Alors seulement, elle déroula les doigts pour examiner la tresse de fils à la lumière.

Elle tenta de se convaincre qu'il ne s'agissait que d'un bijou de coton fané. Qui pouvait provenir de n'importe où. Mais ce n'était pas vrai. Certes, il était vieux, usé et taché mais elle distinguait encore les brins jaunes et bleus mêlés aux rouges.

Doucement, elle le posa sur la table, submergée par un afflux de souvenirs.

Riley portait ce bracelet la nuit où elles étaient sorties aux Ruines. Ellie et Jenna l'avaient taquinée à ce sujet mais elle s'en fichait. Elle était certaine que ce bijou la protégerait, comme un talisman. Les trois amies avaient cessé de porter leurs bracelets à la fin du collège, estimant que s'afficher avec au lycée les ferait passer pour des gamines. Ellie avait jeté le sien à la poubelle, un soir, mais était allée l'y repêcher le lendemain matin, incapable de s'en séparer. Les fils de broderie entrelacés symbolisaient les liens que toutes trois avaient tissés depuis la maternelle.

Ellie l'avait conservé toutes ces années dans un compartiment secret de sa boîte à bijoux, mais elle ne l'avait plus jamais regardé. Les souvenirs qui y étaient attachés étaient trop douloureux, la culpabilité trop forte.

Le sifflement de la bouilloire la fit sursauter. Elle versa l'eau chaude sur le sachet de thé, espérant que ces gestes banals la calmeraient. Mais son regard revenait sans cesse vers le bracelet. Elle se demandait d'où il venait et où il était durant toutes ces années. Elle s'interrogeait sur les taches sombres.

Devait-elle appeler Tom pour lui en parler ? Elle hésitait à lui téléphoner. Elle ne voulait pas l'inquiéter, mais plus encore, elle détestait l'idée de ramener la sœur de Riley dans ce cauchemar. Les Cavanaugh avaient déjà tant souffert. Rae avait droit à un peu de paix. Rae et Tom méritaient d'être heureux.

La crainte de perturber sa future belle-sœur était-elle la seule raison de ses hésitations ? Peut-être ne voulait-elle pas admettre que le bracelet était peut-être celui de Riley. Qui d'autre que le ravisseur aurait pu le conserver pendant toutes ces années ?

Malgré ses réticences, elle comprit qu'il lui fallait en parler à quelqu'un. Glisser sa découverte sous le tapis comme si elle n'existait pas serait une erreur, une faute. Il s'agissait peut-être d'un indice, d'une pièce à conviction.

Elle rangea soigneusement le bracelet dans un petit sac en plastique. Il faudrait le faire examiner et analyser les taches, mais certainement pas à cette heure tardive. Peut-être, au lieu de contacter son frère, allait-elle plutôt essayer de joindre Sam Reece. Il avait beaucoup plus de ressources à sa disposition. Et si les analyses ne donnaient rien, Rae n'entendrait jamais parler de ce bijou et Tom n'aurait pas à cacher quoi que ce soit à sa fiancée.

Jusqu'à présent, rien de dangereux ne lui était arrivé, se raisonna Ellie. Les appels téléphoniques, les apparitions et maintenant le bracelet semblaient malveillants, mais jamais elle n'avait été physiquement menacée. Son frère ne pouvait pas faire grand-chose à titre officiel et elle n'allait certainement pas s'installer avec lui et Rae. Personne ne la chasserait de chez elle ou de son studio. Il n'était pas question que sa vie soit bouleversée par… quoi ? Une mauvaise blague ? Une idiote qui essayait de lui faire peur ? Si quelqu'un voulait s'attaquer à elle, pourquoi annoncer ses intentions ?

Éteignant le rez-de-chaussée, elle monta sa tisane à l'étage, avec le bracelet dans le petit sachet en plastique. Elle posa sa tasse sur la table de chevet, sortit sa boîte à bijoux de sa commode et l'ouvrit. Elle souleva le plateau qui cachait le compartiment secret où elle rangeait ses souvenirs les plus précieux.

Elle prit son bracelet d'amitié, le posa sur la commode et lissa la tresse du bout de son doigt. Les fils de coton n'étaient ni décolorés, ni tachés, ni effilochés.

Comparé au bracelet rouge, le sien semblait neuf.

La sonnerie de son smartphone réveilla Sam en sursaut. Dans son métier, les appels nocturnes étaient fréquents. Chaque fois qu'un enfant était kidnappé et son équipe mobilisée pour le retrouver, il était immédiatement prévenu. Il pouvait donc être contacté à toute heure du jour ou de la nuit. Pour avoir une chance de sauver un gosse, il n'y avait pas de temps à perdre. Dernièrement, cependant, Jenna Malloy avait elle aussi pris l'habitude de l'appeler à point d'heure. Tout en se frottant le visage pour recouvrer un peu de lucidité, il se prépara à toutes les éventualités.

Il se demandait toujours s'il l'avait vue dans la rue, la veille au soir. Et si elle ne lui avait pas téléphoné en se faisant passer pour sa colocataire. Quelque chose dans la voix de Hazel le tracassait. Peut-être n'y avait-il pas de Hazel Lamont. Pour quelle raison Jenna s'amuserait-elle à faire un canular aussi puéril, Sam n'en avait aucune idée. Mais ce ne serait pas la première fois que Jenna l'appelait sans s'identifier. Un jour, quand il lui avait dit qu'il l'avait reconnue, elle avait raccroché et ne l'avait pas recontacté pendant des mois.

Il se tourna vers le réveil posé sur sa table de chevet, à côté de son téléphone et de sa montre. Les vieilles habitudes étaient tenaces. Il était presque 1 heure du matin. À peu près l'heure à laquelle Jenna avait appelé la veille. Mais lorsqu'il s'empara de son smartphone, il fut surpris de voir le nom d'Ellie Brannon affiché sur l'écran.

Pleinement réveillé à présent, il colla l'appareil à son oreille.

— Agent Reece.

Elle resta si longtemps silencieuse qu'il se demanda si elle n'avait pas composé son numéro par erreur.

— Allô ?

Elle s'éclaircit la gorge.

— C'est Ellie Brannon.

— Tout va bien ?

Un autre silence.

— Je n'en suis pas sûre, répondit-elle enfin. Je vais bien physiquement. Mais il est arrivé quelque chose.

Il se redressa sur le lit. Les stores aux fenêtres filtraient la lumière des réverbères, jetant une lueur étrange à l'intérieur de sa chambre. Du coup, la voix d'Ellie Brannon ressemblait à celle d'un fantôme.

— Que se passe-t-il ?

— Écoutez, j'ai eu tort de vous appeler. Pardonnez-moi, j'ai agi sans réfléchir. Je suis désolée de vous avoir dérangé à une heure si tardive.

— Ne t'inquiète pas pour ça. Que se passe-t-il ?

— Cela n'a rien d'urgent. Je vous expliquerai tout demain matin. Je vous laisse vous rendormir.

— Non, ne raccroche pas. Dis-moi ce qui s'est passé.

Il mit le téléphone sur haut-parleur, se leva et enfila son pantalon.

— Après mon émission, quand je suis rentrée chez moi, ce soir, j'ai trouvé un bracelet d'amitié sur la poignée de ma porte, dit-elle.

— Un bracelet d'amitié ? répéta-t-il, les sourcils froncés.

— Vous en avez forcément déjà vu. Ils sont confectionnés en fils de coton et souvent très colorés. Ils sont surtout portés par les adolescents. Ils étaient à la mode quand j'étais au collège.

— Je vois de quoi tu parles. Ma petite sœur et ses amies en avaient.

Il prit sa montre sur la table de chevet et l'attacha à son poignet.

— Ce bracelet a évidemment une signification pour toi, sinon tu ne m'aurais pas appelé. De quoi s'agit-il ?

— Jenna, Riley et moi avions confectionné les nôtres ensemble. Chacune avait le sien dans sa couleur préférée mais y avait glissé des brins des couleurs des autres. Je ne sais pas si j'explique bien.

— Très bien, je vois l'image, dit Sam. Continue.

— Le bracelet que j'ai trouvé ce soir est à dominante rouge. Comme l'était celui de Riley. Avec quelques fils bleus et jaunes.

— Et tu penses que c'est le sien ?

— Cela paraît impossible, je sais. Après toutes ces années… Après ce qu'elle a dû traverser… Mais…

Il l'entendit reprendre son souffle et l'imagina assise dans le noir, serrant le bracelet dans son poing. À moins qu'elle ne soit debout à la fenêtre, regardant le clair de lune.

— Riley a disparu sans laisser de traces, poursuivit-elle. Rien n'a été retrouvé aux Ruines, pas même un bout de tissu déchiré ou un ongle cassé. Et maintenant, quinze ans plus tard, son bracelet réapparaît, accroché à ma porte. Je… Je ne suis pas certaine qu'il s'agit du sien. Les événements qui se succèdent dans ma vie ces derniers temps me perturbent.

Il perçut son émotion et retira la fonction haut-parleur du téléphone. Il ne savait pas très bien pourquoi. La vulnérabilité qui teintait sa voix semblait trop intime dans le silence de sa chambre. Le téléphone à l'oreille, il se dirigea vers la fenêtre.

— Dis-m'en plus sur ces bracelets.

— Il n'y a pas grand-chose à dire. Ils sont passés de mode au fil des ans. Mais quand nous étions au collège, tout le monde en avait un. Ils étaient sympas et faciles à fabriquer. Celui que j'ai trouvé ce soir a l'air vieux. Cela pourrait être celui de Riley. Les fils de coton sont usés et effilochés. Et j'ai remarqué des taches sombres qui pourraient être du sang.

Ce détail attira l'attention de Sam mais il s'efforça de garder un ton neutre.

— C'est peut-être ce que quelqu'un veut que tu penses. N'importe qui aurait pu confectionner ce bracelet et le salir pour le faire paraître vieux.

— Mais comment ce quelqu'un aurait-il pu connaître l'existence de ces fils bleus et jaunes et ce qu'ils symbolisaient ?

— Tu as dit que vous les portiez toutes les trois au collège. Beaucoup de personnes auraient pu le remarquer.

— Et s'en souvenir tant d'années plus tard ?

— Où se trouve le bracelet, maintenant ?

— Ici, sur ma table de chevet. Je l'ai mis dans un sac en plastique pour le préserver. Si les taches sont du sang, vous pouvez demander un test ADN et comparer les résultats dans vos bases de données, n'est-ce pas ? Pour déterminer s'il s'agit ou non de l'ADN de Riley.

— C'est une possibilité intéressante.

Il suivit des yeux les phares d'une voiture qui entrait sur le parking. Quelqu'un était sorti tard.

— Le shérif Brannon est au courant pour le bracelet ? reprit-il.

— Non et j'ai mes raisons de ne pas vouloir l'appeler ce soir. J'apprécierais que vous ne lui en parliez pas tant que je n'aurai pas eu l'occasion de le faire.

— D'accord.

Curieux qu'elle se tourne vers lui au lieu de son frère, songea Sam.

— J'avoue être surpris que tu aies décidé de m'appeler. Tu semblais réticente à te confier, tout à l'heure.

— Je sais. Je suis moi-même un peu étonnée, reconnut-elle. Je suppose que je vous dois une explication.

Le regard de Sam était toujours posé sur la voiture. Le conducteur avait éteint les phares mais restait à l'intérieur.

— Tu n'as pas à te justifier, répondit-il. Je suis seulement content que tu m'en aies parlé.

— J'avais besoin de vous le dire.

Elle semblait avoir envie de s'épancher et Sam était plus que disposé à l'écouter. Il ferma brièvement les paupières, laissant sa voix s'insinuer en lui.

— Tout à l'heure, après avoir trouvé le bracelet, je me suis assise un moment dans le noir. La maison était tellement silencieuse que j'entendais les battements de mon propre cœur. Je n'arrêtais pas de penser à Riley et à Jenna… aux horreurs qu'elles avaient subies. Les images qui me traversaient la tête étaient…

Sam savait tout sur ces images.

— La plupart du temps, j'essaie de ne pas ressasser le passé mais avec tout ce qui est arrivé dernièrement… je ne sais pas. Peut-être avais-je besoin d'entendre une voix familière. D'échanger avec quelqu'un qui sait ce qui s'est passé à l'époque, qui comprend ce que je ressens. Votre numéro était sur ma table de chevet alors j'ai appelé. Je suis vraiment désolée de vous avoir dérangé à cette heure-ci.

Sam prit un moment avant de répondre. Il était plus touché par son explication qu'il ne voulait l'admettre. Des images envahissaient également sa tête.

— Je t'ai donné mon numéro pour que tu puisses me téléphoner quand tu en ressens le besoin. Le motif n'a pas d'importance.

— Non ?

— Non. Appelle-moi quand tu veux, chaque fois que tu en as envie.

Il reporta son attention sur la voiture garée. Il devinait une silhouette derrière le volant. Le conducteur attendait probablement quelqu'un, mais le métier de Sam le rendait suspicieux. Il faisait trop sombre pour distinguer la plaque d'immatriculation mais il mémorisa une description du véhicule, au cas où.

— Cela dit, je suis un peu ennuyé vis-à-vis de ton frère, poursuivit-il. Je n'aimerais pas me mettre le shérif Brannon à dos alors que je relance mon enquête. J'imagine qu'il ne sera pas ravi d'apprendre que nous ne l'avons pas mis dans la boucle. Tu devrais lui parler du bracelet. Il peut être chez toi dans le quart d'heure. Il me faudra deux heures pour venir.

— Vous n'allez pas venir ce soir ! Cela n'aurait aucun sens.

Elle semblait décontenancée par cette idée.

— D'ailleurs, il vous faudrait dépasser toutes les limites de vitesse pour arriver en deux heures de Dallas, même en pleine nuit.

— Ce ne serait pas la première fois, dit-il.

— Non, non, ne venez pas. Je ne vous ai pas appelé pour ça. Le bracelet m'a semblé un élément significatif et comme je l'ai dit plus tôt, votre numéro était proche de moi. Mais il n'est pas utile de venir. Pas ce soir, en tout cas.

— Où es-tu, maintenant ? demanda-t-il.

La question eut l'air de la surprendre.

— En haut, dans ma chambre.

— La maison est-elle sécurisée ?

— Les portes sont verrouillées. Il y a un pistolet dans ma table de chevet et je sais m'en servir.

— Bien.

— Je n'ai pas peur, agent Reece.

— Avoir un peu peur de temps en temps ne fait pas de mal, dit-il. Parlons encore un peu. Tu dis que Riley avait le bracelet sur elle, la nuit où elle a disparu ?

— Oui. Nous l'avions taquinée à ce sujet mais elle s'en moquait. Elle adorait ce bracelet et le considérait comme un talisman. Quand elle le portait, elle prétendait qu'elle devenait invincible. Cette nuit-là, cependant…

— Oui ? Cette nuit-là ?

— Elle ne voulait pas aller aux Ruines. Elle était la proie d'un mauvais pressentiment. Je pensais qu'elle avait peur à cause de toutes les histoires que nous avions entendues mais avec le recul, je comprends qu'il s'agissait d'une prémonition.

— Crois-tu aux prémonitions ?

— Je crois que nous avons tous des systèmes d'alerte

internes et que certaines personnes ont des instincts plus finement réglés que d'autres. Riley le ressentait à propos des Ruines, si fort qu'elle avait voulu porter ce bracelet cette nuit-là dans l'espoir qu'il la protégerait.

Sam s'appuya contre le cadre de la fenêtre. Son regard restait rivé sur la voiture garée.

— Revenons à cette nuit-là. Raconte-moi tout ce que vous vous êtes dit, toutes les trois, tout ce que vous avez fait, pendant et avant de vous rendre aux Ruines. Dis-moi tout ce dont tu te souviens.

Elle retrouva aussitôt sa vieille attitude défensive.

— Il y a quinze ans, je vous ai déjà raconté tout ce dont je me souvenais. Tout est dans vos dossiers.

— Alors parle-moi de Riley et de Jenna. Comment étaient-elles, à l'époque ?

Ellie garda le silence si longtemps que Sam pensa d'abord qu'elle ne le ferait pas. Puis il l'entendit soupirer.

— Nous étions comme des sœurs. Nous nous ressemblions, d'ailleurs. Même couleur de cheveux, même taille. Jenna était la plus intelligente. Elle se donnait à fond, elle était passionnée, que ce soit par les matières intellectuelles, le sport ou d'autres sujets. J'aurais aimé que vous la connaissiez à l'époque, agent Reece. Nous pensions tous qu'elle allait conquérir le monde. Je me suis souvent demandé ce qu'elle aurait fait de sa vie... Les grandes et belles choses qu'elle aurait accomplies... si j'avais été kidnappée à sa place.

— Et Riley ? demanda doucement Sam.

— C'était la plus gentille. Toujours souriante. Toujours optimiste et chaleureuse. Les gens étaient naturellement attirés par elle mais elle ne se souciait pas d'être populaire. Elle avait de l'argent, ses parents étaient riches, mais elle était modeste et humble. Tous ceux qui la connaissaient l'aimaient.

— Et toi ?

Elle se tut à nouveau. En attendant qu'elle réponde, Sam regardait toujours la voiture garée en dessous.

— Aussi difficile que ce soit à admettre, il fut un temps où, contrairement à elle, je tenais beaucoup à être populaire.

— Il n'y a pas de honte à cela, dit-il. Les adolescents sont par nature égocentriques.

— Oh ! J'étais égocentrique et plus encore, dit-elle avec des remords dans la voix. Ce n'est pas une excuse mais il ne m'était pas toujours facile d'être la fille du shérif. Mon frère aussi en a souffert. En notre présence, les autres enfants faisaient attention à tout, à leurs faits et gestes et même à leurs paroles. Comme s'ils craignaient que nous les dénoncions ! C'était pesant, en particulier au lycée, lorsque notre vie sociale était devenue si importante. C'est d'ailleurs la raison pour laquelle j'ai poussé Jenna et Riley à sortir aux Ruines, cette nuit-là. Bien sûr, nous avions un défi à relever et c'était important. Mais je voulais surtout montrer que j'étais capable d'enfreindre les règles de temps en temps. Si j'avais été un peu moins immature, les événements se seraient sans doute déroulés très différemment, cette nuit-là.

— Tu n'es pas responsable de ces kidnappings. Cette tragédie n'est pas ta faute, dit Sam.

— Je le sais, rationnellement. Mais cela ne change rien au fait que c'était mon idée. C'est moi qui les ai poussées à sortir en catimini de la maison et à pédaler jusqu'au lac. Pourtant, je savais que Riley avait peur. J'aurais pu renoncer mais j'ai insisté. Je l'ai harcelée pour qu'elle nous accompagne jusqu'à ce qu'elle cède. Une fois à l'intérieur, j'ai voulu prouver à quel point j'étais courageuse. Et voilà pourquoi nous nous sommes séparées. Je suis montée à l'étage pour leur montrer que je n'avais pas froid aux yeux. Et j'ai laissé Jenna et Riley seules…

— Tu n'avais aucun moyen de savoir ce qui allait se passer. Si tu étais restée avec elles, tu aurais sans doute été enlevée, toi aussi.

— Je ne pense pas. J'ai été attaquée en redescendant. Il avait dû déjà maîtriser Jenna et Riley. Il les avait droguées, assommées. Je ne sais pas comment il s'était débrouillé. Mais je sais que s'il avait voulu me kidnapper aussi, il l'aurait fait.

— Pourquoi t'a-t-il laissée ? demanda Sam.

— Je me suis posé cette question un million de fois. J'étais la fille du shérif, c'est la seule explication rationnelle. C'est drôle, non ? C'était également la raison pour laquelle j'avais voulu aller aux Ruines, au départ.

— Qui d'autre savait que vous iriez là-bas, cette nuit-là ?

— Ce n'était pas un secret. Tous nos amis étaient au courant que des grands de terminale nous avaient mises au défi de nous y rendre.

— Tu te souviens de quelqu'un en particulier ?

Elle hésita quelques instants.

— L'histoire du défi avait circulé. Quelqu'un l'avait dit à quelqu'un qui l'avait répété à un autre, et ainsi de suite… Mais vous savez déjà tout ça. Vous avez posé ces mêmes questions il y a quinze ans. Je ne sais pas à quoi ça sert de recommencer.

— Tu m'as rafraîchi la mémoire sur certains détails, répondit Sam. C'est toujours utile.

— J'imagine. Mais je pense avoir assez parlé pour ce soir. Il est tard et vous devrez probablement être au travail dans quelques heures.

— Je n'ai pas besoin de beaucoup de sommeil.

Il se détourna de la fenêtre, hésitant à laisser Ellie raccrocher.

— Pourquoi pensez-vous que quelqu'un me joue ces sales tours ? demanda-t-elle. Cela signifie quoi, à votre avis ?

Ce fut à Sam d'hésiter.

— Je ne sais pas. Mais je te promets que je vais le découvrir.

— Ce n'est jamais une bonne idée de faire des promesses sans être sûr de pouvoir les tenir, agent Reece.

7

Le lendemain matin, quand elle descendit, Ellie fut surprise de trouver Sam Reece assis sur les marches de sa terrasse. Malgré leur conversation téléphonique de la nuit, elle s'était levée à l'heure habituelle, douchée et habillée. Suivre une certaine routine lui donnait l'illusion de maîtriser sa vie, mais la façon dont son cœur se serra à la vue de l'agent du FBI lui fit comprendre qu'elle se leurrait.

Elle s'arrêta à la porte-fenêtre de la cuisine pour l'observer de loin. Il avait un profil presque parfait, bien que son nez soit légèrement busqué. Elle se demanda s'il avait été blessé dans l'exercice de ses fonctions. Elle ne se souvenait d'aucune imperfection physique, quinze ans plus tôt. En revanche, elle se rappelait à quel point elle avait été intimidée par l'agent fédéral dur et tranchant qui l'avait interrogée. Intimidée et impressionnée, si elle voulait être honnête. Dans d'autres circonstances, peut-être serait-elle tombée amoureuse de Sam Reece mais elle ne l'aurait jamais reconnu, bien sûr. Au lieu de quoi, elle avait nourri une aversion et une méfiance intenses envers cet homme qui n'avait eu de cesse de la pousser à se souvenir des détails d'une nuit qu'elle aurait tant voulu oublier. Il lui avait paru tellement plus vieux qu'elle, à l'époque, qu'elle prenait conscience avec étonnement qu'il n'avait sans doute que deux ou trois ans de plus.

Comme la veille, il était vêtu d'un pantalon et d'une chemise assez habillés, sa tenue de travail, sûrement. Il avait dû laisser sa veste et sa cravate dans la voiture. Ellie se demanda s'il possédait un jean, un T-shirt, des baskets. Elle en doutait. Pour sa part, elle vivait et travaillait à la campagne et ne voyait aucune raison de se mettre sur son trente et un pour l'agent Reece ou pour qui que ce soit.

Au lieu de sortir pour le rejoindre tout de suite, elle réchauffa des bagels pendant que le café infusait puis posa des tasses sur un plateau, avec du fromage, de la confiture et des fruits. Quand il l'entendit, il se leva et s'avança vers elle.

— Bonjour, agent Reece, dit-elle. Vous savez que vous êtes sur une propriété privée, n'est-ce pas ?

— J'ai hésité à frapper mais je craignais de te réveiller.

Il fit un signe de tête vers le plateau.

— J'espère que tu ne t'es pas donné tout ce mal pour moi.

— Non, répondit Ellie avec sincérité. Je prends toujours mon petit déjeuner sur la terrasse quand il fait beau.

Son regard pénétrant la déconcerta alors qu'elle mettait la table et servait le café.

— Que faites-vous ici si tôt, d'ailleurs ? reprit-elle. Vous devez avoir quitté Dallas à l'aube.

— Il valait mieux, si je voulais éviter les embouteillages.

— Puisque vous êtes ici, aimeriez-vous partager un morceau avec moi ? proposa-t-elle en lui tendant une tassede café.

— Avec plaisir. Je te remercie.

Il accepta le café avec gratitude mais attendit qu'elle s'asseye pour prendre place en face d'elle.

— Tout a l'air délicieux, dit-il. En général, je me contente de grignoter des barres énergétiques.

— Je ne vous offre pas un festin de roi. Il ne s'agit que de bagels et de fruits.

Consciente de paraître un peu agressive, elle fit un effort pour adoucir son ton. Elle lui sourit, déplia sa serviette et essaya de se comporter normalement. Elle refusait de se demander pourquoi elle se sentait si nerveuse en compagnie de Sam Reece. La veille, elle avait été sur la défensive parce qu'elle était certaine qu'il pensait toujours qu'elle lui cachait des éléments clés pour son enquête. Maintenant, ses réticences venaient d'ailleurs. En l'espace d'un appel téléphonique, quelque chose avait changé entre eux et elle ne savait pas quoi.

Ou peut-être le savait-elle. C'était simple, en fait. Elle avait baissé la garde. Elle avait laissé Sam Reece deviner sa vulnérabilité et maintenant, elle le regrettait. Curieusement, plus elle se sentait gênée en sa présence, plus il semblait à l'aise, comme s'il trouvait parfaitement naturel d'être assis en face d'elle à la table du petit déjeuner. Peut-être avait-il l'habitude de partager les repas des uns et des autres mais Ellie était une solitaire. Et elle s'était toujours persuadée qu'elle s'en félicitait, qu'elle aimait vivre loin du monde.

Il l'observa par-dessus sa tasse.

— Tout va bien, ce matin ? Pas d'autres découvertes ou appels téléphoniques ?

— Non, rien depuis le bracelet. Dois-je aller le chercher ? Je suppose que c'est la raison de votre venue.

— Il n'y a pas d'urgence. Termine tranquillement ton petit déjeuner.

Elle hocha la tête à contrecœur.

— Qu'allez-vous en faire ? Quel est le protocole ?

— Je vais l'enregistrer comme pièce à conviction et l'envoyer au laboratoire pour le faire analyser. Je dois te prévenir que ça prendra du temps. Une affaire aussi ancienne ne sera pas considérée comme une priorité. Il faudra peut-être des semaines avant d'obtenir les résultats.

— N'avez-vous pas moyen d'accélérer le processus ? demanda-t-elle, pleine d'espoir.

— Je ferai mon possible.

Elle s'empara de sa tasse et la reposa.

— Je tiens à m'excuser de vous avoir appelé au milieu de la nuit. Je ne sais pas ce qui m'a pris.

— Je te l'ai dit, je t'ai donné mon numéro précisément pour que tu te sentes libre de me joindre à tout moment.

Il en parlait si simplement qu'Ellie se détendit mais elle ignorait si elle avait raison ou tort de le faire. Elle voulait croire que le charme et la bonne volonté de Sam Reece étaient sincères mais quelque part, elle en doutait. Il semblait très différent du jeune agent passionné dont elle avait gardé le souvenir. Avait-il vraiment changé ou jouait-il avec elle ? Et si oui, à quelle fin ?

— Qu'y a-t-il ? demanda-t-il.

— Pardon ? balbutia-t-elle, confuse.

— Tu me regardes d'un air… douloureux.

Il posa sa tasse et planta les yeux dans les siens.

— J'ai compris. Tu ne me fais toujours pas confiance. Mais tu as tort. Tu peux te fier à moi, Ellie. Je ne suis pas ton ennemi.

— Il fut un temps où je pensais que vous l'étiez.

— J'en suis désolé. J'étais jeune et inexpérimenté à l'époque. Mais mon seul objectif était et reste de comprendre ce qui est arrivé à Riley. De traduire son ravisseur en justice, si possible. Et, pour espérer aboutir, ton aide me serait précieuse.

Elle prit une profonde inspiration et expira lentement comme si elle pouvait ainsi extirper d'elle ce terrible passé. Il y avait quinze ans, l'agent Reece s'était mal conduit dans son zèle pour découvrir la vérité, mais depuis lors, elle s'était accrochée à son ressentiment, par peur surtout. Peur qu'il ait raison à propos de ses souvenirs enfouis. Et si elle avait vraiment aperçu le visage du ravisseur, cette nuit-là ? Pourrait-elle l'identifier, après toutes ces années, si elle avait le courage d'explorer son subconscient ?

— L'hypnose ne fonctionne pas avec moi, lui rappela-t-elle.

Ce ton catégorique lui fit lever les sourcils mais sa voix resta calme et encourageante.

— Je ne parle pas d'hypnose. Au contraire, j'ai besoin que tu restes éveillée. Que tu t'assures que tes portes sont verrouillées, que tu m'appelles si tu vois ou entends quelque chose de suspect, à n'importe quelle heure du jour ou de la nuit. Mais j'aimerais te demander une faveur…

Son regard brûlant la troubla.

— Et… laquelle ?

Il attendit un long moment avant de répondre.

— Accompagne-moi sur les lieux du crime.

Elle sentit son cœur se serrer.

— Aux Ruines ? Vous mesurez ce que vous me demandez ?

— Quinze ans se sont écoulés. Il est temps d'y retourner, non ?

— J'y suis déjà allée.

Il pencha légèrement la tête.

— Quand ?

— Il y a quelques années. Je suis restée à la porte.

— Tu n'es pas entrée ?

— Je ne pouvais pas.

Tétanisée par une crise de panique, elle avait été incapable de s'aventurer à l'intérieur de l'ancien hôpital psychiatrique. Pendant ce qui lui avait paru une éternité, elle avait eu l'impression d'être piégée dans son pire cauchemar. Lorsqu'elle avait retrouvé l'usage de ses jambes, elle avait couru jusque chez elle.

— Tu devrais réessayer, dit-il.

— Facile à dire pour vous.

Sa voix s'adoucit.

— Il n'y a rien à craindre. Je serai avec toi à chaque étape.

Cette note dans sa voix… La façon dont il la regardait…

Elle avait tout à craindre.

Ellie leva les yeux.

— Vous ne vouliez pas dire « maintenant », n'est-ce pas ?

Il se détendit mais son regard restait profondément intense.

— Il faut attendre la nuit. J'aimerais tout voir comme tu l'as vu à l'époque.

Elle n'arrivait pas à dissiper son malaise.

— Je serai à l'antenne jusqu'à minuit. Il était environ 22 heures quand nous y sommes entrées, cette nuit-là. De plus, vous ne pouvez pas recréer une situation identique à celle d'il y a quinze ans. Le paysage a changé et il n'y a pas de lune de sang.

— Alors nous nous contenterons d'un clair de lune ordinaire. Je ne m'attends pas à ce que tu décides tout de suite. Réfléchis-y. Je vais rester quelques jours à Belle Pointe. Peut-être pourrions-nous organiser une visite… Disons, demain soir. Tu n'es pas à l'antenne le week-end, n'est-ce pas ?

— Non, en effet.

Elle s'ordonna de ne pas lui donner de réponse définitive sur-le-champ. Elle avait besoin de temps pour peser le pour et le contre. Que se passerait-il si retourner dans les ruines de l'ancien asile déclenchait un souvenir ? Et l'aidait à chasser de vieux fantômes ? Elle ne serait pas seule. Sam serait avec elle. Malgré tout, son cœur s'accéléra tandis qu'elle fermait les paupières, s'imaginant avec lui dans les couloirs couverts de toiles d'araignées et remplis d'ombres, de menaces, de monstres.

Elle se tourna vers le lac, balaya des yeux l'eau scintillante. Si elle descendait au ponton, elle verrait la cheminée cylindrique de l'ancienne chaufferie s'élever à travers les pins.

— Ça va, Ellie ?

La voix grave de Sam Reece la ramena sur la terrasse. Elle se leva et commença à débarrasser la table.

— Je vais y réfléchir et je vous dirai. Là, tout de suite, j'ai beaucoup de travail pour préparer l'émission de ce soir. Des livres à feuilleter, des blogs à consulter…

Il tendit la main et la posa sur la sienne pour la calmer.

— Si tu veux bien m'accorder un instant de plus…

Elle se mit à trembler et se rassit.

— Oui ?

— Tu as mentionné hier une journaliste nommée Melanie Kent. Je t'ai dit que je m'y intéresserais.

— Qu'avez-vous découvert ?

— Ton frère avait raison sur ses antécédents professionnels. Elle a perdu plusieurs emplois au cours des cinq dernières années et se trouve au chômage, actuellement. Il avait également raison sur ses ambitions. Il semble qu'elle soit en train d'écrire un nouveau livre.

— Comment le savez-vous ?

— J'ai consulté son blog et ses comptes sur les réseaux sociaux.

— Elle a un blog ?

— Je vais t'envoyer le lien. Elle travaille principalement sur les affaires classées, d'anciens crimes qui se sont produits dans la région. Son domaine de prédilection, visiblement.

— Cela ne m'étonne pas. Je l'ai rencontrée des années

après l'enlèvement de Riley et elle était toujours obsédée par cette histoire.

— Son obsession n'a pas changé, dit Sam. Elle a posté beaucoup de documents concernant l'enquête sur son blog. À un moment donné, elle avait certainement une taupe au sein du bureau du shérif du comté, cela me semble évident.

Ellie hocha la tête.

— Mon père le craignait, oui. Certaines des informations qui se trouvaient dans les journaux ne pouvaient provenir que de son bureau mais il n'a jamais pu identifier qui la renseignait. Ce nouveau livre qu'elle écrit… Il concerne les rapts ?

— Apparemment, elle s'intéresse à la suite, à ce qui s'est passé dans les semaines qui ont suivi les kidnappings et jusqu'à nos jours. Elle étudie l'affaire sous un nouvel angle… Celui de « la fille qui s'est échappée », pour reprendre ses termes, ajouta-t-il en regardant Ellie pour observer sa réaction.

Un frisson parcourut l'échine d'Ellie.

— Ça veut dire Jenna ? Ou moi ?

— Je ne sais pas. Peut-être les deux.

— La personne qui m'a appelée l'autre soir m'a dit que le Prédicateur venait pour m'enlever parce que c'était moi qui lui avais échappé, il y a quinze ans. Maintenant, Melanie Kent est de retour à Belle Pointe et tous ces événements étranges se produisent. Il ne s'agit certainement pas d'une coïncidence.

— J'aurais tendance à être d'accord avec toi, mais je ne veux pas sauter sur des conclusions hâtives avant d'avoir eu l'occasion de lui parler.

— Vous n'avez pas pu la retrouver ?

— Il y a quelques semaines, elle a rendu l'appartement qu'elle louait à Dallas et elle n'a pas laissé d'adresse de réexpédition pour son courrier. Elle n'est dans aucun des hôtels de la région.

— Elle est connue pour utiliser un pseudonyme, dit Ellie. Essayez Marie Nightingale.

Le regard de Sam devint curieux.

— Je suppose qu'il y a une histoire derrière ce nom.

— Quand elle rédigeait son premier livre, elle m'a appelée à plusieurs reprises sous sa véritable identité dans l'espoir d'obtenir une interview. Comme je refusais de lui parler, elle a commencé à contacter l'émission de radio universitaire que j'animais à l'époque en utilisant le pseudonyme Marie Nightingale. Elle prétendait avoir survécu à un kidnapping violent. Chaque fois qu'elle appelait, elle racontait sa captivité avec des détails horribles et déchirants.

— Compte tenu de tes antécédents, tu étais naturellement ouverte à son histoire, j'imagine, dit Sam.

— Elle m'a envoûtée, elle savait y faire. Ensuite, elle a demandé à me rencontrer autour d'un café et j'ai accepté. Je me doutais que ce n'était pas une bonne idée mais elle a joué avec ma culpabilité d'être survivante. Je n'avais pas pu aider Riley mais peut-être parviendrais-je à aider Marie…

— Qu'est-il arrivé ?

— Elle n'a pas cessé de m'interroger sans en avoir l'air, cherchant des détails croustillants pour son livre. Une de mes amies s'en est alarmée et a parlé de Marie à mon frère. Il a enquêté et fini par découvrir sa véritable identité.

— Tu n'as eu aucun contact avec elle depuis lors ?

— Après la sortie du livre, j'ai pris quelques appels pour mon émission émanant d'une femme qui prétendait avoir dévoré son bouquin. Elle posait beaucoup de questions et je me suis demandé à l'époque s'il s'agissait de Marie… de Melanie.

— Tu n'as pas reconnu sa voix ?

— Comme je l'ai dit, elle est très douée pour parvenir à ses fins.

Après avoir quitté la maison d'Ellie, Sam retourna à Dallas pour confier le bracelet d'amitié au laboratoire criminel de Virginie. Il passa quelques coups de fil, espérant accélérer le processus, mais il doutait d'avoir un retour avant plusieurs semaines. Comme il avait de la paperasserie en retard, il travailla à son bureau jusqu'en début d'après-midi. Il retourna ensuite dans le comté de Nance. Mais cette fois, au lieu de se rendre au lac ou à Belle Pointe, il prit la direction de la ferme de Cory Small.

En quinze ans, la campagne luxuriante n'avait pas beaucoup changé. La route goudronnée était toujours ombragée par une forêt de pins. D'épais buissons de chèvrefeuille bordaient toujours les fossés. Sam baissa sa vitre, laissant l'air parfumé s'engouffrer dans l'habitacle.

Il reconnut le chemin sans difficulté. Lorsque les autorités locales avaient demandé l'aide du FBI, autrefois, Sam s'était rendu là-bas à plusieurs reprises avec le premier shérif Brannon, et une fois seul pour parler à la sœur de Silas Creed. Il se souvenait de l'expression inquiète d'Ellen Small et de son sourire triste. Son fils, Cory, était lycéen à l'époque des kidnappings. Sam et le shérif Brannon l'avaient tous deux interrogé mais le garçon avait un alibi pour la nuit des enlèvements et son casier judiciaire était vierge, à l'exception d'une amende pour excès de vitesse. De toute évidence, c'était un bon fils et un élève modèle. Bien élevé, courtois, coopératif, l'adolescent avait paru protecteur envers sa mère.

Comme Sam approchait de sa destination, des panneaux annonçant la ferme et les serres apparurent sur le bord de la route. Il avait effectué quelques recherches avant de quitter Dallas. Après la mort de sa mère, Cory Small avait développé l'entreprise, ajoutant une pépinière aux jardins potagers d'origine. Il proposait également ses services comme jardinier paysagiste. La ferme avait ouvert une aire de pique-nique et offrait des cueillettes saisonnières aux écoles primaires de la région. Si les parents et les responsables des établissements scolaires se souvenaient des liens de Cory Small avec Silas Creed, ils ne semblaient pas lui en vouloir.

Une jeune femme vêtue d'un T-shirt vert à l'effigie de l'entreprise tenait un stand de fruits et de légumes à l'entrée du domaine et lui sourit à son passage. Sam franchit les grilles ouvertes et remonta l'allée de gravier.

Il se gara et sortit de sa voiture pour regarder autour de lui. La propriété était magnifiquement aménagée, plantée d'arbustes et d'arbres. Des bacs en bois débordaient de fleurs. Sam ajusta sa cravate et enfila sa veste malgré la chaleur. Les gens avaient tendance à se montrer plus coopératifs avec quelqu'un en tenue professionnelle.

Un homme qui arrosait des plates-bandes le salua d'un bref signe de tête.

— Puis-je vous aider ?

— Je cherche Cory Small.

— Il est dans la serre. Là-bas. Vous ne pouvez pas le manquer.

— Merci.

Sam se fraya un chemin à travers le labyrinthe de plantes et de jardinières. Les portes étaient ouvertes et deux femmes se promenaient à l'intérieur, admirant les orchidées. Sam repéra un type brun qui déchargeait des pots d'un camion. Âgé d'une trentaine d'années, de taille moyenne, mince et bronzé, il sourit à Sam qui s'approchait.

— Je cherche Cory Small, dit Sam.

— C'est moi. Que puis-je pour vous ? Si vous cherchez des orchidées, ces cymbidiums viennent d'arriver, ce matin. Elles sont superbes.

— Je ne suis pas ici pour acheter une plante.

Sam lui montra ses plaques d'identification.

— Agent Sam Reece du FBI. Pourriez-vous m'accorder un moment ?

Cory Small fronça les sourcils. Son sourire disparut alors qu'il se redressait, jetant un regard méfiant vers l'entrée où les clientes s'attardaient autour des orchidées. Puis il examina de nouveau l'insigne de Sam.

— Je vous connais, non ? Oui, je me souviens de vous maintenant. Vous êtes venu avec le shérif Brannon pour parler à ma mère de mon oncle après la disparition de ces gamines. Vous êtes revenu seul, le lendemain. Vous avez posé beaucoup de questions, si ma mémoire est bonne. Que voulez-vous, à présent ? Avez-vous retrouvé mon oncle ? ajouta-t-il à voix basse alors qu'il retirait ses gants de travail.

— Silas Creed reste un suspect et nous le cherchons toujours. Mais on nous a fait part d'un élément en rapport avec l'affaire, répondit Sam.

L'expression de Cory devint encore plus circonspecte.

— Et lequel ?

— Je ne suis pas autorisé à vous le dire. Y a-t-il un endroit où nous pourrions parler en privé ?

Cory Small hésita, visiblement prêt à refuser, puis il hocha la tête et fit signe à Sam de le suivre à l'extérieur de la serre.

En passant, Sam se figea à la vue d'un chapeau noir suspendu à la porte.

— C'est votre chapeau ? demanda-t-il.

Cory suivit son regard, surpris. Il fronça les sourcils.

— Oh ! Ce chapeau était celui de ma mère. Elle le

portait en permanence quand elle travaillait au soleil. Je le garde parce qu'elle fait toujours partie de cet endroit. J'ai également conservé ses outils préférés. Je serais incapable de m'en débarrasser.

Sam acquiesça et lui présenta ses condoléances. Silas Creed était représenté avec un chapeau similaire sur la fresque peinte aux Ruines. Sam réfléchit à la description qu'Ellie avait donnée de la personne qu'elle avait aperçue la veille en revenant de nourrir les paons – taille moyenne, corpulence mince, chapeau à larges bords enfoncé sur le crâne pour cacher ses traits. Il s'agissait peut-être de Cory Small.

Ce dernier poursuivit :

— Elle est morte il y a près de cinq ans et elle me manque encore tous les jours. Elle me manquera toujours.

— Il est douloureux de perdre un parent, quel que soit son âge.

Cory hocha la tête.

— La vie de ma mère n'a pas été facile. Je me console en pensant qu'elle est en paix, maintenant.

Il fixa le chapeau un moment avant de sortir enfin de la serre. Sam lui emboîta le pas. Alors qu'ils s'éloignaient, Cory se tourna soudain vers lui.

— Pourquoi ne me dites-vous pas la vraie raison de votre visite, agent Reece ? Si vous n'avez pas retrouvé mon oncle, de quoi voulez-vous me parler ?

— Comme je l'ai dit, il y a du nouveau. Étant donné que l'affaire n'a jamais été classée, nous suivons chaque piste.

Cory passa les doigts dans ses cheveux.

— J'aimerais vous aider, vraiment. Mais je ne vois pas ce que je peux faire de plus. Ma mère et moi, nous vous avons dit tout ce que nous savions sur mon oncle après son départ.

— Beaucoup de choses peuvent se passer en quinze

ans, dit Sam. Vous ou votre mère n'avez jamais eu de contact avec Silas Creed après sa disparition ? Ni coups de fil ni lettres ?

Les traits de Cory s'assombrirent. Une lueur de colère brilla dans ses yeux.

— Quinze ans se sont écoulés mais vous essayez toujours de l'impliquer dans ce cauchemar.

— Je ne veux pas manquer de respect à sa mémoire, dit Sam. J'essaie seulement de comprendre les faits.

— Les faits ? Combien de fois faudra-t-il vous le répéter ? Nous n'avons plus jamais eu de nouvelles de mon oncle après cette nuit-là et nous ne l'avons pas aidé à quitter la ville. Si vous voulez tout savoir, nous étions tous les deux soulagés qu'il soit parti. Ce qui était arrivé à ces filles nous avait anéantis.

— Riley Cavanaugh et Jenna Malloy, répondit Sam.

— Oui. Riley et Jenna. J'étais au collège avec elles. Ma mère connaissait leurs familles. Nous aurions fait n'importe quoi pour empêcher cette tragédie. Vous ne pouvez pas imaginer ce que cette histoire a été pour elle. Que son frère ait commis un crime pareil la rendait malade. Je n'aurais jamais levé le petit doigt pour aider ce salopard.

— Mais vous comprenez certainement pourquoi nous nous demandons si vous l'avez fait, dit Sam. Il n'est pas facile de disparaître sans laisser de traces.

— Peut-être, mais mon oncle était beaucoup plus débrouillard que ce que la plupart des gens pensaient. Il était intelligent, brillant à certains égards. Il s'intéressait à beaucoup de sujets, il lisait tout ce qui lui tombait sous la main. Lorsqu'il avait pris ses médicaments, il était bien.

— Et quand il ne les avait pas pris ?

Cory grimaça.

— Il se montrait souvent instable. Parfois violent. Voilà pourquoi ma mère ne voulait pas qu'il vive sous le même toit que nous. Elle en avait pas mal bavé, enfant, avant que ses parents le fassent interner. Après la fermeture de l'hôpital psychiatrique et la sortie de tous les patients, elle lui avait déniché un appartement en ville, l'avait aidé à trouver du travail. Et veillé à ce qu'il ait assez d'argent pour vivre. Elle avait fait de son mieux en espérant que tout irait bien pour lui. Mais très vite, des ragots lui étaient revenus aux oreilles. Elle avait appris qu'il matait des femmes chez elles à la tombée de la nuit, qu'il traînait près de l'école primaire et regardait les enfants jouer de manière malsaine. J'ignore si tout était vrai. Les gens peuvent être cruels et injustes, je ne vous l'apprends pas. Les personnes différentes sont mal vues et servent souvent de boucs émissaires. En tout cas, les habitants du coin le considéraient d'un sale œil et leur hostilité à son égard perturbait beaucoup ma mère.

— Lui arrivait-il d'être violent avec l'un de vous ? demanda Sam.

— Il ne nous a jamais frappés ou quoi que ce soit mais quand il perdait ses nerfs, il était effrayant. Il avait alors ce regard fou, glaçant. Je me souviens qu'une fois, j'avais peut-être douze ou treize ans, il a essayé de briser la porte d'entrée avec une hache. Ma mère et moi, nous nous sommes cachés dans un placard jusqu'à l'arrivée du shérif Brannon. Qui sait ce qui se serait passé s'il était entré ? Après cet épisode, je me suis arrangé pour rester en permanence loin de lui.

— Comment pensez-vous qu'il a pu enlever Riley et Jenna tout seul, sans qu'on trouve aucun signe de lutte ? Il n'était pas grand ni particulièrement musclé et pourtant, il a maîtrisé trois adolescentes et assommé Tom Brannon.

Cory hocha la tête.

— Je me suis posé ces questions. Il n'était pas grand mais il était fort. Le travail physique le maintenait en forme. Il possédait aussi un camion, ne l'oubliez pas. Il a pu charger ces gamines à l'arrière et traverser la frontière avant que quiconque comprenne qu'elles avaient disparu.

— Et il aurait reconduit Jenna dans la région trois semaines plus tard, au risque de se faire pincer ? Pourquoi l'avoir laissée partir ?

— C'est vous, l'agent du FBI. Pas moi. Dites-moi comment et pourquoi il aurait fait ça.

— Il est possible qu'il ait bénéficié d'aide, répondit Sam. Il est également possible que Jenna et Riley aient été enfermées à proximité. Il y a des dizaines de fermes et de granges abandonnées dans le coin, sans parler des anciennes galeries minières et des caves souterraines. La pinède couvre des centaines d'hectares.

— Oui, mais si les filles étaient toujours dans la région, les chiens auraient retrouvé leurs pistes, vous ne croyez pas ?

— Si votre oncle était aussi intelligent que vous le dites, il a su masquer leur odeur. Mais difficile d'imaginer une seule personne en train de faire tout cela en si peu de temps. Votre oncle avait-il des amis proches, des copains ?

— Des copains ? Vous êtes sérieux ?

— Vous ne l'avez jamais vu traîner avec qui que ce soit ?

— Les gens d'ici prenaient mon oncle au mieux pour un cinglé, au pire pour un psychopathe. Difficile de leur donner tort…

— Il avait réussi à trouver du travail, il était donc en relation avec certains des habitants.

— Les gens l'employaient pour rendre service à ma mère.

Cory fourra ses mains dans ses poches et regarda la serre.

— Écoutez, nous avons discuté de tout ça il y a quinze ans. Inutile de ressasser. Je n'ai rien de nouveau à ajouter à ce que je vous ai dit à l'époque. Alors si vous voulez bien m'excuser, j'ai vraiment besoin de retourner à mon travail.

— Encore deux ou trois questions et je vous libère, dit Sam. Vous avez mentionné des histoires concernant votre oncle qui sont remontées aux oreilles de votre mère. Est-ce la raison pour laquelle elle l'a finalement installé à la ferme ?

— Elle ne l'a pas vraiment installé ici. Parfois, il avait besoin d'un endroit où se poser quand il était en crise. Elle lui a aménagé une chambre dans l'abri de jardin au fond de la propriété. Il y demeurait, le temps de se ressaisir. Il disposait d'une kitchenette et d'une salle de douche. Elle s'assurait qu'il avait des draps propres et elle remplissait le frigo. Il passait parfois des semaines enfermé là-bas et il ne parlait à personne, à part ma mère. Quand il allait mieux, il retournait en ville, chez lui.

— Cet abri de jardin existe-t-il toujours ? demanda Sam.

— Oui, il est en assez bon état. J'ai récemment fait réparer le toit et je l'ai ravalé. Parfois, un de mes saisonniers a besoin d'un logement, alors j'essaie de garder l'endroit habitable.

— Est-ce que quelqu'un y vit, actuellement ? J'aimerais y jeter un coup d'œil avant de partir.

Cory fronça les sourcils.

— Pourquoi ? Si vous n'avez rien trouvé il y a quinze ans, qu'est-ce qui vous fait croire que vous allez y découvrir quelque chose maintenant ?

— Je ne m'attends pas à trouver quoi que ce soit. Comme je l'ai dit, j'aimerais seulement y jeter un œil. Y a-t-il une raison pour laquelle vous ne voulez pas que j'aille là-bas ? ajouta-t-il avec un regard perçant.

Cory haussa les épaules.

— En principe, non, mais je loue l'endroit, actuellement. En règle générale, je n'y accueille pas d'étrangers mais elle a su se montrer convaincante.

— Elle ?

— Une femme de la ville. Une écrivaine du nom de Melanie Kent.

8

Tout en remontant le chemin de terre, Sam jeta un coup d'œil par-dessus son épaule. Cory Small était retourné à l'intérieur de la serre. Après leur entretien, Sam avait fait semblant de regagner sa voiture mais en réalité, une fois Cory hors de vue, il revint sur ses pas.

Il n'était pas étonnant que Tom Brannon et lui aient eu tant de mal à localiser Melanie Kent. La journaliste avait volontairement disparu de la circulation, des écrans radars, pour écrire un autre livre sur les kidnappings. Et sans doute pour trouver l'inspiration, elle avait eu l'idée de s'enfermer dans l'ancienne tanière de Silas Creed, l'endroit où il s'était caché après avoir enlevé Jenna et Riley et assommé Ellie et son frère.

En approchant de l'abri de jardin, Sam s'arrêta une fois de plus pour scruter les alentours. Nichée dans la végétation, la maisonnette en bois était isolée et se fondait parfaitement dans le paysage. Deux petites fenêtres encadraient l'entrée et un auvent métallique au-dessus de la porte offrait une protection contre les intempéries.

Sam imaginait presque Silas Creed à l'une des fenêtres, le regardant approcher. Les poils de sa nuque se hérissèrent. Il ne croyait pas aux fantômes ni aux revenants mais d'après son expérience, le mal avait tendance à imprégner physiquement les lieux. Il s'efforça de chasser le sombre pressentiment qui s'emparait de lui alors qu'il s'avançait vers la porte.

Dès qu'il la frappa du poing, elle s'ouvrit en grinçant. Melanie Kent n'avait pas éprouvé le besoin de la verrouiller, ce qui signifiait qu'elle était à l'intérieur ou à proximité.

Il entrebâilla le battant.

— Il y a quelqu'un ?

De nouveau, il jeta un coup d'œil par-dessus son épaule. Le chemin était désert. Il se retourna vers l'intérieur et répéta :

— Il y a quelqu'un ? Je suis l'agent Sam Reece du FBI. J'aimerais parler à Melanie Kent.

Toujours pas de réponse.

Il entra. Le soleil de l'après-midi brillait à travers les fenêtres ouvertes. D'un regard, il balaya la pièce. Et ne vit pas d'yeux rouges démoniaques ni de silhouettes cachées dans les coins sombres.

Ni de Melanie Kent.

Bien que meublée et décorée de façon spartiate, l'annexe semblait agréable. Les murs avaient été peints à la chaux, les poutres apparentes au plafond ne manquaient pas de cachet. Mais très vite, Sam ressentit la tristesse qui régnait à l'intérieur.

Il prit un moment pour explorer l'abri de jardin aménagé. La kitchenette sur sa gauche était rudimentaire. L'espace de vie se composait d'une chaise, d'un lit et d'un bureau. Un ventilateur accroché au plafond soulevait les pages d'un bloc-notes sur le lit et de nombreux clichés punaisés sur le mur.

Il jeta un rapide coup d'œil par l'une des fenêtres avant de traverser la pièce à grands pas pour examiner les photos. Melanie Kent les avait rangées en deux catégories : les personnes et les lieux. Sam commença par les ruines de l'ancien asile. La journaliste avait photographié l'hôpital en ruine sous tous les angles à différents moments de la journée. L'endroit paraissait dans un bien pire état que dans ses souvenirs. La plupart des vitres étaient brisées et le toit s'était effondré par endroits. Un vieux fauteuil crevé gisait au milieu des mauvaises herbes. Melanie Kent ne s'était pas contentée de prises de vue extérieures. Elle avait également mitraillé les dédales de pièces, les graffitis qui recouvraient les murs et surtout, l'immense fresque représentant le Prédicateur en démon. Ses yeux rouges sous les bords de son grand chapeau noir étaient glaçants.

Elle avait méticuleusement photographié les nombreuses salles sombres des étages où s'entassaient des matelas infestés de rats. Sur les clichés du dernier étage qui montraient les trous du toit et le lierre entrant par les fenêtres, l'état de délabrement de l'édifice était manifeste.

Par ailleurs, elle avait aussi immortalisé le lac, le ranch Cavanaugh et divers endroits de Belle Pointe, y compris le bureau du shérif et les maisons où Jenna Malloy et Ellie Brannon avaient grandi.

Il s'intéressa ensuite aux portraits, de vieilles photographies d'Ellie, Riley et Jenna mélangées à des instantanés récents de Jenna et Ellie. Aucune des deux femmes ne semblait savoir qu'elle était photographiée. Melanie n'avait pris que quelques clichés récents de Jenna mais des dizaines d'Ellie : Ellie se reposant sur sa terrasse, sortant de son studio et se tenant sur son débarcadère, les pieds dans l'eau. Apparemment, la journaliste la traquait depuis des semaines. Sam étudia avec soin ces portraits avant de reporter son attention sur ceux de Jenna.

Il retira l'une des photographies du mur pour un examen approfondi. Jenna y était représentée assise sur les marches du porche d'une maison – sans doute chez elle, à Dallas – et regardant la rue. Le portrait était saisissant et pourtant, Sam trouva quelque chose d'inquiétant dans son expression et dans son langage corporel.

Comme il s'emparait de l'un des clichés les plus anciens de Riley, il compara les deux, promenant les yeux de l'un à l'autre. Les deux jeunes femmes avaient la même inclinaison de tête, le même demi-sourire rêveur, la même attitude…

Pourquoi Jenna cherchait-elle à imiter à ce point les manières de Riley ? Ou était-ce l'inverse ?

Il se dirigea vers la fenêtre pour étudier les deux portraits sous un meilleur éclairage. Les similitudes étaient troublantes, mais il vit soudain un détail sur la photo de Jenna, en arrière-plan, qu'il n'avait pas remarqué tout de suite.

Une femme se tenait à la fenêtre, observant Jenna. Le porche était plongé dans l'ombre, rendant la seconde silhouette presque invisible. Sam se demanda si Melanie Kent s'était rendu compte qu'elle avait capturé une deuxième personne dans son objectif. Qui était donc cette mystérieuse inconnue ? Hazel Lamont, peut-être ? La nouvelle colocataire de Jenna existait peut-être, après tout.

Sans doute n'y avait-il rien d'étrange ou d'inhabituel à ce que quelqu'un regarde par une fenêtre. Pourtant, son malaise s'approfondit lorsqu'il se souvint de sa conversation téléphonique avec la colocataire et de l'impression qu'il avait eue de parler, en réalité, à Jenna. Hazel Lamont l'avait-elle délibérément manipulé pour le faire douter de son identité ?

Sortant son smartphone, il scanna quelques clichés et les replaça sur le mur. Puis il prit le calepin et feuilleta les notes manuscrites, parcourant des yeux certains passages.

En apparence, les trois adolescentes se ressemblaient beaucoup – au point d'être souvent prises pour des sœurs – mais elles avaient des personnalités et des origines très différentes.

Riley était issue d'un milieu fortuné. Cet élément à lui

seul la distinguait des deux autres. Chaque année, avant la rentrée des classes, sa sœur, Rae, organisait un petit week-end à Dallas pour elles deux. Elles réservaient une suite au Ritz, s'offraient de bons repas au restaurant, des soins au spa et des virées shopping où elles dépensaient sans compter.

Ses deux meilleures amies auraient eu du mal à imaginer un tel luxe, même si les parents de Jenna appartenaient à la classe moyenne et la gâtaient beaucoup, Jenna étant leur fille unique. Les Malloy habitaient un magnifique manoir victorien sur King Street, bâti sur un grand parc boisé. Une femme de ménage y venait deux fois par semaine. Indépendante et affirmée, Jenna a été la première du trio à partir en colonie de vacances, à avoir son propre téléphone portable et, plus tard, à décrocher son permis de conduire.

La famille d'Ellie Brannon vivait dans une modeste maison sur Oak Street. Son père était shérif et sa mère, femme au foyer, travaillait parfois comme enseignante suppléante pour arrondir les fins de mois. Dès leur plus jeune âge, les enfants Brannon avaient dû contribuer à leur entretien. Ellie gardait des enfants pour gagner de l'argent de poche et son frère, Tom, tondait les pelouses des voisins. Plutôt que des sorties shopping à Dallas, Ellie devait se contenter des centres commerciaux et des friperies du coin pour s'habiller. Un jour, elle avait acheté un pull en cachemire dans une vente de charité avant de découvrir qu'il s'agissait de l'un des vieux pulls de Riley Cavanaugh. Ellie en avait ressenti une profonde humiliation et de la jalousie. Cette histoire avait mis leur amitié à rude épreuve.

De la jalousie ? C'était la première fois que Sam entendait parler d'une quelconque jalousie entre Ellie et Riley. Il prit cette révélation avec précaution. Il avait appris à ses dépens que Melanie Kent se permettait beaucoup de liberté avec les faits.

Sam lut quelques pages supplémentaires, puis remit le bloc-notes sur le lit. Il promena un dernier coup d'œil dans la pièce et sortit par où il était entré.

Le soleil avait maintenant disparu derrière la pinède, projetant de longues ombres sur le chemin. Sam se cacha dans les bois, aux aguets.

Il n'eut pas à attendre longtemps. Une femme vêtue d'un jean et d'un T-shirt, et chaussée de baskets, surgit sur le sentier. Ses lunettes de soleil et son grand chapeau dissimulaient ses traits mais Sam n'eut aucun doute sur son identité. Qui d'autre que Melanie Kent se dirigerait vers l'abri de jardin à cette heure-ci ?

Lorsque quelqu'un héla Melanie, il s'accroupit un peu plus derrière les buissons. Elle se retourna et vit Cory Small apparaître. D'un air agacé, elle retira ses lunettes de soleil et les glissa dans le gros sac qu'elle portait en bandoulière.

— Je suis pressée, dit-elle. Ça ne peut pas attendre ?

— Non, ça ne peut pas attendre, rétorqua-t-il brutalement. Vous m'évitez depuis des jours et j'en ai assez. Nous étions convenus d'une location à la semaine, vous vous en souvenez ? Vous deviez me régler le loyer tous les vendredis. Or vous ne m'avez rien donné depuis votre emménagement.

Elle croisa les bras.

— Nous étions également convenus que je ne serais pas dérangée pour me permettre de travailler tranquillement. Or, vous voilà.

La voix de Cory se durcit.

— Ne commencez pas à me prendre de haut, compris ? Je ne suis pas à la tête d'une association caritative. J'ai accepté de vous louer cette annexe parce que j'avais besoin d'argent.

Elle fit un geste vers la pépinière.

— Pourquoi ? Vos affaires ont l'air florissantes.

— L'activité ralentit à cette période de l'année et je dois verser les salaires de mes employés. Si vous n'avez pas les moyens de payer, faites vos valises et partez.

— Sinon quoi ? Vous allez me virer ? Je vous ai dit que je vous paierais d'ici le week-end, alors on se détend, mon vieux.

Cory l'attrapa par le bras.

— Ne m'appelez pas comme ça.

— Lâchez-moi, dit-elle d'une voix menaçante.

— Vous pensez pouvoir m'envoyer balader ? Je suis encore chez moi, je vous le rappelle.

— J'ai dit « lâchez-moi ».

Elle se dégagea mais ils restèrent face à face à se dévisager d'un air menaçant.

Sam hésita un instant à sortir de sa cachette et à intervenir. Il n'avait encore jamais été témoin de cette facette de la personnalité de Cory Small.

— Attention, dit Melanie d'un ton moqueur. Vous êtes sur le point de me révéler votre vrai visage.

— Qu'est-ce que ça veut dire ?

Elle rejeta la tête en arrière.

— Je vous connais mieux que vous ne le pensez. Vous jouez au brave garçon qui ne ferait pas de mal à une mouche mais, sous la surface, il y a quelques réalités qui ne sont pas jolies, jolies.

— Taisez-vous ! Vous ne savez rien de moi.

— Je sais tout de vous. J'ai étudié tous les aspects de la vie de votre oncle. La vôtre et celle de votre mère y étaient étroitement mêlées. J'ai même découvert sur vous un élément clé que les flics ignorent.

Sam retint son souffle, attendant la suite.

— Ah, oui ? Et quoi ? demanda Cory.

— Vous devrez lire mon livre pour le savoir.

Il se mit à ricaner.

— C'est bien ce que je pensais. Vous ne savez rien.

— Vous voulez parier ?

Maintenant, Cory Small avait l'air amusé. Il s'adossa contre le mur et croisa les bras.

— Au lieu de garder ces petits secrets pour vous, peut-être devriez-vous en parler à l'agent du FBI qui est venu tout à l'heure. Il semblait ravi d'apprendre que vous viviez ici. Visiblement, vous l'intéressez beaucoup. Il avait même envie de jeter un œil à l'intérieur de l'abri de jardin.

Melanie regarda le sentier avec inquiétude en serrant la sangle de son sac.

— Quel agent du FBI ? Je vous déconseille de mentir.

— Pourquoi est-ce que je mentirais ? rétorqua Cory. Inventer des histoires est votre spécialité, pas la mienne.

— Je n'invente rien.

— Ah non ?

Sam vit Melanie inspirer profondément comme si elle tentait de se maîtriser.

— Comment s'appelait-il ? demanda-t-elle.

— Sam Reece. Il est déjà venu dans le coin.

— Je sais qui c'est. A-t-il dit ce qu'il voulait ?

— Cela vous intéresse ?

— Pour l'amour de Dieu, dites-le-moi !

Maintenant qu'il pensait avoir le dessus, Cory Small en profita pour se moquer d'elle.

— Je vais peut-être écrire un livre pour vous permettre de le découvrir.

— Ne faites pas l'idiot. Racontez-moi ce qu'il vous a dit.

— Apparemment, il y a du nouveau dans l'affaire de la disparition de Riley Cavanaugh. Il était assez discret mais je commence à me demander si ça n'aurait pas un rapport avec vous. C'est étrange de vous voir débarquer ici après tant d'années d'absence.

— Qu'y a-t-il d'étrange à ça ?

— Vous manigancez un sale coup. Je le sens.

— J'écris un livre, voilà tout ce que je fais.

Cory ne répliqua rien mais Sam vit briller une lueur désagréable dans ses yeux.

— Je suis moins bête que vous l'imaginez. Je sais repérer les comportements louches quand j'en vois. Par exemple, j'ai remarqué que vous aviez pris quelque chose dans la serre, l'autre soir. Je n'arrive simplement pas à comprendre pourquoi.

— Que racontez-vous ?

— Le chapeau de ma mère. Il est toujours accroché à la porte et avant-hier soir, il n'était plus là quand j'ai fermé la serre pour la nuit. Et ce matin, il était revenu à sa place.

Elle haussa les épaules.

— L'un de vos employés l'avait peut-être emprunté.

— Aucun ne s'amuserait à ça. Alors que vous, je vous imagine très bien en train de prendre un objet qui ne vous appartient pas.

— J'ai mon propre chapeau, merci. Je n'ai aucune envie de profaner le petit sanctuaire que vous avez érigé à votre mère. Mais si j'étais vous, je n'espérerais pas trop que l'agent Reece soit juste venu pour interroger une malheureuse journaliste. Sauf si vous tenez absolument à me prouver votre infinie bêtise…

En sortant de la pépinière, Sam remarqua une berline beige garée à l'ombre d'un grand chêne. Le soleil qui se reflétait sur le pare-brise lui interdisait de distinguer la femme assise au volant. Comme il s'approchait, elle baissa la tête, démarra et s'éloigna.

Sam se demanda si cette voiture était celle qu'il avait vue la nuit précédente devant chez lui à Dallas. Hazel Lamont était sans doute la conductrice. Jusqu'à présent, il avait douté de son existence, mais la photo qu'il avait trouvée dans l'abri de jardin l'avait convaincu du contraire. Cette femme à la fenêtre avait quelque chose d'intrigant, quelque chose d'un peu dérangeant dans sa façon d'épier Jenna derrière la vitre. Il sortit son smartphone pour examiner de nouveau l'image. Les ombres cachaient ses traits mais il sentait chez elle une certaine malveillance. Cette impression était-elle le fruit de son imagination ou de son instinct ?

Il empocha son téléphone et regagna son véhicule. Il ignorait pourquoi la colocataire de Jenna Malloy voulait le suivre mais il avait l'intention de le découvrir.

Quittant le domaine, il se dirigea vers Belle Pointe. Lorsqu'il atteignit les portes de la ville, la berline beige était toujours dans son rétroviseur. Il ralentit et s'arrêta à chaque feu orange pour lui permettre de le rattraper.

Il se rendit au motel Belle Pointe Inn pour y prendre une chambre. Dès qu'il y entra, il se posta à la fenêtre et ouvrit les rideaux. La berline beige était garée dans la rue, face à l'établissement.

Sam quitta la pièce à grands pas et dévala l'escalier mais quand il sortit du bâtiment, la voiture avait disparu.

Ce soir-là, Ellie attendit d'être rentrée chez elle et de se sentir en sécurité pour consulter sa messagerie. Sam lui avait laissé un message peu après 22 heures alors que son émission commençait à peine. Peut-être avait-il perdu la notion du temps ou oublié l'horaire de son programme.

À moins que son message ait été si important qu'il n'ait pas voulu attendre. Cependant, elle ne remarqua aucun stress, aucune urgence dans son ton de voix. Il ne lui donna pas la moindre indication sur la raison de son appel, se contentant de lui demander de le rappeler lorsqu'elle en aurait la possibilité.

Ellie tapota du bout des doigts sur la table tout en réfléchissant. Peut-être souhaitait-il convenir avec elle d'un moment pour se rendre aux Ruines. Dans ce cas, elle n'avait pas besoin de lui répondre avant le lendemain matin, vu qu'elle n'avait pas encore pris sa décision. Revenir sur les lieux de la tragédie quinze ans plus tard pouvait paraître anodin mais le seul fait de l'imaginer la remplissait d'effroi. Elle avait visité trop de fois cet endroit dans ses cauchemars. Si elle fermait les yeux, elle se représentait aussitôt une silhouette vêtue de noir et coiffée d'un chapeau de pasteur rôdant dans les couloirs sombres des Ruines, attendant qu'elle ait le dos tourné pour se jeter sur elle.

Elle avait effectué des recherches sur les effets du chloroforme et savait que, même avec un chiffon imbibé du produit pressé sur le nez, il fallait cinq minutes voire davantage pour endormir une victime. Pourtant, elle ne se souvenait pas d'avoir lutté contre son agresseur. Elle avait sûrement tenté de se débattre mais elle avait très vite été assommée. Avait-elle aperçu le visage du ravisseur avant de sombrer ? Le doute s'insinuait dans son esprit.

Comment un homme seul avait-il réussi à neutraliser trois adolescentes sans qu'aucune d'elles parvienne à s'enfuir ? Quelqu'un avait sans doute aidé Silas Creed cette nuit-là. Et maintenant ce complice s'intéressait à celle qui lui avait échappé.

Elle se repassa le message de Sam Reece. Son ton était calme et mesuré. Presque apaisant. Il n'y avait pas lieu de s'alarmer. Pourquoi devait-elle toujours imaginer le pire ? Elle le rappellerait le lendemain. Prendre ses distances avec lui était sans doute préférable. Elle regrettait de lui avoir téléphoné sans réfléchir, la veille, en pleine nuit. L'intimité qu'elle avait créée sans le vouloir la troublait à présent. Bien sûr, elle était capable de gérer la légère attirance qu'elle éprouvait pour lui. Mais l'inviter dans ses pensées les plus secrètes était une complication dont elle n'avait pas besoin en ce moment.

Malgré sa détermination, le message de l'agent Reece continua à la tourmenter alors qu'elle mettait de l'eau à bouillir. Les résultats des tests ADN sur le bracelet demanderaient des semaines. Il ne l'avait donc pas appelée pour ça. En tout cas, si le laboratoire d'analyses criminelles découvrait que le sang incrusté dans les fils de coton était bien celui de Riley, ils auraient la preuve que quelqu'un, peut-être un complice, conservait ce bijou depuis quinze ans. Si le sang appartenait à Silas Creed, les Cavanaugh auraient enfin une réponse à leurs interrogations. En supposant, bien sûr, que l'ADN corresponde à celui de l'un ou de l'autre. Silas Creed avait au moins un parent dans la région. Son neveu, Cory Small, accepterait certainement de fournir un échantillon.

Elle s'assura que la maison était bien fermée avant de monter dans sa chambre. Sa tisane à la main, elle se glissa sous les couvertures tout en suivant d'un œil un programme télévisé sur sa tablette. Sam ne la rappela pas.

Tant mieux.

Elle se releva pour se brosser les dents. Ensuite, elle se posta à la fenêtre pour admirer les reflets de la lune sur le lac. Une brise agitait les ombres sur le rivage et elle sentit son cœur battre plus vite. Elle scruta la nuit avec attention mais si quelqu'un l'observait de loin, elle ne le vit pas.

Elle se coucha, éteignit la lampe et remonta les couvertures. Malgré la camomille, elle se sentait tendue. Pourquoi ne parvenait-elle pas à retrouver sa vie d'avant ? Avant qu'un numéro anonyme la contacte ? Avant que quelqu'un coiffé d'un chapeau de pasteur apparaisse sur la digue. Avant qu'un bracelet d'amitié, une plume de paon et Sam Reece reviennent dans son existence pour la chambouler ?

Depuis quinze ans, les monstres étaient là, traînant autour d'elle, mais jusqu'ici, elle avait réussi à les tenir à distance. Maintenant, ils étaient en train de saper ses défenses, d'infiltrer ses souvenirs, et elle recommençait à douter.

Qu'avait-elle vu cette nuit-là ?

Elle s'allongea sur le dos et regarda les ombres qui dansaient sur le plafond jusqu'à ce qu'elle s'endorme enfin. Quand la sonnerie de son smartphone la réveilla, elle se redressa dans son lit, se demandant si elle avait rêvé cet appel. Il faisait nuit. La sonnerie retentit à nouveau et elle regarda l'écran. Le numéro lui était inconnu.

Ne réponds pas. Ton correspondant laissera un message.

Mais elle était incapable de faire preuve d'une telle fermeté.

Elle colla l'appareil sur son oreille.

— Allô !

— Ellie ?

Riley ?

Elle faillit lancer son prénom mais se l'interdit à temps.

— Qui est à l'appareil ?

— Tu ne reconnais pas ma voix ?

Ellie était bien réveillée à présent.

— Jenna ?

Le silence qui suivit dura si longtemps qu'Ellie pensa que son amie avait raccroché.

— Jenna ? Tu es toujours là ? Allô !

— Je suis là…

La communication fut coupée.

— Allô ! Allô ! balbutia Ellie.

La sonnerie résonna de nouveau dans le noir et elle décrocha.

— Peux-tu parler librement, Ellie ?

Une profonde angoisse l'envahit. Jenna s'exprimait d'une voix étrangement étouffée, comme si elle chuchotait sous des couvertures ou dans un placard. Comme si elle ne voulait pas que quelqu'un l'entende. Curieux qu'une telle pensée lui vienne à l'esprit.

Elle s'éclaircit la gorge, tentant d'y voir plus clair.

— Oui, bien sûr, je peux parler. Mais je t'entends mal.

— Attends. C'est mieux, là ? ajouta Jenna après un moment.

— Oui, ça va bien, maintenant. Mais tu m'appelles bien tard. Que se passe-t-il ?

— Il est tard ? répéta Jenna, confuse. Je suis désolée. Je perds parfois la notion du temps quand je suis comme ça.

— Comme quoi ? Qu'est-ce qui ne va pas, Jenna ? s'enquit Ellie avec inquiétude.

Elle entendait des bruits de pas, comme si Jenna se déplaçait tout en lui parlant. Puis elle distingua ce qui ressemblait à une autre voix en arrière-plan.

— Jenna ? Tu es seule ? Il y a quelqu'un avec toi ?

— Ce n'est… personne.

Ellie commençait à avoir un mauvais pressentiment à propos de cet appel téléphonique. Elle s'efforça de se souvenir de la dernière fois où elle avait eu Jenna au téléphone. Leur dernier échange remontait à quelques mois. Son amie s'était-elle alors comportée de manière aussi bizarre ? Il n'était pas rare qu'elle semble vague et distraite mais cette fois, il s'agissait d'autre chose. Pourtant Ellie ne parvenait pas à mettre le doigt sur ce qui la dérangeait. Peut-être l'heure tardive était-elle en soi inquiétante.

— Ellie ?

— Je suis là, Jenna.

— Je suis désolée de t'avoir réveillée. Tu n'es pas en colère contre moi, n'est-ce pas ?

L'incertitude dans sa voix lui donnait l'air vulnérable. Ellie déglutit, la gorge serrée, tandis qu'une myriade de souvenirs remontait à sa mémoire.

— Je ne suis pas en colère, Jenna. Je tiens seulement à m'assurer que tu vas bien.

— Puis-je te poser une question ?

— Bien sûr. Tout ce que tu veux.

La voix de Jenna devint presque un murmure.

— As-tu déjà repensé à… cette nuit-là ?

Ellie ferma les paupières.

— J'y repense tous les jours.

— T'es-tu déjà demandé… ?

— Quoi, Jenna ?

— Pourquoi toi, tu n'avais pas été enlevée ?

La question avait été posée si doucement qu'Ellie aurait pu penser qu'elle l'avait rêvée. Elle prit une profonde inspiration.

— Je me le demande chaque jour de ma vie.

— Pourquoi moi… et pas toi ?

Il y avait une intonation plus dure dans la voix de Jenna, maintenant.

— Je ne sais pas, répondit Ellie. Je me suis interrogée là-dessus un million de fois. Peut-être parce que mon père était shérif ou que mon frère était venu me chercher. Nous ne le saurons probablement jamais.

— Tu ne trouves pas étrange que Tom et toi, vous ayez été épargnés ?

Plusieurs personnes de Belle Pointe s'étaient posé cette question au cours des quinze dernières années.

— Pourquoi seuls les enfants du shérif s'en sont-ils tirés ? insista Jenna.

Ellie donna à son amie la réponse que Tom lui avait toujours donnée.

— Je ne pense pas que nous ayons été « épargnés ». Nous avons tous les deux été laissés pour morts. Tom avait reçu un tel coup sur le crâne qu'il a fallu trente points de suture pour le recoudre. L'agresseur croyait sans doute l'avoir tué. Quand mon frère est revenu à lui, il m'a trouvée couchée sur le ventre, le visage dans l'eau. Là encore, j'aurais dû mourir. C'est un miracle que je ne me sois pas noyée.

— Mais tu ne t'es pas noyée, n'est-ce pas ? Tu as survécu.

— Et toi aussi, Jenna.

— J'en doute parfois. Peut-être ne suis-je pas vivante. Peut-être ne suis-je qu'un fantôme perdu dans toute cette brume.

Son ton désespéré inquiéta Ellie.

— Tu n'es pas un fantôme. Tu es une survivante et tu es plus forte que tu ne le penses, dit-elle avec férocité.

— Je ne me sens pas très forte, ce soir.

— Qu'est-ce qui ne va pas ? Que s'est-il passé ?

Comme Jenna ne répondait pas, Ellie commença à paniquer.

— D'où appelles-tu ?

— Pourquoi est-ce important ? s'enquit Jenna.

— Je veux seulement m'assurer que tu es dans un endroit sûr.

— Je suis en sécurité… pour le moment. Mais l'avenir est toujours incertain. Qui le saurait mieux que moi ? Puis-je te demander autre chose ?

Ellie se raidit.

— Oui ?

— De quoi te souviens-tu concernant cette nuit-là ?

Ellie réfléchit à la meilleure manière de réagir.

— Nous en avons déjà parlé. Je ne suis pas sûre quece soit une bonne idée de revenir là-dessus maintenant. Ilest tard.

— S'il te plaît, Ellie. J'ai fait tellement de rêves, ces derniers temps. Dis-moi simplement ce dont tu te souviens de ce qui s'est passé une fois que nous sommes arrivées aux Ruines.

Ellie ne voulait pas parler de cette nuit. Depuis longtemps, elle était parvenue à la conclusion qu'il n'était bon pour personne de ressasser le passé. Mais il lui était difficile de repousser la requête de Jenna. Revenir sur les détails aurait peut-être des vertus cathartiques, cette fois.

— Nous nous sommes séparées une fois à l'intérieur. Je suis montée à l'étage pendant que tu restais en bas avec Riley. J'ai marché dans le couloir en jetant un coup d'œil dans les pièces jusqu'à ce que j'entende un cri. J'ai dévalé les marches pour m'assurer que Riley et toi alliez bien. C'est alors que quelqu'un m'a attrapée par-derrière. Je ne me souviens de rien d'autre entre ce moment et mon réveil à l'hôpital.

— Es-tu certaine de n'avoir vu personne là-bas ?

— Je ne m'en souviens pas. Et toi, as-tu vu quelqu'un ?

— Peut-être, répondit Jenny. Je ne suis pas sûre. J'ai plein d'images dans la tête mais tout est flou. Comme si j'essayais de regarder à travers des nuages.

— Oui, je comprends, dit Ellie. Parle-moi de ces rêves.

— Je suis à l'intérieur des Ruines. Je vois la lune rouge sang à travers les vitres cassées. J'écoute les craquements du plancher et je pense à tous les malades mentaux qui y vivaient autrefois, à leurs âmes qui y sont encore piégées.

Ellie frissonna.

— Continue.

— J'entends le vent dans les arbres à l'extérieur et le

cri d'un paon au bord de l'eau. Alors que je traverse les salles, je sens des toiles d'araignées qui s'accrochent à mes cheveux. Et soudain, Riley me dit qu'elle a entendu un bruit. Toi et moi, au début, nous pensions qu'elle l'avait imaginé. Elle était tellement effrayée d'être là. Tu lui avais dit de ne pas se comporter comme un bébé puis tu nous avais quittées et tu étais montée à l'étage.

Elle ne racontait plus un rêve mais un souvenir. Quand elle s'interrompit, Ellie entendit quelqu'un murmurer près de Jenna. Elle se tendit.

— Jenna ? Qui est avec toi ?

— Je te l'ai dit. Personne.

— J'entends quelqu'un te chuchoter quelque chose.

— Comment sais-tu que ce n'est pas à toi qu'elle chuchote ?

Ellie sentit son bras se couvrir de chair de poule.

— Jenna ?

— Je n'entends rien. Cela doit être ton imagination.

Était-ce une provocation ? se demanda Ellie.

— Où en étais-je ? reprit Jenna. Ah, oui. Riley avait entendu du bruit. Elle avait raison, bien sûr. Quelqu'un était là. Une fois que tu es montée à l'étage, elle et moi avons entendu des pas derrière nous. Puis une porte s'ouvrir et se fermer. Riley jurait qu'elle avait aperçu quelqu'un qui nous regardait du bout du couloir. J'ai pensé que c'était l'un des garçons de terminale qui s'amusait à nous faire peur, alors je suis allée voir. J'ai dit à Riley de m'attendre.

Jenna et Riley s'étaient séparées ? Première nouvelle.

— De quoi d'autre te souviens-tu ?

— Je ne me souviens de rien. Je te parle de mon rêve.

— De quoi d'autre te souviens-tu, de ce rêve ?

Un autre silence s'étira avant que Jenna parle à nouveau.

— Le sol était froid.

— Le sol des Ruines ?

Jenna ignora la question.

— Le sol était froid mais la peau de Riley brûlait comme si elle était en feu à l'intérieur.

Le cœur d'Ellie se serra. Jenna n'était plus dans les ruines de l'ancien hôpital. Elle était maintenant là où elle avait été retenue en captivité avec Riley. Ellie ne l'avait jamais entendue en parler auparavant. Elle avait toujours cru que Jenna n'avait aucun souvenir de cet enfer. Quelque chose avait dû déclencher l'ouverture de sa mémoire. L'épisode qu'elle relatait était si poignant qu'Ellie ne savait comment réagir. Elle n'avait aucune envie d'en entendre davantage mais elle ne souhaitait pas non plus faire taire Jenna.

— Où es-tu dans ton rêve ? demanda-t-elle doucement.

— Je ne sais pas. Il fait noir, il n'y a ni porte ni fenêtre. Il n'y a que des barreaux. Nous sommes enfermées dans une cellule ou une cage. Il n'y a pas de lit, pas de chaise. Seulement un seau dans un coin. Pour aller aux toilettes. Après quelques jours, l'odeur devient vraiment horrible.

Ellie prit plusieurs respirations.

— Quelqu'un vous apporte de la nourriture, de l'eau ?

— Un peu, de temps en temps. Pas assez pour que l'état de Riley s'améliore. J'ai essayé de lui donner ma part, mais elle ne la prend pas. Elle devient de plus en plus faible. Elle n'a rien mangé depuis des jours et elle ne me parle plus.

— Est-elle… ?

La voix de Jenna se durcit.

— Je ne veux pas en parler.

— Personne ne t'oblige à le faire, dit Ellie.

— Ne raccroche pas, d'accord ?

— D'accord.

— Ellie ?

— Oui ?

— J'ai peur.

— Dans tes rêves ?

— Non, dans la vraie vie. Je ne veux pas m'endormir. Si je ferme les yeux, il viendra me chercher.

— Qui, Jenna ?

— Le Prédicateur.

Elle chuchota son nom d'un ton de crainte respectueuse.

Une vague de panique obstrua la gorge d'Ellie. Pendant un moment, elle plongea dans la terreur de Jenna. Et si Silas Creed était vraiment vivant ? Et s'il la surveillait, elle aussi ? Sinon, comment aurait-il su qu'elle était à la maison Thayer pour nourrir les paons, l'autre jour ?

Elle s'efforça de se calmer. Pour Jenna.

— Silas Creed est mort, dit-elle. Il ne peut plus t'enlever ni te faire de mal. Ni à personne.

— Tu n'en sais rien ! cria Jenna. Personne ne peut le savoir avec certitude. Sauf peut-être Riley.

— Riley ne reviendra pas non plus, Jenna.

— Alors pourquoi m'appelle-t-elle ? Pourquoi laisse-t-elle des messages sous mon porche ?

— Tu veux parler de la plume de paon ?

Ellie se leva pour se diriger vers la fenêtre. La lune était si brillante qu'elle arrivait à voir de l'autre côté du lac. Elle promena les yeux le long de la rive, à travers les ombres.

— Comment sais-tu pour la plume ? demanda Jenna avec brusquerie.

— L'agent Reece me l'a dit.

— Quand as-tu parlé à Sam ?

Sam ?

— Il est descendu me voir après que tu lui as téléphoné à propos de l'appel que j'ai reçu pendant mon émission.

— Alors, il m'a crue ?

— Bien sûr. Je lui ai fait écouter l'enregistrement.

— Je ne parle pas seulement de l'appel à la radio. M'a-t-il crue pour tout le reste ? Certainement. Sinon, pourquoi aurait-il fait le voyage jusqu'à Belle Pointe s'il ne pensait pas que Riley était toujours en vie ?

— Je ne m'avancerais pas trop là-dessus, dit Ellie. C'est son travail de suivre chaque piste. Je sais que tu veux croire que Riley est toujours vivante. Moi aussi. Mais nous devons être réalistes. Cela fait quinze ans qu'elle a disparu.

— Je suis réaliste, répliqua obstinément Jenna. Elle est vivante et elle a laissé cette plume sous mon porche pour le prouver. D'une manière ou d'une autre, elle a réussi à s'échapper et elle essaie de nous mettre en garde contre le Prédicateur.

— Jenna…

Ellie s'interrompit alors qu'elle s'approchait de la fenêtre. De là, elle voyait le débarcadère de la cabane de pêcheur du docteur Nance de l'autre côté du lac. Il était éclairé par la lune. Deux femmes y étaient assises, balançant leurs pieds dans l'eau. En tout cas, Ellie avait l'impression qu'il s'agissait de femmes. Elle distinguait les courbes de leurs silhouettes et leurs chevelures. Elles s'assirent très près l'une de l'autre, leurs épaules se touchant. Soudain, l'une d'elles se leva, se déshabilla rapidement et plongea dans l'eau. Ellie était tellement fascinée par la scène qu'elle aurait pu jurer avoir entendu les éclaboussures.

Elle pressa le téléphone contre son oreille. Avait-elle entendu les bruissements de l'eau ?

La voix de Jenna la tira de sa rêverie.

— Nous devons la retrouver, Ellie. Sam fait de son mieux, mais tu sais aussi bien que moi que nous sommes les seules à pouvoir la sauver.

La femme dans l'eau nagea vers le débarcadère et s'accrocha au ponton, près de l'autre silhouette. Ellie qui les regardait de loin sentit les poils de sa nuque se hérisser.

— Peut-être que nous devrions nous voir et en discuter. Où es-tu, Jenna ?

Elle sentit une pointe d'irritation dans la voix de son amie.

— Pourquoi me demandes-tu ça ?

— Je te l'ai dit. Je veux m'assurer que tu es en sécurité.

— Et moi, je te répète que je suis en sécurité pour le moment. Quand veux-tu qu'on se voie ?

— Demain, je ne travaille pas. Je peux venir à Dallas en voiture à la première heure.

— Non, ne fais pas ça.

— Pourquoi ?

La nageuse se rapprocha de l'autre femme jusqu'à ce que leurs têtes soient à nouveau réunies.

Ellie coinça son téléphone entre sa joue et son épaule pour ouvrir la fenêtre. Elle entendit des voix sur l'eau. Elle se pencha, laissant l'air de la nuit soulever ses cheveux emmêlés. Elle écouta attentivement mais le seul son qui lui parvint était le vent bruissant dans les feuilles.

— Pourquoi ne veux-tu pas que je vienne à Dallas ? répéta-t-elle.

— Je viendrai à Belle Pointe, répondit Jenna. Retrouvons-nous en ville. Je t'enverrai un texto plus tard pour te dire où et à quelle heure.

— Jenna ?

— Oui ?

— Tu es sûre que tu es seule ?

— Je suis à la fois toujours seule et jamais seule. Mais tu ne peux pas comprendre.

— Jenna…

— Bonne nuit, Ellie.

Ellie resta à la fenêtre tandis que les deux femmes se levaient. L'une d'elles gravit les marches qui menaient au chalet. L'autre attrapa ses vêtements et se rhabilla. Ellie était trop loin pour en avoir la certitude mais elle aurait pu jurer que le regard de la femme était tourné vers la fenêtre de sa chambre.

9

Après avoir raccroché, Ellie ne put se rendormir. Trop d'éléments troublants étaient apparus au cours de cet échange téléphonique. L'un d'eux, et non des moindres, était la possibilité que Jenna ait été assise de l'autre côté du lac pendant tout ce temps. Mais pourquoi ?

Tout le monde en ville savait que la cabane de pêcheur du docteur Nance était vide depuis la mort du vieux médecin, en juillet dernier. N'importe qui aurait pu s'y rendre et descendre sur le ponton pour se baigner. Cela dit, imaginer Jenna venir de Dallas avec une amie pour piquer une tête dans le lac en pleine nuit semblait absurde.

Pourtant, Ellie la suspectait de lui avoir caché quelque chose. Le récit des rêves de Jenna – qui semblaient se mélanger avec des bribes de souvenirs – la perturbait aussi. Jenna lui avait révélé des détails qu'elle ignorait. Voilà pourquoi Ellie se tourna et se retourna entre ses draps jusqu'à l'aube. Quand le soleil se leva enfin, elle rejeta ses couvertures, épuisée. Après une douche rapide, elle travailla un peu et, dans la matinée, elle reçut un texto de Jenna. Elles convinrent de se retrouver pour déjeuner dans un restaurant de Belle Pointe.

Situé en face du motel Belle Pointe Inn, le Lantern Grill était depuis toujours un incontournable de la ville. Il était très prisé le soir mais pour déjeuner, la plupart des gens lui préféraient le Corner Diner, moins cher et plus familial. Ellie avait suggéré le Lantern Grill pour cette raison, pour pouvoir bavarder tranquillement sans être dérangée.

Lorsqu'elle y entra, Jenna était déjà attablée au fond de la salle. Vêtue d'une robe bleue assortie à ses yeux, ses cheveux blonds tombant en voile sur ses épaules, elle était ravissante. À la voir, personne n'aurait pu soupçonner le traumatisme qu'elle avait subi à l'adolescence. Pourtant, Ellie remarqua ses cernes et ses joues pâles. Elle avait maigri depuis leur dernière rencontre.

Une jeune femme était assise à côté d'elle. Elle était également blonde mais ses yeux étaient plus verts que bleus. Malgré la chaleur, elle était élégamment vêtue d'un tailleur-pantalon noir et portait de grandes créoles dorées aux oreilles. Comme Ellie s'approchait, l'inconnue se pencha pour chuchoter quelques mots à Jenna, rappelant à Ellie les deux silhouettes qu'elle avait aperçues sur les bords du lac, la nuit précédente.

Parvenue devant la table, Ellie s'arrêta brièvement pour sourire à Jenna. Elles n'esquissèrent pas le moindre geste pour s'embrasser. Par accord tacite, elles gardaient une certaine distance depuis des années.

— Bonjour, Jenna.

— Ellie ! Te voilà !

— J'espère que tu n'attends pas depuis longtemps, dit-elle en s'asseyant en face d'elle. Tu es toujours aussi belle. J'adore ta robe.

Jenna passa la main sur le tissu.

— C'est Hazel qui l'a choisie.

Comme Ellie se tournait vers l'inconnue, Jenna ajouta précipitamment :

— Désolée, je crois que vous ne vous êtes jamais

rencontrées. Jenna, voici ma colocataire, Hazel Lamont. Hazel, voici…

— Inutile de me présenter ! Je reconnaîtrais Ellie Brannon n'importe où.

Hazel l'examina avec attention tout en lui tendant la main.

— Vous êtes exactement comme je vous imaginais.

Ellie ne savait pas trop quoi penser de cette remarque ni de la lueur rusée qu'elle vit briller dans les yeux vert-bleu.

Elles se serrèrent la main.

— Jenna ne m'avait pas dit que vous seriez des nôtres, dit Ellie.

— J'espère que ma présence ne vous dérange pas. Je mourais d'envie de vous rencontrer depuis longtemps. Et j'ai d'ailleurs l'impression de vous connaître déjà. Jenna m'a tellement parlé de vous. On se tutoie, d'accord ?

Ellie ne pouvait s'empêcher de se demander si Hazel était avec Jenna sur le ponton de la cabane de pêcheur du docteur Nance, la nuit précédente. À la lumière du jour, elle était moins certaine de ce qu'elle avait vu – ou de qui elle avait vu – mais elle avait l'intuition que Hazel Lamont jouait avec elle comme un chat avec une souris.

Un sourire fourbe se dessina au coin des lèvres de Hazel comme si elle devinait les doutes d'Ellie et s'en amusait.

Ellie accrocha son sac sur le dossier de la chaise et s'efforça de se détendre.

— D'accord. Êtes-vous arrivées depuis longtemps, toutes les deux ? Vous avez dû partir tôt de Dallas.

— Nous sommes toutes les deux du matin, une chance, répondit Hazel. Tu n'es pas d'accord, Jenna ? Nous étions vraiment faites pour cohabiter.

Jenna hocha la tête, le regard rivé sur Ellie.

— Tout à fait. Rares sont les gens avec qui je pourrais vivre, surtout maintenant que je sais à quel point la véritable amitié est rare.

— Bien dit, murmura Hazel, les yeux fixés sur Ellie.

Celle-ci avait l'impression désagréable de s'être fait piéger. L'ambiance à la table était pour le moins étrange. Mais la conversation avec Jenna la nuit précédente n'était pas tout à fait normale, non plus.

— Hazel n'est pas seulement ma colocataire, elle est surtout mon héroïne, ajouta Jenna. Elle m'a sauvé plusieurs fois la vie.

— Et toi, la mienne.

Elles échangèrent un regard et un sourire. Elles semblaient partager une intimité qui, sans être amoureuse, était plus qu'une simple amitié. Et elles voulaient manifestement qu'Ellie soit consciente de leur complicité.

Ellie essaya de conserver une attitude aimable et demanda avec curiosité :

— Depuis combien de temps vous connaissez-vous ?

Jenna déplia sa serviette.

— Pas aussi longtemps que toi et moi, mais quand même depuis un bon moment. Nous nous sommes perdues de vue pendant plusieurs années. Une amie commune qui savait que je cherchais une colocataire nous a remises en contact.

— C'était le destin, déclara Hazel en posant ses coudes sur la table et le menton sur ses mains jointes. Mais parlons plutôt de toi, Ellie. J'ai écouté ton émission de radio avec Jenna. Les personnes qui t'appellent sont parfois étranges, mais quelle façon fascinante de gagner sa vie !

— C'est vrai. Mais mis à part mon travail, je n'ai pas beaucoup de centres d'intérêt.

— Tu vis dans une petite ville comme des milliers d'autres femmes, dit Hazel, toujours avec ce soupçon de ruse dans le regard.

— Oui, à peu près. Et toi, que fais-tu, Hazel ?

— Oh ! Vois comment tu as vite réussi à détourner la conversation sur moi.

— Pardonne-moi. Ce n'est pas tous les jours que je rencontre la colocataire de Jenna.

— Alors demande-moi ce que tu veux. Je suis un livre ouvert. La plupart du temps, ajouta-t-elle avec un clin d'œil. Quant à ce que je fais, je suis entre deux emplois pour le moment. Heureusement, je n'ai pas à m'en faire, financièrement.

— Quelle chance ! dit Ellie. Où vous êtes-vous rencontrées ?

Hazel se tourna vers Jenna.

— Je lui raconte tout ou on la laisse deviner ?

— Je pense qu'il faut me le dire, dit Ellie.

Hazel sembla y réfléchir.

— Peut-être plus tard.

La serveuse apparut pour prendre leur commande et Hazel lança vivement :

— Attendez, nous n'avons pas encore choisi !

— Pas de problème. Prévenez-moi quand vous serez prêtes, répondit la jeune femme avant de s'éclipser discrètement.

Hazel tira sur l'une de ses boucles d'oreilles, attirant l'attention d'Ellie sur la grosse pierre de lune qu'elle portait à la main droite. Elle la reconnut et fixa un instant le bijou. Riley portait autrefois une bague similaire à celle-ci. Elle avait cessé de la mettre un jour, prétendant l'avoir perdue. Quand Ellie lui avait proposé de l'aider à la chercher, elle avait refusé, expliquant que cette pierre lui portait la poisse. Malgré son jeune âge, Riley était terriblement superstitieuse.

— Elle la reconnaît, dit Hazel à Jenna, un sourire suffisant sur les lèvres. Tu vois ? Je te l'avais dit.

L'envie irrationnelle d'arracher la bague du doigt de

cette pimbêche traversa Ellie. Pour maîtriser sa pulsion, elle étudia l'expression de Jenna.

— Ce n'est sûrement pas la bague de Riley. Elle l'avait perdue.

Le sourire de Jenna reproduisit à la perfection celui de Hazel.

— Elle ne l'avait pas perdue. Elle me l'avait donnée.

Ellie fronça les sourcils.

— Alors pourquoi prétendait-elle l'avoir perdue ?

Une lueur déplaisante passa dans les yeux de Jenna.

— Elle ne voulait pas que tu le saches. Tu aimais tellement ses affaires. Ses vêtements, ses chaussures, ses bijoux surtout. Elle craignait que tu ne te mettes en colère si elle t'apprenait qu'elle m'avait offert sa bague.

— Pourquoi me serais-je mise en colère ?

— Allons, Ellie. Tu as toujours été jalouse de ma relation avec Riley.

L'accusation lui fit l'effet d'une gifle.

— C'est faux. Je vous aimais toutes les deux comme des sœurs. Je suis abasourdie que tu penses une bêtise pareille.

Jenna haussa les épaules.

— Manifestement, nous n'avons pas les mêmes souvenirs.

— Manifestement.

— C'est une belle bague, dit Hazel d'une voix moqueuse, agitant ses doigts comme pour faire envie à Ellie. Je ne te reproche pas de l'avoir convoitée.

— Je n'ai jamais…

Ellie s'interrompit et reporta son attention sur Jenna.

— Peut-être ce déjeuner n'était-il pas une si bonne idée, après tout. Peut-être vaut-il mieux remettre notre discussion à un autre jour.

— Oh ! je suis désolée. Je dérange, peut-être ? demanda Hazel d'un ton faussement innocent.

Ellie avait le sentiment qu'elle n'était pas du tout désolée.

L'ambiance désagréable qu'elle avait ressentie plus tôt s'était muée en franche hostilité.

— Je pense préférable pour Jenna et moi de discuter de certains sujets en tête à tête.

Jenna se braqua.

— Nous pouvons parler de tout devant Hazel. J'ai une confiance absolue en elle.

C'est ton droit, pensa Ellie. *Mais pour ma part, j'aurais tendance à me méfier de Hazel Lamont.*

Elle se demandait comment sortir de table et quitter le restaurant sans faire d'esclandre lorsqu'elle aperçut Sam Reece à l'entrée de l'établissement. Leurs regards se croisèrent et il hocha brièvement la tête avant de se diriger vers elles. Ellie lui sourit avec soulagement. Remarquant son costume et sa cravate, elle comprit qu'il devait être en mission pour le FBI. Il travaillait même le samedi.

Jenna sursauta en le reconnaissant. Sa main vola vers son cœur alors qu'elle battait des paupières.

— Agent Reece ! Quelle surprise de vous croiser ici.

— Je suis moi-même un peu étonné.

Il jeta un coup d'œil autour de la table, son regard s'attardant sur Ellie avant de se reporter sur Jenna.

— J'étais de l'autre côté de la rue, au motel, quand j'ai vu Ellie entrer. J'ai décidé de la rattraper.

— Tout va bien ? demanda Ellie anxieusement.

— Je voulais te parler, j'ai une ou deux questions à te poser.

Il scruta son visage d'un air mystérieux. Elle ne pouvait pas nier l'impact qu'il avait sur elle et se demandait si quelqu'un d'autre l'avait remarqué. En tout cas, Jenna fronçait les sourcils en la regardant.

— Vous vous appelez par vos prénoms, tous les deux ? demanda-t-elle.

— Non, répondit Ellie un peu trop vite.

Pourquoi se sentait-elle sur la défensive, tout d'un coup ? Et si intensément consciente des yeux de Sam Reece sur elle ?

Hazel s'éclaircit la gorge bruyamment.

— Je ne pense pas que nous nous soyons déjà rencontrés.

Avant que Jenna puisse se charger des présentations, Sam lança :

— Vous devez être Hazel.

Elle tendit la main, le regardant à travers ses cils épais.

— Et vous, le célèbre agent Reece. Jenna m'a souvent parlé de vous. Quelle joie de mettre enfin un visage sur cette voix profonde.

Elle murmura quelques mots à l'oreille de Jenna qui hocha la tête alors que son froncement de sourcils s'accentuait.

Ellie ne put s'empêcher de remarquer que Sam lâchait rapidement la main de Hazel.

Il se tourne vers Jenna :

— Tu ne m'avais pas dit que tu prévoyais un voyage à Belle Pointe la dernière fois que nous nous sommes entretenus au téléphone.

— Ça s'est décidé à la dernière minute. Ellie avait envie que nous nous rencontrions.

Elle avait dit cela d'un ton presque accusateur.

Ellie se tourna vers Jenna.

— Après ton coup de fil de cette nuit, je pensais qu'il serait sympa de nous voir pour parler.

— Et nous voilà tous réunis, dit joyeusement Hazel.

Le regard de Sam se posa de nouveau sur Ellie. Elle détourna les yeux, plus secouée par son attention qu'elle ne voulait l'admettre.

— Souhaitez-vous vous joindre à nous, agent Reece ? lança Hazel. Ou préférez-vous que je vous appelle Sam ?

— Agent Reece.

Le ton de Hazel changea imperceptiblement.

— Dans tous les cas, vous tombez à pic. La conversation devenait gênante. Asseyez-vous, je vais tout vous raconter.

Il lança un regard interrogateur vers Ellie qui se déplaça vers la chaise voisine, lui permettant ainsi de s'asseoir en face de Jenna. Elle-même faisait maintenant face à Hazel. Cette dernière lui lança un regard qu'Ellie ne sut comment interpréter.

— Jenna et Hazel étaient sur le point de m'expliquer comment et où elles s'étaient rencontrées, dit Ellie, avant que Hazel puisse faire allusion à la bague.

— En quoi est-ce gênant ? demanda-t-il.

— Tout dépend du point de vue où on se place, répondit Hazel. Nous nous sommes rencontrées à l'hôpital Penn Shepherd de Dallas. Vous connaissez l'établissement, je crois, agent Reece ?

— Oui.

— L'hôpital Penn Shepherd, murmura Ellie. N'est-ce pas là où…

— Où on enferme les fous ? Encore une fois, tout dépend de quel point de vue on se place.

Hazel souriait toujours mais son regard sur Ellie était noir.

— J'étais internée là-bas quand Jenna y a été admise.

Jenna posa sa main sur le bras de Hazel, mais celle-ci la repoussa doucement.

— Tout va bien, Jenny. Nous sommes entre amis. Peut-être l'agent Reece serait-il intéressé de savoir pourquoi j'y étais.

— Seulement si vous avez envie d'en parler, dit-il.

— Oui, je pense que oui.

Ses yeux brillaient dangereusement.

— Quand j'avais seize ans, mes parents ont été sauvagement assassinés alors qu'ils dormaient dans leur lit.

Pendant un moment, l'agent du FBI chargé de l'enquête m'a suspectée des crimes.

— Quand et où est-ce arrivé ?

Ellie s'émerveilla du calme de Sam. Pour sa part, elle était abasourdie et presque certaine que le choc que cette révélation avait provoqué chez elle se lisait dans ses yeux.

— Il y a seize ans, chez nous à Westlake.

— Un quartier chic, nota Sam.

— Vous pouvez rechercher le dossier. Ken et Cynthia Lamont. Quoi qu'il en soit, mon oncle, qui avait été désigné comme mon tuteur, estimait que j'avais du mal à faire face à cette tragédie. Il pensait qu'un long séjour dans un hôpital psychiatrique m'aiderait à mieux gérer mes émotions. Mon internement lui a également donné le temps et la possibilité de me spolier d'une partie importante de mon héritage.

Sam resta imperturbable.

— Cette histoire pourrait être le sujet d'un roman policier.

— J'ai pensé qu'elle vous plairait.

Ellie se demanda s'il y avait un mot de vrai dans ce récit.

— Par chance, quand Jenny est arrivée à l'hôpital, le seul lit disponible était dans ma chambre.

Le regard de Hazel se tourna vers Ellie. Elle avait l'air assez contente d'elle-même.

— Nous sommes très vite devenues amies. Des sœurs. Nous nous sommes tout raconté.

— Combien de temps avez-vous partagé une chambre à Penn Shepherd ? demanda Sam.

Hazel s'affala sur sa chaise, réussissant à paraître à la fois ennuyée et amusée.

— Quelques mois. À un moment, le personnel a décidé de nous séparer, sous prétexte que j'avais une mauvaise influence sur Jenna. Pouvez-vous imaginer un tel comportement de la part de soignants ?

Moi, je le peux, pensa Ellie. *Et sans aucune difficulté.*

— Mais tu n'avais aucune mauvaise influence sur moi, assura Jenna avec ferveur. Au contraire. Tu étais ma seule amie dans cet endroit horrible. Je ne pouvais plus supporter d'y être enfermée après qu'ils m'ont déplacée.

— Nous sommes ensemble maintenant, dit Hazel. C'est tout ce qui compte. Et personne ne nous séparera plus jamais. Personne.

Ellie et Sam échangèrent un regard inquiet, qui sembla agacer Jenna.

— J'aimerais savoir ce que vous faites pour retrouver Riley, agent Reece, demanda Hazel. J'ai le droit d'être au courant de votre enquête.

Il répondit prudemment.

— J'ai effectué quelques recherches.

— Quel genre de recherches ?

— L'une de vous a-t-elle été contactée par une femme nommée Melanie Kent ?

Ellie s'exclama :

— Vous l'avez retrouvée ?

— Qui est Melanie Kent ? demanda Hazel.

Elle se pencha, imitant la posture de Jenna. C'était déconcertant de les voir ensemble, toutes les deux. Hazel semblait autoritaire et protectrice. Elle éclipsait complètement la timide Jenna. Pourtant, Ellie avait l'étrange impression que le vrai pouvoir dans leur amitié était détenu par Jenna.

— Melanie Kent a publié un livre sur le kidnapping, il y a plusieurs années, expliqua Sam. Apparemment, elle écrit une suite.

Il sortit son téléphone et fit défiler des images. Puis il tourna son téléphone pour que Jenna puisse voir l'écran.

— Reconnais-tu ce portrait ?

Jenna se pencha vers le cliché, les yeux écarquillés.

— Quand avez-vous pris cette photo ?

— Je ne l'ai pas prise. Je l'ai trouvée accrochée au mur d'un abri de jardin où Melanie Kent séjourne actuellement.

Il fit pivoter le téléphone vers Ellie.

— Elle a également plusieurs photos de toi sur ce mur.

Ellie fronça les sourcils.

— Elle nous a photographiées sans notre accord ? Pourquoi ?

Sam haussa les épaules.

— Je suis sûre qu'elle qualifie cela de « travail de recherche ». Elle mitraille sans doute depuis des semaines.

Hazel tendit la main et attrapa le téléphone, utilisant ses doigts pour agrandir l'image.

— Je me souviens du jour où cette photo a été prise. Tu venais d'emménager, Jenny. Tes parents étaient venus aider à décharger tes cartons. Tu t'étais ensuite assise sur les marches du porche pour les regarder partir.

— Quand était-ce ? s'enquit Sam.

— Il y a quelques semaines, je ne sais plus très bien. Les jours ont tendance à se confondre.

— Vous disiez qu'elle habitait dans un abri de jardin, reprit Ellie. Cela semble un peu étrange.

— Pas aussi étrange que vous pourriez le penser, dit Sam en posant son téléphone sur la table. Ce qui m'amène à ma question suivante. Ellie et Jenna, vous souvenez-vous de Cory Small ?

— Il était lycéen à Belle Pointe au moment de l'enlèvement, répondit Ellie.

— Quoi d'autre ? demanda Sam.

— C'était le neveu de Silas Creed. Je savais à peine qui il était avant le kidnapping mais après le drame, tout le monde ne parlait que de sa mère et de lui. J'en étais venue à les plaindre. Toutes ces accusations, tous ces ragots ont dû faire des ravages. Il a été transféré dans une autre école après l'été et je ne l'ai pas revu depuis lors.

— Il dirige la ferme familiale et une pépinière au sud de Belle Pointe, dit Sam. J'y suis allé hier pour discuter avec lui.

Jenna écarquilla les yeux.

— Pourquoi vouliez-vous lui parler ? Pensez-vous qu'il sait quelque chose sur Riley ?

— Pas nécessairement. Il y a toujours la question de savoir si quelqu'un a aidé Silas Creed à quitter la ville. Small nie que lui ou sa mère aient été impliqués de près ou de loin.

— Bien sûr qu'il le nie, marmonna Hazel.

Après la disparition de Silas Creed, le père d'Ellie avait mené une enquête approfondie sur les Small. Il n'avait trouvé aucune preuve de la complicité de l'un ou de l'autre mais certaines personnes en ville avaient déjà condamné toute la famille. Les gens avaient besoin d'un coupable et les proches de Silas Creed étaient une cible facile.

— Je n'ai aucune raison de mettre sa parole en doute, dit Sam. Mais je suis curieux de savoir si l'une de vous se souvient de quoi que ce soit sortant de l'ordinaire à leur sujet.

Jenna haussa les épaules.

— Je suis désolée. Rien ne me revient.

— En es-tu sûre ? Réfléchis bien, intervint Hazel en posant la main sur celle de Jenna. Tu ne m'as pas dit qu'un garçon plus âgé au lycée avait flashé sur Riley ? Si ma mémoire est bonne, il s'agissait de lui, non ?

Jenna retira sa main d'un geste brusque.

— Comment aurais-je pu te parler d'une histoire dont je ne me souviens même pas ?

Hazel prit un ton apaisant.

— Pas de soucis. Je dois me tromper. Le nom me disait quelque chose mais peut-être l'ai-je entendu dans la bouche de quelqu'un d'autre.

Le regard de Sam se voila de perplexité.

— Qui, à part Jenna, vous aurait parlé de Cory Small ? Ou de Riley, d'ailleurs ?

— Peut-être la journaliste que vous avez mentionnée plus tôt, suggéra Hazel. Melanie je-ne-sais-plus-quoi.

— Je n'ai jamais dit qu'elle était journaliste.

— Eh bien, quoi qu'elle soit, peut-être a-t-elle mentionné le nom de ce Cory Small.

— Vous lui avez donc parlé ? insista Sam.

— C'est possible, dit Hazel avec un haussement d'épaules ambigu.

— Mais vous ne vous souvenez pas d'avoir échangé avec elle ?

Hazel soupira.

— Vous m'ennuyez avec vos questions. Je ne veux plus en parler.

Le téléphone de Sam bipa. Il jeta un coup d'œil à Ellie, partageant en silence avec elle sa perplexité devant la tournure étrange de la conversation, avant de prendre son smartphone. Il lut le texto et se leva.

— Voulez-vous m'excuser un moment ? J'ai besoin de passer un coup de fil.

Ellie hocha la tête.

— Bien sûr.

— Dépêchez-vous de revenir, dit Hazel.

Jenna parut à peine remarquer son absence. Elle fixait Ellie du regard. Elle avait toujours l'air bouleversée mais son expression s'était durcie.

Ellie avait envie d'en apprendre davantage sur le béguin qu'un garçon plus âgé avait eu pour Riley mais elle hésitait à inquiéter Jenna en revenant sur le sujet. Peut-être valait-il mieux laisser Sam s'occuper des questions.

Elle repoussa sa chaise.

— Le moment me semble bien choisi pour me rendre aux toilettes. Si vous voulez bien m'excuser…

Hazel hocha la tête d'un air ennuyé.

— Prends ton temps.

Tout en s'éloignant, Ellie jeta un coup d'œil vers elles par-dessus son épaule. Elles s'étaient rapprochées.

Hazel parla avec animation à l'oreille de Jenna puis elle se retourna et ricana en direction d'Ellie comme si elle savait depuis le début qu'elle allait les regarder. Comme si elles partageaient un secret dont elles l'avaient exclue.

Un frisson parcourut Ellie tandis qu'elle reprenait sa marche vers l'entrée du restaurant.

Elle aperçut Sam à travers les grandes baies vitrées. Il se tenait sur le trottoir, à l'ombre, le téléphone à l'oreille, une expression intense sur le visage. Ellie s'interrogea sur le texto qui avait suscité cet appel urgent. Elle se posait beaucoup de questions sur Sam Reece. Pourquoi ne lui avait-il pas parlé plus tôt de sa conversation avec Cory Small ?

Ce qui la ramena à la réflexion de Hazel. Si Jenna était au courant de l'intérêt d'un garçon pour Riley, pourquoi Ellie ne l'avait-elle pas su ? Les trois amies se disaient tout à propos des garçons, des parents et du reste. Cet été-là, Cory Small était un lycéen, un garçon de terminale. Un homme, quoi.

Se faire remarquer par un garçon plus âgé n'était pas anodin pour une fille de quinze ans. Riley aurait dû être fière d'en parler à l'une de ses meilleures amies. Du moins, Ellie voulait-elle le croire.

Mais apparemment, Riley et Jenna avaient partagé beaucoup de secrets dont Ellie avait été exclue. Par exemple, elle n'avait jamais su que Riley avait offert sa bague en pierre de lune à Jenna. Et elle n'en revenait pas que ses deux amies aient décidé ne pas lui parler de ce cadeau pour ne pas provoquer sa jalousie. Était-elle vraiment mesquine à ce point ?

Dans les lavabos, elle se lava longuement les mains, resserra sa queue-de-cheval et appliqua un peu de rouge sur ses lèvres. Elle ne voulait pas retourner à table trop vite. En réalité, elle aurait aimé trouver un prétexte pour ne pas y retourner du tout. Le comportement de Jenna était plus qu'un peu troublant. Sans parler de celui de Hazel qui se montrait franchement agressive, presque haineuse.

Après avoir appliqué une deuxième couche de rouge à lèvres, elle prit son temps pour tout ranger dans son sac. La porte s'ouvrit alors qu'elle contemplait son reflet dans le miroir mural. Hazel entra, très élégante dans son tailleur-pantalon parfaitement ajusté. Elle se positionna derrière Ellie, s'arrangeant pour que leurs regards se croisent dans la glace.

Ellie sentit un frisson d'appréhension la parcourir mais elle s'efforça de ne pas le montrer. Pourtant, elle était consciente d'être seule dans les toilettes avec une femme qui avait peut-être assassiné ses parents.

— *À peine un soupçon*, dit Hazel.

Ellie la dévisagea avec confusion.

— Pardon ?

— Le nom de ton rouge à lèvres. *À peine un soupçon*, non ?

Ellie sortit le tube de son sac et y jeta un coup d'œil.

— Exact. Comment le savais-tu ?

— Jenna le met depuis des années, même si je lui répète que cette couleur est trop fade pour une femme aussi ravissante qu'elle. Elle est tellement belle qu'elle devrait choisir une couleur plus audacieuse. Cela dit, cette teinte est parfaite pour toi.

La pique aurait pu amuser Ellie si elle n'avait pas fini par trouver cette Hazel exaspérante avec sa petite comédie ridicule. Parce qu'il s'agissait d'une comédie, elle en était certaine.

Hazel pencha la tête, la regardant toujours dans le miroir.

— Tu ne te maquilles pas beaucoup, n'est-ce pas ? Tu ne prêtes pas beaucoup d'attention à ton apparence, à ta coiffure, à tes vêtements… J'ai l'impression que tu te donnes du mal pour passer inaperçue.

— Nous avons déjà établi que je n'avais aucun intérêt.

Ellie ramassa son sac alors qu'elle se détournait du miroir.

— Tu as un problème avec moi ? demanda-t-elle brusquement.

Hazel haussa les épaules.

— Pourquoi aurais-je un problème avec toi ? Je sais exactement qui tu es et ce que tu fais. Tu joues un petit jeu malsain avec l'agent Reece.

— De quoi parles-tu ?

Hazel rejeta ses cheveux en arrière.

— J'ai vu la façon dont il te dévorait des yeux, tout à l'heure. Jenny l'a remarqué, elle aussi. Tu dois te douter de l'importance que Sam Reece a pour elle. Pourquoi faire étalage de votre relation devant elle ?

Ellie la regarda avec incrédulité.

— Je n'ai noué aucune relation personnelle avec l'agent Reece et il n'a aucune raison de me dévorer des yeux. C'est du délire. Je le connais à peine.

— Bien sûr. Pourtant, vous passez beaucoup de temps ensemble, tous les deux. Tu ne peux pas le nier.

Sa réflexion inquiéta Ellie, l'effraya presque, parce qu'elle révélait que Hazel l'épiait depuis un moment.

— Comment le sais-tu ? Tu m'espionnes ? Tu surveilles ma maison ?

Les yeux de Hazel flamboyèrent.

— Tu reconnais donc que Sam Reece est récemment allé chez toi.

— Jenna ne te l'a pas dit ? Il est venu me voir parce qu'elle lui avait demandé de le faire. Elle s'inquiétait d'un appel téléphonique bizarre survenu trois fois de suite au cours de mon émission de radio.

— Bien sûr qu'elle me l'a dit. Elle me dit tout.

Hazel s'approcha de l'un des miroirs et poursuivit :

— Si quelqu'un venait à la blesser à nouveau, je ne sais tout simplement pas ce que je ferais. Je serais capable de tout, je crois. Du pire…

Ellie détestait les confrontations. Les insinuations, les réflexions perfides et les menaces de cette femme étaient aussi injustes qu'insupportables. Tous ses instants la poussaient à la planter là et à s'en aller mais, résistant à la tentation, elle s'appuya contre le mur et planta ses yeux dans ceux de Hazel.

— Pourquoi penses-tu que j'ai déjà blessé Jenna ? C'est mon amie.

— Une vraie amie ne l'aurait jamais quittée, cette nuit-là.

— Je ne l'ai pas quittée.

— Oh ! c'est vrai ! Tu avais perdu connaissance avant d'être retrouvée un peu plus loin et laissée pour morte. En tout cas, c'est ce que tu as toujours prétendu. Et – comme c'est bizarre – ton frère a toujours été le seul à pouvoir corroborer ton histoire.

— Ce n'était pas une histoire. C'était la vérité.

La voix de Hazel devint menaçante.

— Tu n'as aucune idée de ce qu'elle a traversé. Tu penses peut-être que tu peux l'imaginer mais tu es à mille lieues de le mesurer.

Elle ouvrit le robinet et entreprit de se laver les mains.

— L'orage se déchaînait la nuit où ils l'ont amenée dans ma chambre. Je me souviens des éclairs à travers les fenêtres et du tonnerre qui ne parvenait pas à étouffer ses cris.

— Ses cris ?

Ellie réprima un frisson en étudiant le reflet de Hazel. La colocataire de Jenna n'était pas belle à proprement parler mais presque effrayante avec son visage émacié et ses yeux verts. Comme Jenna, elle était très maigre, maladivement maigre. Elle ressemblait à un chat sauvage. Vive, élégante et mortelle.

Leurs regards se croisèrent une fois de plus dans le miroir et le sourire de Hazel envoya un frisson glacé le long du dos d'Ellie.

— Jenny hurlait, cette nuit-là, comme si un mal l'habitait et qu'elle tentait de l'exorciser en criant. Les aides-soignants devaient la retenir pour l'empêcher de se cogner la tête contre les murs. Ils ont été obligés de l'attacher au lit parce qu'elle tentait de s'arracher les cheveux et de se griffer le visage. Ils l'ont laissée dans ma chambre parce que j'étais la seule à pouvoir la calmer. Je restais à son chevet, nuit et jour. Je lui tenais la main pendant des heures. J'étais là pour elle quand personne d'autre ne voulait l'approcher, y compris ses propres parents. Y compris toi.

Le sang d'Ellie se glaça. Chaque mot prononcé par Hazel était comme un couteau enfoncé dans son cœur.

— Je suis allée la voir à l'hôpital, protesta-t-elle. Au début, ils ne laissaient personne entrer, puis elle... refusait toute visite. Pendant des mois, elle n'a voulu voir personne. Mais je suis contente qu'elle t'ait eue. Tu étais une amie pour elle, une vraie amie.

— Nous étions bien plus que des amies. Je ne m'attends pas à ce que quelqu'un comme toi le comprenne mais

Jenny fait désormais partie de moi. Quand ils nous ont séparées, quand ils l'ont emmenée, c'était comme s'ils m'avaient arraché un morceau de moi.

— Pourquoi l'ont-ils emmenée ? ne put s'empêcher de demander Ellie.

— Je te l'ai dit. Ils pensaient que j'avais une mauvaise influence sur elle. Ils l'ont mise dans une autre aile de l'hôpital et ne m'ont pas laissée la voir parce qu'un de ses médecins prétendait que j'entretenais ses délires. N'importe quoi.

Elle sécha ses mains avec vigueur.

— Jenny voulait à tout prix croire que Riley était toujours en vie et je lui avais donc donné de l'espoir. Je continue évidemment à le faire.

Ellie fronça les sourcils.

— En la laissant croire que Riley est toujours en vie ? Que se passera-t-il lorsqu'elle découvrira le contraire ?

— Cela ne se produira pas parce que Riley n'est pas morte.

— Qu'en sais-tu ?

Hazel pencha la tête alors qu'elle cherchait son reflet.

— Tu ne comprends vraiment rien, n'est-ce pas ?

Pendant un moment, Ellie se demanda si Hazel s'était adressée à elle ou à un tiers invisible qu'elle seule pouvait voir.

— Comprendre quoi ?

Hazel regarda de plus près son reflet dans le miroir, tournant la tête d'un côté et de l'autre. Elle semblait fascinée par sa propre image.

— Connais-tu les parents de Jenny ?

Ellie jeta un œil vers la porte, espérant que quelqu'un entrerait. Plus elle passait de temps en compagnie de Hazel, plus elle devenait nerveuse. Pourtant, elle ne pouvait pas s'arracher à une conversation qui la fascinait et l'écœurait en même temps.

— Je les connaissais bien autrefois, il y a quinze ans. Ils ont déménagé à Fort Worth après l'enlèvement pour se rapprocher du médecin de Jenna.

— C'est ce qu'ils t'ont raconté ? Ça, c'est drôle. Jenna m'a dit qu'ils avaient déménagé à cause de toi.

Était-ce vrai ? se demanda Ellie. Les Malloy avaient-ils vendu leur manoir et quitté la ville à cause d'elle ? Parce qu'ils lui reprochaient ce qui s'était passé ?

Une vague de nausée la souleva, même si elle savait qu'il ne fallait pas prendre pour argent comptant les propos de Hazel.

— Ils n'ont jamais accepté le fait que leur fille ait grandi, poursuivait Hazel. Ils lui interdisent toujours de fréquenter certaines personnes. Ils ont voulu l'éloigner de toi puis de moi…

Ellie espérait vraiment que ce n'était pas vrai.

Hazel la regardait toujours dans le miroir.

— Ses parents l'ont retirée de Penn Shepherd sans nous laisser nous dire au revoir. Jenny était là un jour et pouf… partie le lendemain.

Son regard devint lointain. Comme celui de Jenna un peu plus tôt, constata Ellie.

— Ils ne l'ont même pas laissée m'écrire. Ou me téléphoner. Pourtant, je n'ai pas oublié Jenny et elle ne m'a jamais oubliée non plus. Dès que j'ai pu, j'ai utilisé une partie de mon héritage pour acheter une maison dans un quartier agréable et calme. Puis je suis allée sauver Jenny.

— La sauver ?

Hazel se retourna avec ce sourire inquiétant.

— Oui, la sauver. Ses parents savent maintenant qu'ils ne peuvent rien faire pour nous séparer. Tu dois le savoir aussi.

Elle se rapprocha, forçant Ellie à reculer.

— Je vais te révéler un petit secret.

— Et lequel ?

— Tu sais peut-être comment gérer les monstres et les personnes bizarres qui t'appellent pendant ton émission de radio, mais tu n'as jamais eu affaire à quelqu'un comme moi.

10

Sam était seul à leur table quand Ellie revint. Il se leva dès qu'il la vit s'approcher. Elle promena les yeux autour d'elle d'un air perplexe.

— Où est Jenna ?

— Elle a reçu un SMS et est partie précipitamment. Elle m'a chargé de te dire qu'elle t'appellerait plus tard. Tout va bien ? ajouta-t-il après un moment. Tu sembles contrariée.

— Je viens d'avoir un accrochage avec Hazel Lamont dans les toilettes. Je suis sûr que ce texto émanait d'elle.

— Que s'est-il passé ? Que t'a-t-elle dit ?

— Je vous raconterai dehors. Allons-y. Tout ça m'a coupé l'appétit.

Ils se frayèrent un chemin à travers le labyrinthe de tables jusqu'à la porte. Une fois dehors, Sam scruta la rue.

— Attendez-vous quelqu'un ? s'enquit Ellie avec inquiétude alors qu'elle se mettait à l'ombre du bâtiment.

Le soleil estival s'était abattu sur la ville, la canicule l'affaiblissait et son altercation avec Hazel l'avait bouleversée.

Sam posa la main en visière pour inspecter les alentours.

— Par hasard, aurais-tu vu la voiture dans laquelle Jenna et Hazel sont arrivées ?

— Non, elles étaient déjà là quand je suis entrée dans le restaurant. Pourquoi ?

Il avait l'air mal à l'aise.

— Une berline beige me suit depuis deux jours. J'essaie de savoir à qui elle appartient.

Ellie le dévisagea, effarée.

— Et vous pensez à Jenna ou Hazel ?

— Ce n'est qu'une intuition. Je n'ai pas pu distinguer les traits de la personne au volant ni la plaque d'immatriculation.

Ellie jeta un coup d'œil par-dessus son épaule. Elle n'arrivait pas à se ressaisir. Il était midi, des gens allaient et venaient autour d'eux, l'agent Reece était à ses côtés. Elle n'avait vraiment aucune raison d'avoir peur et pourtant, elle ne cessait de frissonner. Les mots de Hazel l'avaient anéantie.

— Votre intuition est sûrement fondée sur quelque chose, dit-elle.

Il répondit à contrecœur.

— Rien de précis mais leur comportement ces derniers temps me paraît très troublant.

— *Leur* comportement ? Je croyais que vous n'aviez jamais rencontré Hazel avant aujourd'hui.

— Je ne l'avais jamais rencontrée en chair et en os. Mais elle m'a appelé avant-hier soir depuis le téléphone de Jenna. J'étais en ville, à ce moment-là. Quand j'ai demandé à parler à Jenna, elle a refusé de me la passer. Elle a prétendu que Jenna ne se sentait pas bien. À un moment, au cours de notre échange, j'aurais pu jurer avoir vu le reflet de Jenna dans une vitrine sur le trottoir d'en face. Elle se tenait de l'autre côté de la rue, un smartphone collé à l'oreille. Mais un instant plus tard, elle avait disparu.

Ellie se remémora les deux silhouettes assises côte à côte sur le ponton du docteur Nance de l'autre côté du lac. Jenna et Hazel l'avaient-elles également suivie ?

— Êtes-vous sûr qu'il s'agissait de Jenna ?

— Non, mais j'en ai la forte impression.

— Était-ce la première fois que vous parliez à Hazel au téléphone ?

— Pour autant que je sache.

— Pour autant que vous le sachiez ? répéta Ellie, troublée.

— Cela aussi va te sembler étrange mais jusqu'à aujourd'hui, je n'étais pas sûr de la réalité de l'existence d'une Hazel Lamont. Jenna m'a déjà téléphoné en se faisant passer pour quelqu'un d'autre.

Ellie le dévisagea, sidérée.

— Elle se faisait passer pour qui ?

— Elle ne me donnait jamais d'autre identité. Parfois, elle prétendait avoir fait une erreur.

— Son nom et son numéro n'apparaissaient-ils pas sur votre écran ?

— Sans doute sait-elle comment appeler anonymement.

— Alors pourquoi croyez-vous que c'était elle qui appelait ?

— Une intuition.

Ellie s'adossa contre le mur.

— Pourquoi se donnerait-elle tant de mal ? Se procurer un autre téléphone, vous joindre et faire semblant d'être quelqu'un d'autre n'est pas une mince affaire. Quel intérêt ?

— Seule Jenna pourrait répondre à ces questions.

Jenna lui avait-elle déjà téléphoné sous un faux nom ? Se demanda Ellie. Il y avait quinze ans, Melanie Kent l'avait facilement dupée. Ellie se plaisait à croire qu'après dix ans sur les ondes, elle était devenue moins naïve et plus perspicace mais, ne filtrant pas les appels, elle n'avait pas la possibilité de connaître la véritable identité des personnes qui la contactaient au cours de son émission. De plus, depuis que les parents de Jenna l'avaient retirée de l'hôpital psychiatrique de Penn Shepherd, elle l'avait perdue de vue. Que savait-elle vraiment d'elle ? Pas grand-chose, en réalité.

— Puis-je vous poser une question personnelle ? lança-t-elle.

Il la regarda avec méfiance.

— Oui ?

— Pensez-vous que Jenna soit amoureuse de vous ?

Il tenta de rejeter immédiatement cette éventualité mais elle le vit serrer les lèvres.

— En tout cas, elle a certainement des problèmes de dépendance affective. Voilà pourquoi j'ai dû fixer des règles concernant les moments où elle peut me contacter.

— C'est peut-être la raison pour laquelle elle prétend parfois être quelqu'un d'autre. Pour pouvoir contourner ces limites. Je comprends aussi pourquoi l'hôpital voulait l'éloigner de Hazel, ajouta-t-elle après un moment. Hazel me semble être très douée pour exploiter les failles des gens. Je ne lui fais pas confiance. Elle est un vrai danger public.

— Elle m'inquiète aussi, dit Sam. Je vais passer quelques coups de fil et essayer d'en apprendre plus sur son parcours.

— Je vous remercie.

Ellie continuait de ressasser sa conversation avec Hazel Lamont dans les lavabos. Plus elle y réfléchissait, plus elle était convaincue que la colocataire de Jenna était dangereuse, instable et possessive. Ellie n'osait pas imaginer ce qui se passerait si Jenna retombait sous son emprise.

Elle repoussa une mèche de cheveux derrière l'oreille.

— À propos de cette berline beige. Ne pouvez-vous pas vérifier si un véhicule correspondant à cette description est enregistré sous les noms de Hazel ou Jenna ?

— Si, mais s'il s'agit d'une voiture de location, la

recherche risque de prendre du temps, surtout sans numéro d'immatriculation.

Une idée traversa soudain Ellie.

— Attendez, dit-elle lentement. Si vous avez vu la berline beige à Belle Pointe hier, cela signifie que Jenna était déjà en ville lorsqu'elle m'a appelée. Peut-être l'ai-je vraiment vue avec Hazel sur le débarcadère, hier soir, même si je ne comprends toujours pas pourquoi elles seraient allées à cette cabane de pêcheur en pleine nuit.

Sam s'adossa contre le mur.

— Tu m'as perdu. De quelle cabane parles-tu ?

— Oh ! c'est vrai. Je ne vous en ai pas encore parlé. Il y a une cabane de l'autre côté du lac, en face de chez moi. Elle est inoccupée, son propriétaire est mort en juillet dernier. Je pense avoir vu Jenna et Hazel sur le ponton hier soir alors que Jenna était au téléphone avec moi. J'aimerais me rendre là-bas pour voir si elles ont laissé des traces de leur passage. Si vous voulez m'y accompagner, je vous raconterai en route ma conversation avec Hazel.

— Bien sûr. Mais prenons ma voiture. Je conduirai. Je te ramènerai ici plus tard pour te permettre de récupérer la tienne.

Ellie hésita, un peu déconcertée par l'idée d'être seule dans l'étroit espace d'un habitacle avec Sam Reece. Mais très vite, elle se reprocha sa réaction aussi ridicule qu'immature.

— D'accord. Je vous indiquerai le chemin.

— Donne-moi un instant pour me changer et aller chercher ma voiture. À moins que tu ne souhaites patienter au motel, pour profiter de l'air conditionné.

— Non, ça va. Je vais m'installer sur un banc à l'ombre et vous y attendre.

— Es-tu sûre que tu préfères cette option ? Il fait terriblement chaud.

— Je ne fondrai pas, ne vous inquiétez pas.

Elle le regarda traverser la rue et disparaître à l'intérieur de l'hôtel puis elle remonta vers la place. Les boutiques étaient bondées. Comme tous les week-ends, les gens se pressaient chez les commerçants. Elle s'assit sur un banc à l'ombre d'un érable pour suivre des yeux les passants.

En face d'elle se trouvait Ghosts Alley, la ruelle des fantômes, ainsi nommée parce qu'elle menait à un petit cimetière et que certaines personnes prétendaient y avoir vu ou entendu des revenants. Au collège, elle y venait souvent avec Jenna et Riley pour lire à haute voix des histoires de fantômes. Elles s'asseyaient dans l'herbe au milieu des tombes abandonnées. Elles sentaient des frissons leur parcourir l'échine, les poils se hérisser sur leurs nuques et elles avaient la chair de poule. Dans leur innocence, elles étaient à mille lieues d'imaginer la véritable horreur qui se profilait.

Elle était si profondément perdue dans sa rêverie que le petit bip annonçant l'arrivée d'un SMS la surprit. Pensant que Sam lui annonçait qu'il était prêt à partir, elle tira son smartphone de son sac et jeta un œil sur l'écran. Un numéro y était affiché mais pas de nom.

Le message disait :

Si vous voulez savoir ce qui est vraiment arrivé à Riley, appelez-moi.

Malgré la chaleur, Ellie frissonna, glacée. Elle regarda la rue dans les deux sens. Le texto émanait sans doute encore d'un mauvais plaisantin. Mais elle ne pouvait ignorer la possibilité que la personne qui avait envoyé ce message sache vraiment quelque chose sur la disparition de Riley.

Elle tapa sur le numéro et porta le téléphone à son oreille. Après deux sonneries, une voix féminine répondit.

— Ellie Brannon ?

— Oui. Qui est à l'appareil ?

— Vous ne reconnaissez pas ma voix ?

Ellie fronça les sourcils.

— Le devrais-je ?

— Nous nous sommes déjà parlé à de nombreuses reprises. Je suis étonnée que vous ne vous souveniez pas de moi.

En effet, la voix lui semblait vaguement familière, mais Ellie ne parvenait pas à la resituer.

— Jenna ? Hazel ? Je n'aime pas les jeux. Pourquoi ne me dites-vous pas simplement qui vous êtes ?

— Je vous le dirai en temps utile. Êtes-vous seule ?

Une sourde appréhension l'envahit.

— Pourquoi est-ce important ?

— Je ne veux pas que des flics ou des agents du FBI traînent dans le coin quand nous nous retrouverons.

Ellie agrippa son téléphone.

— Qu'est-ce qui vous fait croire que je vais accepter de vous rencontrer ?

— Voulez-vous savoir ce qui est arrivé à Riley ou pas ?

— Comment pourriez-vous savoir ce qui est arrivé à Riley ?

— J'enquête sur la disparition de Riley Cavanaugh depuis quinze ans. Cette affaire représente le travail de ma vie. Vous seriez surprise de tout ce que je sais.

La voix se tut pendant un moment, laissant à Ellie le temps de digérer cette inquiétante affirmation.

— Quand je vais raccrocher, glissez votre téléphone dans votre sac et levez-vous. Soyez discrète, naturelle. N'attirez pas l'attention sur vous.

Ellie scruta des yeux la rue ensoleillée, se demandant si quelqu'un l'observait derrière l'une des vitrines.

— Où êtes-vous ? Qui êtes-vous ?

La femme ignora ses questions.

— Rendez-vous au cimetière. Attendez-moi à l'intérieur, près des grilles d'entrée.

— Pourquoi le ferais-je ?

— De quoi avez-vous peur ? Vous vivez seule sur le lac Echo, au milieu des bois et sans voisins à proximité. Chaque jour, vous vous rendez dans une maison abandonnée pour y nourrir les paons d'une vieille dame morte. Vous quittez votre studio d'enregistrement à minuit. Si j'avais voulu vous attaquer, j'en aurais eu mille fois la possibilité. J'ai seulement envie de vous parler.

— Alors dites-moi qui vous êtes.

— Marie, répondit doucement la voix. Marie Nightingale.

Une vague de colère mêlée de panique emporta Ellie alors qu'elle promenait le regard autour de la place, cherchant frénétiquement Melanie Kent. Quelques passants surprirent sa réaction et froncèrent les sourcils. Elle s'ordonna de se calmer. Rien n'allait lui arriver en centre-ville et en plein jour. Melanie Kent était une journaliste sans moralité dont les dents rayaient le parquet. Certes, elle n'hésitait pas à inventer des témoignages pour illustrer un article bidon ni à se faire passer pour quelqu'un d'autre afin d'obtenir un scoop. Mais ce n'était pas une tueuse. Elle n'allait pas s'en prendre physiquement à elle.

— Allô ! dit Ellie dans le téléphone. Êtes-vous là ? Allô ?

La communication fut coupée. Ellie se leva, hésita un instant puis traversa la rue et s'engagea dans la ruelle. Voilà des années qu'elle rêvait de dire à Melanie Kent ce qu'elle pensait d'elle. Mais plus important encore que de vider l'abcès des griefs passés était le besoin de savoir ce que la journaliste fabriquait à Belle Pointe. Pourquoi était-elle revenue dans la région et pourquoi rôdait-elle dans le coin en prenant des photos d'Ellie et Jenna sans autorisation ?

Et surtout, que savait-elle de la disparition de Riley ?

Ellie s'arrêta dans la ruelle pour envoyer un bref texto à Sam, lui indiquant où elle se trouvait. Puis elle rangea le téléphone et se dirigea vers le cimetière.

Ellie se sentait anxieuse mais pas effrayée. Les gens empruntaient souvent cette ruelle comme raccourci pour gagner plus vite la rue principale. À cette heure-ci, elle croiserait forcément du monde. Elle n'avait rien à craindre. Elle serait sur ses gardes et si elle n'aimait pas ce que Melanie Kent avait à dire ou si son comportement lui semblait suspect, elle partirait.

Une grille en fer forgé s'ouvrait sur le petit cimetière. Il ne restait qu'une dizaine de tombes. Les autres avaient été déplacées au siècle dernier dans un lieu plus vaste, situé à la périphérie de la ville, lorsque Belle Pointe avait commencé à s'agrandir.

Avec une profonde inspiration, elle entra. Elle ne vit d'abord personne. L'endroit, ombragé et frais, ressemblait à un parc et elle entendait les bruissements d'eau d'une fontaine toute proche. Ellie fit quelques pas à l'intérieur et regarda autour d'elle. Une femme était assise sur l'un des bancs, lui tournant le dos. Quand elle entendit le grincement de la grille, elle se leva et se retourna pour lui faire face.

Dix ans s'étaient écoulés depuis qu'Ellie avait vu Melanie Kent pour la dernière fois. Les années n'avaient pas été tendres avec la journaliste. Mais son visage crispé n'était peut-être dû qu'à la situation. En tout cas, elle paraissait nerveuse, fébrile, son regard fiévreux scrutant sans cesse les alentours. Elle essuya ses mains sur son jean. Elle portait un chapeau blanc qui dissimulait ses traits et une chemise trop grande qui cachait son corps. Alors qu'Ellie s'avançait vers elle, Melanie s'empara de son sac à dos posé sur le banc.

— Cela faisait longtemps, dit-elle avant de s'éclaircir

la gorge comme si elle avait du mal à trouver les mots. Comment allez-vous, Ellie ?

— Allons-nous vraiment bavarder comme si nous retrouver dans un cimetière après toutes ces années était parfaitement normal ? lança Ellie.

Melanie retira son chapeau et passa les doigts dans ses cheveux pour les ébouriffer.

— Je suis un peu surprise que vous ayez accepté deme voir.

— Je suis un peu surprise moi-même, reconnut Ellie. En tout cas, ne faites pas l'erreur de croire que tout est pardonné. Je n'ai pas oublié ce que vous m'avez fait, comment vous vous êtes jouée de moi. Ni vos mensonges, votre faux kidnapping, vos larmes de crocodile…

Elle se ressaisit avant que la colère sape ses défenses.

— Ce n'est pas pour parler du passé que je suis venue. Vous avez dit que vous saviez ce qui était arrivé à Riley.

— Cette histoire vous hante toujours, n'est-ce pas ? Ne pas savoir vous rend folle, non ?

Ce petit ton moqueur ressemblait davantage à l'ancienne Melanie.

— Bien sûr. Contrairement à vous, j'éprouve de vraies émotions.

Et elle luttait de toutes ses forces pour les réprimer.

— Y compris des regrets ?

Ellie ferma les paupières et compta jusqu'à cinq.

— Dites-moi seulement ce que vous savez sur Riley.

— Vous devez me promettre que rien de ce que vous apprendrez ne sortira de ce cimetière.

Ellie fronça les sourcils.

— Je ne peux pas faire cette promesse. Si vous savez quoi que ce soit sur la disparition de Riley, les autorités doivent en être informées.

— Même si le leur dire mettrait ma vie en danger ?

— Qui vous menace ?

— Je ne suis pas prête à donner des noms. Je dois d'abord me protéger et protéger mes sources. Savez-vous ce qu'est le dispositif de « veille automatique », utilisé en particulier dans le système ferroviaire pour déclencher automatiquement l'arrêt du train, si le conducteur vient à mourir ou à perdre connaissance ?

— Oui, bien sûr. Avez-vous installé un dispositif similaire pour l'affaire qui nous occupe ? Tout cela semble un peu dramatique, non ? Cela dit, les effets théâtraux ont toujours été votre spécialité.

Quelque chose vacilla dans les yeux féroces de la journaliste. Elle jeta un autre coup d'œil autour d'elles comme pour vérifier qu'elles étaient toujours seules dans le cimetière. Ellie voulait croire que sa méfiance n'était qu'une comédie. Melanie Kent était une virtuose en la matière, une actrice particulièrement douée. Pourtant, sa prudence extrême, presque paranoïaque, était contagieuse. Ellie se surprit à avoir envie de regarder, elle aussi, par-dessus son épaule.

Melanie s'éclaircit la voix.

— Comme vous le savez, j'ai travaillé sur la disparition de Riley pendant la majeure partie de ma vie d'adulte. J'ai mené des centaines d'interviews, effectué des recherches approfondies et accumulé des montagnes de documents. Et maintenant, je suis tout près d'aboutir, de tout mettre en place.

— Si je comprends bien, vous ne savez toujours pas ce qui est arrivé à Riley. Vous en êtes encore au stade des hypothèses.

— Non, j'ai dépassé ce stade. Je sais ce qui s'est passé cette nuit-là. Certes, il subsiste des zones d'ombre, des doutes. Mais je sais. Je sais même où se trouvent… les restes.

Ellie tressaillit.

— Quoi ?

Le regard de la journaliste s'adoucit de façon inattendue.

— Vous ne pensiez pas qu'elle serait encore en vie après tout ce temps, n'est-ce pas ?

— Non, bien sûr que non.

Pourtant, imaginer Riley enfermée toute seule depuis quinze ans avait souvent déchiré le cœur d'Ellie. Elle s'efforça de dissiper les images terrifiantes qui l'envahissaient, de se souvenir que Melanie était capable des pires mensonges, des pires machinations.

— Dites-moi ce que vous savez réellement. Je ne veux pas entendre vos hypothèses, vos grandes théories, vos convictions. Seulement des faits.

La journaliste hocha la tête.

— Très bien. Nous allons progresser lentement. Si je vous balance tout d'un coup, vous aurez du mal à l'assimiler. Les faits, la vérité, sont… dérangeants.

Ellie se frotta les bras et acquiesça.

Melanie se leva mais n'esquissa pas le moindre geste pour réduire la distance qui les séparait.

— Si vous voulez en savoir plus, nous planifierons une autre rencontre. Dans l'immédiat, je suis prête à vous donner un petit avant-goût de ce que j'ai découvert. Comprenez-vous qu'il n'est pas question que je vous raconte tout maintenant ? Acceptez-vous mes conditions ?

— Je ne comprends que trop bien, dit Ellie. Continuez.

— Déjà, saviez-vous que Riley et Jenna s'étaient disputées avant d'aller aux Ruines, cette nuit-là ?

Ellie se demandait si elle devait être soulagée ou furieuse. Elle s'était préparée à de terribles révélations. Au lieu de quoi, Melanie ne lui servait rien de plus qu'une nouvelle version de ses inventions.

— Elles ne s'étaient pas disputées. Nous nous entendions

très bien, toutes les trois. Si elles s'étaient querellées, je le saurais. Je l'aurais vu. J'étais là.

— Jenna aussi était là. Si vous ne me croyez pas, moi, vous la croirez peut-être, elle.

— Vous en avez parlé à Jenna ?

— J'ai fait mieux, répondit-elle en ouvrant son sac à dos pour en tirer un smartphone. J'ai les enregistrements. Vous allez entendre Jenna, sa voix. Elle va tout vous expliquer. Voulez-vous écouter ?

— Écouter quoi ?

— L'enregistrement d'une séance de Jenna avec l'un de ses médecins à l'hôpital psychiatrique Penn Shepherd de Dallas.

Ellie la dévisagea, bouche bée.

— Il s'agit d'éléments privés, ultra-confidentiels. Comment les avez-vous obtenus ?

— La question n'est pas là. Je me suis procuré une dizaine d'enregistrements de ces séances. Souhaitez-vous entendre celui-ci ou pas ?

— Pourquoi faites-vous ça ? demanda Ellie, accablée. Pourquoi avoir voulu m'en parler à moi ? Si vous avez des informations concernant les kidnappings, pourquoi ne pas vous adresser directement à la police ou au FBI ?

— Mis à part le fait que je n'ai aucun droit légal de détenir ces enregistrements et que j'ai besoin de me protéger, il n'est pas question de raconter cette histoire aux flics. Je suis tout près d'aboutir, moi. Quant à savoir pourquoi je vous le dis à vous… Croyez-le ou non, j'ai une conscience et j'estime que vous êtes en droit de savoir ce qui vous attend. Vous aussi êtes en danger.

Ellie n'en était pas convaincue.

— Vous ne faites rien par bonté d'âme.

Melanie sourit.

— C'est vrai. Que diriez-vous d'une interview exclusive en échange de ce que je sais ?

— Pour que vous déformiez mes propos afin de justifier l'histoire que vous avez fabriquée de toutes pièces ? Non merci, j'ai déjà donné. Je refuse de vous parler. Et je n'écouterai pas un enregistrement privé entre Jenna et son psychiatre.

— Et pourtant vous êtes toujours là, remarqua Melanie en brandissant le téléphone. J'appuie sur le bouton ou pas ? Dites-moi. Vous êtes libre d'entendre ou non cet échange. Cela ne dépend que de vous.

Ellie s'ordonna de se lever et de s'en aller sans un regard en arrière. Comme d'habitude, Melanie Kent était visiblement prête à tout et n'avait toujours aucune moralité. En tout cas, aucune d'elles n'avait le droit d'écouter une séance enregistrée entre Jenna et son thérapeute. Il était difficile d'imaginer pire violation de la vie privée de quelqu'un. Pourtant, au moment où l'enregistrement commença, elle resta paralysée par une intonation qu'elle perçut dans la voix de Jenna adolescente. Un souffle glacé la parcourut alors qu'elle croisait le regard entendu de Melanie Kent.

– Comment te sens-tu aujourd'hui, Jenna ?

– Ça va. Mais je suis fatiguée. Je ne dors pas bien, ces derniers temps. J'ai encore fait des cauchemars.

– As-tu envie d'en parler ?

– J'imagine.

– Quand tu veux.

(Un petit silence.)

– Il fait sombre. Je suis aux Ruines avec Ellie et Riley. Je n'ai pas envie d'être là.

– As-tu peur ?

– Non. Je n'ai pas envie d'être là parce que Riley est en colère et que je dois faire comme si tout allait bien

pour qu'Ellie ne se doute de rien. Ce qui s'est passé ne la regarde pas.

– Que s'est-il passé ?

(Un silence plus long.)

— Riley pense que je lui ai pris quelque chose. Elle est venue chez moi en mon absence et la femme de ménage l'a laissée monter dans ma chambre.

– A-t-elle trouvé un objet à elle dans ta chambre ?

– Oui, des bijoux. J'essaye de lui expliquer que je voulais seulement les lui emprunter mais elle ne me croit pas. Elle commence à crier, à me lancer des horreurs, à m'accuser. Je ne l'ai jamais vue comme ça. Elle dit qu'elle se moque que je garde la plupart des trucs que j'ai pris mais qu'elle tient à récupérer son médaillon. Il a appartenu à sa mère.

– As-tu pris le médaillon de sa mère ?

(Sur la défensive.)

– Dans mon rêve, je l'ai pris, mais dans la vraie vie, je ne ferais jamais une chose pareille. Vous me croyez ?

– Je te crois, Jenna.

– C'est un rêve horrible. Elle dit que si je ne lui rends pas le médaillon, elle dira au père d'Ellie que je l'ai volé. Qu'il me jettera en prison avec les autres criminels.

– Le père d'Ellie est le shérif du comté, non ? Dans la vraie vie et dans ton rêve ?

– Oui. J'ai toujours eu un peu peur de lui. Presque tout le monde a peur de lui. Je sais que s'il découvre ce que j'ai fait, il viendra m'arrêter chez moi. J'imagine mes parents. Ils sont ravagés. Tellement déçus. Je me dis que je ne pourrai sans doute pas terminer le lycée, encore moins aller à l'université, après une telle histoire. Ma vie entière sera remise en question à cause de ce stupide médaillon.

– Est-ce que tu le rends à Riley dans ton rêve ?

– Oui. Mais ça ne change rien. Elle est toujours furieuse contre moi. Elle ne veut plus être mon amie. Tout ça à cause d'un pauvre bijou.

– Pourquoi Riley a-t-elle accepté de sortir aux Ruines si elle est tellement en colère contre toi ?

– Pour ne pas décevoir Ellie qui tenait à y aller. C'est toujours Ellie par-ci, Ellie par-là. J'en ai marre de la façon dont Riley la considère. Ce n'est pas comme si Ellie était particulièrement gentille ou même jolie. Elle n'a rien pour elle, en réalité. Parfois, je voudrais qu'il n'y ait que nous deux, Riley et moi, comme avant, quand nous étions petites.

– C'est pour cette raison que tu as pris les affaires de Riley ? Pour attirer son attention ?

(Encore un long silence.)

– Vous voulez dire dans mon rêve ?

(Le thérapeute se tait un moment.)

– Que se passe-t-il quand vous êtes aux Ruines ?

– Nous nous séparons. Ellie monte à l'étage. Elle ne semble pas avoir remarqué les tensions entre Riley et moi. Riley dit qu'elle a entendu du bruit. Je n'ai rien entendu mais je fais semblant d'aller voir.

– Tu laisses donc Riley seule ?

– J'ai dit : je « fais semblant » d'aller voir.

– Qu'arrive-t-il à ce moment-là, Jenna ?

– Riley hurle.

– Pourquoi ?

– Je ne sais pas.

– Tu ne sais pas pourquoi Riley crie ?

– Pourquoi est-ce important ? Ce n'est qu'un rêve.

– Un rêve qui t'a bouleversée.

– Ai-je dit que j'étais bouleversée ?

– Tu as dit que tu n'avais pas bien dormi.

– Ce n'était pas à cause du rêve.

– Alors qu'est-ce qui t'empêchait de dormir ?

– Je ne veux plus en parler. J'aimerais retourner dans ma chambre, maintenant.

– Bientôt. Lorsque tu as pris le médaillon de Riley, savais-tu qu'il appartenait à sa mère morte ?

– Oui, je le savais.

– Tu devais donc deviner à quel point ce bijou comptait pour elle. Pourquoi l'as-tu pris ?

– Pourquoi l'ai-je pris dans mon rêve ?

– Oui.

– Parce que j'en avais la possibilité.

11

Sam aperçut Ellie et se gara le long du trottoir. Il se pencha pour lui ouvrir la portière et lui permettre de grimper dans la voiture. Même si elle l'attendait à l'ombre, elle avait mis des lunettes de soleil et il ne voyait pas ses yeux. Mais à sa raideur et à ses lèvres serrées, il devina chez elle une certaine tension.

Elle boucla sa ceinture de sécurité alors qu'il s'éloignait. Pendant un moment, aucun d'eux ne parla. Elle regardait droit devant elle, comme si son attention était focalisée sur un point éloigné. Quant à Sam, tout en conduisant, il gardait un œil attentif sur son rétroviseur. Si une berline beige se cachait quelque part dans la circulation, il tenait à la repérer.

Il finit par lui lancer :

— Ça va ?

— Je viens d'échanger avec Melanie Kent. C'est la journée des confrontations, semble-t-il.

Il la dévisagea à nouveau, avec surprise, cette fois.

— Où l'as-tu rencontrée ?

— Dans la ruelle. Je pense qu'elle m'avait suivie depuis le restaurant. Elle m'a envoyé un texto, je l'ai rappelée et nous nous sommes retrouvées au cimetière.

Manifestement, Sam avait du mal à en croire ses oreilles.

— Tu l'as retrouvée dans un cimetière ? répéta-t-il.

— J'ai hésité mais, comme elle me l'a fait remarquer, je vis seule sur les rives du lac, au milieu des bois, loin de tout. Si elle avait voulu m'attaquer, elle aurait eu mille fois l'occasion de le faire ailleurs.

— Elle t'a dit ça ? s'exclama-t-il avant de reporter son attention sur la route. Que voulait-elle ?

Ellie se tourna vers lui.

— Elle prétendait savoir ce qu'il était réellement arrivé à Riley. Elle a même prétendu qu'elle connaissait l'emplacement des restes, des ossements.

— Si c'est vrai, pourquoi n'a-t-elle pas partagé cette information avec les autorités locales ou avec le FBI ?

— Elle veut être celle qui résoudra l'affaire, dit Ellie avec une grimace de dégoût. Elle tient à ce que tout le monde s'arrache son futur bouquin. Cela m'étonnerait qu'elle ait des preuves. Mais elle a réussi à mettre la main sur des éléments convaincants.

— Lesquels ?

— Elle a en sa possession des enregistrements de certaines séances de Jenna avec son thérapeute, à l'époque où elle était encore soignée à Penn Shepherd. Elle m'en a fait écouter un.

— Tu es sûre qu'il était authentique ? demanda Sam.

— Il avait l'air de l'être, oui. J'ai reconnu la voix de Jenna. Melanie a peut-être payé un employé de l'hôpital pour faire un double des enregistrements. À moins qu'elle n'ait embauché quelqu'un pour entrer par effraction dans le cabinet du thérapeute et lui voler ces bandes. Je ne sais pas. Ma seule certitude est que Jenna serait dévastée si une transcription de cet enregistrement se retrouvait dans le livre de Melanie.

— Qu'y avait-il dessus ?

— Jenna parlait d'un rêve troublant qu'elle avait fait. Dans ce songe, Jenna et Riley s'étaient disputées parce que certains bijoux de Riley avaient disparu et elle accusait Jenna de les lui avoir volés. Jenna reconnaissait les avoir empruntés, en particulier un médaillon ayant appartenu à la mère de Riley. Riley était furieuse et l'avait menacée de la dénoncer à mon père, le shérif, si Jenna ne le rendait pas.

Le visage de Sam devint plus sombre encore.

— Les faits semblent très précis pour un rêve.

— Je sais. Et voilà pourquoi je suis persuadée que ce n'en était pas un. Jenna a utilisé le même artifice hier soir, lorsqu'elle m'a appelée. Elle prétendait me parler de songes mais elle relatait des faits réels. J'y ai beaucoup réfléchi. Se persuader qu'elle a rêvé ces événements est sa façon de gérer d'anciens comportements qu'elle ne parvient pas à assumer.

— Tu n'as jamais rien su d'une dispute entre Riley et Jenna, n'est-ce pas ?

Elle secoua la tête.

— Rien du tout. Peut-être Jenna avait-elle raison. Peut-être étais-je incapable à l'époque de m'intéresser à ce qui ne me concernait pas directement.

— Elle a dit ça ?

— Et elle n'avait pas tort. J'étais alors très égocentrique.

— Essaye d'être moins dure avec toi-même. Tu avais quinze ans.

Ellie soupira.

— J'ai du mal à croire que j'ai été un jour aussi jeune.

Sam l'observa du coin de l'œil. Elle était particulièrement séduisante aujourd'hui. Sa robe sans manches mettait en valeur sa taille fine et ses courbes féminines. La blancheur du vêtement soulignait son bronzage. Ses cheveux blonds étaient coiffés en une queue-de-cheval qui dégageait son charmant visage. Ses ongles étaient vernis du même rose pâle que ses lèvres. Il n'y avait rien de provocant dans sa tenue ou dans son attitude et pourtant, Sam se surprit à penser qu'elle était l'une des femmes les plus attirantes qu'il ait jamais rencontrées.

Il tapota impatiemment sur le volant, tentant de ramener ses pensées sur un terrain plus neutre.

— Parle-moi de ton échange téléphonique avec Jenna.

— Celui d'hier soir ? Elle m'a donc appelée dans la nuit et a évoqué l'horrible endroit où Riley et elle avaient été enfermées après les rapts. Une cellule ou peut-être même une cage. Il y faisait très sombre. Elle ne voyait ni porte ni fenêtre, seulement des barreaux. Le sol était froid.

— A-t-elle donné des détails sur la personne qui les avait enlevées et emmenées là-bas ?

— Non, mais elle m'a raconté que Riley était vraiment malade. Si malade qu'elle n'a pas mangé ni parlé pendant des jours.

Ils échangèrent un regard.

— Là encore, elle m'en parlait comme s'il s'agissait d'un rêve, dit-elle.

Pendant que Sam conduisait, Ellie lui rapporta tout ce qu'elle se rappelait de cette conversation et comment, tout en discutant au téléphone avec Jenna, elle avait repéré deux silhouettes féminines, assises sur le ponton de l'autre côté du lac. Elle s'était demandé si ces femmes étaient Jenna et Hazel mais peut-être s'était-elle fait des idées. Enfin, elle lui résuma l'altercation avec Hazel dans les lavabos du restaurant. Et les menaces à peine voilées de la colocataire de Jenna.

L'échange au téléphone avec Jenna, la confrontation avec Hazel et la rencontre avec Melanie Kent avaient évidemment fait des ravages, constata Sam. Ellie semblait plus nerveuse que jamais. Son angoisse et sa culpabilité attisaient ses propres instincts protecteurs. Certes, Ellie Brannon était tout à fait capable de se défendre. Cependant, elle avait raison d'être prudente. Les événements avaient pris une tournure inquiétante au restaurant. Sam ne savait rien à propos de Hazel Lamont mais la possessivité dont elle faisait preuve envers Jenna pourrait avoir des effets dévastateurs.

Comme si elle lisait dans ses pensées, Ellie poursuivit :

— Pensez-vous que je devrais appeler les parents de Jenna ? Je suis vraiment inquiète de ce que Hazel pourrait leur faire. Manifestement, elle les considère comme une menace. Je m'inquiète aussi pour Jenna. Si elle est tombée sous l'influence de cette femme, je frémis à l'idée de ce qui pourrait lui arriver.

— Tu as toujours leurs coordonnées ?

— Oui. Je ne les ai pas revus depuis des années et je ne suis pas sûre du tout qu'ils aimeraient avoir de mes nouvelles. Mais comment rester assise, les bras croisés, alors que Hazel projette peut-être de s'attaquer à eux ? Là encore, peut-être suis-je en train de me monter la tête, ajouta-t-elle en se tournant vers lui. Peut-être s'agissait-il de menaces en l'air.

— Je pourrais les appeler moi-même, proposa-t-il. Ou mieux encore, aller les voir. Peut-être pourront-ils nous éclairer sur ce qui se passe entre Jenna et Hazel.

Ellie hocha la tête et se recala sur son siège.

— J'espère vraiment que je réagis de manière excessive, mais vous auriez dû voir la lueur de haine dans ses yeux. Hazel me semble agressive, violente, méchante. Cette histoire qu'elle a racontée à propos d'un intrus tuant ses parents… Et l'agent du FBI qui la suspectait du meurtre… Au départ, je croyais qu'elle avait tout inventé mais maintenant, je me le demande.

— Je vais vérifier, dit Sam. Je connais une infirmière qui travaillait à l'hôpital psychiatrique de Penn Shepherd. Nous nous étions bien entendus pendant l'enquête. Si elle se souvient de moi, j'essaierai de la faire parler d'Hazel Lamont.

— Interrogez-la aussi sur Melanie Kent. Peut-être aura-t-elle une idée sur la façon dont Melanie a mis la main sur ces enregistrements.

Ellie ôta ses lunettes de soleil et se frotta les yeux avec lassitude.

— Par ailleurs, j'ai pensé à quelque chose. D'après Hazel, un garçon plus âgé du lycée, sans doute un élève de terminale, avait le béguin pour Riley à l'époque du drame. Et cet amoureux transi aurait pu être Cory Small. Riley ne m'a jamais dit un mot sur ce garçon et maintenant, il me semble peu probable qu'elle se soit confiée à Jenna. Mais il a bien fallu que quelqu'un mette cette histoire dans le crâne de Hazel.

— Jenna a nié savoir quoi que ce soit sur ce prétendu béguin.

Tout en jouant avec ses lunettes de soleil, Ellie réfléchissait.

— Je commence à me demander si je connaissais Jenna ou Riley aussi bien que je le croyais. Peut-être Cory était-il vraiment amoureux de Riley et, pour une raison que j'ignore, elle a préféré ne pas m'en parler. Sam…

Se rendant compte brusquement qu'elle venait de l'appeler par son prénom, elle rougit et s'excusa.

— Désolée. Je voulais dire « agent Reece ».

— Sam, c'est très bien. Tu peux aussi me tutoyer.

Elle secoua la tête d'un air réticent.

— Cette familiarité me semble déplacée.

Ses yeux brillaient dans la lumière du soleil à travers le pare-brise. Un bref instant, Sam imagina la saveur de sa bouche. Il se ressaisit vite et reporta son attention sur la route.

— Je ne vois pas où est le problème, Ellie. Nous nous connaissons depuis longtemps.

— Ce n'est pas vrai. Vous, vous savez tout sur moi, mais moi, je ne sais rien de vous. C'est peut-être mieux ainsi.

Sam se frotta la nuque. De manière inexplicable, il était déçu.

— Comme tu veux. Mais d'abord, tu peux m'interroger, je n'ai rien à cacher. Et surtout, je me sens désormais sur un pied d'égalité avec toi. Il y a quinze ans, j'étais l'agent fédéral chargé de l'enquête et je t'interrogeais en tant que victime, voire suspecte. Maintenant, nous menons les investigations et réfléchissons ensemble, en équipe. Je te considère comme une partenaire.

Ellie réfléchit.

— Présenté comme ça… C'est d'accord.

Il lui sourit avec chaleur et elle sentit son cœur s'accélérer.

— Parlons un peu de Cory Small, reprit-il.

Soulagée du changement de sujet, elle répondit :

— Je crois t'avoir déjà dit tout ce dont je me souvenais. Je n'ai jamais été proche de lui, je le connaissais à peine. Certes, notre école était petite mais il était plus âgé, nous n'évoluions pas dans les mêmes cercles. Je ne suis même pas sûre que je le reconnaîtrais si je le croisais dans la rue. Tu ne penses pas qu'il soit lié aux kidnappings, n'est-ce pas ? Mon père avait enquêté sur lui à cause de ses liens familiaux avec Silas Creed. Mais s'il avait soupçonné quoi que ce soit à propos de Cory ou de sa mère, il aurait agi en conséquence.

— Je m'étais moi aussi intéressé à lui pour les mêmes raisons avant de laisser tomber, dit Sam. Il avait un alibi pour la nuit en question et nous n'avons rien trouvé qui les relierait, lui ou sa mère, aux enlèvements. Quand je lui ai parlé hier, il a juré qu'aucun d'eux n'avait entendu parler de Creed depuis que celui-ci a quitté la ville, il y a quinze ans.

— Bien sûr. Vrai ou pas, il ne t'aurait jamais dit le contraire.

— C'est certain.

Sam quitta la voie express et se dirigea vers le lac. La route était déserte.

— Quelque chose d'intéressant s'est produit pendant que j'étais dans sa ferme, reprit-il. J'ai mentionné tout à l'heure que Melanie Kent séjournait actuellement dans un abri de jardin aménagé pour y écrire son livre. Ce cabanon se trouve au fond de la propriété de Cory Small. C'est là que Silas Creed avait l'habitude de se réfugier autrefois.

Ellie, qui regardait par la vitre, se tourna vers lui.

— C'est là que tu as trouvé les photos de Jenna et de moi ?

— Oui. As-tu interrogé Melanie à ce sujet ?

— Je n'y ai même pas pensé, avoua Ellie. Cela dit, tant mieux. Il est sans doute préférable qu'elle ignore que tu as fouillé dans ses affaires. Mais l'idée qu'elle ait traîné dans le coin et nous ait photographiées à notre insu me glace. Je vais l'avoir à l'œil, maintenant.

— Il y a un autre élément que tu dois connaître, dit Sam. J'ai remarqué un chapeau accroché au mur de la serre. Noir, à larges bords. Cory a affirmé que le chapeau avait appartenu à sa mère. Apparemment, il aurait disparu il y a quelques jours avant de réapparaître hier, ce qui signifie qu'il n'était plus à sa place au moment où tu as vu quelqu'un coiffé d'un chapeau noir sur les rives du lac. Cory semblait penser que Melanie l'avait pris.

— Cela ne m'étonne pas, dit Ellie. Avant même que nous en parlions, je soupçonnais Melanie Kent d'être impliquée d'une façon ou d'une autre dans cet épisode.

Mais qu'espérait-elle accomplir en se faisant passer pour le Prédicateur ? Que veut-elle vraiment ?

— Peut-être cherchait-elle simplement à te manipuler. À te pousser à faire une déclaration qu'elle pourrait citer dans son livre. Je retournerai là-bas plus tard et je verrai si je peux la faire parler. Un badge du FBI impressionne toujours.

Ellie opina d'un air songeur.

— Penses-tu qu'elle a planté dans la tête de Hazel l'idée d'un flirt entre Riley et Cory Small ? Peut-être a-t-elle entendu des détails concernant ce béguin sur l'une des bandes.

— C'est possible, mais j'ai tendance à penser que c'est l'inverse qui s'est produit, que Hazel a mis cette idée dans la tête de Melanie.

— Pourquoi aurait-elle fait ça ?

Il se tourna pour plonger les yeux dans les siens.

— Peut-être veut-elle se servir de Cory pour t'évincer.

— Comment ça ?

— Jenna, Riley et toi étiez amies. Des amies très proches, presque des sœurs. Riley a disparu mais toi, tu es toujours là. Hazel te considère peut-être comme une rivale.

— Mais Jenna et moi ne nous voyons presque plus.

— Tu fais toujours partie de sa vie. Elle pense à toi, parle de toi. Dans l'esprit de Hazel, tu pourrais lui enlever Jenna.

Ellie écarquilla les yeux.

— Es-tu en train d'insinuer qu'elle est susceptible de s'attaquer à moi ?

— C'est une hypothèse, répondit-il. Cela expliquerait tout ce qui s'est passé – les appels anonymes de quelqu'un prétendant être Riley. Peut-être était-ce elle qui portait ce chapeau noir. Quelle meilleure façon de t'effrayer ?

— Comment Melanie Kent s'insère-t-elle dans tout cela ?

— Je soupçonne Hazel de l'utiliser d'une manière ou d'une autre. Je n'ai pas encore tout rassemblé mais je commence à voir comment certaines pièces peuvent s'emboîter. Je dois rentrer à Dallas dès que possible.

— Pouvons-nous retourner chercher ma voiture, alors ?

— Bien sûr. Je ne suis pas à la minute.

Il résista à l'envie de poser la main sur celle d'Ellie pour la rassurer.

— Je n'essaie pas de te faire peur mais jusqu'à ce que nous en sachions plus sur Hazel Lamont, mieux vaut garder tes distances. Et pendant que tu y es, reste aussi à l'écart de Melanie Kent.

« Je n'essaie pas de te faire peur. »

Trop tard, pensa Ellie en frissonnant. Elle croisa les bras et dit à haute voix :

— Prends la prochaine sur la gauche. Le pont n'est plus très loin.

Sam suivit ses instructions sans émettre de commentaires. Il était devenu silencieux après sa réflexion concernant Hazel et Melanie. Peut-être regrettait-il de lui avoir livré ses pensées sans précaution. Tout cela semblait tellement fou. Mais dans les toilettes du restaurant, Hazel elle-même lui avait asséné qu'elle n'avait jamais eu affaire à quelqu'un comme elle. Elle l'avait pratiquement menacée. Et si elle la considérait vraiment comme une rivale ? Et si elle était jalouse de l'affection de Jenna pour Ellie ? Utilisait-elle l'ambition sans limites de Melanie Kent pour faire de Cory Small le coupable idéal et éliminer Ellie ?

Ellie regardait par la vitre mais elle ne parvenait plus à admirer la campagne environnante. Quinze ans après la tragédie, elle se retrouvait de nouveau submergée par la peur et l'incertitude. Ne parviendrait-elle jamais à se libérer de ce cauchemar ?

— Ça va ?

— Je me demandais si cette histoire finirait un jour.

— Je me le demande aussi, parfois.

— Tout revient toujours à cette nuit-là. Aux décisions que nous avons prises. Combien de vies auraient connu des trajectoires différentes si nous n'étions pas allées aux Ruines.

— Il ne sert à rien de regarder en arrière, de regretter ce qui s'est passé, dit Sam. Nous ne pouvons qu'agir sur le présent, sur ici et maintenant.

Ellie montra du doigt la sortie qui approchait.

— En parlant de ça… Prends par là.

Comme il remontait l'étroit chemin de terre qui menait à la cabane de pêcheur, Ellie baissa sa vitre, et l'odeur des marécages emplit l'habitacle. Par association d'idées, des images d'eau sombre et de secrets enfouis envahirent son esprit. Très vite, la maisonnette apparut, perchée sur pilotis avec une vue imprenable sur le lac.

Les pneus crissèrent sur les graviers. Sam s'arrêta, coupa le moteur mais, au lieu d'ouvrir tout de suite sa portière, il resta assis, observant les alentours, avant de se tourner vers Ellie.

— À qui appartient cet endroit ?

— Au docteur Charles Nance. Il a été assassiné cet été. Tous les journaux du coin en ont parlé.

— Le meurtre du vieux médecin ? Oui, cela me dit quelque chose. C'était une affaire importante pour le bureau du shérif du comté.

— Tom s'était impliqué corps et âme dans l'enquête. La mort du docteur Nance a été un coup dur pour nous tous. Depuis le drame, cette cabane est restée vide.

— Peut-être devrions-nous sonner, au cas où.

Ils sortirent ensemble de la voiture et gravirent les marches du porche. Sam jeta un coup d'œil à Ellie alors qu'il frappait à la porte. Personne ne répondit et il regarda à travers les volets.

— L'endroit semble désert.

Ils contournèrent la petite bâtisse et longèrent la terrasse puis descendirent les marches en bois jusqu'au ponton. Ellie s'approcha du bord, laissant son regard planer sur la rive opposée. Elle ne pouvait s'empêcher d'observer Sam du coin de l'œil. Au motel, il avait troqué son costume pour un jean et un T-shirt. Sans sa tenue officielle d'agent du FBI, il était le même et, en même temps, complètement différent. Ses tempes argentées la fascinaient. Et maintenant, ils se tutoyaient…

Du doigt, elle montra une maison de l'autre côté du lac.

— La propriété des Thayer est en face, dit-elle.

— C'est là que tu nourris les paons ?

— Oui, et c'est aussi là que j'ai vu quelqu'un avec un chapeau noir. Il se tenait au sommet de la digue. J'ai supposé que c'était un homme, au départ, mais maintenant, je me demande s'il ne s'agissait pas de Melanie ou de Hazel. Je n'ai jamais aperçu son visage.

Elle pointa ensuite le doigt vers sa propre maison et son studio.

— Je vis en face, au milieu des pins. Tu reconnais la fenêtre de ma chambre. Je regardais le lac quand j'ai vu Jenna et Hazel sur ce débarcadère. Je n'arrive toujours pas à comprendre pourquoi elles seraient venues ici au milieu de la nuit. Hazel, bien sûr, si elle est derrière tout. Mais Jenna ? Je ne veux pas croire qu'elle ait quoi que ce soit à voir avec ça.

— Elle n'est peut-être pas la fille que tu as toujours cru qu'elle était, dit Sam.

— Je sais. Et je ne peux pas non plus ignorer l'influence

de Hazel. Il est possible qu'elle ait convaincu Jenna que j'étais responsable de ce qui est arrivé à Riley. Et à elle. Jenna paraissait amère et rancunière au restaurant.

— Essaye de relativiser son comportement. Jenna a vécu une expérience terrifiante, une horreur que peu de gens peuvent imaginer. Elle ne sera plus jamais la personne qu'elle était avant le kidnapping.

Ils se tenaient au bout de l'embarcadère, à l'ombre. Sam enleva ses lunettes de soleil et les glissa dans sa poche. Ses yeux étaient sombres et intenses lorsqu'il les posa sur elle.

— Nous allons résoudre cette affaire ensemble.

— Tu sembles sûr de toi mais cela fait quinze ans que Riley a disparu.

— Quelque chose a changé, dit Sam.

Entre nous aussi, se dit-elle.

Non seulement son prénom lui était facilement venu sur les lèvres, non seulement ils se tutoyaient à présent, mais elle était consciente de la façon dont ses yeux s'éclairaient quand il les posait sur elle. Elle ne voulait pas accorder la moindre importance à ce qui se passait peut-être entre eux mais soudain, elle ne parvenait plus à penser à autre chose.

— C'est étrange, non ? dit-elle.

— Quoi ?

— Lors de notre première rencontre, je te trouvais intimidant. Tu étais froid et déterminé et je t'en voulais de me harceler avec toutes tes questions. Je te détestais de me faire revivre cette terrible nuit, encore et encore.

— Et maintenant ?

— Nous voici quinze ans plus tard à travailler ensemble pour comprendre ce qui s'est passé. Je ferais tout pour t'aider.

— Tu retourneras aux Ruines avec moi ?

— Oui. Je doute que quoi que ce soit de nouveau sorte de ma mémoire après tout ce temps mais il faut essayer.

Elle se tourna à contrecœur vers la cheminée cylindrique qui s'élevait au-dessus des arbres.

— Savais-tu que tu pouvais la voir d'ici ?

Il se retourna, suivit son regard.

— La cheminée ? Je suis surpris qu'elle soit encore debout. Et plus surpris encore que personne n'ait encore détruit ce bâtiment au bulldozer.

— J'ai pensé à cet hôpital si souvent. J'en ai rêvé des centaines de fois. Je passe encore en revue dans ma tête tout ce qui s'est passé, en essayant de comprendre ce que j'aurais pu voir, ce que j'aurais pu manquer cette nuit-là.

— Tu as été attaquée par-derrière, lui rappela Sam. Peut-être n'as-tu vraiment rien vu.

— Je me souviens du chiffon plaqué sur ma bouche et mon nez, et de mon malaise. J'ai dû lutter, me débattre. Pourtant, je n'ai jamais aperçu son visage.

— Il faisait attention, dit Sam. Peut-être portait-il un masque. Il avait tout planifié.

— Silas Creed aurait-il pu être derrière un scénario pareil ?

— Tu as dit toi-même qu'il était instruit, intelligent. Il aurait pu mettre la main sur le chloroforme dans une pharmacie ou en fabriquer avec de l'eau de Javel et de l'acétone. Quant au timing, Creed était connu pour traîner dans les écoles et les terrains de jeux. Il espionnait les gens. Il aurait pu entendre certains de tes camarades de classe parler du défi.

— Le crois-tu vraiment ?

Sam hésita.

— J'ai toujours douté qu'il ait agi seul, mais c'est possible.

Il se déplaça de l'autre côté du ponton et regarda l'eau.

— Nous irons après la tombée de la nuit.

— Ce soir ? demanda Ellie d'une voix tremblante.

— Mieux vaut en finir. Je rentrerai à Dallas tôt demain matin.

L'angoisse la submergea soudain.

— Et si je ne me souviens de rien ? Et si nous passons par cet endroit horrible et que rien ne me revient ?

— Alors tu te seras au moins prouvé que tu es capable de regarder tes monstres en face.

12

Après qu'Ellie eut récupéré sa voiture, Sam la suivit le long du lac jusque chez elle. Elle leur prépara des sandwichs pour un déjeuner tardif qu'ils prirent sur la terrasse. Ils se rendirent ensuite à la maison des Thayer afin de nourrir les paons avant de retourner chez Ellie pour contempler le coucher du soleil depuis la balancelle.

La lumière s'estompait, l'atmosphère se rafraîchissait et Ellie monta se changer. Elle troqua sa robe pour un jean et des baskets. Et en profita pour s'armer d'une lampe de poche. Sam l'attendait sur le ponton, scrutant l'eau. La plate-forme oscilla légèrement lorsqu'elle s'avança vers lui.

Avec l'obscurité, sa peur grandissait. Elle s'efforça de ne pas penser à ce qui l'attendait, de ne pas imaginer le moment où elle franchirait le seuil des Ruines.

— Sur ta droite, tu aperçois la cheminée de l'ancien hôpital psychiatrique, dit-elle. La légende prétend que la chaufferie servait également de crématorium. Je doute que ce soit vrai. En revanche, il est certain qu'un tunnel reliait le sous-sol à la chaufferie, un tunnel dont je n'ai jamais compris l'usage.

— Je l'ai parcouru, dit Sam. Après les kidnappings, nous avons fouillé chaque centimètre carré du bâtiment. J'y suis venu plusieurs fois tout seul et l'endroit m'a paru sinistre, même en plein jour.

— As-tu découvert quelque chose ?

— Rien d'utile à l'enquête.

— Je ne suis pas particulièrement superstitieuse mais…

Elle s'interrompit en frissonnant.

— Avec le recul, je me demande comment nous avons trouvé le courage d'entrer dans les Ruines en pleine nuit.

— Par défi, les adolescents sont prêts à tout, dit Sam.

Elle reporta son attention sur l'eau.

— Quand veux-tu y aller ?

— Attendons que la lune se lève. Comme je l'ai dit, j'aimerais voir les Ruines telles que tu les as vues, ce soir-là.

— Sam…

Il se redressa et se tourna vers elle, les yeux brillant dans le noir. Il lui parut particulièrement grand, solide. Rassurant.

Qu'elle l'appelle par son prénom lui faisait manifestement plaisir et son regard sur elle s'intensifia.

— Oui ?

— Tu crois vraiment que c'est une bonne idée ?

— Oui. Pas toi ?

— Je le pensais quand il faisait jour, quand le soleil brillait. Maintenant, je ne sais pas…

Elle observa le lac. Les nénuphars avaient fermé boutique pour la nuit et les grenouilles s'accordaient avant d'entonner leur concert nocturne. Avec un autre frisson, elle étudia de nouveau la cheminée qui se profilait au loin.

— Nous devrions y aller sans tarder… avant que je change d'avis.

Ils attendirent pourtant que la lune s'élève au-dessus des arbres pour quitter le débarcadère et rejoindre la terre ferme. Ils suivirent le sentier qui longeait la rive. Alors qu'ils approchaient du pont, Ellie orienta le faisceau lumineux de sa lampe de poche vers les poutres métalliques de la structure.

— Nous avons laissé nos bicyclettes ici, ce soir-là. Nous les avions recouvertes de branchages pour que personne ne puisse les voir du pont.

— Vous aviez pédalé jusqu'au lac depuis la ville ?

— Ce n'est pas loin, une dizaine de kilomètres tout au plus, répondit-elle en haussant les épaules. Nous étions jeunes. Nous avons à peine échangé trois mots pendant le trajet, je m'en souviens. L'émotion, sans doute. Après avoir caché les vélos, nous avons allumé nos lampes pour retrouver le sentier. La lune avait une teinte sanglante. Riley a dit que c'était mauvais signe, qu'il ne fallait pas y aller, que nous devions renoncer à cette expédition. Mais je lui ai expliqué que nous étions allées trop loin pour faire demi-tour. Je lui ai proposé de nous attendre sur le pont si elle avait trop peur. Jenna s'y est opposée. Elle a insisté pour que nous restions ensemble. Cela lui paraissait plus sûr.

Ellie repensa à la voix de Jenna sur l'enregistrement.

« Je n'ai pas envie d'être là parce que Riley est en colère et que je dois faire comme si tout allait bien pour qu'Ellie ne se doute de rien. »

Elle se remit en marche, Sam à côté d'elle.

— Les gens prétendent que ce lac est hanté, que certaines nuits, lorsque la lune est pleine et que le vent est tombé, on entend l'écho de cris sur l'eau. Les cris des âmes des malheureux malades mentaux piégées dans les Ruines, et des Amérindiens chassés de leurs terres par les colons. Voilà pourquoi ils l'ont appelé le lac Echo.

— Toi-même, as-tu déjà entendu des cris ? demanda-t-il.

— Oui, ceux des paons.

Comme si le volatile attendait qu'elle y fasse allusion pour se manifester, un braillement résonna au-dessus de l'eau. Il stoppa net Sam dans son élan.

Il poussa un juron.

— Seigneur ! C'était un paon ?

— Tu n'en as jamais entendu auparavant ?

— Je m'en serais souvenu. Ce cri est à la fois inhumain et étrangement humain. Il ressemble à celui d'un enfant qui souffre.

— Il est à l'origine de nombreuses légendes, dit Ellie.

— Je comprends pourquoi. Continuons, ajouta-t-il en se remettant en marche.

Mais quelque chose avait changé pendant cet intermède, comme si ce cri déchirant les avait plongés dans une ambiance lugubre, mortifère. Alors qu'ils approchaient des Ruines, tous deux étaient tendus.

Ellie promena le faisceau de sa lampe de poche sur la digue. Ils s'aidèrent des racines d'arbres pour se hisser sur le sommet. De nouveau, ils firent halte pour contempler l'ancien hôpital en ruine qui se dressait devant eux. Bâti sur deux étages avec des fenêtres et des portes voûtées, l'édifice avait dû être magnifique et impressionnant autrefois. Le clair de lune scintillait sur les vitres brisées, créant l'illusion d'yeux qui les épiaient. Des branches de lierre rampaient sur les murs, serpentaient à travers les fenêtres cassées et les trous du toit.

L'endroit semblait vivant, comme si ces murailles fissurées avaient fini par incarner des décennies de souffrances et de malheurs. La gorge serrée, Ellie avait presque peur de parler, tant l'envoûtement était puissant. Le bruissement d'une petite brise dans les arbres ressemblait aux chuchotements de toutes ces âmes piégées.

Alors qu'ils parvenaient devant le seuil de pierre, elle ferma les paupières en frissonnant.

— Depuis cette nuit-là, je ne me suis jamais aventurée plus loin.

Sam promena le regard autour d'eux.

— J'avais oublié à quel point ce bâtiment était imposant,

surtout dans le noir. Certes, il est en ruine mais il a gardé un côté majestueux. Il a de beaux restes.

Des restes. Quel terrible choix de mots, pensa Ellie.

— Entrons-nous, maintenant ?

— Dis-moi ce que vous avez fait, il y a quinze ans.

— Nous sommes restées dehors un moment en nous serrant les unes contre les autres pour conjurer notre peur. Comme tu l'as remarqué, le spectacle est impressionnant. Riley agrippait mon bras et m'enfonçait ses ongles dans la peau alors que nous regardions ces fenêtres brisées.

— Et Jenna ?

— Elle se tenait de l'autre côté de Riley. Un peu à l'écart de nous deux, maintenant que j'y pense, mais peut-être cet enregistrement a-t-il influencé ma mémoire. Parce que Jenna se comportait de manière très protectrice envers Riley. Elle n'arrêtait pas de lui demander si elle voulait faire demi-tour. Finalement, nous avons traversé les mauvaises herbes jusqu'au perron. Je me souviens avoir pensé aux serpents. C'était l'été et les vipères pullulaient dans le coin.

Sam projeta le faisceau de sa lampe de poche sur le terrain envahi par la végétation.

— Je vais ouvrir la voie… histoire d'effrayer les reptiles s'il y en a.

— Non, laisse-moi entrer la première comme je l'ai fait, cette nuit-là.

Sam s'écarta et elle passa devant lui. Elle avait le ventre noué. Mais la présence de Sam la réconfortait.

Tout en gravissant les marches de pierre, elle lança par-dessus son épaule :

— J'étais en tête, suivie par Riley, et Jenna fermait la marche. Au moment de franchir le seuil, je me suis dit soudain que venir ici n'était peut-être pas une si bonne idée, après tout. L'édifice me semblait sombre et glacé.

Habité par des âmes en souffrance. Je n'ai jamais cru aux fantômes. Et pourtant…

D'un coup d'œil, elle s'assura que Sam était derrière elle.

Il hocha la tête.

— J'ai ressenti ce côté ténébreux, hanté, la première fois que je suis venu ici. Dans d'autres endroits aussi. Partout où des enfants ont disparu. C'est comme un mal persistant incrusté dans la pierre.

La voix d'Ellie n'était plus qu'un murmure.

— Tu n'aurais pas dû dire ça !

— Tout va bien. Attention à la marche.

Lorsqu'ils traversèrent le hall, des lattes du vieux plancher grincèrent sous leurs pas. Ils promenèrent les faisceaux lumineux de leurs lampes le long des murs, dans les coins sombres et jusqu'au plafond.

En découvrant la peinture murale et les yeux rouges du Prédicateur sous son chapeau noir, Ellie réprima un cri.

— Mon Dieu. Je n'imaginais pas cette fresque aussi grande.

— C'est la première fois que je la vois, moi aussi, dit Sam.

— Il y a une dizaine d'années, le journal local a publié un article à son sujet et l'a illustré avec des photos. Je pensais savoir à quoi m'attendre mais…

Ces yeux rouges l'hypnotisaient. Elle n'arrivait pas à s'en détacher.

— Personne ne sait qui l'a peinte. Pendant des mois, des gens sont venus ici pour la regarder et prendre des photos.

— Mais pas toi.

— Non, certainement pas moi.

— Qu'avez-vous fait ensuite ? demanda Sam.

Ils étaient au bas de l'escalier.

— C'est là que nous nous sommes séparées. Je suis montée à l'étage, Jenna et Riley sont restées ici. Riley m'a suppliée de ne pas y aller et Jenna répétait qu'il fallait rester ensemble. Mais je voulais leur montrer que je n'avais pas froid aux yeux. J'ai lancé à Riley qu'elle n'était plus un bébé. Ce sont les derniers mots que je lui ai adressés. Je n'ai jamais eu la possibilité de lui dire autre chose.

— Tu ne pouvais pas deviner ce qui allait se passer.

— J'aurais peut-être dû. Il y avait forcément des signes indiquant que nous n'étions pas seules. Des grincements de portes, des craquements de marches. N'importe quoi. Mais je ne me souviens de rien d'inquiétant.

— Montons à l'étage et jetons un œil.

— Je dois y aller seule, dit Ellie.

— Cela ne paraît pas nécessaire. Si cette visite doit ébranler ta mémoire, le simple fait d'être ici dans le noir devrait suffire à déclencher un souvenir. De plus, nous ne connaissons pas l'état des planchers, sans parler de celui de l'escalier.

— Je ferai attention. J'ai besoin d'y monter seule, insista-t-elle.

Sam fit courir le faisceau de sa lampe dans l'escalier, le long de la rampe en fer forgé qui pendait par endroits.

— Cela ne me plaît pas. L'escalier me paraît en sale état. S'il s'écroule, tu pourrais te casser une jambe ou pire.

— C'était ton idée, non ? Il faut aller jusqu'au bout, maintenant. Ça ira. Si j'ai besoin d'aide, je t'appellerai. Sinon, je ferai exactement ce que j'ai fait cette nuit-là.

Elle gravit lentement les marches, chassant les ombres avec sa lampe de poche. Une fois à l'étage, elle s'arrêta pour jeter un coup d'œil à Sam. Il se tenait exactement à l'endroit où elle avait vu Riley pour la dernière fois. Cette nuit-là, Ellie avait hésité mais regarder ses amies lui avait permis de renforcer son courage.

Elle s'engagea dans le couloir. L'ancienne cage d'ascenseur n'était plus qu'un trou béant jusqu'au sous-sol.

— Tout va bien ?

La voix de Sam résonna dans la cage d'escalier. Ellie avait très envie de redescendre et de se jeter dans ses bras. Au lieu de quoi, elle s'éclaircit la gorge et répondit :

— Tout va bien. Je venais d'arriver à l'étage, cette nuit-là, quand j'ai entendu un cri.

— Laquelle des deux autres avait crié ?

— Je n'en ai jamais été certaine. Riley, je crois.

— Est-ce un souvenir ?

— Je ne sais pas.

— Fais comme si tu venais d'entendre le cri. Qu'as-tu fait alors ?

— Je me suis précipitée vers la rambarde. J'ai regardé par-dessus avant de m'élancer dans l'escalier.

— Fais-le maintenant.

Avant de redescendre, Ellie se retourna, promena son faisceau lumineux sur les murs et le couloir désert. Durant un bref instant, elle aurait pu jurer avoir vu quelqu'un dissimulé dans l'ombre. Une silhouette vêtue de noir avec un chapeau enfoncé sur le crâne, les bords baissés sur ses yeux.

Elle avait trop d'imagination. Le personnage central de la fresque imprégnait toujours son esprit. Mais le Prédicateur était mort. *Mort.*

L'ombre bougea. Muette de stupeur, Ellie resta pétrifiée, incapable d'appeler à l'aide, incapable de respirer.

En bas, Sam s'inquiéta de son silence.

— Ellie ? Ça va ?

— Sam ! cria-t-elle enfin. Sam !

Le fantôme s'élança vers elle et, avec un hurlement, Ellie fonça tête baissée vers l'escalier, oubliant les planchers pourris. Elle arrivait sur le palier lorsque le Prédicateur la rattrapa. Il la poussa durement par-derrière. Projetée en avant, elle s'accrocha à la rampe en fer forgé pour ne pas basculer dans le vide. Les boulons rouillés se brisèrent sous la violence du choc et un morceau de la rampe se détacha du mur. Ellie qui la tenait toujours glissa et se retrouva en train de se balancer dans les airs. Elle comprit qu'elle n'allait pas tarder à lâcher prise et s'écraser en bas.

Dans un état second, elle entendit Sam l'appeler et le bruit de ses pas tandis qu'il grimpait l'escalier en vitesse. Un autre boulon sauta et la rampe se décrocha. Ellie eut le réflexe de se cramponner au bord des marches. Mais elle sentait ses doigts glisser…

Sam arriva sur le palier en trombe. Il se jeta sur le sol et tendit les bras vers Ellie.

— Prends ma main. Je vais te tirer vers moi.

— Je ne peux pas, j'ai peur.

— Ça va aller. Je ne te laisserai pas tomber.

Allongé sur le ventre, il lui saisit le poignet et la hissa vers lui au moment où le dernier boulon cédait et où la rampe en fer forgé s'écrasait avec fracas sur le sol, plusieurs mètres plus bas.

Ellie resta un moment près de lui avant de s'éloigner du bord. Livide, elle s'adossa au mur, s'y laissa glisser, replia les jambes et les serra contre elle. Elle tremblait de tout son corps.

— Quelqu'un était là, dit-elle. Tu l'as aperçu ?

Il secoua lentement la tête.

— Je t'ai vue basculer et t'accrocher à la rampe. Je pensais que tu avais trébuché.

— Je n'ai pas trébuché. Quelqu'un m'a poussée.

— As-tu vu de qui il s'agissait ?

Elle serra la main de Sam et répondit dans un murmure :

— Oui. C'était le Prédicateur.

Sam s'accroupit près d'elle.
— Quoi ? De quoi parles-tu ?
— Cours-lui après ! Ne le laisse pas s'enfuir !
— Attends. Qu'as-tu vu exactement ?
— Quelqu'un avec un chapeau noir. Il avait un masque sur le visage.
— Es-tu sûre qu'il s'agissait d'un homme ?
— Non, je n'en suis pas sûre. Je ne sais pas !
Elle essaya de se relever mais il la maintint en place.
— Avait-il une arme ?
— Je ne crois pas. En tout cas, je ne l'ai pas vue…
Elle s'interrompit quand Sam leva brusquement la tête. Il posa un doigt sur ses lèvres pour l'intimer au silence, l'autre dirigé vers le ciel. Puis il tira son revolver et pivota vers le couloir. Quelqu'un était au deuxième, au-dessus d'eux.
— Il est là-haut, murmura-t-elle.
Sam approcha la bouche de son oreille.
— Il cherche une issue. Attends-moi ici.
Lorsqu'il se leva, elle le tira par le bras.
— Fais attention. Il est dangereux.
Il hocha la tête puis, l'arme au poing, s'enfonça dans le couloir. De sa lampe de poche, il balaya les pièces désertes, s'assurant qu'aucun complice n'était dissimulé à l'étage.
Il s'arrêta pour tendre l'oreille. Les pas s'étaient tus. Le suspect n'avait certainement pas eu le temps de grimper par une fenêtre et encore moins celui d'escalader un mur. Il devait donc se cacher quelque part…
Sam se figea soudain, un pied dans le vide. Il parvint de justesse à reculer, à s'écarter du trou béant de l'ancienne cage d'ascenseur. Dès qu'il retrouva son équilibre, il fouilla la cavité de son faisceau lumineux, s'attendant presque à voir des yeux rouges briller au fond.
Il remontait à grands pas le couloir lorsqu'un bruit de verre brisé l'arrêta au pied d'une autre cage d'escalier. Il

éteignit sa lampe et la glissa à la ceinture de son jean. Tenant son arme des deux mains, il monta les marches et se plaqua contre le mur du palier.

Le clair de lune filtrait à travers les hautes fenêtres et les trous béants du toit. Alors que Sam s'immobilisait de nouveau, aux aguets, un rat se précipita entre ses jambes. Après un moment, il s'engagea dans le couloir, passant d'une pièce à l'autre avant de revenir en arrière après avoir vu des éclats de verre qui scintillaient sur le sol. La plupart des fenêtres du bâtiment étaient soit brisées, soit condamnées. Le suspect avait dû finir de casser une vitre pour réussir à sortir.

Sam s'efforça de ne pas faire de bruit mais ses bottes craquèrent sur les débris tandis qu'il se dirigeait vers la fenêtre. Quand il se pencha au-dehors, le vent de la nuit le gifla.

Il aperçut un mouvement sur l'étroite corniche qui longeait le bâtiment. Quelqu'un en sweat à capuche noir se plaquait contre le mur. Manifestement, il cherchait un moyen de descendre. En voyant Sam, il se mit à courir.

Sam escalada la fenêtre pour rejoindre le rebord à son tour. Le dos contre la paroi, il ferma un instant les paupières. Heureusement, il n'avait jamais eu le vertige. Il avança jusqu'à l'angle où l'assaillant avait disparu. Lorsqu'il y parvint, il n'y avait plus personne sur la corniche.

Sam balaya le sol des yeux. Il ne vit rien, n'entendit rien… À croire que l'intrus s'était volatilisé.

Il repéra alors une vieille échelle métallique boulonnée au mur qui montait vers le toit. Elle servait sans doute à la maintenance, autrefois. Sam en gravit rapidement les échelons, refusant de penser aux conséquences d'une chute. S'accrochant aux barreaux, il atteignit les gouttières. De là où il se trouvait, le bâtiment avait l'air beaucoup plus grand que de l'intérieur. De nombreuses tuiles s'étaient effondrées, exposant des poutres de la charpente, pourries par les intempéries.

À quelques mètres de lui, sur le toit, une silhouette vêtue de noir se détachait sous la lune.

Sam cria au suspect :

— Je suis Sam Reece, agent fédéral ! Arrêtez-vous !

Le type regarda par-dessus son épaule avant de reprendre sa course, visiblement paniqué.

Sam se précipita vers lui. Il gagnait en confiance en prenant de la vitesse.

— Je suis agent fédéral ! répéta-t-il. Au nom du FBI, je vous ordonne de vous arrêter !

Acculé, le gars regarda fiévreusement autour de lui. Il s'assit et se laissa glisser le long du toit, s'efforçant de maîtriser sa vitesse pour ne pas tomber. Parvenu au bord, il regarda dans le vide

Sam sortit son arme.

— Les mains en l'air !

Le suspect disparut brusquement. Pendant un instant vertigineux, Sam crut qu'il avait sauté. Il dévala le toit à sa suite et regarda par-dessus le bord.

Le type avait réussi à s'accrocher à une gouttière. À bout de bras, il se dirigea vers la corniche puis s'agrippa à l'enchevêtrement des tiges de lierre pour descendre en rappel jusqu'au sol.

Sous les yeux ébahis de Sam, il atterrit avec un bruit sourd et s'élança vers les bois.

13

Un peu plus tard, Sam se laissa tomber sur un tabouret dans la cuisine d'Ellie et la regarda ouvrir frénétiquement ses armoires. Tous deux étaient restés silencieux sur le chemin du retour. Ils subissaient encore les retombées des décharges d'adrénaline.

— Que cherches-tu ? demanda-t-il finalement.

— J'ai du whisky quelque part mais je ne le... Ah, le voilà ! ajouta-t-elle en s'emparant de la bouteille et en remplissant deux verres.

— Es-tu sûre de vouloir boire ?

— Oui, j'ai besoin de me calmer, dit-elle avant de vider son verre d'un trait. Tu aurais dû lui tirer dessus. L'abattre.

— Tirer dans le dos d'un suspect non armé est mal vu au FBI.

— Il m'a poussée pour que je tombe dans le vide, il a essayé de me tuer !

— Je sais, répondit sombrement Sam.

Il sirota son whisky mais quand Ellie voulut le resservir, il posa la main sur le verre pour l'en empêcher.

— C'est tout pour moi. Je préfère garder l'esprit clair.

Elle remplit le sien et le but. La gorge en feu, elle resta un instant le souffle coupé.

Elle prit une profonde inspiration.

— D'accord. J'ai fini.

— On devrait peut-être appeler ton frère.

— Pourquoi ? Le gars derrière ce masque est parti depuis longtemps. Tom ne pourra rien faire de plus, ce soir.

— Tôt ou tard, il faudra lui raconter ce qui s'est passé. C'est sa juridiction, son comté… et sa sœur.

— Je sais. Bien sûr, je finirai par le lui dire, mais il n'y a pas d'urgence. C'est ton enquête, non ? Le FBI est responsable de l'affaire.

— Pour quelle raison veux-tu lui cacher les événements de ce soir ?

— Mis à part le fait qu'il s'inquiète déjà trop pour moi ? Ce n'est pas tant Tom que j'ai envie de préserver que sa fiancée, Rae. Rae Cavanaugh. La sœur de Riley. Puisque tu sais tout ce qui se passe à Belle Pointe, tu es certainement au courant pour la nièce de Rae.

— Elle a été kidnappée et rendue aux siens contre une rançon.

Ellie hocha la tête.

— Tu ne peux pas imaginer les terribles souvenirs que cette histoire a remués dans cette famille. Rae, en particulier, a replongé dans ses pires cauchemars. Avec mon frère, elle connaît enfin un peu de bonheur, de paix. Je ne veux pas lui gâcher ça.

— Tu n'as rien fait de mal, tu n'as rien à te reprocher.

— Je sais, mais nous pouvons peut-être leur laisser un peu de temps ? Au moins jusqu'à demain matin. Tom ne pourra rien faire ce soir, mis à part s'angoisser.

Elle regarda la bouteille de whisky un moment avant de la ranger dans l'armoire.

— Il y a un détail que je n'arrive pas à comprendre, reprit-elle. Comment ce type a-t-il su que nous irions aux Ruines, ce soir ? L'attaque n'était pas due au hasard et nous n'avions pas été suivis. Il était déjà caché au premier étage de l'ancien hôpital lorsque nous y sommes entrés.

— J'y ai réfléchi, dit Sam. Viens dehors avec moi.

— Non, merci. Je préfère rester ici derrière des portes verrouillées si cela ne te dérange pas.

— Cela ne prendra qu'un instant.

Ils sortirent sur la terrasse. La lune projetait une lueur étrange, presque surnaturelle, sur le paysage. Le visage d'Ellie était pâle, ses traits tirés.

Elle tentait de faire bonne figure mais l'agression dont elle venait d'être la cible l'avait ébranlée. L'épisode avait également secoué Sam. Il ne voulait pas penser à ce qui se serait passé s'il n'avait pas pu arriver à temps. Peut-être serait-elle tombée, se serait-elle tuée.

— Que faisons-nous ici ? demanda-t-elle en tremblant.

— Attends-moi.

Sam descendit les marches et éclaira de sa lampe le dessous de la terrasse, où Ellie rangeait son matériel de jardinage. Puis il fit briller la lumière à travers le plancher.

— Que fabriques-tu ? lança Ellie.

Il remonta les marches.

— Quelqu'un aurait pu se cacher sous la terrasse et écouter chaque mot que nous avons échangé tout à l'heure. Ensuite, il n'avait plus qu'à aller se cacher aux Ruines et à nous y attendre.

Ellie frissonna.

— Hazel m'a menacée, au restaurant.

— C'était peut-être Hazel, mais n'importe qui aurait pu nous suivre ici.

Ellie jeta un regard méfiant vers le lac.

— Elle pourrait encore être là, assise dans un bateau quelque part, à nous épier. Les ombres de l'autre côté de la rive sont si épaisses que nous ne la verrions pas.

— Nous ne sommes pas certains qu'il s'agissait de Hazel.

Ils rentrèrent et Ellie verrouilla avec soin la porte.

— Nous ne savons rien, dit-elle. Que faisons-nous, maintenant ?

— Je ne veux pas te laisser seule ce soir. Je vais dormir ici, sur le canapé.

— J'ai une chambre d'amis au rez-de-chaussée avec une salle de bains attenante. Parfois, un invité reste après une interview en direct alors je garde des brosses à dents en réserve.

— Merci. C'est parfait.

Avant de grimper l'escalier, elle hésita.

— Cette histoire est de plus en plus étrange. Même pour moi qui ai fait de l'étrange mon domaine de prédilection.

— Nous allons avancer, éclaircir le mystère.

Une fois Ellie montée à l'étage, Sam fit le tour des pièces, pour se familiariser avec la maison. Il vérifia les fermetures des portes, des baies vitrées donnant sur la terrasse. La nuit était calme. Il entendait Ellie se déplacer à l'étage et un désir impérieux montait en lui.

Il tenta de se persuader qu'il s'agissait d'un effet résiduel de l'adrénaline mais, au fond, il ne se leurrait pas. Il avait Ellie Brannon dans la peau. Ce n'était pas le moment, il le savait aussi. Pas alors qu'une enquête vieille de quinze ans se remettait à bouger.

Allongée sur le dos, Ellie regardait fixement le plafond, espérant que les motifs changeants des ombres finiraient par l'endormir. Même le whisky n'avait pas réussi à la calmer. Elle ne cessait de ruminer ce qui s'était passé aux Ruines. Elle finit par rejeter ses couvertures et par s'approcher de la fenêtre pour regarder le lac.

Elle se sentait angoissée et se préparait à subir une crise de panique. La crise ne vint pas. C'était peut-être un signe. Un élément positif était peut-être sorti de cette visite aux Ruines. Après quinze ans de cauchemars, peut-être avait-elle enfin réussi à affronter ses monstres.

Ou peut-être étaient-ils seulement cachés, attendant un meilleur moment pour l'attaquer.

Elle reporta son attention sur le lac. L'eau scintillait sous le clair de lune. Elle ouvrit la fenêtre et se pencha dans la nuit.

Elle entendit des pas dans l'escalier et se retourna pour voir Sam apparaître sur le seuil de sa chambre. Pieds nus et vêtu de son seul jean, il était particulièrement sexy.

— Ça va ? J'ai entendu du bruit, dit-il.

Sa voix grave la fit frissonner.

— J'ai ouvert la fenêtre, dit-elle. J'avais besoin d'air frais.

Il jeta un coup d'œil vers les draps froissés.

— Tu n'arrivais pas à dormir ?

— Non, dit-elle en reportant son attention sur le lac. Viens jeter un œil à la vue.

Comme il s'approchait d'elle, elle poursuivit :

— Mon frère déteste que je vive seule ici, mais as-tu déjà vu plus beau spectacle ?

Elle sentit son regard sur elle.

— Non, répondit-il. Sous ce clair de lune, le paysage est féerique.

Ils ne se touchaient pas et pourtant, la peau d'Ellie la brûlait comme si Sam passait les doigts le long de son bras. Elle se tourna vers lui. Ses yeux étaient aussi sombres et chatoyants que les profondeurs du lac. N'y tenant plus, elle prit son beau visage entre ses mains, se hissa sur la pointe des pieds et l'embrassa.

Il s'écarta légèrement.

— Es-tu sûre de vouloir… ça ?

Pour toute réponse, elle captura de nouveau ses lèvres pour un baiser passionné.

Il enroula les bras autour d'elle, la souleva du sol pour

lui rendre ses baisers avec la même fougue. Ils se déshabillèrent en hâte et Ellie retourna dans son lit. Il se glissa à côté d'elle. Bras et jambes enlacés, ils s'embrassèrent un long et délicieux moment jusqu'à ce qu'Ellie le repousse doucement.

Il roula sur le côté et s'appuya sur son coude.

— Dois-je redescendre dans la chambre d'amis ?

— Je ne veux pas que tu partes. Je veux seulement ralentir un peu le rythme.

— D'accord.

— Dis-moi quelque chose sur toi. Quelque chose de personnel, pour que je sente que je te connais.

Il enroula une mèche de ses cheveux blonds autour de son doigt.

— Que veux-tu savoir ?

— Où as-tu grandi ? Où es-tu allé à l'école ?

— À Longview. Mes parents et ma sœur y vivent toujours. Je suis allé à l'université d'Austin. Le FBI m'a recruté lors de ma dernière année. J'étais en tête de classe à Quantico, alors, à la fin de ma formation, je m'attendais à être envoyé au siège ou peut-être à New York ou à Los Angeles. Au lieu de quoi, j'ai été missionné à Tyler, au fin fond du Texas. Je l'ai eue mauvaise.

— Pourquoi as-tu été traité ainsi ?

— Qui sait ? Peut-être avais-je énervé quelqu'un d'important sans le vouloir. Avec le recul, je pense que mes supérieurs espéraient m'apprendre l'humilité. J'étais un petit peu trop sûr de moi. J'en suis conscient maintenant mais à l'époque, cette nomination m'a dévasté. Voilà pourquoi je me suis montré si dur lorsqu'on m'a confié l'enquête sur la disparition de Riley. J'aurais dû me concentrer sur la résolution de l'affaire au lieu de chercher à tout prix à faire la preuve de mon talent.

— Tu as fait tout ce qui était en ton pouvoir. Mon père

était un shérif expérimenté mais lui non plus n'a pas réussi à résoudre l'affaire.

— Finalement, j'ai été renvoyé à Washington où j'ai été affecté à l'une des équipes chargées des kidnappings. J'avais encore beaucoup à apprendre, je l'ai mesuré à ce moment-là.

— Tu as consacré ta vie à chasser les monstres, dit-elle. C'est une noble tâche mais elle doit faire des ravages.

— Il faut bien que quelqu'un les affronte.

— Jamais été marié ? Fiancé ?

— Non. Les relations amoureuses sont difficiles dans ma profession. Et toi ? demanda-t-il en se soulevant à nouveau sur son coude alors pour mieux la regarder.

— Je n'ai jamais eu de mari et je n'ai pas de petit ami pour le moment. Les relations amoureuses sont difficiles pour moi aussi. J'ai du mal à faire confiance.

— J'imagine.

— J'aime le sexe, cependant.

Il se pencha pour l'embrasser dans le cou.

— C'est bon à savoir.

Elle lui ouvrit les bras et, très vite, Sam roula sur elle. Il la regarda profondément dans les yeux. Un sourire étira ses lèvres alors qu'il les approchait de celles d'Ellie. De nouveau, ils s'embrassèrent avec passion.

Ellie fouilla dans le tiroir de la table de chevet. Elle repoussa le pistolet, qui n'était pas la protection qu'elle cherchait. Elle prit la boîte de préservatifs.

Sam frissonna quand elle la lui tendit. Elle grimpa sur lui, repoussa ses cheveux en arrière en positionnant ses hanches. Leurs corps nus baignaient dans le clair de lune alors qu'ils s'apprivoisaient, lentement d'abord, puis avec fébrilité.

Peut-être l'adrénaline y était-elle pour quelque chose,

ou peut-être le whisky. Mais, en réalité, Sam Reece était à l'origine de l'euphorie qui s'emparait d'elle. Ses yeux sombres l'attiraient comme des aimants et, avec un sourire heureux, elle s'abandonna à son étreinte.

14

Sam partit pour Dallas après le petit déjeuner mais pas avant d'avoir fait promettre à Ellie d'appeler Tom pour l'informer des derniers événements. Elle l'accompagna jusqu'à la voiture et ils s'embrassèrent avec tendresse.

Elle suivit sa voiture des yeux jusqu'à ce qu'elle disparaisse sur la route dans un nuage de poussière puis elle retourna à l'intérieur pour travailler.

Elle s'installa dans son bureau avec un café et relut ses notes. Dans l'après-midi, elle comptait enregistrer une interview à distance pour une future émission. Elle se félicita d'avoir de quoi occuper ses pensées.

Pendant sa pause déjeuner, elle envoya un texto à Sam pour s'assurer qu'il était bien arrivé à Dallas, ce à quoi il répondit rapidement, puis elle décida d'appeler son frère.

À sa grande surprise, ce fut la fiancée de Tom qui répondit.

— Rae ? Tout va bien ?

Sa future belle-sœur soupira.

— Tout va bien mais ton frère est toujours aussi têtu. Il refuse d'admettre qu'il n'est pas totalement rétabli. Son médecin estime qu'il devrait se ménager. Il faut du temps pour guérir d'une blessure par balle. J'ai insisté pour qu'il se mette en arrêt quelques jours. Il est juste autorisé à répondre aux urgences. Tu trouves que je me comporte en tyran ?

— Tu veilles sur lui et je t'en remercie. Mais il va bien, n'est-ce pas ?

— Il va très bien. Pour être honnête, j'avais surtout envie de passer une journée tranquille avec lui pour organiser notre mariage. Mais si tu as besoin de lui, je vais le chercher.

— Non, non, répondit Ellie. Il n'y a rien d'urgent. Je le rappellerai dans un jour ou deux. Inutile de lui dire que j'ai téléphoné.

Elles discutèrent un moment puis Ellie se remit au travail.

Peu avant 16 heures, elle rassembla ses notes, le livre de son invité et se rendit au studio. Le soleil brillait à travers les pins, mais de l'autre côté du lac, les ombres commençaient déjà à s'allonger sur le rivage. Tout en marchant, elle se demandait si quelqu'un l'observait de là-bas. Ou de plus près.

Peut-être devrait-elle demander à Tom d'envoyer une voiture de patrouille faire des rondes près de chez elle. Elle détestait demander ce genre de faveurs à son frère. Elle n'avait droit à aucun traitement particulier et une telle requête le mettrait dans une position inconfortable. De toute façon, Sam serait bientôt de retour et elle avait équipé le studio de portes blindées pour protéger un équipement coûteux. Tout irait bien.

Une fois à l'intérieur, elle tira les verrous et s'assit derrière sa table de mixage, plaçant sa chaise de façon à faire face à la grande baie vitrée. Elle était plus en sécurité ici que n'importe où ailleurs.

En tout cas, c'est ce qu'elle voulait croire.

Sam jeta un coup d'œil à sa montre. Ellie était dans son studio d'enregistrement, maintenant. Elle avait sans doute éteint son smartphone pour l'interview, il n'avait donc aucun moyen de la contacter. Il lui avait quand même envoyé un texto, l'avertissant qu'il arriverait plus tard que prévu. En effet, les parents de Jenna avaient accepté de le rencontrer mais pas avant la fin du repas de la paroisse, programmé depuis des mois.

Il trouva l'adresse et se gara devant une petite maison de plain-pied, une demeure beaucoup plus modeste que le majestueux manoir victorien qu'ils habitaient autrefois à Belle Pointe. Les longs séjours de Jenna dans des établissements coûteux comme l'hôpital psychiatrique de Penn Shepherd avaient sans doute eu un impact négatif sur leurs finances.

Après avoir enfilé sa veste, il gravit les marches du porche et sonna. Les deux Malloy l'accueillirent à la porte. Âgés d'une quarantaine d'années lorsque Jenna avait été enlevée puis retrouvée errant le long d'une route de campagne, ils frisaient la soixantaine, à présent. Les années comme le désespoir et le chagrin avaient profondément marqué leurs visages. Grands et minces, ils formaient un couple séduisant malgré la gravité de leurs expressions.

Ils l'invitèrent à prendre place dans un salon meublé d'un canapé et de deux fauteuils. Sam s'installa dans l'un des fauteuils et les Malloy s'assirent côte à côte sur le canapé.

— Nous avons été surpris de recevoir votre coup de fil, dit Jim Malloy. Voilà des années que nous n'avions plus de vos nouvelles.

Donna Malloy glissa son bras sous celui de son mari.

— Y a-t-il du nouveau… ? Avez-vous trouvé… des restes ? reprit-elle après un moment d'hésitation.

— Non, non. Je suis seulement venu vous poser quelques questions.

— Pourquoi ? demanda Jim. Quelque chose a dû se produire. Sinon, pourquoi seriez-vous ici après toutes ces années ?

Sam répondit prudemment.

— Jenna vous a-t-elle parlé de Riley, récemment ?

Ils échangèrent un regard.

— Nous n'avons pas beaucoup vu Jenna depuis son déménagement, il y a quelques semaines, dit sa mère. Elle va bien, n'est-ce pas ? Rien ne lui est arrivé ?

— Je l'ai vue hier, leur assura Sam. Elle avait l'air bien.

La voix de Jim Malloy se fit suspicieuse.

— Vous avez parlé à notre fille ? Pourquoi ? Qu'y a-t-il que vous ne nous dites pas ?

— Dernièrement, Jenna et Ellie Brannon ont reçu des appels anonymes de quelqu'un qui se faisait passer pour Riley.

Donna Malloy retint son souffle.

— Ellie aussi ?

Sam haussa les sourcils.

— Jenna a donc déjà reçu des appels de ce type ?

— Il y a des années. Elle jurait que Riley était toujours en vie et cherchait à la joindre. Elle prétendait même l'avoir vue.

Sam se souvint de l'histoire de l'arrêt de bus de Jenna.

— Quand était-ce ? demanda-t-il.

— La première fois ? Peu après son départ de l'hôpital. Mais cela s'est souvent reproduit depuis lors.

— Pourquoi avez-vous retiré votre fille de Penn Shepherd ?

— L'établissement coûtait cher, dit Jim Malloy. Et l'état de Jenna ne s'améliorerait pas. Au contraire, il empirait.

— Une patiente nommée Hazel Lamont vous a-t-elle poussés à ce choix par son comportement ?

Mme Malloy croisa les bras en frissonnant tandis que son mari se penchait en avant, les yeux brillants.

— Vous connaissez Hazel ?

— Je l'ai rencontrée hier. Elle m'a paru très proche de Jenna.

— Anormalement proche, d'après son médecin. Avez-vous déjà entendu parler d'une pathologie mentale appelée « folie à deux » ? Il arrive en effet que deux personnes partagent et entretiennent la même illusion. C'est ainsi que le thérapeute a décrit la relation entre Jenna et Hazel, mais je n'y ai jamais cru. Hazel a toujours très bien su ce qu'elle faisait en encourageant Jenna à croire que Riley était encore en vie. Il n'y a jamais eu la moindre illusion de son côté. Uniquement de la manipulation. Elle a également mis dans la tête de Jenna que le Prédicateur reviendrait la chercher.

— Hazel essayait sans doute de rendre Jenna dépendante d'elle, ajouta Mme Malloy. Elle l'a convaincue qu'elle était la seule à la croire et à pouvoir la protéger.

— Cette jeune femme joue avec sa vulnérabilité, dit Jim. Elle se moque bien de notre fille.

— Sa relation avec Hazel est donc la raison pour laquelle vous avez sorti Jenna de l'hôpital ?

— Nous avons essayé de la faire installer dans une autre aile de l'établissement. Cela n'a pas fonctionné. Hazel a amadoué le personnel pour aboutir à ses fins. Nous n'avons pas eu d'autre choix que de les séparer définitivement.

— Saviez-vous que Jenna avait emménagé avec Hazel ?

— Oui, répondit Jim Malloy d'un ton rogue. Jenna est majeure. Nous ne pouvons plus rien y faire. Vous dites que Jenna et Ellie ont toutes les deux reçu ces appels téléphoniques ? Pourquoi le FBI est-il impliqué ?

— L'enquête n'a pas été close, dit Sam. Je n'ai jamais

renoncé à trouver la ou les personnes responsables de l'enlèvement de Riley et de Jenna aux Ruines, cette nuit-là.

Jim Malloy eut l'air sceptique.

— J'ai l'impression que vous nous cachez la véritable raison de votre venue. Vous dites que vous êtes ici pour suivre une piste mais Hazel Lamont n'était pas dans le paysage, à l'époque. Pourtant, toutes vos questions portent sur elle. Que se passe-t-il vraiment, agent Reece ?

Mme Malloy se pencha en avant, l'air inquiet.

— Notre fille est-elle en danger ?

— Je ne sais pas, répondit franchement Sam. Hazel Lamont a abordé Ellie Brannon dans les toilettes d'un restaurant, hier. Elle a proféré des menaces à peine voilées contre toute personne qui essaierait de la séparer de Jenna. Elle visait en premier lieu Ellie et ne s'en cachait pas. Mais elle a également fait allusion à vous deux. Ellie s'est inquiétée et a jugé bon de vous en avertir.

Jim Malloy lança à Sam un autre regard dur.

— Pensez-vous que nous ignorons le danger que représente Hazel ? Après le départ de Jenna, nous avons changé les serrures de toutes nos portes et je garde une arme chargée dans ma table de nuit. Ce n'est pas pour rien. Savez-vous ce dont j'ai vraiment peur, agent Reece ? D'être assassiné par ma propre fille. Ma plus grande crainte est que Hazel Lamont parvienne à la convaincre de nous tuer dans notre sommeil.

Le crépuscule tombait sur le lac quand Ellie quitta le studio. Sam lui avait envoyé plusieurs textos pendant l'interview. Il quittait Dallas mais arriverait plus tard que prévu. Il avait rencontré les Malloy et il la mettrait au courant de leurs échanges. Il n'avait pas encore eu au téléphone l'infirmière qui avait travaillé autrefois à Penn

Shepherd, mais il espérait qu'elle le rappellerait dès qu'elle aurait reçu son message.

Ellie jeta un coup d'œil sur son smartphone. Une heure s'était écoulée depuis son dernier message. Sam ne devrait plus tarder. Elle n'allait pas tenter de le joindre et risquer de l'embêter pendant qu'il conduisait.

Son téléphone dans une main, ses clés dans l'autre, elle se hâta le long du sentier. Elle avait glissé son pistolet dans la ceinture de son jean. Elle devait aller nourrir les paons mais elle attendrait Sam pour…

Elle s'immobilisa brutalement en apercevant quelqu'un assis sur sa terrasse. Comme elle cherchait fébrilement son arme, elle reconnut soudain Jenna qui se leva dès qu'elle la vit. Ses cheveux étaient emmêlés, ses vêtements en désordre. Elle avait l'air aux abois.

— Ellie, Dieu merci, te voilà enfin ! Je t'attends depuis longtemps.

Ellie lâcha son pistolet.

— J'étais au studio. Qu'y a-t-il ?

Elle remarqua le bras égratigné de Jenna et s'écria :

— Tu es blessée ! Que s'est-il passé ?

Sans répondre, Jenna lui prit la main.

— Il arrive, Ellie. Il revient pour nous enlever.

La sonnerie du smartphone de Sam retentit alors qu'il quittait l'autoroute pour emprunter la voie express en direction de Belle Pointe. Il tapota sur son oreillette et salua son correspondant.

— Agent spécial Reece, bonsoir.

— Ici Dianne Collier. Vous m'avez laissé un message.

— Oui, madame Collier. Merci beaucoup de me rappeler. Nous avons fait connaissance lorsque vous travailliez à l'hôpital Penn Shepherd, il y a une quinzaine d'années.

J'y étais venu à plusieurs reprises pour interroger une jeune patiente nommée Jenna Malloy.

— Je me souviens bien de vous, agent Reece. Et, bien sûr, de Jenna. Elle faisait partie des patientes difficiles à oublier. Il lui est arrivé quelque chose ? Est-ce la raison de votre appel ?

Sam lui expliqua brièvement la situation. Comme elle restait silencieuse, il demanda :

— Vous êtes toujours là ?

— Oui, je suis toujours là. Vous dites que Hazel Lamont est de retour dans la vie de Jenna ?

— C'est sans doute récent, répondit Sam. Que pouvez-vous me dire sur leurs relations à Penn Shepherd ?

— Elles ont partagé la même chambre pendant un certain temps. Elles étaient très proches, si je me souviens bien.

Son ton était réservé.

— Si proches que les médecins pensaient qu'elles partageaient des idées délirantes, dit Sam.

— Hazel était intelligente et manipulatrice ; Jenna, plus subtile.

— C'est une observation intéressante.

— Jenna était une patiente intéressante. Elle parlait de la fille qui avait disparu comme si celle-ci était encore en vie.

— Riley Cavanaugh.

— Oui, Riley. Jenna affirmait que Riley la contactait sans difficulté, alors même qu'elle séjournait à l'hôpital. Elle prétendait que leur ravisseur était lui aussi en mesure de communiquer avec elle. Ses médecins avaient d'abord pensé que Jenna présentait des troubles de l'identité. Des symptômes de schizophrénie. Pour Jenna, Riley était vivante et fuyait un certain Prédicateur. Jenna savait se montrer très convaincante. Elle était une actrice accomplie.

— Voulez-vous dire qu'elle simulait ces symptômes ?

— Les diagnostics de schizophrénie sont rares et

encore très controversés, vous savez. En tout cas, parce qu'elle était persuadée que Riley était toujours en vie et communiquait avec elle, beaucoup de monde s'intéressait à Jenna. Je ne sais pas si elle faisait semblant. Mais le personnage du Prédicateur lui permettait d'être le centre de l'attention. Je suis convaincue que cet aspect particulier de sa personnalité avait attiré Hazel Lamont, au départ. Et continue sans doute à la fasciner.

— Que voulez-vous dire ?

— Tout le monde, y compris ses médecins et ses parents, pensait que Hazel avait une mauvaise influence sur Jenna. J'ai côtoyé ces jeunes filles plus que quiconque. Pour moi, c'était le contraire, en fait.

Jenna était assise à la table de la cuisine pendant qu'Ellie nettoyait la plaie de son bras et y appliquait un antiseptique.

Pendant un long moment, aucune d'elles ne parla. Jenna semblait ne pas vouloir ou ne pas pouvoir expliquer comment elle avait été blessée ni même ce qu'elle était venue faire chez Ellie. L'allée était déserte. Aucune voiture n'y était garée. Aucun signe de Hazel non plus.

Ellie referma la trousse de premiers soins et se leva pour se laver les mains. La nuit était complètement tombée, à présent.

Derrière elle, Jenna remua.

— Je l'ai abandonnée là-bas, dit-elle d'une voix étrange. Je l'ai abandonnée dans cet horrible endroit.

— Riley, tu veux dire ?

Jenna leva vers elle un regard hanté.

— Elle était si malade vers la fin qu'il ne l'emmenait plus. J'en étais soulagée, même si cela signifiait qu'il venait me chercher plus souvent. Mais au moins, je ne devais plus entendre les cris de Riley dans le noir.

Le cœur d'Ellie se serra.

— Je suis vraiment désolée, Jenna.

— Quand il venait me chercher, je fermais les yeux et je faisais semblant d'être quelqu'un d'autre jusqu'à ce qu'il ait fini. Ce n'était pas moi qu'il touchait. Ce n'était pas moi qu'il blessait.

Ellie revint à la table et s'assit.

Jenna continuait comme si Ellie n'était pas là.

— Il nous disait qu'une seule d'entre nous quitterait cet endroit. La plus solide de nous deux s'en sortirait. Pour être libre, il fallait qu'elle tue l'autre.

Un frisson glacé parcourut Ellie.

— As-tu réussi à voir son visage ?

Le regard de Jenna vacilla comme si la question la troublait.

— Le visage du Prédicateur ? Non. Il était prudent. Il faisait toujours sombre et parfois, il portait un masque.

— Tu te souviens de sa voix, cependant.

— Oui. Souvent, il me parlait en chuchotant.

Ellie ferma brièvement les yeux.

— Qu'est-il arrivé à Riley ?

— Elle devenait de plus en plus faible. Elle me disait que ce serait moi qui m'en sortirais. Elle n'avait plus la force. Ça devait être moi. Mais je n'arrivais pas à…

Jenna attrapa la main d'Ellie et la serra.

— Je ne pouvais pas faire ça. Je n'ai pas pu le faire.

— C'est fini, dit Ellie d'une voix apaisante. Tu es en sécurité maintenant.

— Ce ne sera jamais fini, répliqua Jenna. Pas tant qu'il est encore là-bas. Pas tant qu'il sait ce que j'ai fait.

Ellie frissonna.

— Qu'as-tu fait ?

— Riley était brûlante de fièvre. J'avais utilisé le peu d'eau que nous avions pour rafraîchir son front avec ma chemise. Elle a pris ma main pour la mettre sur son nez et sa bouche. Je savais ce qu'elle tentait de faire, ce qu'elle me demandait. Elle essayait de m'aider. Mais je ne pouvais pas le faire. Pas au début. Pas pendant longtemps. Elle n'arrêtait pas de m'implorer d'en finir. Elle disait que, quoi que je fasse, elle allait de toute façon mourir dans cette cage. Si je mettais fin à ses souffrances, je pourrais au moins être libre. Elle m'a suppliée jusqu'à ce que je colle enfin ma chemise sur son visage et que j'appuie. Après un moment, elle est devenue toute molle mais j'ai gardé la chemise plaquée sur sa bouche et son nez. J'ai continué à appuyer jusqu'à ce qu'elle ne bouge plus. Alors, je me suis allongée près d'elle et j'ai attendu.

Ellie pouvait à peine parler.

— Qu'est-il arrivé ensuite ?

— Il est venu pour moi, un jour. Il m'a bandé les yeux, m'a attaché les mains derrière le dos et m'a emmenée. Je ne sais pas combien de temps nous avons roulé avant qu'il arrête la voiture et me fasse sortir. Il m'a détaché les mains mais il m'a dit de ne pas enlever le bandeau avant d'avoir compté jusqu'à cent. J'ai entendu sa voiture partir mais j'ai continué à compter. Quatre-vingt-dix-huit, quatre-vingt-dix-neuf, cent. J'ai retiré le bandeau mais je ne voyais rien. Il faisait jour mais je ne reconnaissais rien. Je n'avais aucune idée de l'endroit où j'étais, ou même de qui j'étais. Je savais seulement ce que j'avais fait.

Ellie lui serra la main.

— Ce n'était pas ta faute. Rien n'était ta faute.

Jenna retira sa main et ferma les yeux.

— Il arrive.

Ellie resta figée d'effroi.

— Qui ?

La voix de Jenna s'était subtilement modifiée. Elle était devenue dure.

— Tu le sais très bien.

Ellie se leva lentement et s'éloigna de la table.

— Jenna ?

Jenna ouvrit les yeux. Elle blêmit.

— Il est là.

15

Les yeux rivés sur Jenna, sur ses traits crispés par la terreur, Ellie ne vit pas la silhouette qui se glissait sur la terrasse. Avant qu'elle ait le temps de s'emparer de son arme, l'homme ouvrit la porte d'un coup de pied.

Jenna hurla. Ellie se plaça aussitôt devant elle.

— Sauve-toi, Jenna ! Cours !

L'ordre sembla tirer Jenna d'une sorte de transe. Elle se précipita vers la salle à manger. Ellie prit son pistolet mais l'intrus fondit sur elle et la projeta contre le mur comme une poupée de chiffon.

Sous la violence du choc, son arme lui échappa des mains et atterrit sous la table. Avant qu'elle puisse s'en saisir, le Prédicateur la fit tomber en arrière. Il la plaqua au sol et referma les mains sur sa gorge.

Ellie tira sur le masque pour découvrir le visage du monstre.

Cory Small poussa un juron. Jenna se mit à crier.

Ellie se débattait de toutes ses forces mais les mains puissantes de Cory la serraient comme un étau. Elle faiblissait. Elle cherchait toujours à récupérer son pistolet. Quand ses doigts se refermèrent sur la crosse, elle pressa la détente.

Une lueur d'incrédulité passa dans les yeux de Cory.

Il prit la main d'Ellie et la frappa contre le sol jusqu'à ce qu'elle lâche son arme. De nouveau, il tenta de l'étrangler.

Alors, une voix lança un ordre depuis la porte.

— Agent fédéral ! Lâchez-la ou je vous abats.

Trois coups de feu retentirent et ce fut fini.

Quand Ellie parvint à respirer, elle se traîna jusqu'à Jenna, recroquevillée dans un coin, les jambes repliées contre elle.

— Il ne te fera plus jamais de mal.

Sam appela une ambulance et des renforts puis s'accroupit à côté d'Ellie et de Jenna pour les prendre dans ses bras.

16

Deux jours plus tard…

De sa terrasse, Ellie regardait le soleil se coucher sur le lac tout en réfléchissant aux événements des derniers jours. Entre deux interventions chirurgicales, Cory Small avait indiqué aux policiers où se trouvaient les ossements de Riley ainsi que ceux de son oncle, Silas Creed. Grâce à ses aveux et à certaines pièces à conviction récupérées dans la ferme des Small, Sam avait fini par comprendre toute l'histoire.

Cory avait été fasciné par Riley pendant des années, bien avant de l'enlever. Il avait tenté en vain de la séduire. Jenna Malloy avait remarqué son manège et conseillé à Riley de se méfier de lui. Cory avait alors fait mine de laisser tomber mais secrètement, il avait encouragé ses camarades de classe à mettre les trois amies au défi de s'aventurer dans les Ruines. Il s'était même arrangé pour que Tom Brannon soit appelé loin de chez lui cette nuit-là pour qu'elles puissent filer en catimini.

Volontairement ou non, Silas Creed était devenu le complice de son neveu. Il avait aidé Cory à maîtriser Riley et Jenna et à rouler leurs corps dans du plastique, en utilisant des produits chimiques pour dissimuler leur odeur aux chiens. Ils les avaient conduites au fond des bois, jusqu'à une ancienne cave dans laquelle Cory avait travaillé des mois durant afin d'y installer des barreaux et des cadenas.

Cory avait ensuite tué son oncle, jeté son corps dans un puits et coulé son camion dans la rivière. Comme prévu, la disparition de Silas avait fait de lui le principal suspect.

Ellie se sentait profondément lasse de toutes ces révélations, mais aussi étrangement en paix, comme si elle était enfin libérée d'un poids. La présence de Sam à ses côtés la calmait et la rassurait.

— Je me demande pourquoi il n'a pas tué Jenna. Il a pris un très gros risque en la laissant partir.

— À ce moment-là, il se sentait sans doute invincible, surpuissant. Et regarder Jenna libre en sachant qu'il n'aurait aucun mal à l'enlever de nouveau lui plaisait.

— Comment sa mère a-t-elle pu ignorer qu'il était un tel criminel ? Et nous ?

— Les monstres ne sont pas toujours des marginaux à la mine patibulaire, répondit Sam. Mais ils sont souvent intelligents et rusés, capables de tromper leurs familles, leurs proches, pendant des années. Nous ignorons si Riley a été sa seule victime. Nous allons passer au peigne fin la ferme et les bois à la recherche d'ossements et nous replonger dans les affaires non résolues du comté pour voir si nous pouvons relier Cory à d'autres disparitions. Il aurait peut-être emporté son secret dans la tombe si Melanie Kent n'était pas revenue dans le coin pour poser des questions. Il l'a laissée séjourner dans l'ancien repaire de Creed dans l'espoir d'apprendre ce qu'elle savait. Ensuite, il a commencé à s'inquiéter de ce que Jenna et toi pourriez vous rappeler de cette nuit aux Ruines.

— Melanie est donc allée interroger Jenna ?

— Bien sûr ! Et les questions de Melanie comme la réapparition de Hazel Lamont dans sa vie ont créé chez Jenna toutes les conditions pour la replonger dans ses vieux cauchemars. Riley et le Prédicateur ont recommencé à se battre dans sa tête. C'est Jenna qui a passé ces appels téléphoniques anonymes au cours de ton émission de radio pour tenter de te prévenir. C'est encore elle que tu as vue au bord du lac, la nuit, et probablement elle aussi qui s'est coiffée du chapeau noir pour te faire peur.

— Le bracelet de l'amitié, la plume de paon… C'était Jenna. Elle a même essayé de me pousser du premier étage des Ruines. Le Prédicateur revenait chercher la fille qui s'était échappée. La prédiction de l'appel anonyme devait s'accomplir.

— Après être redescendue du toit, elle s'est probablement cachée dans les bois toute la nuit, essayant de fuir le Prédicateur qui n'était que dans son esprit. Elle est venue chez toi pour te prévenir.

Ellie frissonna.

— Elle m'a donné un aperçu de l'enfer qu'elle et Riley ont vécu pendant leur captivité. Cory l'a obligée à tuer sa meilleure amie de ses propres mains. Personne ne revient indemne d'une telle épreuve.

— Non, répondit sombrement Sam. Mais elle peut aller mieux. Riley et le Prédicateur l'avaient quittée depuis longtemps, elle était en train de s'en sortir quand les questions de Melanie et les manipulations de Hazel ont réveillé ses vieilles terreurs.

Ellie lui jeta un coup d'œil.

— Que va-t-il se passer, maintenant ? Pour toi, je veux dire.

— Je retourne à Dallas, à mes autres enquêtes.

— Tu vas te remettre à la poursuite des monstres.

Le regard de Sam se durcit alors qu'il scrutait la rive opposée.

— Ils sont partout, à guetter leurs proies dans l'ombre.

— Ne plus te voir va me manquer.

Il se tourna vers elle et plongea les yeux dans les siens.

— Dallas n'est pas si loin. Tu peux venir chez moi aussi souvent que tu le souhaites ou m'inviter à te rejoindre quand tu veux. Le bonheur, c'est simple comme un coup de fil.

Elle se rapprocha de lui et il l'enlaça pour l'étreindre. La tête contre son épaule, elle regarda son cher lac Echo.

— Après toutes ces années, tout est enfin terminé.

Il l'attira plus près.

— Je préfère y voir un commencement.

Vous avez aimé ce roman ?
Retrouvez en numérique les autres titres de votre série
« Les disparues du Lac Echo » !

1. *Les ombres de l'aube*
2. *Obscurs pressentiments*
3. *Quelqu'un te surveille*

B.J. DANIELS

Au mépris des menaces

Traduction française de
FABRICE CANEPA

BLACK ROSE

HARLEQUIN

Titre original :
DOUBLE ACTION DEPUTY

1

La jeune femme avait surgi telle une apparition dans la lueur de ses phares. Le drap qui l'enveloppait et les morceaux de ruban adhésif qui étaient enroulés autour de ses poignets et de ses chevilles flottaient dans la brise nocturne. Elle faisait voler ses longs cheveux noirs, révélant un visage d'une pâleur de craie et des yeux écarquillés par la stupeur et l'angoisse.

Brick pila net. Ses pneus firent entendre un puissant crissement de protestation tandis que le pick-up s'immobilisait au bout de quelques mètres. Brick fut propulsé vers l'avant et sa ceinture de sécurité lui comprima violemment le torse. Le souffle coupé, il demeura quelques instants immobile, les mains crispées sur le volant.

Il n'avait pas entendu de choc, ce qui semblait indiquer qu'il avait réussi à éviter la femme. Mais lorsqu'il la chercha des yeux, il ne l'aperçut nulle part – ni sur la chaussée devant lui ni sur le trottoir. Inquiet, Brick ouvrit sa portière et sauta au bas de son pick-up.

Il était terrifié à l'idée de découvrir le corps ensanglanté de la femme étendu en travers de la route. Mais lorsqu'il contourna le véhicule, il s'aperçut avec soulagement que le capot ne présentait aucune trace d'impact. Se pouvait-il qu'il ait été victime d'une hallucination ?

Un frisson glacé le parcourut. Le souvenir du visage

de la femme était gravé dans son esprit avec une précision presque photographique. Était-ce le fruit de son imagination ?

Quelques mois auparavant, Brick n'aurait sans doute pas été si prompt à douter de ce qu'il pensait avoir vu. Mais ce qui s'était passé dans les montagnes du Wyoming avait tout changé.

Depuis qu'il s'était fait tirer dessus et avait frôlé la mort, il était en proie à de violents cauchemars. Le souvenir de ces événements le hantait et, plusieurs fois par nuit, il se réveillait en sursaut, le corps couvert d'une sueur glacée.

Pourtant, jusqu'à présent, il n'avait encore jamais été victime de telles hallucinations éveillé…

Se pouvait-il qu'il ait imaginé cette femme ? Et dans ce cas, pourquoi son subconscient avait-il évoqué une telle apparition ? Elle n'avait strictement aucun rapport avec ce qui s'était produit dans le Wyoming.

Brick frissonna, se demandant s'il n'était pas en train de perdre la raison. Il chercha des yeux quelqu'un qui aurait pu corroborer ou démentir ce qu'il croyait avoir vu.

Mais ce quartier de Big Sky venait à peine de sortir de terre. Et à cette heure tardive, les commerces étaient fermés et les passants rares. C'était d'ailleurs ce calme qui l'avait poussé à louer un appartement dans cette partie de la ville.

Ses parents l'avaient encouragé à demeurer au ranch Cardwell plus longtemps mais il leur avait expliqué qu'il avait besoin d'un endroit à lui, plus central. En réalité, il ne tenait pas à ce qu'ils s'aperçoivent de la gravité des troubles psychiques dont il souffrait.

Un gémissement se fit entendre, le ramenant à la réalité de l'instant. Il tendit l'oreille et scruta les environs. Cette partie du quartier n'avait pas encore été équipée de réverbères et se trouvait plongée dans une obscurité presque totale.

Il alla chercher la lampe torche qui se trouvait dans la boîte à gants de son pick-up. Un nouveau son lui parvint alors, un bruit de chute assourdi qui semblait parvenir d'une ruelle située sur sa droite, entre deux immeubles en construction. Cette fois, il était certain qu'il ne s'agissait pas d'un simple tour que lui jouait son imagination.

Allumant sa lampe, il s'avança à grands pas en direction de la ruelle. Le puissant faisceau lumineux révéla alors une traînée de sang qui maculait le trottoir. Brick n'eut qu'à la suivre pour retrouver la jeune femme.

Elle était étendue au milieu de la chaussée, recroquevillée sur elle-même. En dehors du drap maculé de sang qui dissimulait sa nudité, elle ne portait aucun vêtement.

Brick se précipita vers elle et constata avec soulagement qu'elle n'était pas morte mais seulement inconsciente. Après s'être assuré qu'elle ne présentait aucun signe de blessure grave, il la fit précautionneusement basculer sur le dos.

Il avisa aussitôt les contusions au visage et les coupures aux bras. Ces multiples ecchymoses étaient récentes et semblaient indiquer que la jeune femme avait été torturée. Les morceaux d'épais ruban adhésif qui étaient toujours accrochés à ses poignets confirmaient cette hypothèse.

Brick activa son téléphone portable et appela les urgences.

— Ici le marshal Brick Savage, dit-il lorsque l'opératrice lui répondit. J'ai besoin que vous m'envoyiez au plus vite une ambulance pour une jeune femme entre vingt-cinq et trente ans qui semble avoir été agressée. Il peut s'agir de violences domestiques ou d'un viol avec violence. Elle est inconsciente et souffre peut-être d'un traumatisme crânien.

— Je transmets immédiatement, marshal, répondit l'opératrice. Pouvez-vous me donner l'adresse précise ?

Brick s'exécuta puis raccrocha.

Il faisait froid, ce soir-là, et, craignant que la victime

ne soit victime d'hypothermie, Brick ôta son blouson pour lui faire une couverture.

— Tout va bien se passer, lui assura-t-il. Vous serez bientôt à l'hôpital, en sécurité.

2

Après une nouvelle nuit peuplée de cauchemars entrecoupés de périodes d'insomnie, Brick revêtit son uniforme et se rendit au bureau du marshal de Big Sky. Il espérait que son père, Hud Savage, qui dirigeait le service, l'affecterait enfin au service actif au lieu de le confiner à des tâches administratives comme il l'avait fait jusqu'alors.

Ce n'était certainement pas pour classer des dossiers et remplir des formulaires qu'il avait décidé de devenir marshal. Il brûlait de se voir confier de véritables missions et de pouvoir se rendre utile. La découverte de cette jeune femme maltraitée, la veille au soir, n'avait fait que renforcer sa détermination.

Lorsque le planton lui fit savoir que son père souhaitait le voir au plus vite, Brick se prit à espérer qu'il s'était enfin décidé à lui faire confiance.

— Brick ! s'exclama Hud Savage lorsqu'il pénétra dans son bureau. J'ai cru comprendre que tu avais eu une soirée agitée.

— En effet, acquiesça Brick en prenant place sur le siège que lui indiquait son père.

Il posa son stetson sur la chaise voisine.

— J'ai trouvé cette fille non loin de chez moi, reprit-il. Elle avait visiblement été passée à tabac. Je l'ai accompagnée jusqu'à l'hôpital en espérant qu'elle reprendrait connaissance mais malheureusement, cela n'a pas été le cas. J'ai appelé le service dans lequel ils l'ont transférée après avoir traité ses blessures et ils m'ont dit qu'elle était dans un état catatonique, probablement à la suite du choc…

Son père hocha la tête.

— Nous avons au moins réussi à établir son identité, déclara-t-il.

Brick le considéra avec étonnement.

— Elle n'avait pourtant aucun papier sur elle, remarqua-t-il. Est-ce que le relevé d'empreintes a donné quelque chose ?

— Oui, et pour cause, répondit son père en faisant glisser vers lui un exemplaire de la *Gazette de Billings.*

Brick lut le titre qui barrait la première page :

Natalie Berkshire, l'infirmière soupçonnée d'infanticide est relâchée faute de preuves.

Brick se rappela vaguement avoir vu à la télévision un reportage qui traitait de cette affaire. Il observa attentivement la photographie qui illustrait la une du journal. La jeune femme que l'on y voyait accompagnée de son avocat présentait effectivement une certaine ressemblance avec celle qu'il avait failli renverser la veille.

— Vous êtes sûrs que c'est bien elle ? s'enquit-il.

— Certains.

Brick se mordilla la lèvre. Il lui fallait un peu de temps pour réconcilier l'image de la victime sans défense et terrifiée qu'il avait trouvée la veille avec celle d'une tueuse d'enfant.

— L'affaire de Billings semblerait ne pas être un cas isolé, ajouta son père. Depuis qu'elle a été relâchée, plusieurs morts suspectes lui sont imputées, et pas uniquement dans le Montana. Le fait qu'elle ait quitté Billings sans prévenir et sans laisser d'adresse ne plaide guère en faveur de son innocence…

— Quand est-elle partie de chez elle ?

— Cela fait deux semaines.

— Est-ce qu'on sait ce qu'elle a fait, entre le moment où elle a quitté Billings et hier soir ?

— Non. Mais on a retrouvé son véhicule sur l'autoroute 191, aux environs de Four Corners. Elle s'est arrêtée à une station-service pour faire le plein. La caissière l'a reconnue quand nos collègues de Billings lui ont montré une photo. Elle ignore ce qu'elle a pu devenir après être ressortie de la boutique, en revanche. Tout ce dont elle se souvient, c'est de l'avoir vue discuter avec le conducteur d'un camping-car.

— Quand est-ce arrivé ?

— Il y a une semaine.

Brick se tapota pensivement la lèvre.

— Elle se serait donc enfuie de chez elle avant de se faire enlever, peut-être par l'homme au camping-car, suggéra-t-il. J'ai demandé aux médecins de vérifier si elle présentait des signes de viol. Et ils n'en ont pas trouvé.

— Il pourrait donc s'agir de quelqu'un qui voulait faire justice par lui-même.

— Possible. Le jury a estimé que les preuves qui pesaient contre Natalie Berkshire n'étaient pas suffisantes pour l'inculper. Mais la presse et l'opinion publique l'ont condamnée sans appel.

— Toi qui as eu le temps d'étudier un peu le dossier, penses-tu qu'elle soit coupable ?

Son père haussa les épaules.

— C'est difficile à dire. Je n'ai pas eu les preuves entre les mains mais j'ai cru comprendre qu'elles étaient toutes circonstancielles. En revanche, le fait que d'autres morts lui soient attribuées tendrait à l'incriminer un peu plus.

— Sauf que, si je comprends bien, aucune de ces morts n'était apparue comme suspecte avant ce procès.

— En effet. Natalie Berkshire était spécialisée dans les pathologies lourdes et la plupart des patients dont elle a eu la charge étaient condamnés d'avance. Reste à savoir si elle n'a pas accéléré les choses.

— Tu penses qu'elle pourrait euthanasier ses patients ?

— L'idée m'a traversé l'esprit, reconnut Hud. À ce stade, il ne s'agit que de pures spéculations. Mais nos homologues de Billings comptent bien interroger Mlle Berkshire dès qu'elle sera en état de répondre à leurs questions.

— Crois-tu qu'ils comptent l'inculper de nouveau ?

— Je n'en ai aucune idée. J'ignore quels éléments à charge ils ont pu réunir à ce stade.

Brick avait toujours du mal à imaginer que la jeune femme terrifiée qu'il avait découverte la veille puisse être une tueuse d'enfants.

— Qu'elle soit coupable ou non, Natalie Berkshire a été victime d'un enlèvement, déclara-t-il enfin. Elle a été retenue en otage pendant près d'une semaine et torturée. Nous devons arrêter le responsable.

Hud hocha la tête.

— Nous sommes d'accord sur ce point, approuva-t-il. Mais dès que la presse apprendra que Mlle Berkshire se trouve à Big Sky, cette affaire risque de devenir un véritable cirque médiatique. Et je préférerais que tu restes en dehors de cela.

— C'est moi qui l'ai trouvée, lui rappela Brick.

— Je sais, acquiesça son père. Mais il s'agit d'un dossier très délicat qui demandera pas mal de doigté.

— Et tu penses que j'en manque ? s'enquit Brick, légèrement vexé.

Son père lui décocha un sourire malicieux.

— Je suis convaincu que tu feras un excellent marshal,

le moment venu. Tu as toutes les qualifications requises pour cela. Et tu es un garçon brillant. Mais tu viens de traverser une terrible épreuve et tu as besoin d'encore un peu de temps pour retrouver ton équilibre.

Brick fut tenté de protester mais y renonça aussitôt. Son père le connaissait beaucoup trop bien pour se laisser abuser. De plus, en tant que marshal, il recevait des rapports du psychologue que Brick était tenu de consulter.

Ce dernier devait s'assurer qu'il était bien apte au service actif et qu'en cas de confrontation armée, il ne risquait pas de succomber à une crise de panique ou, au contraire, de perdre son sang-froid et d'ouvrir le feu sans justification.

En attendant, Brick ne pouvait espérer se voir attribuer la moindre mission sensible. Évidemment, cela ne l'empêchait pas de retourner voir Natalie Berkshire à titre personnel pour s'enquérir de sa santé et, éventuellement, lui poser quelques questions…

— Je vais y aller, déclara-t-il en se redressant.

Il ramassa son stetson qu'il remit sur sa tête.

— Brick, lui dit alors son père, au cas où tu compterais te rendre à l'hôpital, sache que Mlle Berkshire est toujours dans un état catatonique.

Une fois de plus, son père avait percé à jour ses intentions. Cela n'avait rien de très surprenant : Hud Savage était doté d'un instinct redoutable – et il connaissait ses enfants par cœur.

— Je sais, répondit Brick. J'ai appelé l'hôpital avant de venir. Mais il faut tout de même que je la voie.

— Pourquoi ? lui demanda son père en le regardant droit dans les yeux.

Brick hésita. Même si Natalie Berkshire ne pouvait lui répondre, il tenait à s'assurer qu'elle allait bien – physiquement tout au moins. Il était hanté par le souvenir de la terreur qui se lisait dans son regard lorsqu'elle s'était trouvée prise dans la lumière de ses phares.

— Je me sens lié à elle, répondit-il enfin. Tu sais ce que disent les Indiens. Lorsqu'un homme sauve une vie, il en devient responsable à jamais.

— C'est un sentiment dangereux, le mit en garde son père.

Brick hocha la tête. Il était effectivement convaincu que sa rencontre avec cette femme avait une signification profonde, un sens qui lui échappait encore mais qui allait probablement transformer son existence.

Hud Savage suivit son fils des yeux tandis qu'il gagnait la porte de son bureau. Il ne cessait de s'étonner du changement qui s'était opéré en lui depuis qu'il était revenu du Wyoming. Avant cela, il avait toujours fait preuve d'un mélange d'humour et de légèreté, d'une insouciance qui tranchait avec le sérieux d'Angus, son frère jumeau. Il prenait toujours la vie du bon côté et ne se préoccupait pas vraiment de l'avenir, préférant vivre dans le présent.

Mais lorsqu'il était revenu vivre au ranch, le temps de sa convalescence, Hud avait rapidement compris que son fils avait perdu sa joyeuse insouciance dans les montagnes du Wyoming.

Il avait été surpris d'apprendre que Brick s'était décidé à suivre son exemple et à rejoindre le bureau des marshals. Dès que les médecins l'avaient déclaré physiquement apte, il avait rejoint le programme de formation. Ses instructeurs avaient été unanimes, louant ses aptitudes naturelles mais aussi l'application dont il faisait preuve.

Hud se demandait parfois si son fils ne cherchait pas à conjurer le souvenir de Royce Richards, l'homme qui avait failli le tuer et que Brick avait abattu. En devenant marshal, il espérait peut-être débarrasser le monde des brutes dans son genre.

Mais Hud savait combien ce genre d'ambition pouvait s'avérer dangereuse. Il avait déjà vu beaucoup de jeunes policiers se laisser consumer par cette soif de justice. Et l'idée que Brick puisse suivre cette pente dangereuse le terrifiait.

Avant de partir pour l'hôpital, Brick avait pris le temps de lire l'article de journal que son père lui avait montré et qui détaillait les soupçons pesant sur Natalie Berkshire.

À Billings, celle-ci travaillait comme infirmière à domicile pour le compte d'un jeune couple dont le bébé souffrait de multiples pathologies lourdes. Un soir, l'enfant avait été retrouvé mort dans son berceau.

Natalie affirmait que lorsqu'elle était entrée dans sa chambre, elle avait immédiatement remarqué qu'il ne respirait plus et que son teint était cyanosé. Aussitôt, elle avait demandé à la mère d'appeler les urgences tandis qu'elle-même s'efforçait de réanimer le bébé.

Ses efforts avaient été vains, de même que ceux des ambulanciers qui étaient arrivés quelques minutes plus tard. L'autopsie avait permis de déterminer que la mort avait été provoquée par asphyxie. Elle avait aussi révélé la présence dans les poumons du nourrisson de fibres textiles. Le médecin légiste en avait logiquement conclu que quelqu'un avait volontairement étouffé le bébé.

Natalie avait été arrêtée et mise en examen pour meurtre. Mais, à rebours de l'opinion médiatique et populaire, le tribunal avait prononcé un non-lieu, du fait de l'absence de preuves matérielles.

La lecture approfondie de l'article n'avait pas permis à Brick de se forger une conviction concernant l'éventuelle culpabilité de la jeune femme. Elle avait en revanche attisé sa curiosité et il était plus décidé que jamais à obtenir des réponses aux multiples questions qu'il se posait à son sujet.

Il comptait également prouver à son père qu'il était capable de faire son travail en dépit de ce qui s'était passé au Wyoming.

Fort de cette décision, il ignora délibérément les ascenseurs et gravit d'un bon pas l'escalier. En arrivant à l'étage où se trouvait la chambre de Natalie, il se sentait un peu essoufflé mais nettement moins qu'il ne l'aurait été, quelques semaines auparavant.

Les médecins et les kinésithérapeutes qui l'avaient suivi s'accordaient pour dire que, sur le plan physique, il avait récupéré à une vitesse étonnante. Il ne lui restait plus qu'à espérer que les séquelles sur le plan psychique finiraient à leur tour par s'estomper et disparaître.

Parvenu dans le couloir conduisant à la chambre, il aperçut le marshal qui se trouvait en faction devant la porte. C'était Hud qui avait ordonné cette protection permanente, craignant sans doute que celui qui avait enlevé la jeune femme ne tente de récidiver.

Brick ne pouvait qu'approuver cette idée. Que Natalie fût innocente ou coupable des crimes qu'on lui reprochait, elle avait droit à un procès juste et équitable. Malheureusement, l'emballement médiatique qui accompagnait cette affaire ne serait guère propice à un débat serein.

Mais en attendant qu'elle puisse comparaître, Brick était bien décidé à ce qu'elle soit protégée de tous ceux qui prétendaient se faire justice eux-mêmes.

— Salut, Jason, fit-il en approchant du marshal de garde.

Big Sky était une toute petite ville et tous les représentants des forces de l'ordre se connaissaient personnellement, ce qui pouvait être aussi bien un avantage qu'un inconvénient.

Son père avait parfaitement pu demander à Jason de lui interdire l'accès à la chambre de Natalie.

— Salut, Brick. Il paraît que c'est toi qui as découvert cette fille ?

Brick hocha la tête.

— Est-ce qu'il y a du nouveau ?

— Non. Elle n'a toujours pas prononcé un mot, apparemment.

— Et personne n'a demandé à la voir ?

Brick était prêt à parier que toute la ville était désormais au courant de ce qui s'était passé la veille au soir. Cela signifiait que celui qui avait enlevé Natalie devait savoir qu'elle se trouvait à l'hôpital. Et s'il craignait qu'elle ne révèle son identité, il chercherait peut-être à se débarrasser d'elle avant qu'elle puisse parler.

— Personne, lui assura Jason.

Un bruit métallique se fit entendre dans la chambre et Brick jeta un regard interrogateur à Jason.

— Une infirmière est avec elle, précisa ce dernier. Un joli petit lot, d'ailleurs… Je la laisserais bien m'ausculter.

Brick se fendit d'un sourire et pénétra dans la chambre de Natalie. Lorsqu'il franchit le seuil, l'infirmière qui était penchée sur le lit de la jeune femme se redressa vivement et lui lança un regard alarmé. Brick referma la porte derrière lui et s'avança dans la pièce.

Jason n'avait pas exagéré : l'infirmière était réellement très séduisante. Grande, élancée, elle avait de longs cheveux blonds, d'immenses yeux bleus et des traits d'une finesse exquise.

— Je ne voulais pas vous faire peur, s'excusa Brick avec un sourire qui se voulait rassurant.

Mais alors même qu'il prononçait ces mots, son instinct lui souffla que quelque chose n'allait pas. Il aurait juré avoir entendu Natalie murmurer quelque chose à l'oreille de l'infirmière qui l'écoutait attentivement, quelques instants auparavant. Or n'était-elle pas censée être catatonique ?

— Est-ce que Mlle Berkshire a repris connaissance ? demanda-t-il.

— Toujours pas, j'en ai peur, répondit l'infirmière un peu précipitamment.

Elle fit mine de se diriger vers la porte.

— Je ne voulais pas vous interrompre, remarqua Brick, de plus en plus suspicieux.

Quelque chose clochait, il en aurait mis sa main à couper.

— J'avais terminé, lui assura-t-elle.

Brick aperçut alors l'oreiller qui gisait par terre, à côté du lit de Natalie. S'il était tombé, n'était-il pas étrange que l'infirmière ne l'ait pas ramassé ? Et pourquoi semblait-elle brusquement si pressée ?

Il chercha des yeux le badge que portaient tous les membres du personnel de l'hôpital et s'aperçut sans surprise que la jeune femme n'en portait pas.

— Attendez une minute, s'exclama-t-il en faisant mine de s'interposer entre elle et la porte.

Au lieu de ralentir, elle accéléra brusquement et envoya un violent coup de genou dans la partie la plus sensible de son anatomie. En dépit de la stupeur et de la douleur presque insoutenable, il parvint à lui attraper le bras mais elle se dégagea et lui assena un coup de coude en plein visage. Il tomba à genoux.

Lorsqu'elle ouvrit la porte, il voulut appeler Jason mais l'air lui manquait et il dut attendre plusieurs dizaines de secondes que la douleur finisse par refluer.

Il se redressa alors péniblement et boitilla jusqu'à la porte. Dans le couloir, Jason était en train de discuter avec un médecin mais il n'y avait évidemment plus la moindre trace de la fausse infirmière.

— Par où est-elle partie ? parvint-il à articuler.

Jason et le médecin le considérèrent avec une pointe d'inquiétude.

— Ça ne va pas ? lui demanda son collègue.

— Pas vraiment, souffla-t-il. Cette fille vient de nous rouler dans la farine en beauté…

3

Hud Savage ne savait que penser du rapport que son fils venait de lui faire. Brick se disait convaincu d'avoir entendu Natalie parler à la femme qui l'avait agressé. Or, d'après le médecin, l'état de la patiente n'avait pas évolué : elle était toujours plongée dans le même état catatonique.

Le praticien avait cependant confirmé que le signalement de l'infirmière que Jason et Brick avaient vue ne correspondait à aucune de celles qui travaillaient pour le service. Se pouvait-il que cette femme soit la personne qui avait enlevé et torturé Natalie Berkshire ?

— Tu penses vraiment qu'elle s'apprêtait à l'étouffer ? demanda-t-il à Brick.

— Je n'en suis pas certain, tempéra ce dernier. Mais il y avait ce coussin par terre. Et puis, j'ai eu distinctement l'impression que j'interrompais quelque chose. Peut-être s'agissait-il seulement de leur discussion…

— Mais tu n'as pas entendu ce que disait Mlle Berkshire.

Brick secoua la tête.

— Elle murmurait à l'oreille de l'infirmière, répondit-il. Lorsque celle-ci s'est redressée, j'ai vu de la haine dans ses yeux. Mais il y avait quelque chose d'autre aussi… De la surprise… Comme si ce que Natalie venait de lui dire l'avait prise de court.

— Tu as vraiment perçu tout cela en l'espace de quelques

instants, juste en entrant dans cette pièce ? demanda Hud sans chercher à dissimuler son scepticisme.

Il savait combien les témoignages pouvaient être fragiles – tout particulièrement lorsque leurs auteurs se trouvaient émotionnellement perturbés.

— Disons qu'il s'agissait d'une impression, répondit Brick d'une voix calme et posée. Mais je suis quasiment certain de ne pas me tromper. Je mettrais ma main à couper que cette soi-disant infirmière déteste Natalie. Dieu sait ce qu'elle aurait fait si je n'étais pas entré à cet instant précis.

— Malheureusement, nous ne pouvons pas nous contenter de ton intime conviction pour lancer un avis de recherche.

— Elle s'en est prise à un agent en uniforme, fit remarquer Brick.

Hud ne put réprimer un demi-sourire.

— Je ne suis pas sûr que tu aies intérêt à ce que cela s'ébruite. Sinon, tu risques d'en entendre parler pendant des mois, voire des années…

— Tout ce qui m'importe, c'est que la sécurité de Natalie Berkshire soit assurée, répondit Brick en fronçant les sourcils.

Hud le considéra longuement. Il était évident que ce qui s'était passé à l'hôpital avait secoué son fils. Il n'avait pas exagéré en expliquant qu'il se sentait responsable de la jeune femme dont il avait probablement sauvé la vie, la veille au soir. Or Hud ne pouvait s'empêcher de trouver cette réaction préoccupante.

Si Brick devait travailler dans la police, il ne pouvait se permettre de prendre autant à cœur toutes les affaires sur lesquelles il serait amené à travailler, toutes les victimes dont il croiserait la route. Il devait apprendre à prendre du recul. Malheureusement, c'était quelque chose que l'on n'enseignait pas dans les instituts de formation…

— J'ai épluché le dossier pendant que tu étais chez le psy, déclara enfin Hud. Et j'ai trouvé quelqu'un qui pourrait éventuellement correspondre à la description que Jason et toi avez faite de cette fameuse infirmière.

— Qui ça ? s'enquit Brick.

— Maureen Mortensen, répondit-il. Il s'agit de la tante maternelle de l'enfant qui aurait été tué par Natalie Berkshire.

— Cela expliquerait qu'elle la déteste, remarqua Brick. Peut-être même assez pour vouloir la tuer.

— D'autant plus que Tricia Colton, sa sœur, s'est suicidée quelques jours seulement après la remise en liberté de Natalie Berkshire, renchérit Hud.

Brick hocha la tête.

— Voilà qui renforce encore ma conviction. D'autant que cette Maureen est une véritable furie. Elle n'a pas hésité à se jeter sur moi alors que j'étais en uniforme et armé. Et j'ai eu la très nette impression que ce n'était pas la première fois qu'elle se battait.

— Probablement pas, reconnut Hud. Elle est de la maison.

Brick lui lança un regard interdit.

— Elle appartenait la police criminelle de Billings, précisa Hud.

— Appartenait ?

— Elle a été suspendue de façon temporaire.

— Pour quelle raison ?

— Apparemment, elle avait décidé de mener son enquête personnelle avant même que Mlle Berkshire soit relâchée. Ses supérieurs lui ont demandé d'arrêter mais elle a refusé d'obtempérer. Peut-être a-t-elle décidé de passer à la vitesse supérieure en enlevant la suspecte…

Brick secoua la tête.

— Je ne crois pas.

— Qu'est-ce qui te fait penser qu'elle n'est pas la ravisseuse ?

— La façon dont elle écoutait ce que Natalie avait à lui dire. Si elle avait eu une semaine pour l'interroger, je ne pense pas qu'elle se serait conduite de cette façon.

— Le médecin m'a affirmé que Mlle Berkshire était toujours catatonique, objecta Hud.

— Peut-être n'a-t-elle repris conscience que de façon temporaire, suggéra Brick. À moins bien sûr qu'elle ne fasse semblant…

Hud tapota pensivement son bureau.

— Tu es vraiment convaincu que Mortensen s'apprêtait à tuer Berkshire ? demanda-t-il enfin.

— Quasiment.

— Très bien. Je vais me fier à ton instinct et demander au juge un mandat d'amener. Je suis sûr que ses collègues de Billings demanderont à lui parler lorsqu'ils seront là. J'aimerais bien savoir notamment comment elle a retrouvé la trace de Berkshire si ce n'est pas elle qui l'a enlevée.

— Bonne question, acquiesça Brick. Quoi qu'il en soit, maintenant qu'elle l'a retrouvée, elle risque de passer de nouveau à l'action. Et pour cela, elle va avoir besoin d'un endroit où loger à proximité de l'hôpital. Sans doute un motel pas trop cher en ville…

— Brick, je te connais et je sais que tu dois te sentir coupable de l'avoir laissée filer. Mais je ne veux pas que tu te lances à sa poursuite. Reste en dehors de tout ça tant que ton médecin ne t'aura pas donné sa bénédiction. Prends quelques jours de vacances. Tu les as bien méritées.

— Je n'ai pas besoin de vacances, protesta Brick d'un ton agacé.

Hud fronça les sourcils.

— Ce n'était pas une suggestion, fiston, objecta-t-il d'une voix posée. Tant que cette histoire ne se sera pas tassée, je préfère que tu ne sois pas tenté de contrevenir à mes ordres comme tu l'as fait ce matin en allant rendre visite à Mlle Berkshire.

— Je lui ai peut-être sauvé la vie, remarqua Brick.

— C'est possible, concéda Hud. Mais cela n'excuse pas ton insubordination.

— Est-ce que tu comptes me suspendre ? s'enquit Brick, vexé.

— Ne sois pas si mélodramatique. Tu es juste en congé. Profites-en pour te promener, pour pêcher ou pour aller voir des amis. Et viens dîner au ranch, un de ces soirs. Ça fera plaisir à ta mère.

Brick ne répondit pas. Sans dire un mot, il se leva et quitta le bureau en claquant la porte derrière lui. Hud se demanda alors s'il ne venait pas de commettre une erreur.

Brick avait peut-être beaucoup changé depuis son retour du Wyoming mais il était toujours aussi fier. Et par le passé, cet orgueil l'avait souvent poussé à agir de façon impulsive et irréfléchie…

Du revers de la main, Maureen essuya la vapeur d'eau qui recouvrait le miroir craquelé de la salle de bains et considéra son reflet avec attention. Elle n'aimait pas beaucoup l'expression qui se lisait dans son regard, en cet instant. À vrai dire, elle n'était même pas certaine de reconnaître la femme qui lui faisait face.

Maureen prit une profonde inspiration. Se penchant vers le lavabo, elle se passa de l'eau glacée sur le visage pour tenter de chasser le malaise qui s'insinuait en elle au souvenir de ce qui s'était passé à l'hôpital. Elle avait bien failli se laisser surprendre. Mais ce n'était pas le plus grave. Car elle n'aurait su dire ce qui se serait passé si ce marshal n'était pas entré dans la chambre de Natalie à cet instant précis.

Elle ne s'était pas attendue à la trouver dans un tel état. De toute évidence, elle s'était fait enlever et torturer – probablement par un membre de l'une des nombreuses familles qu'elle semblait avoir détruites au fil des années.

Le fait de la voir ainsi affaiblie avait momentanément ébranlé la résolution de Maureen. Personne ne méritait de subir un tel traitement – pas même une meurtrière comme Natalie. Pendant plusieurs minutes, elle était demeurée immobile, s'interrogeant sur la conduite à tenir.

Puis Natalie avait ouvert les yeux. Et lorsqu'elle l'avait aperçue, Maureen avait vu se succéder en elle de la surprise, de la peur puis une forme de résignation. Natalie devait pertinemment savoir pourquoi elle se trouvait dans cette chambre, déguisée en infirmière, un coussin à la main.

Mais avant que Maureen ait pu faire quoi que ce fût, Natalie lui avait parlé. Et les quelques mots qu'elle avait prononcés avaient encore ajouté à son désarroi.

C'est à ce moment précis que le marshal était entré. Sur le moment, elle s'était sentie furieuse contre lui, parce que son intrusion l'avait empêchée de poser les questions qui lui brûlaient les lèvres. Elle avait été surprise de découvrir qu'elle avait soif de réponses bien plus encore que de vengeance.

Et malheureusement, il allait désormais lui être bien plus difficile encore d'en obtenir. Car la police serait sur le qui-vive, désormais, et elle ne pourrait espérer tromper le prochain policier en faction avec un simple sourire aguicheur.

Maureen se mordilla nerveusement la lèvre. Cela faisait deux semaines qu'elle s'était lancée à la poursuite de Natalie, lorsque celle-ci avait quitté son domicile à Billings.

Elle avait parcouru la région en tous sens à la recherche d'un témoin qui puisse lui indiquer où Natalie était passée et ce qu'elle avait fait. Elle avait bien fini par retrouver sa voiture mais avait estimé que la fugitive avait dû l'abandonner pour se faire plus discrète.

Comment aurait-elle pu deviner que quelqu'un l'avait enlevée avant même qu'elle puisse retrouver sa trace ? Le ravisseur de Natalie avait dû la suivre depuis chez elle jusqu'à cette station-service où il l'avait kidnappée.

Combien de temps encore l'aurait-il gardée prisonnière pour la torturer, si elle ne s'était pas enfuie ? De toute évidence, il n'avait pas l'intention de la tuer mais juste de la faire souffrir, de la punir pour le mal qu'elle avait commis.

Encore aujourd'hui, Maureen ne parvenait pas vraiment à s'expliquer comment Natalie avait pu tous les tromper de cette façon. Elle-même avait passé beaucoup de temps chez sa sœur et Thomas, son beau-frère. Elle avait eu tout le loisir d'observer de ses propres yeux l'attitude de Natalie vis-à-vis de Joey et de ses employeurs.

Pas une seule fois, elle n'avait éprouvé le moindre doute. Natalie avait su gagner la confiance de tout le monde et devenir quasiment un membre de la famille. Maureen voulait comprendre les raisons de cette duplicité.

Elle voulait savoir si Natalie était une manipulatrice impitoyable, une psychopathe incapable de réprimer ses propres pulsions ou bien encore une militante extrémiste en faveur de l'euthanasie.

Que ferait-elle lorsqu'elle aurait obtenu la réponse à cette question ? Jusqu'à présent, elle avait toujours été convaincue de le savoir. C'était quelque chose qu'elle devait à sa sœur, à Joey et à Thomas.

Elle s'était cependant bien gardée de faire part de ses intentions à son beau-frère. La dernière fois qu'ils en avaient discuté, juste après l'enterrement de sa sœur, Thomas avait semblé résigné.

— Je n'en peux plus, lui avait-il avoué, les larmes aux yeux. Cela faisait des mois que Tricia et moi nous battions de toutes nos forces pour obtenir justice. Et elle a été libérée. Et maintenant, à cause d'elle, j'ai perdu et mon fils, et ma femme…

— Justement, avait répondu Maureen, la voix vibrant d'une rage difficilement contenue, si la justice n'est pas capable d'assumer ses responsabilités, c'est à nous de prendre les choses en main.

Thomas lui avait lancé un regard incrédule.

— Tu ne comptes tout de même pas la tuer ? s'était-il exclamé.

— Elle a assassiné mon neveu. Et par sa faute, ma sœur s'est suicidée. Et d'après ce que j'ai entendu, ce n'est pas la première fois que ce genre de chose se produit. Combien de familles allons-nous encore la laisser détruire sans rien faire ?

Thomas avait secoué la tête d'un air horrifié.

— Ce n'est pas ce qu'aurait voulu Tricia, avait-il déclaré. Il ne s'agit plus de justice mais de vengeance ! Cela t'enverra directement derrière les barreaux et ta vie sera ruinée, tout comme la mienne. Ne fais pas ça, Mo. Essaie de tourner la page…

En entendant son beau-frère prononcer ces mots, elle avait compris qu'elle ne trouverait jamais la paix tant que Natalie ne serait pas morte ou derrière les barreaux. Elle s'était alors promis de faire tout ce qui serait en son pouvoir pour parvenir à ce résultat.

Mais il avait suffi à Natalie de quelques mots pour faire vaciller sa résolution.

Se détournant du miroir embué, Maureen enfila des vêtements propres et fourra ses habits sales dans son sac à dos. Elle fit alors lentement le tour de sa chambre d'hôtel pour s'assurer qu'elle n'avait rien oublié.

Elle n'avait probablement que peu de temps pour quitter les lieux avant que la police débarque. Malgré les précautions qu'elle avait prises, elle n'avait pu échapper entièrement aux caméras de l'hôpital. À partir de ces images, il n'avait pas dû être bien difficile de l'identifier. Or elle avait donné sa véritable identité au gérant du motel où elle était descendue.

C'était le genre d'erreur qu'elle ne pourrait se permettre de commettre. Désormais, elle paierait par avance en liquide et éviterait de rester plus d'une ou deux nuits de suite au même endroit.

Le plus simple aurait sans doute été d'attendre que la police locale finisse par relâcher Natalie. Malheureusement, elle n'avait aucune idée du temps que cela prendrait. Et plus longtemps elle séjournerait dans cette ville minuscule, plus grandes seraient ses chances de se faire repérer.

Réprimant un soupir, Maureen enfila l'une des bretelles de son sac à dos et s'empara de son sac à main avant de quitter la chambre.

Un début de plan émergea dans son esprit. Elle commencerait par se rendre au supermarché où elle achèterait de quoi modifier son apparence. Cette fois-ci, en retournant à l'hôpital, elle ne se ferait pas passer pour une infirmière mais pour un membre de l'équipe de nettoyage.

D'une façon ou d'une autre, elle parviendrait à atteindre la chambre de Natalie et elles pourraient reprendre leur discussion là où elle s'était interrompue. Elle n'avait toujours aucune idée de ce qu'elle ferait après cela. Cela dépendrait probablement du degré de culpabilité que la jeune femme confesserait.

Il ne lui resterait plus ensuite qu'à espérer qu'elle parviendrait à se frayer un chemin jusqu'à la sortie sans se faire remarquer. Elle avait bien conscience du fait que ce plan était loin d'être parfait – il y avait encore beaucoup trop d'inconnues, à ce stade.

Mais elle avait encore la possibilité de le peaufiner un peu avant de passer à l'action. Et si les choses ne se déroulaient pas comme elle l'avait imaginé, il serait toujours temps pour elle d'improviser.

Forte de cette conviction, elle se dirigea à grands pas vers la réception du motel pour aller y rendre sa clé. Mais lorsqu'elle pénétra dans le petit bâtiment, elle se retrouva nez à nez avec deux policiers qui étaient en train d'interroger le gérant.

Ce dernier la désigna aux deux hommes et, avant même qu'elle ait eu le temps de tourner les talons, ils dégainèrent leurs armes et les braquèrent dans sa direction.

4

En quittant le bureau du marshal après s'être vu imposer des vacances forcées, Brick était plus décidé que jamais à faire toute la lumière sur cette affaire.

Depuis que Natalie Berkshire avait surgi dans la lueur de ses phares, il avait l'impression de s'être aventuré sur un territoire inconnu où tout semblait n'être qu'illusions et faux-semblants.

Celle qu'il avait prise pour une malheureuse victime était en réalité une fugitive accusée de multiples meurtres. Quant à la femme qu'il avait initialement soupçonnée d'être une tueuse, elle s'était révélée être une policière qui avait renoncé à son serment de protéger et servir pour dispenser une justice expéditive.

Et il ignorait toujours qui avait bien pu enlever et torturer Natalie…

Brick se refusait à croiser les bras en attendant qu'une nouvelle tragédie se produise. C'était précisément pour surmonter ce sentiment d'impuissance qu'il avait décidé de rejoindre les forces de l'ordre. Et s'il voulait trouver les réponses qu'il cherchait, il allait devoir désobéir aux ordres de son père et mener l'enquête de son côté.

Ses collègues étaient actuellement à la recherche de Maureen Mortensen et il décida donc de se concentrer sur l'enlèvement dont Natalie Berkshire avait été victime. Il se rendit où tout avait commencé : sur l'aire d'autoroute de Four Corners où l'on avait retrouvé la voiture de la jeune femme.

Là, il acheta une glace dans la boutique et s'entretint avec l'employée qui était de service. Elle n'avait pas assisté à la scène mais sa collègue lui avait tout raconté et elle se fit un plaisir de lui relater dans les moindres détails ce qui s'était passé ce jour-là.

Malheureusement, rien dans ce témoignage ne lui en apprit beaucoup plus que ce qu'il savait déjà. Le seul renseignement intéressant qu'il dénicha était le fait que le conducteur du camping-car était un homme assez âgé.

De retour dans son pick-up, Brick entreprit de faire le point sur le peu d'informations dont il disposait. Un homme âgé avait abordé Natalie sur ce parking avant de l'emmener à bord de son camping-car. Il l'avait ensuite gardée prisonnière pendant près d'une semaine pour la torturer.

Elle avait fini par trouver le moyen de s'enfuir, la veille au soir. Elle était alors pieds nus et vêtue uniquement d'un drap, ce qui indiquait qu'elle n'avait pas dû parcourir une distance très importante depuis l'endroit où elle était détenue.

Brick alluma son téléphone portable et utilisa un logiciel de navigation pour étudier la carte de la ville, cherchant où l'homme avait bien pu garer un camping-car dans le quartier. Le maire avait interdit à ces véhicules de stationner en ville et la police municipale veillait scrupuleusement au respect de cet arrêté.

La plupart des immeubles des environs étaient dépourvus de parkings souterrains et ceux qui existaient n'étaient pas prévus pour accueillir des véhicules d'un tel gabarit. Quant au camping le plus proche, il était situé à plus de quinze kilomètres à vol d'oiseau.

Brick se mordilla pensivement la lèvre inférieure. Il ne voyait rien sur le plan qui puisse abriter discrètement un camping-car pendant près d'une semaine.

La seule façon de résoudre ce mystère était sans doute de repartir de là où tout avait commencé. Il prit donc la direction de son quartier et se gara à proximité de la ruelle où il avait retrouvé Natalie inconsciente.

Descendant de voiture, il entreprit de parcourir systématiquement les rues avoisinantes en s'éloignant progressivement. Il scrutait chaque bâtiment, cherchant un garage qui aurait pu dissimuler un camping-car.

Il était si concentré sur cette tâche qu'il faillit manquer la solution la plus évidente. Mais son regard finit par accrocher la haute palissade qui se dressait au beau milieu du quartier. Cette vue lui était si familière qu'il n'y prêtait plus la moindre attention depuis bien longtemps.

Cela faisait des années que le site était censé accueillir un hôtel de luxe. Mais une dispute avait opposé les investisseurs du projet après le décès de l'un d'eux. Depuis lors, le chantier était à l'arrêt.

Contournant la palissade, il gagna le grand portail métallique qui interdisait l'accès au site. Un coup d'œil à la lourde chaîne qui le maintenait en place lui confirma qu'il ne s'était pas trompé : si la chaîne était rouillée, le cadenas qui la fermait était flambant neuf. Quelqu'un avait très bien pu scier celui d'origine et le remplacer par celui-ci.

Il s'aperçut également avec étonnement que le cadenas en question était ouvert. Brick hésita durant quelques instants. Il n'était pas en service et pénétrer sur le chantier constituait donc une infraction. En cas de problème, il ne disposait même pas d'une radio pour appeler du renfort.

Mais la curiosité finit par l'emporter sur la prudence et il poussa doucement le battant pour jeter un coup d'œil à l'intérieur. De là où il se trouvait, il pouvait apercevoir l'endroit où l'on avait commencé à couler les fondations de l'hôtel. Il n'y avait aucun camping-car en vue, en revanche.

Rassuré sur ce point, il franchit le portail et s'avança dans l'enceinte de la palissade.

— Brick ? Mais qu'est-ce que tu fais là ?

Sidéré, Brick considéra son père qui se tenait à quelques mètres de lui, pistolet en main. Hud abaissa son arme et la rengaina.

— Je croyais t'avoir demandé de laisser tomber cette enquête, lui rappela-t-il d'un ton réprobateur.

Brick estima qu'il était inutile de feindre l'innocence. Son père le connaissait trop bien pour se laisser abuser.

— Est-ce que tu as trouvé quelque chose ? s'enquit-il.

— Je viens tout juste d'arriver. Mais je serais prêt à parier que le camping-car se trouvait ici. C'est le seul endroit discret qui se trouve suffisamment proche de la ruelle où tu as retrouvé Mlle Berkshire.

— Je suis parvenu à la même conclusion, acquiesça Brick.

— Dans ce cas, tu aurais dû m'appeler au lieu de venir ici en personne. Je te rappelle que tu es en vacances.

— Bien malgré moi, rétorqua Brick.

— La question n'est pas là. Si tu comptes faire carrière dans la police, il va te falloir apprendre à obéir. Tu ne peux pas sans cesse jouer les rebelles !

— Cela n'a pas si mal réussi à mon père et à mon grand-père, si je ne m'abuse, ironisa Brick.

Hud leva les yeux au ciel.

— Qu'est-ce que j'ai fait au ciel pour avoir des enfants si têtus ? Bon, j'imagine que puisque tu es là, autant que tu te rendes utile : explore la partie droite et je prendrai sur la gauche. Le premier qui découvrira quelque chose n'aura qu'à appeler l'autre.

Il ne fallut pas longtemps à Brick pour trouver ce qu'ils

cherchaient. Sur la droite du futur hôtel, à un endroit où la terre n'avait pas été tassée par les engins de chantier, il repéra des traces de pneus assez récentes. Il y avait aussi un baril qui avait servi de poubelle et contenait des emballages alimentaires et des bouteilles en plastique vides.

Brick appela son père qui le rejoignit et entreprit de prendre des photos des marques laissées dans le sol.

— Cela pourrait nous aider à identifier le modèle, expliqua-t-il. Je vais charger l'un de mes hommes d'appeler les différentes agences des environs, au cas où le camping-car aurait été loué dans le coin.

— Tu devrais peut-être avertir les agents qui sont en faction devant l'hôpital, suggéra Brick. Rien ne dit que le ravisseur ne cherchera pas lui aussi à s'introduire dans la chambre de Natalie.

— Excellente idée, approuva Hud. En attendant…

Il fut interrompu par un bip émanant du talkie-walkie accroché à sa ceinture.

— Hud Savage, j'écoute, répondit-il.

Il écouta attentivement ce que lui disait son interlocuteur.

— Excellente nouvelle ! s'exclama-t-il. Dites-leur de la laisser mariner en cellule. Je l'interrogerai personnellement…

Il jeta un coup d'œil à sa montre et se rembrunit.

— En revanche, ce ne sera pas avant la fin de l'après-midi. J'ai rendez-vous avec le maire et ça risque de prendre un certain temps… Si jamais la police de Billings cherche à me contacter, dites-leur que je les rappellerai dès que possible.

Il raccrocha et se tourna vers son fils.

— On a retrouvé Maureen Mortensen, lui annonça-t-il. Je vais devoir y aller. Quant à toi, si tu veux vraiment garder ce poste de marshal, tu ferais mieux de te mettre dans la tête que lorsque je donne un ordre, il n'est pas facultatif.

Je ne veux plus te voir au bureau avant une semaine. Et reste à l'écart de cette affaire. C'est à la police de Billings qu'il revient de s'en charger. C'est bien compris ?

Brick s'abstint prudemment de faire remarquer à son père que sa présence en ces lieux contredisait cette assertion. Le moment était mal choisi pour faire de l'esprit. Il ne tenait pas à se retrouver mis à pied jusqu'à nouvel ordre.

— Compris, se contenta-t-il de répondre.

— Profite de tes congés pour aller camper dans les montagnes, lui suggéra son père.

Brick savait qu'il avait raison : une semaine de repos lui aurait fait le plus grand bien. C'était d'ailleurs ce que lui avait suggéré le psychologue qui le suivait. Retourner en montagne l'aiderait peut-être aussi à affronter le souvenir de ce qui s'était passé au Wyoming.

Mais il avait entendu ce que son père venait de dire : Hud Savage devait s'entretenir longuement avec le maire, ce qui lui laissait quelques heures pour tenter de satisfaire sa curiosité et découvrir qui étaient réellement Natalie Berkshire et la mystérieuse Maureen Mortensen…

5

Maureen n'avait d'autre choix que de prendre son mal en patience. Elle savait pertinemment que les policiers locaux n'avaient strictement aucun élément leur permettant de la mettre en examen. Au pire, elle serait accusée de s'être fait passer pour une infirmière. Elle en serait quitte pour payer une amende et présenter ses plus plates excuses.

Évidemment, cela risquait d'envenimer encore un peu plus ses relations avec sa hiérarchie. Ses supérieurs verraient d'un très mauvais œil le fait qu'elle ait contrevenu à leurs ordres directs et poursuivi son enquête en dépit du fait qu'elle avait été mise à pied.

Mais c'était bien le cadet de ses soucis. Tout ce qui lui importait, à présent, c'était que le temps lui était compté. Dès que Natalie serait rétablie, elle quitterait l'hôpital. Et cette fois, elle redoublerait de prudence et risquait de disparaître dans la nature.

Il s'écoulerait peut-être des mois, voire des années, avant que Maureen parvienne à retrouver sa trace. Et entre-temps, combien aurait-elle fait de victimes supplémentaires ? Combien d'innocents seraient-ils morts par sa faute ?

C'était un risque qu'elle ne pouvait courir. D'une façon ou d'une autre, elle allait devoir convaincre ses homologues de Big Sky de la libérer rapidement.

Malheureusement, cela faisait plus de deux heures

qu'elle était enfermée dans cette cellule. La seule personne qu'elle avait vue lui avait offert une tasse de café insipide et l'assurance que quelqu'un viendrait très bientôt s'entretenir avec elle.

Comme elle s'apprêtait à aller frapper à la porte pour demander combien de temps encore elle devrait ainsi patienter, le battant s'ouvrit, révélant la silhouette du marshal qui l'avait surprise dans la chambre de Natalie.

En écoutant discuter les deux policiers qui l'avaient interpellée, elle avait appris que l'homme se nommait Brick Savage et qu'il était le fils du marshal de Big Sky.

Le sourire narquois qu'il arborait en cet instant indiquait clairement qu'il se réjouissait de la voir en si mauvaise posture. La culpabilité qu'elle avait éprouvée au souvenir de ce qui s'était passé à l'hôpital s'évapora aussitôt.

Elle ravala pourtant la colère qui montait en elle. Le plus important était de ne pas perdre de vue son principal objectif : sortir d'ici au plus vite.

— J'espère que votre séjour parmi nous n'est pas trop désagréable, lui dit-il.

Elle haussa les épaules et lui décocha un sourire dénué de toute chaleur.

— Le café laisse un peu à désirer, répondit-elle. Mais en dehors de cela, je n'ai pas à me plaindre.

Elle étudia attentivement son interlocuteur. C'était incontestablement l'un des hommes les plus séduisants qu'elle ait jamais rencontrés. Grand et athlétique, il arborait un visage aux traits bien dessinés encadré d'épais cheveux noirs et des yeux d'un bleu intense qui trahissaient un mélange d'intelligence et de volonté.

Une lueur de défi se reflétait en cet instant dans son regard et elle comprit qu'il comptait bien se venger de l'humiliation qu'elle lui avait fait subir à l'hôpital.

— Vous vous appelez Maureen, c'est bien cela ?

Elle haussa les épaules : si elle était ici, c'est que la police de Big Sky connaissait déjà son identité.

— Écoutez, reprit Brick, visiblement agacé par sa désinvolture, je sais que vous vous êtes rendue auprès de Natalie Berkshire dans l'intention de la tuer. Je sais aussi que vous ne l'avez pas fait parce qu'elle vous a dit quelque chose.

Elle aurait pu le mettre au défi de prouver ces assertions mais elle jugea préférable de n'en rien faire. S'aliéner un marshal – a fortiori le propre fils du chef du bureau des marshals – serait aussi vain que contre-productif.

— J'ai bien peur que vous ne vous soyez mépris sur mes intentions, répondit-elle d'une voix plus conciliante.

— Il ne s'agissait pas d'une méprise, objecta Brick. J'ai bien vu la façon dont vous regardiez Mlle Berkshire.

— J'ai de bonnes raisons de la détester, reconnut Maureen. Mais ce n'est pas illégal, que je sache.

— S'en prendre à un policier l'est, en revanche, répliqua-t-il du tac au tac.

— Je ne savais pas que vous étiez de la police.

— C'est sans doute mon uniforme qui vous a induite en erreur, ironisa-t-il.

— À vrai dire, je pensais que vous étiez un agent de la sécurité un peu trop zélé, répondit-elle sans se démonter.

— Et c'est toujours de cette façon que vous traitez les agents de sécurité ?

— J'avoue que j'ai réagi de façon un peu brutale et inconsidérée, répondit-elle, feignant la contrition. Je suis vraiment désolée.

— Je doute que vous le soyez réellement.

Il la considéra avec une attention accrue.

— Vous n'êtes vraiment pas une femme comme les autres, remarqua-t-il enfin.

— Seriez-vous en train de me draguer, monsieur Savage ?

— Pas du tout ! s'empressa-t-il de protester.

Elle éclata de rire.

— Je vous fais marcher, lui dit-elle. Tout ceci est vraiment nouveau pour vous, n'est-ce pas ? Depuis combien de temps travaillez-vous pour le bureau du marshal ?

— Pas très longtemps, reconnut-il. Mais, expérimenté ou non, je suis un marshal.

— Je vous promets que je m'en souviendrai, désormais, lui assura-t-elle. Mais si vous avez une si piètre opinion de moi, comment se fait-il que vous ne m'ayez pas encore accusée d'avoir enlevé Natalie ?

Il secoua doucement la tête.

— Je ne crois pas que vous l'ayez fait, répondit-il. Ce n'est pas votre style.

Elle le considéra avec une pointe d'amusement.

— Nous ne nous connaissons que depuis quelques minutes et vous pensez déjà m'avoir cernée ?

— Vous oubliez que j'ai eu l'occasion d'étudier votre dossier, répondit-il. Vous êtes peut-être animée par un désir de vengeance mais vous demeurez un flic – un bon flic, même, d'après ce que j'ai pu lire. Je ne pense pas que vous soyez capable de torturer quelqu'un pendant une semaine. Celui qui a fait ça est un déséquilibré.

Maureen prit mentalement note du fait qu'elle devait se méfier de Brick Savage. L'homme était bien plus perspicace que ne le laissait supposer son manque d'expérience. Ne l'avait-il pas instantanément démasquée, lorsqu'il était entré dans cette chambre d'hôpital ?

Elle était prête à parier qu'il n'était pas venu la voir seulement pour se moquer d'elle. Il attendait d'elle quelque chose et elle devait découvrir ce dont il s'agissait.

— Natalie vous a parlé, reprit-il alors. Je voudrais savoir ce qu'elle vous a dit.

— Je ne sais pas ce que vous croyez avoir entendu mais,

d'après les médecins, Natalie Berkshire est plongée dans un état catatonique. Elle est incapable de parler.

Il secoua la tête, refusant de céder aussi facilement.

— Non seulement elle vous a parlé mais, de plus, ce qu'elle vous a dit vous a dissuadée de la tuer.

Maureen ne put réprimer un léger frisson. Elle savait qu'il avait probablement raison. Si Natalie ne lui avait pas parlé, elle serait peut-être morte, à l'heure actuelle. En allant la trouver, Maureen avait bel et bien eu l'intention de la mettre définitivement hors d'état de nuire, même si cela devait causer sa propre perte.

— Lorsque je suis entré, reprit Brick, vous étiez penchée sur Natalie et j'ai vu ses lèvres bouger. Je l'ai entendue chuchoter quelque chose. Et je veux savoir ce que c'était.

Maureen ouvrit la bouche pour lui répondre qu'il se trompait et que, même dans le cas contraire, il ne pourrait jamais rien prouver.

— Si vous voulez que je vous sorte d'ici, vous feriez mieux de me parler, l'encouragea-t-il alors.

— N'est-il pas ironique que ce soit moi qui sois enfermée ici alors que Natalie est libre ? murmura-t-elle d'un ton amer.

— Aucune preuve n'a été retenue contre elle, lui rappela Brick. Aux yeux de la justice, elle est innocente. Pouvez-vous prouver le contraire ?

— Malheureusement, non. Mais lorsqu'on finira par trouver ces preuves, il sera trop tard et d'autres familles auront perdu des proches à cause d'elle.

— Pourquoi l'avoir épargnée, si vous en êtes si convaincue ? lui demanda Brick en croisant les bras sur sa poitrine. Que vous a-t-elle donc dit ?

Maureen serra les dents. Il n'était pas question qu'elle se confie à cet homme dont elle ignorait tout et qui se trouvait être le fils du marshal local.

— J'imagine que cela devait avoir un rapport avec votre sœur, insista-t-il. Elle s'appelait Tricia, n'est-ce pas ?

En l'entendant prononcer ce nom, Maureen sentit son cœur se serrer. Elle se demanda brusquement si ce n'était pas justement ce que Natalie avait espéré. Avait-elle cherché à la manipuler en semant le doute en elle ? Après tout, Natalie Berkshire était une sociopathe, habituée à ce genre de procédé. Elle était passée maîtresse dans l'art de gagner la confiance des gens.

N'avait-elle pas dupé Tricia, Thomas et Maureen elle-même ? Or Maureen n'était pas quelqu'un de particulièrement naïf ou crédule : son métier lui avait appris que rares étaient les gens à qui l'on pouvait se fier. Pourtant elle avait cru Natalie et l'avait très vite considérée comme une amie.

Lorsqu'elle avait appris que la police la soupçonnait d'avoir délibérément assassiné Joey, elle n'avait pas voulu le croire. Natalie s'était toujours montrée très douce et très tendre avec son neveu, faisant preuve à son égard d'une inépuisable patience.

Malheureusement, les circonstances ne laissaient guère de place au doute : Natalie et Tricia étaient seules à la maison, ce jour-là. Sa sœur était montée se reposer dans sa chambre et avait été réveillée par un cri de Natalie. Lorsqu'elle était arrivée dans la nursery, il était déjà trop tard et son fils était mort.

Cela aurait très bien pu passer pour un accident sans le zèle dont avait fait preuve le médecin légiste de Billings. Les fibres qu'il avait retrouvées dans les poumons du bébé prouvaient que quelqu'un l'avait bel et bien délibérément étouffé. Et il ne pouvait s'agir que de Natalie.

— Natalie Berkshire a tué, probablement à plusieurs reprises, et si on la laisse quitter tranquillement cet hôpital, elle tuera de nouveau.

— Admettons que ce soit vrai, répondit Brick. Que préconisez-vous ?

Elle ne répondit pas. Elle n'avait aucunement l'intention de confesser le crime qu'elle s'apprêtait à commettre.

— Vous ne pouvez pas faire une chose pareille, s'exclama Brick avec une pointe de colère dans la voix. Vous êtes un flic !

— J'ai été suspendue, lui rappela-t-elle.

— La question n'est pas là. Vous savez que la seule façon sensée de mettre Natalie hors d'état de nuire, c'est de démontrer qu'elle est coupable – si tant est qu'elle le soit vraiment.

— C'est ce que j'ai tenté de faire, répondit-elle. Par tous les moyens. Et au lieu de me soutenir, ma hiérarchie m'a lâchée.

— Ce n'est pas une raison pour devenir un assassin à votre tour, objecta Brick. Vous avez travaillé suffisamment longtemps pour la police criminelle pour savoir ce qui vous arrivera ensuite.

— Si sacrifier mon existence me permet d'en sauver de nombreuses autres, je n'hésiterai pas un seul instant. N'est-ce pas précisément ce que nous sommes censés faire, en tant que policiers ? Protéger et servir, fût-ce au péril de nos vies ?

Brick la considéra avec un mélange d'étonnement et d'agacement. Mais elle crut aussi déceler dans son regard bleu une pointe d'admiration.

— Écoutez, reprit-il d'une voix plus conciliante, vous êtes jeune. Il ne sert à rien de gâcher votre vie. Elle est précieuse, vous savez…

La gravité avec laquelle il prononça ces mots intrigua Maureen. Brick n'était peut-être pas le cow-boy superficiel qu'elle avait voulu voir en lui.

— La police de Billings dispose apparemment d'éléments concernant des incidents plus anciens, poursuivit-il. Et cette fois, vos collègues trouveront peut-être des preuves. Ou, au contraire, ils démontreront l'innocence de Natalie. Laissez-leur la possibilité de faire leur travail. Il sera toujours temps de vous sacrifier par la suite, si c'est vraiment ce que vous voulez.

— Pourquoi perdre du temps au risque de voir d'autres gens mourir ? s'entêta Maureen.

Même à ses propres oreilles, sa voix trahissait déjà moins de conviction qu'auparavant.

— Vous n'êtes plus aussi sûre qu'elle soit coupable, n'est-ce pas ? Ce qu'elle vous a dit a fait vaciller vos certitudes.

Maureen secoua la tête, presque rageusement.

— Vous vous trompez ! s'exclama-t-elle. Natalie est coupable. Et rien de ce que vous pourrez dire ne me convaincra du contraire.

Brick ne se démonta pas, se contentant de la considérer avec attention, comme s'il cherchait à lire en elle. Elle se força à soutenir son regard, luttant contre le trouble qui l'envahissait. Cet homme n'était pas du tout aussi superficiel et transparent qu'elle se l'était imaginée en le voyant.

— Si vous changez d'avis et que vous voulez me parler, vous n'aurez qu'à faire signe à l'un de mes collègues. Ils savent où me joindre…

Brick ne cessait de repenser à la discussion qu'il venait d'avoir avec Maureen. Il avait du mal à réconcilier l'apparence presque angélique de la jeune femme avec la volonté farouche qui se lisait dans son regard et le jusqu'au-boutisme de ses positions.

Il ne savait pas non plus si l'idéalisme qu'elle professait était authentique, si elle était vraiment prête à se sacrifier pour le bien commun ou si elle cherchait juste à venger sa sœur et son neveu.

Ce dont il était convaincu, en revanche, c'était que ce que lui avait dit Natalie à l'hôpital avait provoqué chez elle un brusque revirement d'attitude. Il était également persuadé que, contrairement à ce qu'elle prétendait, sa résolution s'en était trouvée ébranlée.

Mais elle avait visiblement renoncé momentanément à se faire justice toute seule et paraissait tout aussi décidée que lui à mener l'enquête. Or tout comme Natalie, Maureen serait bientôt libre de reprendre ses investigations.

Il fallait également compter avec le troisième protagoniste de cette histoire : le vieil homme au camping-car qui ne se résignerait probablement pas à voir sa proie lui échapper. La confrontation entre ces trois individus risquait fort de s'avérer explosive.

Quoi que puisse en penser son père, Brick ne pouvait laisser la police de Billings se charger de cette affaire : il était évident qu'elle était déjà dépassée. N'avait-elle pas déjà laissé Natalie s'enfuir puis se faire capturer ? Maureen paraissait d'ailleurs partager ses doutes concernant l'enquête qu'avaient menée ses collègues.

Après réflexion, Brick décida d'aller discuter de tout cela avec la première intéressée. Il était désormais convaincu que le médecin s'était trompé au sujet de Natalie et que la catatonie de cette dernière était feinte. Et si elle avait parlé à Maureen, il saurait bien la pousser à en faire autant avec lui.

Après tout, il lui avait plus ou moins sauvé la vie. Et il avait les moyens de la protéger, que ce fût de Maureen ou de son ravisseur. Qu'elle soit coupable ou non, elle devait bien savoir que ceux-ci ne la laisseraient probablement pas en paix.

Au lieu de rentrer chez lui comme il en avait initialement

eu l'intention, Brick obliqua pour prendre la direction de l'hôpital. Là, il gagna directement la chambre de Natalie. Mais comme il remontait le couloir qui la desservait, il s'aperçut que le policier qui se trouvait en faction devant la porte était avachi sur sa chaise, son chapeau rabattu sur les yeux.

Inquiet, il pressa le pas : les marshals n'avaient pas pour habitude de s'endormir à leur poste – particulièrement en plein jour. Parvenu auprès du policier, il le secoua doucement sans parvenir à le réveiller. Écartant le chapeau, il constata que l'homme avait été violemment frappé au crâne et arborait un impressionnant hématome.

Après s'être assuré qu'il était toujours vivant et que son pouls était régulier, Brick pénétra dans la chambre de Natalie Berkshire. Sans surprise, il découvrit que son lit était vide. Un juron bien senti lui échappa. Par acquit de conscience, il alla frapper à la porte de la salle de bains.

— Natalie ? appela-t-il. Je suis de la police. Je vais ouvrir.

Il s'exécuta et constata rapidement que la pièce était déserte. Natalie s'était bel et bien envolée.

Comme il s'apprêtait à appeler le central pour faire part de sa découverte, il entendit un gémissement sourd qui provenait de l'intérieur de la chambre. Surpris, il s'approcha du lit et s'agenouilla pour jeter un coup d'œil en dessous.

Là, il aperçut une femme en sous-vêtements qui était bâillonnée et dont les chevilles et les poignets étaient liés par des tubes de perfusion. Brick la débarrassa de ses entraves et l'aida à s'extraire de sous le lit.

— Que s'est-il passé ? lui demanda-t-il.

— Lorsque je me suis penchée sur elle pour prendre sa température, elle m'a attaquée avec un scalpel. Elle a menacé de m'égorger si je faisais le moindre bruit.

La voix de l'infirmière se brisa et elle réprima difficilement un sanglot.

— Elle a pris mes vêtements et m'a attachée, ajouta-t-elle. Et puis, elle a emporté l'extincteur de la chambre en sortant.

— Quand est-ce arrivé ? s'enquit Brick.

— Il y a cinq à dix minutes, répondit l'infirmière.

Brick vit alors apparaître le policier de garde sur le seuil de la chambre. Il se massait la tête en grimaçant.

— Natalie s'est enfuie, lui indiqua Brick. Je vais essayer de la rattraper. Appelez le central et occupez-vous de l'infirmière !

Sans attendre la réponse de l'homme qui paraissait encore un peu groggy, Brick s'élança dans le couloir. Il dévala l'escalier quatre à quatre et traversa le hall en courant pour déboucher par la porte principale. Parcourant des yeux le parking de l'hôpital, il ne vit aucun signe de la fugitive.

Puis, soudain, une moto déboucha en trombe sur sa droite, fonçant à toute allure en direction de la sortie. Brick eut tout juste le temps de remarquer la blouse blanche et les longs cheveux noirs de la femme qui la pilotait avant qu'elle quitte le parking.

Sans attendre, il s'élança vers son pick-up. Quelques instants plus tard, il s'engageait à son tour dans la rue qui passait devant l'hôpital. Il suivit la moto sur quelques centaines de mètres mais ne tarda pas à se rendre à l'évidence. Natalie était hors de vue et elle avait pu emprunter n'importe laquelle des rues menant à l'hôpital.

Brick décrocha aussitôt la radio qui se trouvait dans son véhicule et contacta le central pour signaler l'évasion de Natalie et le vol de la moto. L'opératrice lui assura qu'elle transmettrait le signalement de Natalie à toutes les voitures de patrouille.

Brick ne se faisait cependant aucune illusion : à moto,

la jeune femme n'aurait aucune difficulté à s'évaporer dans la nature. Mais sans argent, elle ne pourrait aller plus loin que son réservoir le lui permettrait.

Elle se savait menacée – c'était même probablement la raison pour laquelle elle avait feint la catatonie. Elle chercherait donc très certainement à atteindre un endroit où elle se sentirait en lieu sûr, fût-ce momentanément. Le choix le plus probable était un parent ou un ami qui vivait dans la région et en qui elle avait confiance.

Malheureusement, Brick ne connaissait pas suffisamment le dossier de la jeune femme pour savoir qui pourrait lui donner asile en de telles circonstances. Comme il se faisait cette réflexion, la sonnerie de son téléphone retentit.

— Brick Savage, j'écoute, fit-il.

— Un de vos hommes vient de me dire que Natalie s'était enfuie…

Il lui fallut quelques instants pour reconnaître la voix de Maureen Mortensen.

— Je me doutais qu'elle tenterait quelque chose dans ce goût-là. Mais je peux vous aider à la retrouver, si nous ne perdons pas de temps.

— Il me semblait que vous étiez en garde à vue, remarqua Brick.

— Oui, et j'utilise le seul coup de téléphone auquel j'ai droit pour vous contacter. J'espère que vous ne me le ferez pas regretter !

— Que suggérez-vous ?

— Laissez-moi vous aider à localiser Natalie. Je connais son dossier par cœur et je sais presque tout ce qu'il y a à savoir à son sujet. Vous parviendrez peut-être à la trouver sans mon aide mais cela vous ferait perdre un temps précieux. Et d'ici là, qui sait combien d'autres victimes elle pourra bien faire ? Alors réfléchissez-y bien et venez me chercher.

Sur ce, Maureen raccrocha sans lui laisser le temps de répondre. Malgré lui, il ne put réprimer un sourire. Cette fille ne manquait décidément pas d'audace. Et elle n'avait pas complètement tort : de tous les policiers qui se trouvaient actuellement à Big Sky, elle était incontestablement celle qui connaissait le mieux le dossier. Mais elle était aussi beaucoup trop impliquée personnellement.

Alors même qu'il se faisait cette réflexion, un doute s'insinua en lui. N'était-ce pas précisément ce que son père lui avait reproché ? Il avait été mis en vacances forcées, tout comme Maureen avait été mise à pied. Et pourtant, pour des raisons différentes, tous deux avaient à cœur de retrouver Natalie et de découvrir si elle était réellement coupable des crimes dont on l'accusait.

Le fait même que leurs points de vue sur cette question soient si divergents – presque opposés, en fait – constituait peut-être un avantage. Maureen chercherait à prouver la culpabilité de Natalie tandis qu'il s'efforcerait d'établir son innocence. Et peut-être trouveraient-ils en s'associant l'objectivité qui faisait défaut à chacun.

Brick savait parfaitement ce que son père penserait d'un tel raisonnement. Lui-même devait bien reconnaître qu'il était un peu tiré par les cheveux. Mais quelles autres options avait-il ? S'il ne faisait pas équipe avec Maureen, il n'avait strictement aucune chance de retrouver Natalie et de résoudre cette affaire.

Maureen, quant à elle, finirait par être libérée et se mettrait alors à la recherche de la jeune femme. Mais elle se passerait alors de ses services et risquait fort d'en revenir à son plan initial : tuer Natalie dès qu'elle l'aurait retrouvée…

Après réflexion, Brick comprit qu'il avait déjà pris sa décision avant même que Maureen ait raccroché. Et il était prêt à parier qu'elle le savait.

Il prit le temps de repasser par son appartement pour rassembler quelques vêtements, sa trousse de toilette et ce dont il pourrait avoir besoin au cours des jours à venir. Puis il reprit la direction du bureau du marshal en espérant ne pas y croiser son père.

6

— Vous en avez mis, du temps, commenta Maureen d'un ton presque goguenard en voyant Brick approcher de la cellule dans laquelle elle avait été placée après son interrogatoire.

Brick secoua la tête d'un air incrédule : l'assurance de Maureen semblait n'avoir aucune limite.

— Vous étiez donc si convaincue que je viendrais vous chercher ? lui demanda-t-il.

Elle se contenta de hausser les épaules comme si la question ne méritait pas même une réponse.

— Si vous voulez que nous retrouvions Natalie avant qu'elle disparaisse de nouveau dans la nature, vous feriez mieux d'ouvrir cette cage.

— Je ne le ferai que lorsque vous m'aurez répété ce que Natalie vous a dit, à l'hôpital. J'aimerais être sûr de disposer de tous les éléments avant de me lancer dans une chasse à l'homme.

Maureen se rembrunit et, l'espace de quelques instants, il se demanda si elle n'allait pas lui opposer un refus pur et simple. Que ferait-il alors ? La laisserait-il tout de même sortir au risque de perdre la face ? Ou bien devait-il se montrer ferme en espérant qu'elle était tout aussi impatiente que lui de se mettre à la recherche de Natalie ?

— Très bien, déclara-t-il enfin, si vous préférez rester ici, je me débrouillerai tout seul.

Il fit mine de se détourner.

— Vous commettriez une erreur, objecta vivement Maureen. Je connais son dossier par cœur, je l'ai fréquentée lorsqu'elle travaillait pour ma sœur et je sais comment elle fonctionne. Vous vous êtes déjà laissé berner une fois – même le médecin de l'hôpital s'est fait avoir. Et elle n'a pas hésité à attaquer une infirmière et un policier, d'après ce que j'ai cru comprendre…

— Certains de mes collègues semblent avoir du mal à tenir leur langue, remarqua Brick d'un ton réprobateur. Ce n'est plus une prison, c'est un centre d'information…

— Que voulez-vous ? répondit-elle d'un ton moqueur. La plupart des hommes aiment se faire mousser en racontant tout ce qu'ils savent. Il faut bien que le fait d'être une femme présente un avantage, de temps à autre… Mais pour en revenir à Natalie, il ne s'agit pas seulement de la retrouver : il faut la retrouver avant son ravisseur. Et pour cela, vous ne pouvez vous permettre de négliger le moindre avantage.

— Je ne peux pas non plus courir le risque de collaborer avec quelqu'un en qui je ne peux pas avoir confiance, répondit Brick en la regardant droit dans les yeux.

Maureen soutint son regard durant plusieurs secondes.

— Natalie m'a dit que ma sœur ne s'était pas suicidée, déclara-t-elle enfin.

Brick la considéra avec stupeur.

— Je comprends pourquoi vous aviez l'air sous le choc, déclara-t-il enfin. Mais si elle a dit la vérité…

— Alors quelqu'un a assassiné ma sœur, acquiesça Maureen.

— Mais pourquoi aurait-on fait une chose pareille ?

— C'est bien ce que j'ai l'intention de découvrir. Et pour

cela, le moyen le plus rapide est de retrouver Natalie. Alors laissez-moi vous aider. Je vous promets de vous dire tout ce que je sais à son sujet et de ne rien tenter contre elle. Mais nous devons la localiser le plus rapidement possible.

— D'accord. Je vais payer votre caution mais je préfère vous prévenir : je compte bien rentabiliser cet investissement et, tant que nous n'aurons pas retrouvé Natalie, je ne vous lâcherai pas d'une semelle.

— Comme vous voudrez, répondit Maureen.

Brick déverrouilla la cellule de la jeune femme. Lorsqu'elle sortit, il lui tendit un sac en papier.

— J'ai récupéré vos effets personnels et votre sac de voyage, lui indiqua-t-il.

— Et ma voiture ?

— Pour le moment, elle est à la fourrière. Mais la mienne est garée dehors.

— Je préférerais que nous prenions la mienne, protesta-t-elle. Je suis une conductrice hors pair.

— Je n'en doute pas, répondit Brick. Et c'est une raison de plus pour prendre ma voiture : je ne tiens pas à ce que vous preniez la poudre d'escampette.

— Est-ce que vous êtes toujours aussi suspicieux ?

— Dois-je vous rappeler ce qui s'est passé lors de notre première rencontre ?

— Je vois… On dirait que j'ai froissé votre sacro-sainte fierté masculine, remarqua-t-elle, moqueuse.

— J'ai surtout compris qu'avec vous, je ne pouvais me permettre de baisser la garde un seul instant, répondit-il.

Le sourire enjôleur qu'elle lui décocha alors lui fit prendre conscience que ce qu'il venait de lui dire était vrai à plus d'un titre. Maureen était une femme aussi séduisante que dangereuse et, s'il voulait garder le contrôle de la situation, il ne pourrait se permettre de l'oublier.

Maureen et Brick venaient tout juste de sortir du bureau du marshal lorsqu'elle entendit quelqu'un l'interpeller. Surprise, elle se retourna et découvrit Thomas, son beau-frère, qui la considérait d'un air stupéfait.

— Il me semblait bien que c'était toi, s'exclama-t-il. Qu'est-ce que tu fais à Big Sky ?

— Je pourrais te retourner la question, répondit-elle, à la fois surprise et embarrassée.

Depuis l'enterrement de sa sœur, Thomas avait essayé de la contacter à plusieurs reprises et elle avait ignoré ses appels et omis de le rappeler. Le revoir ne ferait que raviver la douleur qu'elle s'efforçait sans grand succès de réprimer depuis que son neveu et sa sœur étaient morts.

— Je suis venu pour affaires, lui répondit Thomas. Mais je vois que toi aussi, tu as repris le travail.

Il désigna le poste de police dont Brick et elle venaient de sortir et elle se demanda ce qu'il penserait en apprenant qu'en réalité, elle s'était trouvée en cellule, quelques minutes auparavant.

Peut-être n'en aurait-il pas été si surpris que cela. Après tout, la dernière fois qu'ils s'étaient vus, elle avait clairement laissé entendre qu'elle ne parvenait pas à tourner la page et qu'elle avait l'intention de venger Tricia.

Thomas, au contraire, essayait d'aller de l'avant. Il avait très vite repris le travail et s'était efforcé de surmonter le double deuil qui l'avait frappé. Y était-il parvenu ? Était-il prêt aujourd'hui à reconstruire sa vie et à prendre un nouveau départ ?

Maureen, elle, en était incapable. Tant que Natalie serait en liberté, elle ne pourrait trouver la paix. C'était peut-être la raison pour laquelle elle éprouvait une pointe de rancœur à l'égard de son beau-frère : elle avait du mal à comprendre qu'il puisse vouloir tourner la page aussi rapidement et ne pouvait s'empêcher de considérer cela comme une trahison.

— Thomas, je te présente le marshal Brick Savage, dit-elle pour meubler le silence qui s'était installé. Brick, voici Thomas Coton, mon beau-frère.

Les deux hommes se serrèrent la main.

— Et je vous présente ma collègue, Quinn Pierson, ajouta Thomas en désignant une jeune femme qui se trouvait légèrement en retrait.

Jusqu'alors, Maureen n'avait pas prêté attention à elle. C'était une très jolie brunette qui portait un élégant tailleur et tenait un porte-documents.

— Enchantée de faire votre connaissance, leur dit-elle avec un charmant sourire. J'ai bien peur que nous ne puissions rester discuter beaucoup plus longtemps. Le séminaire auquel nous devons assister ne va pas tarder à commencer.

— Vous êtes venus à Big Sky pour assister à un séminaire ? s'étonna Brick.

— À vrai dire, je fais partie de ceux qui l'ont organisé, précisa Thomas en leur tendant un flyer. J'ai déjà dû te parler de Jeffrey Palmer, ajouta-t-il à l'intention de Maureen.

— Bien sûr, répondit-elle en prenant le papier. En tout cas, ne vous en faites pas, nous aussi, nous sommes pressés. J'ai été heureuse de te revoir, Thomas.

— Moi aussi. N'hésite pas à me faire signe, lorsque tu seras de retour à Billings.

— C'est promis, lui assura-t-elle.

Ils se remirent en marche vers la voiture de Brick tandis que Thomas et Quinn se dirigeaient vers l'hôtel qui se trouvait de l'autre côté de la rue.

— Qui est ce Jeffrey Palmer ? s'enquit Brick.

— Un millionnaire qui dispense des cours de développement personnel, répondit-elle. Thomas est l'un de ses plus grands fans. Il dévore tous ses livres et ne rate pas un seul de ses séminaires.

— Vous ne paraissez pas convaincue, en revanche.

Elle haussa les épaules.

— Je n'ai jamais eu l'ambition de devenir millionnaire. Et même si tel était le cas, je ne suis pas convaincue que Jeffrey Palmer m'y aiderait beaucoup. Tout ce qu'a pu m'en dire Thomas m'a paru d'une platitude absolue…

— Vous ne pensez pas que nous devrions interroger votre beau-frère au sujet de Natalie ? lui demanda alors Brick. Il a peut-être une idée de l'endroit où elle pourrait se trouver.

— Thomas ne veut plus entendre parler d'elle, répondit Maureen. Mais ne vous en faites pas : j'en sais bien plus que lui à son sujet.

Ils étaient parvenus devant un imposant pick-up bleu nuit que Brick déverrouilla.

— Avant que nous nous mettions en route, dit-il à Maureen, je tiens à ce que nous établissions quelques règles élémentaires. Nous travaillerons ensemble. Si vous vous avisez de me fausser compagnie, je ferai en sorte que vous soyez renvoyée en prison. Et lorsque nous aurons retrouvé Natalie, nous la ramènerons ici pour l'interroger en toute légalité et faire toute la lumière sur cette affaire. C'est bien compris ?

— Parfaitement.

— J'espère que vous avez conscience du risque que je cours en vous libérant, renchérit Brick. Si vous essayez de me doubler, je serai sans pitié.

— J'ai compris, soupira-t-elle. Maintenant, nous devrions vraiment nous mettre en route avant de perdre complètement la trace de Natalie.

Il la considéra longuement avant de hocher la tête. Tous deux prirent place à bord du pick-up et Brick démarra.

— Commencez par me raconter comment elle a réussi à s'enfuir de l'hôpital alors qu'elle était sous surveillance.

Brick lui raconta ce qui s'était passé.

— Je me permets de souligner que c'est probablement votre intrusion qui lui a inspiré cette méthode d'évasion, conclut-il.

Maureen s'abstint de relever.

— Nous devrions retourner à l'hôpital, déclara-t-elle.

— À cette heure, Natalie est sans doute déjà loin, objecta Brick.

— Probablement, concéda-t-elle. Mais elle a peut-être laissé des traces de son passage.

Brick n'était pas du tout convaincu qu'ils parviendraient à suivre Natalie à la trace. Il avait vaguement espéré que Maureen lui suggérerait quelques destinations possibles et qu'ils pourraient ainsi tenter de surprendre la jeune femme.

Tandis qu'ils quadrillaient le quartier de l'hôpital, Brick l'interrogea au sujet de ce qui était arrivé à son neveu.

— Je suis passée voir Tricia, ce jour-là, répondit-elle après un long silence. Elle dormait et je n'ai pas voulu la déranger. Elle avait vraiment besoin de repos après tout ce qui s'était passé…

— Que voulez-vous dire ?

— Thomas et Tricia voulaient un enfant depuis longtemps mais pendant des années, leurs efforts sont restés vains. Cela commençait même à miner leur relation de couple. Lorsque, finalement, Tricia est tombée enceinte, je pensais qu'elle serait folle de joie. Mais en fait, elle paraissait surtout très angoissée – comme si elle pressentait déjà ce qui allait se passer. Sa grossesse a été très difficile et l'accouchement aussi. À la naissance, Tricia et Thomas ont appris que leur enfant était lourdement handicapé et qu'il avait peu de chances de survivre plus d'un an…

— Je suis désolé, murmura Brick, touché par la détresse qui transparaissait dans sa voix.

Elle lui jeta un regard étonné, comme si elle ne s'était pas attendue à ce qu'il puisse faire preuve de compassion à son égard.

— Tout cela paraît si lointain, maintenant que Joey et Tricia sont morts, murmura-t-elle tristement. Mais pour en revenir à cette journée fatidique, je suis allée embrasser Joey. Il allait parfaitement bien, à ce moment-là. Comme je m'apprêtais à repartir, Natalie m'a abordée. Elle avait visiblement quelque chose à me dire mais, à ce moment-là, Tricia s'est réveillée. Nous avons discuté pendant quelques minutes puis je suis partie. Un peu plus tard, ce jour-là, Joey est mort. Puis Natalie s'est fait arrêter et je n'ai jamais eu l'occasion de reparler avec elle… jusqu'à ce que vous me surpreniez à l'hôpital de Big Sky.

— Avez-vous la moindre idée de ce qu'elle voulait vous dire, à ce moment-là ?

Maureen secoua la tête.

— Je l'ignore, avoua-t-elle. Et c'est l'une des raisons pour lesquelles je tenais à m'entretenir avec elle…

Maureen s'interrompit brusquement.

— Arrêtez-vous ! s'exclama-t-elle.

Brick s'exécuta.

— Reculez un peu.

Il fit ce qu'elle lui demandait. Maureen lui désigna une maison.

— Là ! lui dit-elle. Vous ne remarquez rien ?

Brick observa le jardin qu'elle lui désignait et remarqua que du linge séchait sur un fil.

— Il en manque, nota-t-il. Vous croyez que c'est Natalie qui les a pris ?

— Il s'agit de vêtements féminins et, si j'en juge par ceux qui se trouvent toujours là, ils doivent correspondre à sa taille.

— Allons jeter un coup d'œil, suggéra Brick en ouvrant sa portière.

Ils descendirent de voiture et s'approchèrent du jardin. À cet instant, la porte de la maison s'ouvrit. Une femme sortit et les considéra d'un air suspicieux.

— Excusez-moi, l'interpella Brick. Nous cherchons une femme habillée en infirmière. Il se peut qu'elle vous ait volé votre linge.

— C'est le cas, confirma la femme.

— Pouvez-vous nous décrire les habits en question ?

La femme hocha la tête.

— Il y avait un jean noir, un chemisier rouge à fleurs et un sweat-shirt à capuche bleu marine.

— Merci, fit Brick. Est-ce que par hasard vous auriez vu de quel côté elle est partie ?

— Je l'ai aperçue par la fenêtre alors qu'elle était en train de prendre les vêtements. Le temps que je sorte, elle avait déjà disparu. Mais j'ai entendu une moto démarrer quelques instants plus tard. Je ne sais pas vers où elle est partie, malheureusement.

— C'était il y a combien de temps ?

— Il y a une demi-heure, environ. Est-ce que vous pensez que vous retrouverez mes vêtements ?

— Nous allons tout faire pour, lui assura Brick.

— J'espère qu'elle ne se fait pas trop d'illusions, murmura Maureen tandis qu'ils regagnaient le pick-up. Natalie se débarrassera de ces habits dès qu'elle aura trouvé de quoi s'en racheter des neufs. Il lui faudra aussi rapidement un nouveau véhicule. Quelque chose de plus discret que cette moto.

Brick considéra Maureen d'un air légèrement dubitatif.

— À vous entendre, on pourrait croire que Natalie est une criminelle professionnelle, remarqua-t-il. Dois-je vous rappeler que nous avons affaire à une infirmière ?

— Mais c'est une femme très intelligente. Et elle doit savoir qu'elle est poursuivie par la police, par moi et par l'homme qui l'a déjà enlevée. Elle fera tout ce qui est en son pouvoir pour nous échapper…

Maureen fut interrompue par la sonnerie du téléphone portable de Brick. C'était le policier qui était en faction à l'hôpital et s'était fait attaquer par Natalie.

— J'ai cru comprendre que vous vous étiez lancé à la poursuite de Natalie Berkshire, lui dit-il.

— C'est exact.

— Je voulais vous transmettre une information qui vient de me parvenir : l'une des infirmières qui étaient de service ce matin s'est rendu compte qu'on lui avait volé son sac à main. C'est probablement Natalie qui l'a pris.

— Est-ce qu'il y avait beaucoup d'argent dans le sac ?

— Un peu plus de cent cinquante dollars.

Brick ne put réprimer un juron. Cette somme conférait un avantage supplémentaire à Natalie. Elle aurait notamment les moyens de refaire le plein.

— Merci pour le tuyau, dit-il au policier.

— Il n'y a pas de quoi. J'espère que vous la retrouverez rapidement.

— Moi aussi, répondit Brick.

Il raccrocha et informa Maureen de la situation.

— Je pense qu'elle essaiera d'abord de trouver une voiture, opina-t-elle. À sa place, je tenterais ma chance dans un bar.

Brick lui jeta un regard interrogateur.

— C'est l'endroit où il est le plus facile de voler un sac à main, expliqua-t-elle en haussant les épaules.

— On vous a déjà dit que vous pensiez comme un criminel ?

— C'est ce qui fait de moi un bon flic, répondit Maureen. Quand mes supérieurs ne me mettent pas des bâtons dans les roues, en tout cas…

Le téléphone se remit à sonner.

— À propos de supérieurs, murmura Brick en avisant le numéro de son père qui s'affichait à l'écran.

C'était la troisième fois que Hud cherchait à joindre son fils en moins d'une heure. Il s'attendait à tomber de nouveau sur sa messagerie mais, à son grand étonnement, Brick prit cette fois la peine de décrocher.

— Je peux savoir ce que tu fabriques ? s'exclama Hud sans autre forme de procès. Pourquoi as-tu payé la caution de cette fille ? Aurais-tu déjà oublié que si elle était en cellule, c'était parce qu'elle t'a attaqué ? Essaierais-tu de torpiller ta carrière avant même d'être entré en fonction ?

— Je te rappelle que je ne suis pas de service. Tu m'as mis en congés forcés.

— Puis-je savoir pourquoi tu l'as libérée, alors ?

— Parce qu'elle est notre meilleure chance de retrouver rapidement Natalie.

— Dois-je te rappeler que tu la soupçonnais de vouloir assassiner Natalie Berkshire ?

— Justement, je préfère la surveiller de près plutôt que de la laisser mettre la main sur Natalie avant nous.

— Mais pour le moment, Natalie ne fait pas l'objet d'un mandat d'arrêt, objecta Hud.

— Elle a agressé un policier, volé une moto, un sac à main et des vêtements. Je pense que nous n'aurons aucun mal à obtenir un mandat en cas de besoin.

— Mais en attendant, tu n'es pas habilité à l'arrêter.

— Pour le moment, tout ce qui m'importe, c'est de la retrouver avant l'homme au camping-car. Je voudrais aussi avoir quelques éclaircissements au sujet de ce qu'elle a dit à Maureen, à l'hôpital.

— Maureen t'a confirmé qu'elle lui avait parlé ?

— Oui. Et Natalie lui a assuré que sa sœur ne s'était pas suicidée.

— Pardon ? s'exclama Hud, sidéré.

— Si c'est le cas, cela signifie que Tricia a été assassinée. Et si Natalie n'est pas coupable, alors nous devons retrouver le meurtrier.

— Natalie a très bien pu mentir, objecta Hud. Inventer n'importe quoi pour dissuader Maureen de la tuer.

— C'est une éventualité, concéda Brick. Mais je préférerais m'en assurer.

— Tu penses que le meurtrier en question pourrait être l'homme au camping-car ?

— Je ne l'avais pas envisagé, reconnut Brick. Mais à ce stade, je n'écarterais aucune éventualité... À ce propos, est-ce que tu as pu obtenir des informations au sujet de ce camping-car ?

— Pas encore, répondit Hud. J'ai chargé deux de mes hommes de se renseigner auprès de tous les loueurs de la région mais cela peut prendre un certain temps. Mais n'essaie pas de détourner la conversation, Brick ! Je veux que Maureen et toi reveniez ici le plus vite possible !

— Je vais devoir te laisser, papa, je crois que je viens de repérer la moto qu'a volée Natalie, garée devant un bar. Je te rappelle dès que possible.

Sur ce, Brick raccrocha sans lui laisser le temps de protester. Hud considéra son téléphone portable d'un air sombre, en se demandant s'il ne ferait pas mieux de demander un mandat d'amener pour son propre fils.

Herbert Lee Reiner sentait une sueur glacée dégouliner le long de son dos. Son cœur battait à tout rompre et il était tenté de quitter l'agence de location sans attendre. Mais il perdrait alors la caution plus qu'importante dont il avait dû s'acquitter pour pouvoir louer le camping-car.

Il jeta un coup d'œil nerveux en direction de la vitre qui le séparait du bureau dans lequel Gil, l'employé de l'agence qui s'était occupé de lui, discutait avec son patron. Sans doute débattaient-ils de la somme qu'il convenait de retenir pour compenser les dégâts que Natalie avait causés et enfonçant la porte.

Herbert finit par se lever pour aller se servir un verre à la fontaine à eau. Le liquide était si froid que ses dents lui firent mal. Le goût lui parut étrangement désagréable, presque métallique.

Réprimant un soupir, il jeta un nouveau coup d'œil à sa montre. Il avait parfaitement conscience du fait que le temps pressait : chaque minute qui s'écoulait ajoutait à la difficulté qu'il aurait à retrouver Natalie. D'autant qu'il ne pourrait plus compter sur l'effet de surprise, cette fois-ci…

La porte du bureau s'ouvrit et Gil sortit enfin, son dossier à la main.

— Est-ce qu'il y a un problème ? s'enquit Herbert en s'efforçant d'adopter un ton nonchalant.

— Non, lui assura l'employé avec un sourire qui lui parut un peu contraint. C'est juste que je suis nouveau et je ne tiens pas à commettre d'erreur…

Herbert jeta un nouveau coup d'œil en direction du bureau et s'aperçut que le supérieur de Gil était à présent au téléphone. Était-il en train de contacter les autorités ? Avait-il chargé le jeune homme de gagner du temps ?

— Je suis assez pressé, déclara-t-il, de plus en plus nerveux.

Il avisa alors une tache de sang qui maculait sa chaussure

gauche et sentit les battements de son cœur s'accélérer encore un peu plus dans sa poitrine. Il fut de nouveau tenté de s'enfuir sans demander son reste. Mais vu son état physique, il n'était pas sûr d'aller bien loin.

— Nous y voilà ! s'exclama alors l'employé tandis que l'imprimante se mettait à crépiter derrière lui.

Gil récupéra les papiers qui sortaient et entreprit de les reclasser. De plus en plus nerveux, Herbert jeta un coup d'œil en direction du bureau. Il croisa le regard du responsable de l'agence qui détourna presque aussitôt les yeux. Était-ce de la timidité ? De la nervosité ? Ou bien de la duplicité ?

Herbert comprit qu'il ne pouvait courir le risque de s'attarder plus longtemps. Il était sur le point de prendre congé de Gil lorsque ce dernier lui tendit la liasse de documents qu'il venait d'agrafer.

— Il faut que vous signiez ici, lui indiqua-t-il en lui tendant un stylo.

Réprimant son angoisse, Herbert s'exécuta.

— Et ici…

Il signa de nouveau.

— Et enfin, ici.

Il gribouilla un semblant de signature.

— Parfait, déclara Gil en lui tendant une partie des documents.

Il sortit un chéquier et rédigea un chèque qu'il lui tendit.

— Cela couvre votre caution amputée de la franchise pour les réparations, lui indiqua-t-il.

— Merci beaucoup, répondit précipitamment Herbert.

Il se dirigea à grands pas vers la porte de l'agence.

— Au revoir, monsieur Reiner.

— Au revoir, répondit-il en se forçant à sourire.

Une fois à l'extérieur, Herbert prit une profonde inspiration, s'efforçant de se convaincre qu'il s'était laissé emporter par son imagination, que Gil et son patron n'y avaient vu que du feu.

Il ne parvint pourtant pas complètement à s'en persuader et, tandis qu'il se remettait en marche d'un pas légèrement claudiquant en direction d'une autre agence de location, il ne pouvait s'empêcher de penser qu'à tout instant, une voiture de police allait déboucher derrière lui, sirène hurlante.

Il se rappelait en effet l'expression stupéfaite de Gil, lorsqu'il avait découvert la porte arrière du camping-car que Natalie avait enfoncée à coups de pied. Fort heureusement pour Herbert, l'employé n'avait pas remarqué les traces qu'avait laissées le ruban adhésif sur les montants du lit.

Une fois de plus, Herbert se demanda s'il n'aurait pas mieux fait de tuer Natalie au moment où il l'avait capturée. Mais il avait estimé alors que ce serait un châtiment bien trop indulgent pour cette femme qui avait assassiné son épouse.

Comme chaque fois qu'il pensait à Dorie, Herbert sentit ses yeux s'embuer de larmes. Durant près de cinquante-deux ans, elle avait été son point d'ancrage, sa boussole, son alpha et son oméga. Ils avaient tout partagé : les joies et les peines, les enthousiasmes et les déceptions et puis cette terrible maladie qui avait lentement érodé les forces et l'esprit de Dorie.

Herbert écarta ces souvenirs. Il ne pouvait se permettre de s'appesantir sur le passé alors que chaque instant qui s'écoulait offrait à Natalie une chance supplémentaire de lui échapper.

Il était plus décidé que jamais à la rattraper. Et cette fois-ci, il ne se contenterait pas de la torturer en l'accablant de reproches. Il débarrasserait le monde une bonne fois pour toutes de cette engeance. Il lui ferait payer tous ses crimes, à commencer par le meurtre de sa femme.

Encouragé par cette perspective, Herbert pressa encore le pas et ne tarda pas à atteindre l'agence de location. Là, il réserva une camionnette blanche à l'arrière de laquelle il pourrait enfermer Natalie sans crainte qu'elle ne s'échappe, cette fois.

S'efforçant de ravaler son impatience, Herbert signa une nouvelle liasse de documents et rédigea un chèque de caution.

— Est-ce que vous comptez déménager ? lui demanda l'employé en le conduisant jusqu'à la camionnette.

— Il y a juste certaines choses dont j'aimerais me débarrasser, répondit Herbert.

7

Le bar dans lequel ils venaient de pénétrer était assez mal éclairé et il fallut quelques instants à Maureen pour s'accoutumer à la pénombre. La salle principale était bondée mais elle ne vit aucune trace de Natalie.

— Elle est forcément venue ici, murmura-t-elle. Sa moto est toujours garée devant.

— Mais si vous ne vous êtes pas trompée, elle a peut-être déjà trouvé ce qu'elle était venue chercher, remarqua Brick.

— Je vais aller jeter un coup d'œil dans les toilettes. Vous devriez interroger le barman, au cas où.

— Je m'en occupe.

Brick se fraya un chemin en direction du comptoir tandis que Maureen se dirigeait vers la porte située au fond du bar. La délicieuse odeur qui flottait dans l'air éveilla un grondement au creux de son estomac et elle s'aperçut qu'elle n'avait rien avalé depuis la veille au soir.

Poussant la porte des toilettes, elle avisa les deux femmes qui se trouvaient là : l'une d'elles était en train de se remaquiller tandis que l'autre se séchait les mains en parlant d'un homme qu'elle venait apparemment tout juste de rencontrer.

Trois des cabines étaient ouvertes et vides, deux étaient fermées. Comme Maureen s'en approchait, l'une d'elles s'ouvrit, laissant apparaître une femme aux longs cheveux gris vêtue d'un T-shirt fatigué à l'effigie d'un groupe de rock des années 1970.

Maureen pénétra dans la cabine voisine de celle qui était toujours occupée. S'accroupissant, elle jeta un coup d'œil sous la cloison de séparation et aperçut une paire de baskets neuves. D'après Brick, l'infirmière à qui Natalie avait volé sa tenue portait des sabots, mais cette dernière avait eu tout le temps d'acheter ou de voler d'autres chaussures.

Maureen s'assit sur l'abattant des toilettes et attendit que les trois femmes aient fini de se laver les mains et qu'elles aient quitté la pièce.

— Excusez-moi, dit-elle alors à sa voisine, je n'ai plus de papier, ici. Est-ce que vous pourriez m'en donner un peu ?

Sans un mot, la femme déroula une longueur de papier qu'elle lui tendit par-dessous la cloison.

— Merci beaucoup, lui dit Maureen en observant attentivement la main de la jeune femme.

Ses ongles étaient manucurés et vernis, très différents de ceux que Natalie qui étaient toujours coupés très court. Convaincue qu'elle perdait son temps, Maureen actionna la chasse d'eau et fit mine de se laver les mains. La dernière cabine s'ouvrit enfin, laissant apparaître une élégante jeune femme aux cheveux roux coupés au carré.

Elle parcourut la pièce des yeux et fronça les sourcils.

— Vous n'auriez pas vu mon sac ? demanda-t-elle à Maureen.

— Non, désolée.

La jolie rousse poussa un juron bien senti.

— Je n'aurais pas dû le laisser là.

— Est-ce qu'il y avait vos clés de voiture, à l'intérieur ?

Les yeux de la jeune femme s'agrandirent sous l'effet de l'inquiétude.

— Vous croyez qu'on a pu me voler ma voiture ? s'enquit-elle.

— Nous ferions mieux d'aller vérifier.

Elles sortirent des toilettes et se dirigèrent vers la porte du bar. Au passage, Maureen fit signe à Brick de les rejoindre.

— Ce n'est pas vrai, gémit la rousse lorsqu'ils débouchèrent sur le parking. Mon mari va me tuer…

Brick interrogea Maureen du regard.

— Quelqu'un lui a volé son sac et ses clés de voiture, précisa-t-elle. Où étiez-vous garée ?

La rousse désigna une place vacante.

— C'est une Ford Mustang bleue, leur dit-elle. Mon mari me l'a offerte il y a trois mois !

— Vous feriez mieux d'appeler la police, lui suggéra Maureen. Brick, est-ce que vous pouvez l'aider à faire sa déclaration de vol ?

— Que comptez-vous faire, pendant ce temps ? s'enquit-il d'un ton légèrement suspicieux.

— Acheter à manger, répondit-elle. Je meurs de faim. Est-ce que vous voulez que je vous prenne quelque chose ?

Brick secoua la tête. Comme il commençait à interroger la jeune femme au sujet de sa voiture, Maureen réintégra le bar et alla commander au comptoir un menu à emporter. Tandis qu'elle patientait, une voix désagréablement familière retentit derrière elle.

— Ça alors ! Si ce n'est pas l'inspectrice Mortensen…

Elle se retourna pour faire face à Shane Danby, l'un de ses collègues de la police de Billings.

— Qu'est-ce que tu fais ici ? lui demanda-t-elle en fronçant les sourcils.

— On m'a chargé d'interroger Natalie Berkshire dès qu'elle serait en état de parler, expliqua-t-il. Malheureusement, elle a filé avant que je puisse lui poser la moindre question. Mais tu as peut-être eu plus de chance que moi. J'ai cru comprendre que tu t'étais introduite illégalement dans sa chambre…

— Il faut croire que je suis plus rapide que vous, répondit-elle.

— Je me suis aussi laissé dire que cette petite visite t'avait valu de te faire arrêter, répliqua Shane d'un ton moqueur.

— Comme tu le vois, ils ne m'ont pas gardée très longtemps.

— Et j'imagine que tu t'es remise à sa recherche ? Tu comptes probablement toucher la prime !

— Quelle prime ? s'enquit Maureen.

— Tu n'as pas entendu ? Le père d'un gamin qui est mort à cause de Berkshire a mis sa tête à prix. Il offre une généreuse récompense à quiconque la lui ramènera, morte ou vive. Tous les chasseurs de prime de la région se sont mis à sa recherche.

— Morte ou vive ? s'exclama Maureen. Et si jamais elle est innocente ?

Alors même qu'elle prononçait ces mots, elle se demanda si la fréquentation de Brick n'était pas en train de déteindre sur elle.

— Tu es mieux placée que quiconque pour savoir qu'elle est coupable, répondit Shane en haussant les épaules. Tous ces gens ne sont pas morts par hasard.

— La plupart étaient des malades au stade terminal, objecta-t-elle.

Shane éclata d'un rire moqueur.

— Venant de quelqu'un qui était prêt à abattre Natalie Berkshire de sang-froid, ce plaidoyer ne manque pas de sel, ironisa-t-il.

Visiblement, Shane était très bien renseigné sur son compte. Sans doute s'était-il entretenu avec l'un des employés du bureau du marshal.

— Cette garce mérite de subir le même sort que tous les patients qu'elle a assassinés. Si je la retrouve, je te garantis que je tirerai sans hésiter.

— Je comprends mieux pourquoi tu n'as toujours pas décroché un poste à la criminelle, s'exclama Maureen.

Elle savait que c'était un sujet sensible pour lui mais elle ne s'attendait pas à ce qu'il réagisse aussi violemment. Furieux, Shane l'agrippa par la gorge et la plaqua violemment contre le mur le plus proche.

— Tu fais moins la maligne, maintenant, cracha-t-il. Tu sais très bien que la seule raison pour laquelle tu as été acceptée à la Crim, c'est qu'ils avaient besoin de remplir leur quota de femmes. C'est juste de la politique…

Maureen se débattit pour tenter d'échapper à Shane mais ce dernier resserra son étreinte, manquant l'étrangler. Elle vit danser la salle autour d'eux. Puis, brusquement, Shane fut projeté en arrière, la libérant malgré lui.

Haletante, elle s'aperçut que Brick venait de pénétrer dans le bar. Il paraissait furieux et agrippa Shane par les pans de sa veste avant de le plaquer à son tour contre le mur.

— Lâche-moi, pauvre type ! Je suis flic !

— Tu n'es pas le seul. Je suis le marshal Brick Savage. Et je n'aime pas les brutes qui s'en prennent aux femmes.

Maureen aurait adoré voir Brick infliger une correction à Shane mais cela risquait de leur faire perdre un temps précieux. Et si le père de Brick apprenait la chose, ce dernier risquait d'être mis à pied, tout comme elle.

— Lâchez-le, lui conseilla-t-elle donc. Il n'en vaut pas la peine.

Brick s'exécuta et Shane vacilla légèrement sur ses jambes. Mais comme son adversaire faisait mine de se détourner, il s'empara d'une bouteille de bière vide qui était posée sur le bar et s'avança vers Brick. Maureen, qui le connaissait bien, s'était attendue à une manœuvre de ce genre et elle passa immédiatement à l'action.

D'un coup de pied en pleine poitrine, elle le projeta à terre. La bouteille de bière lui échappa et se brisa sur le sol. Comme Shane faisait mine de se relever, Brick lui écrasa la main sur les débris de verre, lui arrachant un cri de souffrance.

— Shane, tu devrais apprendre à te contrôler, lui conseilla-t-elle. Ce serait beaucoup moins douloureux pour toi...

Il lui décocha un coup de pied au tibia mais elle contre-attaqua aussitôt d'un coup à l'aine qui fit se tordre son adversaire de douleur.

— Ne t'avise plus jamais de lever la main sur moi, lui conseilla-t-elle. La prochaine fois, je ne me contenterai peut-être pas de simples coups de pied.

Sur ce, elle alla récupérer le sac en papier qui contenait son déjeuner et que le barman venait de poser sur le comptoir.

— On dirait que ce type a une dent contre vous, remarqua Brick.

— Shane a une dent contre le monde entier, répondit-elle en souriant. Merci pour le coup de main.

— Quelque chose me dit que vous n'auriez eu aucun mal à vous débarrasser de lui sans mon aide.

— Probablement, concéda-t-elle. Mais je vous suis tout de même reconnaissante d'être intervenu. C'était très chevaleresque de votre part.

Il haussa modestement les épaules et tous deux se dirigèrent vers la porte du bar.

— Cette rencontre a eu au moins un mérite, remarqua Maureen. S'il faut en croire Shane, quelqu'un a décidé de financer une chasse à l'homme. Des tas de gens doivent être à la recherche de Natalie, à l'heure qu'il est, ce qui signifie que nous allons devoir nous montrer encore plus rapides…

— Au moins, nous savons quel véhicule conduit Natalie, remarqua Brick tandis qu'ils s'éloignaient du bar en voiture. Et ce vol a permis à mon père de lancer un avis de recherche. Avec un peu de chance, on la retrouvera d'ici une heure ou deux…

Maureen avala la dernière bouchée de la tortilla qu'elle avait commandée et s'essuya la bouche à l'aide d'une serviette en papier.

— Très franchement, j'en doute, déclara-t-elle enfin. Nous sommes au Montana. L'État est immense et il y a des tas de routes secondaires. La police n'aura pas les moyens de toutes les quadriller – surtout pour ce qui n'est officiellement qu'un vol de voiture. De plus, Natalie a grandi dans la région et elle la connaît comme sa poche.

— Pour un flic, vous n'avez pas l'air de vouer une grande confiance aux autorités, remarqua Brick avec une pointe d'amusement.

— C'est parce que je suis flic, justement, que je sais à quoi m'attendre.

Tout en discutant, Maureen avait rallumé son téléphone portable pour consulter une carte des environs.

— Quelle petite ville du coin choisiriez-vous pour vous cacher pendant quelque temps ? s'enquit-elle.

— West Yellowstone, répondit Brick après quelques instants de réflexion. Ou bien Ennis. Mais si je voulais vraiment faire profil bas, je crois que j'opterais pour une ville plus importante. Bozeman, par exemple…

— Ennis…, murmura Maureen. C'est là qu'elle comptait se rendre, en quittant Billings.

— Comment le savez-vous ?

— Elle l'a dit à l'une de ses amies que j'ai interrogées. Apparemment, Natalie a déjà vécu là-bas, il y a quelques années de cela. Il se peut qu'elle ait gardé des contacts sur place.

Brick hocha la tête et prit la direction de l'est pour rejoindre l'autoroute 191. Il obliqua alors vers le nord, en direction de Four Corners. D'après son GPS, il leur faudrait un peu moins d'une heure et demie pour contourner les montagnes et rallier Ennis.

— Il y a une question que je me pose, dit-il alors à Maureen. Comment votre sœur a-t-elle fait la connaissance de Natalie Berkshire ?

— Par l'intermédiaire de l'hôpital de Billings. Une infirmière qui travaillait là-bas la connaissait et lorsque Joey est né, elle a recommandé à Tricia de prendre contact avec elle. Quand Tricia a rencontré Natalie, elle a tout de suite accroché. Quelques jours plus tard, elle l'engageait pour s'occuper du bébé en s'installant chez eux.

— Elles s'entendaient bien ?

— Très bien. Tricia était heureuse d'avoir trouvé quelqu'un de si expérimenté, bien sûr, mais il y avait plus que cela… Natalie avait le don de mettre à l'aise tous les gens qu'elle rencontrait. Elle vous donnait immédiatement l'impression que vous pouviez lui faire confiance, que vous pouviez tout lui dire. J'imagine que c'est la raison pour laquelle tant de gens se sont fait duper durant si longtemps…

— Si elle est coupable, remarqua Brick.

Maureen haussa les épaules.

Ils dépassèrent alors la route de Gallantin Canyon qui menait au ranch des Cardwell et Brick fut traversé par une funeste prémonition. Sans pouvoir s'expliquer pourquoi, il eut brusquement l'impression qu'il ne reverrait jamais la maison familiale.

Il écarta cette idée absurde. Il ne croyait pas aux prémonitions et était convaincu que ce genre d'hallucinations ferait la joie de son psychologue. Pourtant, il ne parvenait pas à se défaire de l'angoisse sourde qui s'était insinuée en lui.

— Que savez-vous du passé de Natalie ? demanda-t-il à Maureen histoire de se changer les idées.

— Pas grand-chose d'intéressant, avoua-t-elle. Elle est fille unique de deux éleveurs de l'est du Montana. Elle a grandi dans un ranch. Elle était très bonne en classe et a même fini major de sa promotion au lycée. Après avoir brillamment réussi ses examens, elle a opté pour une école d'infirmière où elle a eu d'excellentes notes. Elle a travaillé pour deux hôpitaux avant de s'installer à son compte comme infirmière libérale.

— Et elle n'a jamais eu de démêlés avec la justice ? s'enquit Brick.

— Jamais. Je n'ai pas même trouvé une infraction routière ou une contravention… En revanche, un nombre important de ses patients sont morts.

— Mais la plupart étaient en fin de vie, n'est-ce pas ? Et elle n'avait encore jamais été suspectée d'avoir tué qui que ce soit ?

— C'est exact. Mais cela ne signifie pas qu'elle ne l'ait pas fait. Peut-être s'est-elle juste montrée plus prudente ou a-t-elle eu la chance de tomber sur des médecins légistes moins pointilleux…

Brick trouvait toujours aussi déconcertante la facilité avec laquelle une personne pouvait se transformer en bouc émissaire. Que Natalie soit coupable ou pas, elle était désormais accusée de tous les maux.

— À quoi est-ce que vous pensez ? lui demanda Maureen au bout de quelques instants.

— Au fait qu'à ce stade, nous n'avons toujours pas de

preuve qu'elle ait commis le moindre crime, répondit-il. Et en tant que policier, nous nous devons de respecter la présomption d'innocence. Dans le cas contraire, nous ne vaudrions guère mieux que votre ami Shane Danby.

Maureen détourna les yeux.

— Vous avez peut-être raison, concéda-t-elle à regret.

Elle appuya la tête contre la vitre de la voiture et demeura silencieuse, plongée dans ses pensées. Quelques minutes plus tard, elle sombrait dans le sommeil.

Maureen se réveilla en hurlant et en se débattant.

— Tout va bien, tenta de la rassurer Brick. Vous avez fait un cauchemar…

— Je suis désolée, s'excusa-t-elle en s'efforçant de maîtriser l'angoisse qui l'étreignait.

Mais l'image de sa sœur pendue restait gravée dans son esprit. Dans le regard de Brick, elle lut une évidente curiosité qu'elle se garda de satisfaire. Fort heureusement, il était bien trop poli pour la presser de questions. Passant machinalement les mains dans ses cheveux, elle observa la petite ville dans laquelle ils venaient de pénétrer.

— Est-ce que nous sommes arrivés à Ennis ? s'enquit-elle.

— Oui, répondit Brick.

C'était une charmante bourgade qui devait tirer l'essentiel de ses revenus du tourisme, s'il fallait en croire le nombre de motels, de restaurants, de boutiques de souvenirs et de magasins d'articles de sport et de randonnée.

— Pas étonnant que Natalie ait choisi de s'installer dans cette ville, remarqua Maureen. On dirait qu'il y a plus de visiteurs que de locaux, par ici. Elle ne devrait pas avoir de mal à passer inaperçue.

— Une ville touristique est aussi l'endroit idéal pour trouver rapidement du travail, d'autant que la saison vient à peine de commencer, renchérit Brick. Natalie pourra facilement se faire engager comme serveuse, comme femme de chambre ou comme nounou…

— Nous devrions commencer par faire le tour des motels pour voir si elle a pris une chambre quelque part, suggéra Maureen.

Brick secoua la tête.

— Tous les hôtels demandent à leurs clients un passeport ou une carte d'identité. Or Natalie n'avait pas de papiers sur elle, la nuit où je l'ai trouvée.

— Exact, concéda Maureen. Et sans papiers d'identité, elle ne pourra pas non plus louer un appartement…

— À moins qu'elle n'en ait déjà un, remarqua Brick. Après tout, si elle comptait vraiment venir s'installer à Ennis en quittant Billings, elle avait peut-être déjà réservé un logement…

— Bien vu, acquiesça Maureen. Dans ce cas, nous devrions passer dans les agences immobilières.

Ils se garèrent en centre-ville et, après avoir récupéré la liste des agences sur Internet, ils entreprirent de les visiter les unes après les autres. La troisième fut la bonne. Après s'être assuré que Brick était bien de la police, le gérant leur confirma qu'il avait effectivement loué un appartement meublé à Natalie Berkshire, quelques semaines auparavant.

Il s'agissait d'un petit deux-pièces situé en centre-ville et qui disposait d'un garage. Natalie s'était fait envoyer les clés à Billings mais le gérant ignorait si elle avait pris possession des lieux depuis.

En quittant l'agence, ils reprirent le pick-up pour se rendre directement à l'adresse que l'homme leur avait indiquée. Si Maureen avait vu juste, ils avaient une chance d'arrêter Natalie et d'obtenir des réponses aux questions qu'ils se posaient.

— Maureen, je vous rappelle que nous sommes là pour

arrêter Natalie et la ramener à Big Sky, déclara Brick. Vous devez me promettre que vous ne chercherez pas à vous venger comme vous avez tenté de le faire à l'hôpital.

— Ne vous en faites pas pour ça, lui dit-elle. Je ne tiens pas à ce que vous m'arrêtiez, moi aussi. Et puis, j'aimerais que Natalie m'explique ce qui est arrivé à ma sœur, si elle ne s'est pas suicidée.

Maureen paraissait sincère et Brick se détendit légèrement.

— Quant à vous, reprit-elle, tâchez de ne pas vous laisser aveugler par vos propres a priori : si c'est moi qui ai raison et qu'elle est vraiment coupable, elle n'hésitera pas à se défendre. Ne baissez surtout pas la garde.

— Je ne compte prendre aucun risque inutile, acquiesça Brick.

Il leur fallut moins de dix minutes pour traverser la ville et parvenir à destination. L'adresse qu'on leur avait indiquée était celle d'une maison particulière qui avait été scindée en trois appartements indépendants. Deux bicyclettes étaient accrochées dans le petit jardin. Le garage pouvait accueillir deux voitures. L'une des portes était ouverte, laissant voir un pick-up assez compact. L'autre était fermée.

— Vous croyez qu'elle a caché la Mustang volée à l'intérieur ? demanda-t-il à Maureen.

— Possible, répondit-elle. À moins qu'elle n'ait déjà changé de véhicule.

Ils descendirent de voiture et s'avancèrent vers la maison.

— L'appartement qu'a loué Natalie est situé à l'étage, indiqua Brick.

Ils traversèrent le petit jardin et poussèrent la porte d'entrée qui n'était pas verrouillée. Le petit hall dans lequel ils pénétrèrent comportait une porte permettant d'accéder à l'appartement occupant le rez-de-chaussée.

Ils empruntèrent l'escalier qui menait à l'étage supérieur, lui-même séparé en deux appartements.

— Droite ou gauche ? s'enquit Maureen.

— C'est celui de droite, répondit Brick en s'approchant de la porte.

Il frappa et attendit quelques instants. Aucun bruit ne leur parvint de l'intérieur de l'appartement. Brick essaya la poignée et, à sa grande surprise, il s'aperçut que la porte n'était pas verrouillée. Il sortit alors son arme de son holster.

-- Restez derrière moi, souffla-t-il à Maureen.

Elle hocha la tête et ils entrèrent. La pièce principale était meublée de façon simple mais confortable. Sur la droite, il y avait un coin salon avec un canapé, une table basse et une télévision. Sur la gauche s'ouvrait une cuisine américaine petite mais bien équipée. Entre les deux, au milieu de la pièce, se trouvait une table entourée de quatre chaises.

Brick alla ouvrir la porte qui donnait sur la chambre à coucher qui était tout aussi déserte. Il vérifia enfin la petite salle de bains attenante.

— Elle est bien venue ici et elle en a profité pour changer d'apparence, remarqua Maureen en désignant la corbeille qui contenait des cheveux et une bouteille de teinture rousse.

De retour dans la pièce principale, Brick ramassa le journal qui était posé sur la table basse.

— Il est daté d'aujourd'hui, confirma-t-il avant de le feuilleter rapidement. Vous aviez raison, ajouta-t-il en tendant le journal à Maureen. Elle cherche bien du travail.

Maureen jeta un coup d'œil aux petites annonces que Natalie avait entourées. Il s'agissait d'offres d'emploi – deux postes de serveuse et un de nourrice chez une famille de la ville.

— Avec un peu de chance, elle est en train de passer des entretiens, remarqua Brick. Si c'est le cas, nous n'aurons qu'à l'attendre tranquillement ici.

Maureen secoua la tête.

— Je ne pense pas qu'elle revienne, déclara-t-elle. Elle a emporté toutes ses affaires. Le fait qu'elle n'ait même pas pris la peine de fermer la porte à clé semble indiquer qu'elle s'est enfuie de façon assez précipitée. Espérons qu'elle ne s'est pas de nouveau fait enlever…

— Si tel était le cas, il y aurait probablement des traces de lutte, déclara Brick.

Ils entreprirent de fouiller l'appartement de façon méthodique, au cas où Natalie aurait laissé un quelconque indice. Mais ils ne trouvèrent rien de plus. Ils allèrent ensuite frapper à la porte de l'appartement d'en face. Un homme d'une vingtaine d'années leur ouvrit.

— Désolé de vous déranger, lui dit Brick en présentant son badge de marshal. Nous aurions quelques questions à vous poser au sujet de votre voisine.

— La jolie rousse ? Je ne peux pas vous dire grand-chose à son sujet. Elle n'est arrivée qu'aujourd'hui. Je ne sais même pas comment elle s'appelle.

— Natalie, répondit Brick. Elle est accusée de vol de moto, de voiture et de sac à main, et soupçonnée de meurtre.

Le jeune homme ouvrit de grands yeux.

— Incroyable ! s'exclama-t-il. Elle ne ressemble pas du tout à une criminelle…

— Comme quoi, il ne faut pas se fier aux apparences, murmura Maureen en jetant un regard appuyé en direction de Brick.

— Est-ce que par hasard vous sauriez quelle voiture elle conduisait ? s'enquit ce dernier.

— Une Ford Mustang bleue, répondit le jeune homme.

— C'est bien la voiture de la fille du bar, acquiesça Maureen.

Ils posèrent encore quelques questions au voisin de Natalie mais ce dernier ne put rien leur apprendre de plus. Ils allèrent ensuite interroger le couple qui habitait au rez-de-chaussée. Eux n'avaient même pas remarqué l'arrivée de la jeune femme.

Passablement dépités, ils regagnèrent leur pick-up. Mais comme ils s'apprêtaient à monter à bord, Brick avisa un morceau de papier qui était glissé sous l'un des essuie-glaces avant. Il le prit et le déplia pour lire les quelques lignes manuscrites qui y figuraient.

— Qu'est-ce que c'est ? lui demanda Maureen, curieuse.

Il lui tendit le papier et elle reconnut aussitôt l'écriture de Natalie.

Vous perdez votre temps en me poursuivant de cette façon. Si vous voulez vraiment découvrir ce qui est arrivé à Tricia, vous devriez rechercher l'homme qu'elle fréquentait. Je ne l'ai vu qu'une seule fois et je ne connais pas son nom. Mais je sais que Tricia et lui étaient amants. Il mesure environ un mètre quatre-vingt-dix, a les yeux bleus et les cheveux blonds. Si ce n'est pas lui qui a tué Joey et Tricia, il sait peut-être qui est responsable.

— Vous étiez au courant ? demanda Brick à Maureen.

Elle secoua la tête.

— Ma sœur ne m'a jamais parlé de cet homme. Mais Natalie l'a peut-être inventé.

— Pourquoi ferait-elle une chose pareille ? objecta Brick.

Maureen haussa les épaules.

— Pour nous lancer sur une fausse piste et gagner du temps ? suggéra-t-elle d'une voix qui manquait de conviction.

Elle se demanda si c'était de cela que Natalie avait voulu lui parler, le jour où Joey était mort.

— Je vais appeler mon père pour lui transmettre son nouveau signalement. Avec un peu de chance, quelqu'un finira par la repérer…

Joignant le geste à la parole, il décrocha son téléphone et appela le bureau du marshal.

— Brick ? s'exclama Hud en décrochant. Est-ce que tu es toujours avec Maureen ?

— Toujours, confirma-t-il. Et nous avons retrouvé la trace de Natalie.

— Où ça ?

— À Ennis. Apparemment, c'est là qu'elle avait l'intention de venir s'installer en quittant Billings. Nous avons trouvé l'appartement qu'elle avait loué. Malheureusement, l'oiseau avait déjà quitté le nid.

Son père grommela quelque chose qui ressemblait beaucoup à un juron.

— Je ne te le fais pas dire, reprit Brick. Quoi qu'il en soit, je te confirme qu'elle est toujours au volant de la Mustang bleue. En revanche, elle s'est coupé les cheveux et les a teints en roux.

— Je vais mettre à jour l'avis de recherche, déclara Hud. En dépit de mes réticences initiales, je dois reconnaître que vous avez fait du bon boulot.

Après leurs derniers entretiens, Brick ne s'était pas attendu à recevoir de telles félicitations. Cela atténua un peu le sentiment de frustration qu'il éprouvait depuis qu'ils avaient trouvé l'appartement vide.

— Avez-vous la moindre idée d'où elle pourrait se rendre, à présent ?

— Si quelqu'un a une chance de le découvrir, c'est Maureen. Elle connaît parfaitement son dossier.

— Est-ce que tu es sûr de pouvoir lui faire confiance ?

Brick jeta un coup d'œil en direction de la jeune femme qui étudiait attentivement le mot que leur avait laissé Natalie.

— Je pense qu'elle a renoncé à se venger – au moins momentanément. Elle veut surtout savoir ce qui est vraiment arrivé à son neveu et à sa sœur.

Hud demeura quelques instants silencieux.

— D'accord, soupira-t-il enfin. Je te laisse carte blanche. Tâche de localiser Natalie avant que quelqu'un d'autre lui mette la main dessus.

— À ce propos, est-ce que tu as réussi à obtenir des informations au sujet du camping-car ?

— À l'instant. Un véhicule endommagé a été récemment restitué par un certain Herbert Lee Reiner dont je vais t'envoyer le dossier par mail. Or Natalie s'est occupée de la femme de cet homme, qui souffrait d'une sclérose en plaques. Elle est morte il y a deux ans de cela. Sur le moment, les médecins ont estimé qu'il s'agissait d'une mort naturelle mais le dossier a été rouvert par la justice depuis l'affaire de Billings.

— Apparemment, Maureen n'était pas la seule à vouloir se venger.

— Tu ne crois pas si bien dire, soupira Hud. Il semblerait que le père de l'une des victimes ait promis une prime à qui la retrouverait en premier.

— Nous avons entendu dire la même chose, confirma Brick. Est-ce qu'on sait dans quel véhicule se déplace Reiner, à présent ?

— Oui. Il a loué une petite fourgonnette blanche dont je vais t'envoyer l'immatriculation.

— Parfait. Je t'enverrai un message dès que Maureen et moi aurons arrêté une stratégie pour la suite.

— Fais attention à toi, fiston.

— C'est promis. Embrasse maman de ma part.

— Ce sera fait.

Brick raccrocha et se tourna vers Maureen qui avait écouté la fin de leur conversation.

— Il vous a donné sa bénédiction pour continuer ? lui demanda-t-elle.

— En quelque sorte.

— Bien. Que suggérez-vous, maintenant ?

— La nuit ne va pas tarder à tomber, répondit-il. Nous ferions sans doute mieux d'aller manger un morceau. Puis nous chercherons un motel où passer la nuit.

— Vous ne préférez pas rentrer à Big Sky ?

— Pour le moment, nous n'avons aucun moyen de savoir dans quelle direction est partie Natalie, déclara-t-il enfin. Si cela se trouve, elle est toujours en ville…

8

Herbert était en train de terminer son dîner lorsqu'il les vit entrer dans le restaurant.

Il reconnut aussitôt la sœur de Tricia dont il avait vu la photo à plusieurs reprises dans les journaux. Elle avait assisté au procès de Natalie et avait même témoigné. Puis, lorsque Natalie avait été relâchée, elle avait été mise à pied par ses supérieurs.

Elle était accompagnée de Brick Savage, le marshal de Big Sky qui avait retrouvé Natalie, le soir où elle s'était enfuie du camping-car.

Tout comme lui, ils devaient savoir qu'Ennis était la ville où Natalie avait prévu de venir se réfugier lorsqu'elle avait quitté Billings.

Après avoir restitué le camping-car, Herbert était venu directement ici. Il avait passé la majeure partie de la journée à écumer les hôtels de la ville et à interroger les employés en leur montrant la photo de Natalie. Mais personne ne semblait l'avoir aperçue.

Visiblement, Maureen Mortensen et Brick Savage n'avaient pas eu beaucoup plus de chance que lui. Mais peut-être leur restait-il encore quelques pistes à explorer.

Et dans ce cas, il ferait sans doute mieux de les suivre en espérant qu'ils le conduiraient jusqu'à Natalie.

Mais en attendant, il allait devoir se montrer très discret.

Brick et Maureen traversèrent la salle du restaurant pour aller s'installer à la table que leur avait désignée la serveuse. Elle leur laissa le temps d'étudier le menu avant de venir prendre leur commande.

— Est-ce que vous voulez boire quelque chose en attendant ? leur demanda-t-elle.

Brick interrogea du regard Maureen qui répondit par un petit haussement d'épaules.

— Nous ne sommes pas de service, lui dit-elle. Et j'ai bien besoin d'un remontant. Je vais vous prendre un verre de vin blanc sec.

— Et moi, un bourbon, s'il vous plaît.

— Je vous apporte ça tout de suite.

Quelques instants plus tard, elle revint avec leurs boissons et un petit bol de guacamole accompagné de nachos.

— À notre collaboration, fit Brick en levant son verre.

— Pas très fructueuse, j'en ai peur, soupira Maureen en trinquant avec lui.

— Ne soyez pas défaitiste : nous avons réussi à localiser Natalie et nous l'avons forcée à fuir. Sans papiers d'identité et sans argent, elle risque d'avoir beaucoup de mal à retrouver un logement…

— C'est vrai, concéda Maureen avec un pâle sourire. J'imagine que sa seule option, désormais, c'est de se tourner vers ses proches.

— Savez-vous si elle a de la famille ? Ou un petit ami ?

— Elle a été mariée à un médecin qui travaille à l'hôpital central d'Helena, mais elle est divorcée. Sa mère est morte, il y a quelques années de cela. Son père est toujours vivant, lui, mais j'ai cru comprendre qu'ils ne s'entendaient pas très bien.

— Elle a peut-être des amis dans la région ?

— Certainement, acquiesça Maureen. Elle a fait ses études à l'université de l'État du Montana, à Bozeman. Nous y étions à la même époque.

— Et vous ne vous êtes pas croisées ?

— Non. Mais le campus est immense et nous suivions des cursus différents.

— Qu'avez-vous étudié, là-bas ?

— Le droit. Initialement, je voulais devenir procureure. Mais en cours de route, je me suis réorientée vers la police. J'avais envie de travailler directement sur le terrain. J'imagine que vous, vous saviez dès le départ ce que vous vouliez faire…

— Pourquoi dites-vous cela ?

— Parce que votre père est marshal, bien sûr.

— C'est vrai, concéda Brick. Mais curieusement, l'idée de suivre ses traces ne m'avait pas effleuré, jusque très récemment.

Elle l'observa avec curiosité.

— Ma mère est issue d'une longue lignée de ranchers, expliqua-t-il. Elle nous a toujours poussés dans cette voie. Et en sortant de l'université, mon frère, ma cousine et moi avons loué nos services aux éleveurs de la région.

— Alors, vous êtes un véritable cow-boy ? lui demanda-t-elle avec une pointe d'ironie.

— On peut dire ça, en effet, acquiesça-t-il.

Ils furent interrompus par la serveuse qui leur apportait les plats qu'ils avaient commandés.

— Alors, pourquoi ce brusque changement de vocation ?

Brick hésita quelques instants avant de lui répondre. Il n'aimait pas parler de ce qui lui était arrivé au Wyoming. Et il n'était toujours pas tout à fait sûr de pouvoir faire confiance à Maureen. Mais l'intérêt qui se lisait en cet instant dans ses beaux yeux bleus paraissait sincère.

— La dernière transhumance à laquelle j'ai participé a tourné au cauchemar. L'ex-mari de la femme pour laquelle nous travaillions nous a attaqués. L'un de ses hommes m'a tiré dessus et je l'ai tué. Ensuite, j'ai passé plusieurs semaines à l'hôpital et des mois en rééducation.

— Je suis désolée, murmura Maureen.

— Lorsque je suis sorti de l'hôpital, j'ai eu une sorte de révélation, poursuivit Brick. Je me suis dit que je venais de me voir accorder une seconde chance et que je devais faire quelque chose de ma vie – quelque chose de plus important que de convoyer des vaches… Quand j'ai appris qu'un poste supplémentaire devait être ouvert au bureau du marshal, j'ai pensé que c'était peut-être un signe. Dès que j'ai été en état de le faire, je me suis inscrit au centre de formation des marshals, à Bozeman.

— Qu'en a pensé votre père ?

— Je crois que, secrètement, il est heureux que l'un de ses fils ait décidé de suivre ses pas. Mais ma mère est loin d'être ravie.

— Je peux la comprendre, concéda Maureen. Il ne doit pas être facile de voir son fils courir de tels risques…

— Qu'est-ce que vos parents vous ont dit lorsque vous leur avez annoncé que vous vouliez entrer dans la police ?

— Mes parents sont morts lorsque j'étais encore enfant, répondit-elle.

— Je suis désolé.

— C'est du passé, répondit Maureen en haussant les épaules.

Brick ne fut pas dupe de cette fausse désinvolture. Dans ses yeux, il lisait un mélange de souffrance et de tristesse qui lui étreignit le cœur.

— Est-ce que le métier de marshal est à la hauteur de vos attentes ? lui demanda-t-elle alors.

— Pour être tout à fait honnête, c'est la première fois que je suis sur le terrain.

Maureen le considéra avec étonnement.

— Mon père tient à s'assurer que je ne souffre pas d'un syndrome post-traumatique après ce qui s'est passé au Wyoming.

— Est-ce le cas ? s'enquit Maureen, curieuse.

— Très franchement, je n'en sais rien, avoua Brick. Durant la journée, je n'ai pas l'impression que ce souvenir m'affecte outre mesure. Mais je fais des cauchemars presque chaque nuit.

— Je connais ça, acquiesça Maureen d'un air sombre. Depuis la mort de ma sœur, je n'arrête pas de rêver de ce qui s'est passé…

— C'est ce qui vous est arrivé tout à l'heure dans la voiture ?

Maureen hocha la tête. Brick se prit alors à songer qu'en dépit des apparences, tous deux avaient beaucoup de choses en commun.

Comme il s'apprêtait à reprendre la parole, son téléphone portable fit entendre un léger tintement lui annonçant qu'il venait de recevoir un e-mail. Il sortit l'appareil de sa poche et jeta un coup d'œil à sa messagerie.

— Ce sont les informations que mon père devait m'envoyer, dit-il à Maureen. Ils ont réussi à identifier l'homme qui a enlevé Natalie.

Il ouvrit le dossier de Reiner et le parcourut avant de tendre le téléphone à la jeune femme.

— Ça vous dit quelque chose ?

Les yeux de Maureen s'agrandirent sous l'effet de la surprise.

— Il était là ! s'exclama-t-elle en relevant les yeux

pour scruter la salle. Lorsque nous sommes entrés dans le restaurant, il était assis là-bas, au fond.

— Vous en êtes sûre ?

— Certaine. Je me suis même dit qu'il nous observait bizarrement…

Brick laissa échapper un juron et fit signe à la serveuse.

— Excusez-moi, lui dit-il en lui montrant la photo de Reiner. Cet homme a-t-il mangé ici, ce soir ?

— Oui, répondit-elle, étonnée.

— Je suis marshal, lui indiqua Brick en sortant son badge. Que pouvez-vous me dire à son sujet ?

— Pas grand-chose. Il était très gentil et poli.

— Est-ce qu'il a payé par carte ?

— Non, en liquide. Il m'a même laissé un généreux pourboire.

— Quand est-il parti ?

— Juste après que vous êtes arrivés.

— Et vous ne l'aviez jamais vu auparavant ?

— Jamais.

— S'il revient manger ici, je veux que vous m'appeliez immédiatement. C'est d'accord ?

La jeune femme acquiesça et prit la carte de visite qu'il sortit de son portefeuille.

— Est-ce qu'il est dangereux ? s'enquit-elle, un peu inquiète.

— Vous n'avez strictement rien à craindre, lui assura Brick.

Tandis qu'elle s'éloignait, il se tourna de nouveau vers Maureen.

— Tout cela ne me dit vraiment rien de bon, déclara-t-elle. Nous ne pouvons courir le risque que cet homme retrouve Natalie avant nous.

— Je suis d'accord, acquiesça Brick. Dès demain, nous rendrons visite à toutes les personnes auxquelles Natalie aurait pu demander de l'aide. Avec un peu de chance, nous finirons par trouver quelqu'un qui pourra nous mettre sur la bonne voie.

Ils finirent leur dîner puis se rendirent à leur motel.

— Vous avez peur que je m'enfuie pendant la nuit ? lui demanda Maureen en découvrant la chambre équipée de lits jumeaux que Brick avait réservée.

— On ne peut rien vous cacher, répondit-il.

— Vous savez que si j'avais vraiment voulu vous fausser compagnie, j'aurais eu maintes fois l'occasion de le faire au cours de la journée.

— Qu'est-ce qui vous en a empêchée ?

— Je pense que j'ai plus de chances de retrouver Natalie avec vous que sans vous. Contrairement à moi, vous avez toujours votre insigne.

— Et moi qui commençais à croire que vous m'appréciiez vraiment..., ironisa Brick.

Elle le regarda droit dans les yeux.

— C'est le cas, lui dit-elle gravement. Vous êtes quelqu'un de bien, Brick Savage. Et je regrette que nous ne soyons pas rencontrés en d'autres circonstances.

C'était une réflexion que Brick s'était faite à plusieurs reprises au cours du dîner. Maureen Mortensen était incontestablement l'une des femmes les plus séduisantes qu'il lui ait jamais été donné de rencontrer et il aurait été très facile de s'abandonner à l'attirance qu'elle exerçait sur lui.

Mais en dépit de ce qu'il avait assuré à son père, il n'était toujours pas complètement sûr de pouvoir lui faire confiance. Le désir de vengeance qui l'animait était toujours vivace et il ne pouvait le lui reprocher. Lui-même ne réagirait-il pas de la même façon s'il avait perdu deux membres de sa famille ?

— Malheureusement, nous ne pouvons faire abstraction de ces circonstances, répondit-il à regret.

— Je sais, acquiesça-t-elle.

La pointe de déception qu'il crut déceler dans son regard reflétait parfaitement son propre état d'esprit.

Ce matin-là, Brick fut réveillé par le bruit de la douche qui coulait dans la salle d'eau attenante. Il lui fallut quelques instants pour se rappeler où il se trouvait et il prit alors conscience du fait que, pour la première fois depuis plusieurs semaines, son sommeil n'avait pas été peuplé de cauchemars.

Il se sentait nettement plus frais et reposé. Était-ce parce qu'après des mois d'inactivité frustrante, l'occasion lui était enfin donnée d'agir ? À moins que la compagnie de Maureen n'exerce sur lui un effet salutaire. Il lui semblait en effet avoir rêvé d'elle, cette nuit-là.

Alors même que le souvenir de ce rêve remontait à la surface de sa mémoire, la porte de la salle de bains s'ouvrit et elle en sortit, uniquement vêtue d'une serviette. Brick détourna pudiquement les yeux non sans avoir remarqué ses longues jambes au galbe parfait.

— Oh ! vous êtes réveillé, constata-t-elle en se dirigeant vers son sac pour y chercher des vêtements propres. La salle de bains est à vous.

Brick hésita un instant, conscient du fait que son caleçon ne dissimulerait pas la réaction que lui inspirait la vue de la jeune femme.

— J'ai déjà vu des hommes moins habillés, vous savez, lui dit-elle d'un ton moqueur.

Il se redressa et prit une tenue de rechange ainsi que les clés du pick-up qui étaient posées sur sa table de nuit. Il ne tenait pas à ce que Maureen profite de sa douche pour s'éclipser.

Contrairement à lui, elle ne se gêna pas pour le suivre

des yeux tandis qu'il se dirigeait vers la salle de bains. Autrefois, Brick aurait probablement considéré cette marque d'intérêt comme un encouragement et n'aurait pas manqué d'y répondre.

Mais comme il l'avait expliqué à Maureen, la veille au soir, son expérience au Wyoming l'avait profondément transformé. Rétrospectivement, la succession de liaisons sans lendemain qu'il avait accumulées au fil des années lui paraissait vaine. Ce qu'il espérait trouver, aujourd'hui, c'était une relation profonde et enrichissante comme celle qui unissait Angus, son frère jumeau, et Jinx, la fiancée de ce dernier.

Évidemment, cela ne l'empêchait pas d'être réceptif à l'indéniable pouvoir de séduction que Maureen exerçait sur lui. Aussi opta-t-il pour une douche froide qui l'aiderait peut-être à se remettre les idées en place.

Une fois lavé et rasé de frais, il s'habilla et quitta la salle de bains. Presque sans surprise, il constata que Maureen avait disparu…

9

Lorsque Maureen revint de la boulangerie, Brick la considéra avec un mélange d'étonnement et de réprobation.

— Vous avez cru que je m'étais enfuie ? lui demanda-t-elle en souriant malicieusement.

— Vous auriez quand même pu me laisser un mot ! s'exclama-t-il.

Elle se sentit un peu coupable de ne pas y avoir pensé mais ne put s'empêcher de rire.

— Je ne vois pas ce que ça a de drôle, protesta-t-il.

— Nous nous connaissons à peine mais, à vous entendre, on pourrait nous prendre pour un vieux couple, répondit-elle.

Malgré lui, Brick ne put s'empêcher de sourire.

— C'est vrai, reconnut-il. Je suis désolé. Après tout, vous ne m'avez donné aucune raison de me méfier de vous depuis que nous avons quitté Big Sky.

Le fait que Brick fasse ainsi amende honorable ne surprit pas Maureen outre mesure. En voyageant avec lui, elle avait rapidement découvert que dans son cas, les apparences pouvaient être trompeuses. Il n'avait rien du cow-boy arrogant et séducteur qu'elle avait cru voir en lui initialement.

Au contraire, même, il s'était révélé être un homme sensible, prévenant et respectueux. Elle était convaincue que l'expérience qu'il avait vécue dans le Wyoming l'avait profondément transformé. Et elle ne pouvait nier la fascination qu'elle éprouvait envers quelqu'un qui était assez fort psychologiquement pour ne pas avoir peur d'avouer ses faiblesses.

— Je nous ai rapporté des donuts, déclara-t-elle en posant le sac en papier kraft sur la table basse. Je vous ai aussi pris un café. Je crois que vous l'aimez avec de la crème mais sans sucre…

Il la considéra avec étonnement.

— Comment le savez-vous ?

— Je n'ai pas beaucoup de mérite. Il y avait une tasse en carton dans votre voiture, avec votre prénom et les options que vous aviez choisies inscrits dessus.

— Vous êtes très observatrice, remarqua-t-il.

Elle haussa modestement les épaules.

— C'est une déformation professionnelle.

— Que diriez-vous d'aller prendre le petit déjeuner dehors ? J'ai vu qu'il y avait une table dans le jardin du motel.

— Excellente idée, acquiesça-t-elle.

Ils allèrent s'installer à l'extérieur et, tout en sirotant son café, Maureen admira la silhouette majestueuse des montagnes qui se dressaient à l'est de la ville. Elle fut tirée brusquement de cette contemplation par la sonnerie de son téléphone.

— C'est mon beau-frère, indiqua-t-elle à Brick.

Il hocha la tête et elle décrocha.

— Maureen ? C'est Thomas.

— Comment vas-tu ? Est-ce que ton séminaire s'est bien passé ?

— Très bien, merci. Et je me disais qu'on pourrait aller manger un morceau, si tu es toujours à Big Sky.

— Ce n'est pas le cas, hélas.

— Tu es rentrée à Billings.

— Non. Je suis à Ennis.

— Tu as décidé de prendre des vacances ? s'enquit Thomas, surpris.

Elle hésita quelques instants avant de lui répondre, convaincue qu'il désapprouverait ce qu'elle était en train de faire. Mais elle ne pouvait le lui cacher : après tout, il était la personne la plus directement concernée par l'enquête que Brick et elle étaient en train de mener.

— C'est ici que Natalie avait l'intention de venir s'installer en quittant Billings, répondit-elle.

Un silence interminable s'ensuivit et elle crut un moment qu'il allait lui raccrocher au nez.

— Tu m'avais promis de renoncer à cette enquête, lui dit-il enfin.

— Non, répondit-elle. J'ai promis de ne plus t'y mêler puisque tu ne voulais plus entendre parler de Natalie. Mais moi, je n'ai jamais renoncé.

— C'est de la folie, Maureen ! Joey et Tricia sont morts. Tu ne vas pas gâcher ta vie, toi aussi ! Tu as déjà été suspendue à cause de ton obsession malsaine pour cette histoire.

— Ce n'est pas une question d'obsession mais de justice ! protesta vivement Maureen. Tricia était ma sœur.

— Et elle était la femme que j'aimais, lui rappela Thomas. Je l'ai perdue et j'ai perdu mon fils.

— Justement, je ne laisserai pas Natalie s'en tirer à si bon compte, déclara-t-elle. Elle doit payer pour ce qu'elle a fait.

— Je te rappelle qu'elle a été innocentée.

— Faute de preuves, acquiesça Maureen. Et je compte justement en apporter.

— Et comment espères-tu y parvenir alors que ni le procureur ni tes collègues de Billings n'ont rien trouvé ?

— En l'espace de deux jours, j'en ai déjà appris beaucoup plus qu'eux, lui dit-elle.

Elle s'abstint cependant d'entrer dans les détails. Thomas avait déjà suffisamment souffert et elle ne comptait pas ajouter à sa détresse en lui parlant de l'amant dont Natalie avait évoqué l'existence. Elle se garda aussi d'évoquer l'hypothèse que Tricia ait pu être assassinée tant qu'elle n'aurait pas une preuve indiscutable.

— Le plus atroce, dans cette histoire, c'est que Joey serait mort avec ou sans l'intervention de Natalie. Les médecins ne nous l'ont jamais caché : ils étaient convaincus que, au mieux, il ne survivrait que quelques années. Mais Tricia ne voulait pas l'entendre. C'est pour cela qu'elle s'est suicidée…

Sa voix se brisa et elle l'entendit sangloter doucement. Son cœur se serra dans sa poitrine. Depuis qu'ils s'étaient rencontrés à l'université, elle avait toujours considéré Thomas comme une sorte de grand frère. C'était elle qui l'avait présenté à Tricia. Elle avait aussi été témoin à leur mariage.

Comment les choses avaient-elles bien pu en arriver là, en l'espace de quelques années ? Maureen aurait voulu se convaincre que c'était uniquement la faute de Natalie mais, en son for intérieur, elle sentait confusément que les choses étaient plus compliquées.

Les difficultés que Tricia et Thomas avaient rencontrées lorsqu'ils avaient décidé de faire un enfant, puis la découverte des handicaps graves de Joey avaient incontestablement miné leur couple. Se pouvait-il que sa sœur ait cherché à se consoler dans les bras d'un autre homme ? Et si tel était le cas, s'agissait-il du véritable père de Joey ? Natalie l'avait-elle découvert ?

— Je suis vraiment désolée, soupira-t-elle. Je ne voulais pas te parler de tout cela.

— Ce n'est pas pour moi que je m'inquiète, répondit-il. Tu ne peux pas continuer à poursuivre Natalie à travers tout le pays. D'ailleurs, que feras-tu lorsque tu l'auras retrouvée ? Est-ce que tu te sens réellement capable de la tuer de tes propres mains ? Si c'est le cas, plus personne ne peut rien pour toi. Mais sinon, il est encore temps de te ressaisir. Rentre à Billings. Reprends ton travail. C'est la seule chose qui m'aide à aller de l'avant. Tu sais que Tricia ne voudrait pas que tu gâches ta vie de cette façon... surtout pas en son nom !

Maureen savait qu'il avait raison. Sa sœur aurait certainement désapprouvé ce que Thomas qualifiait d'obsession malsaine.

Mais s'il existait réellement une chance pour que Tricia ne se soit pas suicidée, si elle avait effectivement été assassinée comme l'affirmait Natalie, Maureen se devait d'identifier le véritable coupable.

— Je suis vraiment désolée, Thomas, soupira-t-elle. Mais je n'ai vraiment pas le choix. Il faut que j'aille jusqu'au bout de cette affaire.

— Je ne veux pas te perdre, toi aussi. Tu es la seule famille qu'il me reste.

— Ne t'en fais pas pour moi, répondit-elle d'une voix nettement plus assurée qu'elle ne l'était réellement. Tout se passera bien.

— Promets-moi au moins que tu me contacteras régulièrement pour me donner des nouvelles. Je veux être certain qu'il ne t'arrivera rien.

— C'est promis, lui dit-elle. Je t'appellerai.

Sur ce, elle raccrocha et essuya les larmes qui lui embuaient les yeux.

— Est-ce que ça va ? lui demanda Brick d'une voix pleine de sollicitude.

Elle détourna le regard pour tenter de lui cacher son désarroi.

— Tout va bien, répondit-elle d'une voix bien trop tremblante pour être crédible.

Brick s'approcha d'elle et la prit doucement par les épaules, la forçant à le regarder en face. La douceur qui se lisait dans ses yeux lui transperça le cœur de part en part.

— Je suis désolé, lui dit-il. Tout ceci doit être terriblement éprouvant pour vous. Si vous voulez laisser tomber et rentrer à Billings, je le comprendrai parfaitement.

— Je croyais que vous comptiez rentabiliser la caution que vous avez dû débourser pour me sortir de prison, objecta-t-elle avec un pâle sourire.

— Je ne suis pas un monstre ! protesta Brick.

— Je sais, murmura-t-elle.

Pendant quelques instants, ils demeurèrent immobiles, se dévorant l'un l'autre du regard. Elle se prit soudain à espérer qu'il allait l'embrasser. Mais il se contenta de hocher la tête et de reculer d'un pas, libérant ses épaules.

— Quoi que puisse en penser Thomas, je dois continuer, déclara-t-elle. Je veux savoir ce qui est véritablement arrivé à ma sœur. Et puis, vous aurez besoin de moi lorsque vous retrouverez enfin Natalie.

— Pourquoi donc ?

— Parce que vous lui avez sauvé la vie et que vous la croyez innocente, répondit-elle gravement. Si vous vous trompez à son sujet, elle n'aura aucun mal à vous manipuler. Moi, au contraire, je ne la laisserai pas faire.

— Et si c'est moi qui ai raison ?

— Alors nous apprendrons peut-être qui a assassiné Tricia et pourquoi. Dans un cas comme dans l'autre, je tiens à être présente.

— D'accord, acquiesça-t-il. Nous continuerons donc

à faire équipe. Toute la question est de savoir où nous allons, à présent.

— J'ai commencé à faire une liste des personnes qui seraient susceptibles de donner un coup de main à Natalie, déclara-t-elle en pianotant sur son téléphone pour afficher le tableau qu'elle avait réalisé le matin même, alors que Brick dormait encore. Je les ai classées en fonction du lieu où elles habitent, du plus proche au plus lointain. Je propose que nous allions leur rendre visite les uns après les autres.

— Ça me convient parfaitement, acquiesça Brick. Beau boulot, Maureen…

Il fut interrompu par la sonnerie de son téléphone portable.

— C'est mon père, lui indiqua-t-il avant d'activer le haut-parleur pour que Maureen puisse suivre la conversation.

— Brick ? fit Hud d'une voix qui cachait mal son excitation. J'ai du nouveau !

— Je t'écoute.

— On vient de signaler un accident dans le centre d'Ennis. D'après les collègues qui sont déjà sur place, les deux véhicules impliqués correspondent à ceux que nous recherchons : la Mustang bleue de Natalie et la camionnette de Reiner !

— Où cela s'est-il passé ?

— Au croisement de Ballard Lane et de Charles Avenue.

— C'est à deux pas d'ici ! s'exclama Maureen. Juste à côté de la boulangerie où j'ai acheté le petit déjeuner.

— Nous y allons tout de suite, déclara Brick. Je te rappelle dès que nous avons des informations plus précises.

Il raccrocha et tous deux coururent jusqu'au pick-up dans lequel ils prirent place. Quelques instants plus tard, ils remontaient la rue principale à vive allure.

Jim Cameron était au téléphone avec son commanditaire lorsqu'il vit la voiture de Brick Savage déboucher à toute vitesse du parking de l'hôtel. Sans hésiter, il démarra pour les prendre en filature.

— Est-ce qu'ils ont retrouvé Natalie ? lui demanda son client.

— Pas encore, répondit-il. Ils ont réussi à localiser un appartement qu'elle avait loué en ville mais elle avait déjà filé.

— Tant mieux. Assurez-vous de mettre la main sur elle avant eux. Je ne veux pas qu'ils aient le temps de lui poser des questions.

— Je ferai tout mon possible, acquiesça Jim. En espérant que Natalie ne se fasse pas de nouveau enlever…

— Je compte sur vous pour être plus rapide que son ravisseur. On m'a dit que vous étiez le détective privé le plus efficace de la région.

— Et on ne vous a pas menti, acquiesça Jim. Je finirai par la retrouver.

— Je l'espère, répondit son commanditaire avant de raccrocher.

Jim accéléra légèrement pour ne pas se laisser distancer par le pick-up. De toute évidence, Brick Savage était très pressé. Cela signifiait-il qu'il était de nouveau sur la piste de Natalie ? Si tel était le cas, Jim allait devoir se montrer suffisamment réactif pour le prendre de vitesse et décrocher la récompense plus que généreuse qui lui avait été promise.

Alors même qu'ils s'engageaient sur Ballard Lane, Maureen aperçut les véhicules de police et de secours qui étaient regroupés au niveau du croisement suivant.

Comme ils se rapprochaient, elle distingua la Mustang

bleue que Natalie avait volée. Elle avait été percutée de plein fouet par une camionnette blanche, au niveau de la portière du conducteur. L'aile profondément enfoncée ne laissait aucun doute sur la violence du choc.

Brick ralentit et se gara sur le bas-côté et tous deux descendirent du pick-up pour s'approcher de la scène.

— C'est bien Reiner ! s'exclama Maureen en désignant l'homme qui était assis près de l'ambulance, entouré par deux urgentistes.

Son visage arborait un bleu impressionnant mais il ne paraissait pas gravement blessé.

— N'avancez pas ! leur intima alors le policier qui était chargé de sécuriser la scène.

Brick sortit son badge de marshal et le lui tendit.

— Nous sommes à la recherche de la femme qui se trouvait dans la voiture bleue, indiqua-t-il. Est-ce qu'elle est blessée ?

— D'après plusieurs témoins, elle s'est enfuie juste après avoir été percutée, répondit le policier. Elle saignait abondamment. Pour le moment, nous n'avons pas réussi à la retrouver.

— L'homme qui l'a percutée l'a déjà enlevée une fois, expliqua Brick. Elle a réussi à lui échapper mais il est possible qu'il ait voulu recommencer… Contactez le bureau du marshal de Big Sky, il vous expliquera tout ça. Et surtout, ne laissez pas Reiner s'enfuir !

— Que comptez-vous faire ? s'enquit le policier.

— Essayer de rattraper la conductrice de la Mustang, répondit-il.

— La portière du côté passager est ouverte, remarqua Maureen. C'est sûrement par là qu'elle est sortie. Et dans ce cas, elle a dû prendre par Charles Avenue.

Ils s'élancèrent dans cette direction. Au bout de quelques mètres, Brick désigna une tache brune sur le trottoir.

— Elle doit perdre beaucoup de sang.

Maureen hocha la tête et lui montra la trace de main ensanglantée qu'elle venait d'apercevoir sur une porte.

— Elle a dû entrer dans ce bâtiment.

— C'est un lycée.

Ils gravirent les marches jusqu'à la porte maculée de sang et pénétrèrent dans le bâtiment. Les cours avaient dû commencer car les couloirs étaient déserts.

— Nous ne pouvons pas fouiller le bâtiment à deux, déclara Brick. Nous allons avoir besoin d'aide.

Ils revinrent au croisement et informèrent les policiers de ce qu'ils avaient découvert. Ceux-ci ne perdirent pas une minute et organisèrent une fouille méthodique du lycée et de l'école mitoyenne, ainsi que des bâtiments sportifs qui se trouvaient juste derrière.

Brick et Maureen prirent part aux recherches mais, au bout de deux bonnes heures, ils durent bien se rendre à l'évidence : Natalie Berkshire avait de nouveau disparu.

— Une fois de plus, elle nous a filé entre les doigts, conclut Brick, défait.

— Peut-être, concéda Maureen. Mais cette fois, je crois savoir où nous pouvons la trouver.

Il lui jeta un regard interloqué.

— Que feriez-vous si vous étiez gravement blessé ?

— J'irais à l'hôpital, bien sûr. Mais Natalie sait que si elle se rend aux urgences, elle se fera arrêter.

— Sauf si elle fait appel à un médecin qu'elle connaît.

— Son ex-mari ?

— Bingo. Je suis prête à parier qu'en ce moment même, elle cherche par tous les moyens à rallier l'hôpital central d'Helena. Et je suggère que nous allions l'attendre là-bas.

10

Tout en suivant l'autoroute qui conduisait à Helena, Brick ne cessait de se demander comment il aurait bien pu éviter ce qui lui faisait l'effet d'une nouvelle déroute. Mais il avait beau retourner dans sa tête tout ce qui s'était passé depuis qu'ils étaient arrivés à Ennis, il ne voyait pas ce qu'ils auraient pu faire de plus.

En ce moment même, la police continuait à quadriller les rues pour tenter d'intercepter la fugitive. Il existait toujours une possibilité qu'elle se rende à la clinique d'Ennis et les soignants avaient été dûment chapitrés à son sujet. Mais si elle parvenait à quitter la ville, Philip Berkshire constituait effectivement son meilleur espoir de se sortir de ce très mauvais pas.

— Nous la rattraperons, déclara soudain Maureen.

Il lui lança un regard étonné.

— Je vous trouve bien optimiste, tout à coup.

— Vous l'avez dit vous-même : nous talonnons Natalie de près. Elle est blessée, n'a plus de voiture et probablement plus beaucoup d'argent. Ses options sont très limitées, désormais. Et nous n'avons plus à craindre que son ravisseur la retrouve avant nous. Je pense que ce n'est plus qu'une question de temps avant qu'elle se rende ou que nous la retrouvions.

— À moins qu'elle ne se vide de son sang d'ici là, soupira Brick.

— Elle est infirmière, objecta Maureen. Et elle a volé des bandages, des antiseptiques et des analgésiques à l'infirmerie du lycée. Je pense qu'elle devrait tenir le coup jusqu'à Helena. C'est à moins de deux heures de route.

— Si elle trouve une voiture.

— Je suis sûre qu'elle y parviendra. Elle nous a déjà prouvé à maintes reprises qu'elle avait de la ressource.

— C'est vrai, concéda Brick en espérant qu'elle ne se trompait pas.

Durant les mois où elles s'étaient fréquentées, Natalie n'avait quasiment jamais parlé à Maureen de son ex-mari. Celle-ci n'aurait su dire quel genre d'homme elle s'attendait à rencontrer. Probablement pas quelqu'un d'aussi séduisant, cependant…

Philip Berkshire était grand, athlétique avec une mâchoire volontaire, des cheveux d'un noir de jais et des yeux couleur noisette. Il émanait de lui une impression de compétence et de self-control qui devait beaucoup rassurer ses patients.

Lorsque Brick et Maureen se furent identifiés, il les invita à prendre place dans son bureau.

— Je n'ai malheureusement pas beaucoup de temps à vous accorder, leur dit-il en jetant un coup d'œil à sa montre. J'ai une intervention chirurgicale programmée dans un peu plus d'une demi-heure.

— S'agit-il de votre épouse ? lui demanda Brick de but en blanc.

Berkshire le considéra avec une pointe d'incompréhension.

— Je ne suis pas marié, objecta-t-il.

— Vous ne l'êtes plus, acquiesça Brick. Mais vous l'avez été, n'est-ce pas ?

— Qu'est-ce qui vous fait penser que Natalie pourrait avoir besoin d'une intervention chirurgicale ? s'enquit Berkshire en fronçant légèrement les sourcils.

— Elle n'a pas cherché à vous contacter, aujourd'hui ?

— Non. La dernière fois que je l'ai eue au téléphone, c'était lorsqu'elle s'est fait arrêter à Billings. Elle m'a demandé de lui avancer le montant de sa caution.

— Et qu'avez-vous répondu ?

— J'ai refusé, répondit Berkshire en haussant les épaules. J'estime ne plus rien lui devoir.

— Est-ce parce que vous la croyez coupable ? s'enquit Maureen.

— Je n'ai aucun avis sur la question.

— Pourtant, vous avez été proches, tous les deux. Vous avez même travaillé ensemble.

— C'était il y a longtemps. Je pourrais vous dire quel genre de femme elle était mais pas ce qu'elle a pu devenir depuis.

— Quel genre d'infirmière était-elle ? demanda Brick.

Berkshire hésita un instant avant de répondre.

— Elle était dévouée envers ses patients et pleine de compassion.

— Pourquoi a-t-elle décidé de quitter le milieu hospitalier pour devenir infirmière libérale ?

— Vous devriez lui poser la question.

— J'aimerais pouvoir le faire mais malheureusement, votre femme a disparu.

— *Ex*-femme, le reprit Berkshire.

— Pourquoi avez-vous divorcé ?

Le médecin les considéra d'un air réprobateur.

— C'est une question très personnelle, objecta-t-il.

— Natalie est en danger, déclara Brick. Quelqu'un a

déjà essayé de la tuer et d'autres personnes la recherchent, en ce moment même. De plus, il se peut qu'elle soit un témoin capital dans une double affaire de meurtre. Nous ne pouvons nous permettre de négliger aucune piste pour la retrouver.

De toute évidence, Berkshire ne s'était pas attendu à un tel réquisitoire.

— D'accord, soupira-t-il enfin. Écoutez… Je n'ai pas été particulièrement surpris d'apprendre ce qui s'était passé à Billings. Lorsqu'elle était encore enfant, ses parents ont eu une petite fille qui est née avec un lourd handicap. Elle a énormément souffert avant de mourir au bout de plusieurs mois. Natalie m'a avoué un jour qu'elle s'était sentie soulagée lorsque sa sœur était morte.

— Vous pensez qu'elle a pu l'euthanasier ? demanda Maureen, le ventre noué par l'émotion.

Jamais Natalie ne lui avait parlé de cette histoire. Mais elle jetait un éclairage inquiétant sur ce qui était arrivé à Joey.

— Je crois qu'elle y a pensé et probablement qu'elle a voulu le faire. J'ignore en revanche si elle est passée à l'acte. Toujours est-il que c'est la raison pour laquelle elle a voulu devenir infirmière. Elle était fascinée par la fin de vie et a travaillé avec de nombreux patients en soins palliatifs. Je crois qu'elle a décidé de devenir infirmière libérale pour vivre au plus près de ces patients en phase terminale.

— N'est-ce pas un peu malsain ? demanda Brick.

— Pourquoi croyez-vous que nous avons divorcé ? Je ne supportais plus cette véritable obsession pour la mort. Je suis devenu médecin pour tenter de soigner les gens, pas pour les regarder mourir.

— Vous croyez qu'elle y prend plaisir ? s'enquit Maureen.

Berkshire hésita quelques instants avant de lui répondre.

— Je dirais plutôt que la mort la fascine. Et en même temps, elle éprouve une réelle empathie envers ses patients. Une empathie bien trop profonde, si vous voulez mon avis. Cela compromet l'objectivité dont tout personnel soignant se doit de faire preuve.

— Vous voulez dire que si elle euthanasie effectivement ses patients, ce peut être par excès de compassion envers eux ? suggéra Brick.

Berkshire haussa les épaules.

— Très franchement, répondre à cette question serait pure spéculation de ma part. Je vous l'ai dit : cela fait longtemps que nous n'avons plus le moindre contact. Je suis d'ailleurs étonné que vous ayez pensé à moi.

— Ce n'est pas uniquement parce que vous êtes son ex-époux, expliqua Brick. Natalie a été grièvement blessée dans un accident, ce matin.

— Je suis désolé de l'apprendre, soupira Berkshire. Mais je vous assure que je suis probablement l'une des dernières personnes qu'elle viendrait trouver pour demander de l'aide. Elle a très mal pris le refus que je lui ai opposé lorsqu'elle m'a demandé l'argent de sa caution.

— Vers qui se tournera-t-elle, d'après vous ? l'interrogea Maureen. Ses parents ?

— En de telles circonstances, peut-être, concéda Berkshire. Sa mère est morte, il y a des années. Mais son père est toujours vivant. Ils ne se parlaient plus, lorsque nous étions ensemble.

— Savez-vous pourquoi ?

Berkshire hocha la tête.

— Sa mère est morte des suites d'une longue et douloureuse maladie. Et après des années de souffrance, elle a demandé à sa fille de l'aider à mourir.

— Est-ce qu'elle l'a fait ?

— Natalie ne me l'a jamais dit mais quelle qu'ait pu être sa décision, son père ne la lui a jamais pardonnée…

Le trajet en voiture jusqu'à la petite ville de Forsyth, dans l'est de l'État du Montana, avait duré près de cinq heures. Mais Brick et Maureen n'avaient pas hésité à l'entreprendre. C'était moins parce qu'ils espéraient trouver Natalie au ranch de ses parents que parce qu'ils étaient tous deux intimement convaincus que l'histoire que leur avait racontée Berkshire constituait un élément clé de la psychologie de la jeune femme.

Suivant les indications que leur fournissait leur GPS, ils empruntèrent successivement une petite route qui serpentait vers le sud au milieu des prairies puis un sentier de terre battue qui semblait ne jamais vouloir se terminer.

Brick commençait à penser qu'ils avaient fait fausse route lorsqu'ils arrivèrent enfin en vue d'une poignée de bâtiments décrépits. Il y avait une grande maison en bois dont la peinture blanche avait viré au gris probablement plusieurs dizaines d'années auparavant. L'une des deux étables s'était en partie affaissée.

Deux vieux pick-up et un tracteur mangés de rouille se décomposaient dans un coin. Dans l'un des rares enclos encore en état paissaient une petite dizaine de vaches qui levèrent la tête pour les regarder approcher d'un œil indifférent.

C'était un ranch comme il en existait peut-être des centaines au Montana, qui témoignait d'une époque prospère depuis longtemps révolue. Le propriétaire des lieux qui était sorti de la maison pour les observer paraissait tout aussi vieux et usé que les bâtiments qui l'entouraient.

Brick se gara à proximité. Maureen et lui descendirent pour se porter à la rencontre du père de Natalie.

— Vous vous êtes perdus ? leur demanda ce dernier d'une voix rugueuse.

Brick observa le visage buriné de son interlocuteur et crut discerner une légère ressemblance avec la femme qu'ils avaient vainement poursuivie à travers tout l'État.

— Nous cherchons Natalie Berkshire, déclara Maureen.

— Jamais entendu parler d'elle, répondit l'homme d'une voix dure.

Sur ce, il se détourna et fit mine de rentrer dans la maison.

— Nous savons qu'elle est votre fille, déclara Maureen sans se démonter.

L'homme s'arrêta net et se retourna vers eux.

— Plus aujourd'hui, déclara-t-il.

— Elle est en fuite, poursuivie par des gens qui lui veulent du mal, intervint Brick. Elle est blessée, effrayée et n'a probablement plus aucun autre endroit où aller.

— Elle ne serait pas plus la bienvenue ici.

Le père de Natalie s'était exprimé d'une voix sèche et amère. La rancœur qu'il semblait éprouver envers sa fille était bien plus profonde et plus corrosive que celle de Berkshire. Et Brick se prit à se demander s'il restait en ce monde quelqu'un qui aimait encore la jeune femme.

— Vous ne l'aideriez pas ? insista-t-il pourtant, ne pouvant croire qu'un père puisse haïr à ce point l'un de ses enfants.

— Je préférerais crever.

— Je ne vous crois pas.

— Vous ignorez tout de moi, répliqua l'homme d'un ton méprisant. Vous ne savez rien de ma famille.

— Je sais que Natalie est votre fille unique.

— Cette fille a toujours été de la mauvaise graine. Sa mère a essayé de la sauver et regardez où ça l'a menée : à cause de Natalie, elle est morte et enterrée. Alors ne venez pas me parler de cette garce. Si vous ne fichez pas le camp, je vais chercher mon fusil et redécorer votre beau pick-up !

Les larmes aux yeux, l'homme leur tourna le dos et rentra dans sa maison en claquant violemment la porte derrière lui.

Maureen regardait défiler en silence le paysage aride que traversait l'autoroute. Cela faisait une bonne dizaine de minutes qu'ils avaient quitté le ranch et ni Brick ni elle n'avaient encore prononcé le moindre mot. Même pour elle qui avait toujours cru Natalie coupable, cette rencontre avec le père de la jeune femme avait eu quelque chose de profondément déprimant.

Elle avait du mal à imaginer ce qu'avait pu être l'existence de la jeune femme dans ce ranch perdu au milieu de nulle part. Elle avait du mal à croire qu'une famille puisse se déchirer à ce point, qu'un père puisse en venir à refuser l'hospitalité à sa propre fille blessée et acculée.

Ses propos confirmaient ce que leur avait laissé entendre le Dr Berkshire. Mais loin de se sentir rassurée par ces témoignages accablants à l'encontre de Natalie, Maureen avait un goût amer dans la bouche. Jusqu'à présent, elle s'était concentrée uniquement sur les crimes dont Natalie était accusée. Mais ces rencontres lui avaient permis de comprendre ce qui avait pu pousser cette femme à les commettre.

Elle se rappela brusquement ce que Berkshire leur avait dit au sujet de la compassion, qui érodait l'objectivité. N'était-ce pas précisément ce qu'elle était en train de vivre ?

— Alors ? s'enquit enfin Brick. Que faisons-nous, à présent ?

— Je ne sais pas, soupira-t-elle. Nous pourrions nous arrêter à Forsyth pour interroger les gens qui ont connu

Natalie lorsqu'elle était jeune. Mais j'ai le sentiment que cela ne servirait pas à grand-chose.

— C'est aussi mon avis, acquiesça-t-il d'un air sombre. Je crois que nous savons tout ce qu'il y a à savoir sur ses motivations profondes.

— Ce que nous ignorons, par contre, c'est si elle nous a dit la vérité au sujet de ma sœur. Après tout ce que nous avons entendu à propos de Natalie, je ne l'imagine vraiment pas mentir au sujet de la mort de quelqu'un. C'est un sujet bien trop sacré pour elle.

— Je suis d'accord. La question est donc de savoir quelle doit être notre priorité : poursuivre la femme qui a très probablement euthanasié votre neveu ou la personne qui a assassiné votre sœur.

Maureen n'aurait pu mieux résumer leur dilemme.

— Nous ne savons pas si Natalie a survécu à ses blessures, déclara-t-elle enfin. Et même si tel est le cas, elle est recherchée par la moitié des policiers de l'État. En revanche, nous sommes les seuls à avoir des raisons de penser que ma sœur a pu être assassinée, les seuls à pouvoir le prouver. Si vous êtes d'accord, je suggère que nous retournions à Billings pour tenter d'en avoir le cœur net.

— Très bien, acquiesça sobrement Brick. En route pour Billings, donc…

11

Tandis qu'il roulait en direction de Billings, Brick se demanda jusqu'où le conduirait la folle expédition qu'il avait entreprise en compagnie de Maureen. Lorsqu'elle avait débuté, il espérait retrouver Natalie pour la protéger et démontrer son innocence.

Mais leurs rencontres avec l'ex-mari et le père de la jeune femme avaient quelque peu douché ses ardeurs de chevalier blanc. Il paraissait de plus en plus évident que Natalie n'était pas la victime sans défense qu'il avait voulu voir en elle, depuis le soir où il l'avait retrouvée fuyant dans les rues de Big Sky.

Il persistait pourtant à croire que, quels qu'aient pu être ses crimes et ses erreurs passés, elle méritait d'être jugée par un tribunal et non torturée par Reiner ou abattue par Shane Danby ou l'un de ses semblables.

Malheureusement, ils n'avaient aucune piste concernant l'endroit où elle pouvait bien se cacher à l'heure actuelle. Ils devraient donc s'en remettre à leurs collègues d'Ennis, de Big Sky et de Billings qui s'étaient lancés à sa recherche.

En attendant, il était bien décidé à aider Maureen à découvrir ce qui était arrivé à sa sœur. Il sentait confusément que cet étrange voyage à travers le Montana avait forgé entre eux un lien qui ne tenait pas uniquement à leur attirance réciproque.

Il avait de plus en plus l'impression que cette enquête constituait pour eux une sorte de chemin initiatique, une occasion de se confronter à leurs propres démons intérieurs.

— Parlez-moi un peu de vous, demanda-t-il soudain à Maureen.

Elle le considéra avec étonnement.

— Que voulez-vous savoir ?

— Je vous ai raconté ma vie, dans les grandes lignes, mais je ne sais quasiment rien de vous. À part que vos parents sont morts lorsque vous étiez jeune… Où avez-vous grandi ?

— Au sud de la Californie.

— J'aurais dû m'en douter, déclara-t-il en souriant. Vous avez le physique d'une surfeuse !

— Je suppose que c'est un compliment, répondit-elle en souriant. Mais au risque de vous décevoir, je ne suis jamais montée sur une planche.

— Qui vous a recueillie après la mort de vos parents ?

Elle hésita quelques instants avant de lui répondre. Et lorsqu'elle le fit enfin, il comprit qu'elle n'avait pas l'habitude de ce genre de confidences. Il ne s'en sentit que plus privilégié.

— Je suis allée vivre chez mon oncle et ma tante.

— Avec Tricia ?

Maureen secoua la tête.

— Tricia est partie chez ma grand-mère. Pendant des années, nous ne nous sommes vues que pendant les vacances.

— Ça n'a pas dû être facile pour vous.

— Je ne suis pas à plaindre, lui assura-t-elle. Mon oncle et ma tante sont des gens extraordinaires. Lui est mexicain et il tient un restaurant dans lequel j'ai travaillé dès que j'ai eu le droit de le faire. Je crois que c'est l'endroit au monde que je préfère. Je pouvais rester des heures dans la cuisine à discuter avec mon oncle…

— Est-ce qu'il vous a appris la cuisine mexicaine ?

— Je me débrouille, confirma-t-elle. Si vous voulez, je vous ferai goûter un jour à mon poulet mole poblano. Vous m'en direz des nouvelles !

— Je compte bien vous prendre au mot lorsque toute cette affaire sera terminée, déclara Brick en lui décochant un sourire.

— Mon oncle aurait voulu que je reprenne le restaurant, poursuivit-elle. Mais après la mort de mes parents, j'étais bien décidée à combattre le crime.

Brick lui lança un regard étonné.

— Ils sont morts dans une fusillade, expliqua-t-elle. Ils se trouvaient juste au mauvais endroit, au mauvais moment, lorsque deux gangs rivaux ont décidé de régler leurs comptes.

— C'est horrible.

— Oui. Et c'est ce qui m'a poussée à vouloir devenir procureure puis flic.

— Mais comment vous êtes-vous retrouvée au Montana ?

— Ma grand-mère habitait Bozeman, répondit-elle. C'est pourquoi ma sœur a intégré l'université de l'État du Montana. Lorsque j'ai terminé le lycée, j'ai décidé d'aller étudier dans la même fac qu'elle.

Maureen le considéra avec une pointe d'amusement.

— Est-ce que j'ai satisfait votre curiosité ? lui demanda-t-elle, un brin moqueuse.

— À vrai dire, il y a une autre question que je me pose.

— Laquelle ?

— Est-ce que vous avez un petit ami ?

Avant qu'elle ait eu le temps de lui répondre, le téléphone portable de Brick se mit à sonner.

— Sauvée par le gong ! s'exclama-t-il en riant.

Il enclencha le haut-parleur.

— Brick ? fit son père. Où es-tu, en ce moment ?

— Nous sommes allés voir l'ex-mari de Natalie et son père, au cas où elle se serait réfugiée chez l'un d'eux.

— Il n'y a malheureusement aucune chance pour que cela arrive.

— Qu'est-ce que tu veux dire ?

— Que nous venons de retrouver Natalie, répondit-il. Elle s'était cachée dans le local technique du lycée. Malheureusement, elle est morte des suites de ses blessures.

Brick sentit un mélange de tristesse, de déception et de colère l'envahir. Se pouvait-il qu'ils aient fait tout cela pour rien ?

— Je suis vraiment désolé, ajouta son père.

— Moi aussi, articula Brick d'une voix rendue rauque par l'émotion qui l'assaillait.

— Herbert Lee Reiner a été arrêté pour enlèvement, séquestration, coups et blessures et meurtre.

— J'espère qu'il croupira en prison jusqu'à la fin de ses jours.

— Il prétend que Natalie a tué son épouse. Et il n'est pas le seul. Les accusations continuent de s'accumuler contre elle et il devient difficile de croire que toutes ces morts ne sont que des accidents.

— Je vois, murmura Brick, défait. Tu penses vraiment qu'elle est responsable ?

— À ses yeux, il ne s'agissait peut-être que d'atténuer les souffrances de ces gens, répondit son père d'une voix très douce.

Brick ne répondit pas. Jusqu'à cet instant, il avait voulu croire que Natalie n'était qu'une victime. Il avait voulu croire qu'il pourrait la sauver comme il l'avait fait, le soir où leurs chemins s'étaient croisés pour la première fois.

Il se rappela alors le proverbe qu'il avait cité à son père : lorsqu'un homme sauve une vie, il en devient responsable.

Il se souvint de ce que leur avait dit le Dr Berkshire et se demanda s'il n'avait pas commis la même erreur que Natalie. En s'impliquant personnellement dans cette histoire, il avait perdu le recul que tout policier était censé conserver. Il avait perdu son objectivité.

— Il est temps pour toi de rentrer à Big Sky, déclara son père.

Brick hésita quelques instants.

— Pas encore, répondit-il enfin. Natalie a peut-être tué ces gens. Elle a peut-être tué Joey, le neveu de Maureen. Mais je ne pense pas que ce soit elle qui ait assassiné Tricia.

— La sœur de ton amie s'est suicidée.

— Ce n'est pas ce que pensait Natalie. Et elle n'avait aucune raison de nous mentir à ce sujet.

— Elle cherchait peut-être juste à détourner votre attention, suggéra son père.

— Je ne crois pas. Tout ce que nous avons découvert à propos de Natalie indique qu'elle entretenait un rapport très particulier avec la mort. Je ne pense pas qu'elle aurait menti à ce sujet…

— Je suis d'accord avec Brick, intervint Maureen.

Brick s'aperçut alors que ses yeux étaient emplis de larmes. Et cette vision ne fit qu'ajouter à son propre désarroi.

— Maureen ? fit Hud. Je crois qu'il est temps de mettre un terme à cette histoire. Vous avez obtenu la vengeance que vous espériez. Et vous avez la chance que ce soit quelqu'un d'autre qui porte le chapeau pour un meurtre que vous étiez prête à commettre.

— Mais je ne l'ai pas commis, protesta-t-elle. Et je crois que j'en aurais été incapable… surtout maintenant que j'ai rencontré votre fils.

Les larmes de Maureen coulaient à présent le long de ses joues et sa voix tremblait sous le coup de l'émotion.

— Tout ce que je veux, reprit-elle, c'est savoir ce qui s'est vraiment passé. Natalie a essayé de me parler, le jour où Joey est mort. Elle l'a fait lorsque je suis venue la trouver à l'hôpital. Et lorsque nous nous sommes rendus à son appartement, à Ennis. Je suis convaincue qu'elle a vu ou compris quelque chose au sujet de ma sœur…

Hud ne put réprimer un soupir.

— D'accord, s'inclina-t-il. Si vous pensez vraiment qu'il y a un fond de vérité dans ce qu'elle vous a dit, allez-y. Tâchez de faire la lumière sur cette affaire. Mais soyez très prudents. Parce que tant que vous n'aurez pas d'autre preuve que la parole d'une meurtrière, vous risquez de vous retrouver seuls contre tous – y compris les policiers de Billings qui ne semblent pas porter Maureen dans leur cœur, si j'en juge par l'homme qu'ils nous ont envoyé…

— Fort heureusement, Shane Danby n'est pas complètement représentatif de mes collègues, répondit-elle avec un pâle sourire. Mais je reconnais que je ne suis pas forcément en odeur de sainteté, en ce moment.

— Bonne chance, leur souhaita Hud avant de raccrocher.

Brick prit la main de la jeune femme et la serra doucement dans la sienne.

— Est-ce que ça va ? lui demanda-t-il.

Elle hocha la tête.

— Oui. Mais je ne m'attendais pas du tout à cela… J'ai longtemps cru que la mort de Natalie m'aiderait à tourner la page. Mais c'est tout le contraire. À présent, nous ne saurons jamais vraiment ce qu'elle a fait et quelles étaient ses motivations profondes.

— Je sais, soupira Brick. Mais nous avons peut-être encore une chance d'élucider ce qui s'est passé dans votre famille. Par où voulez-vous que nous commencions ?

Maureen essuya les larmes qui lui embuaient les yeux et réfléchit à la question.

— Je crois que nous devrions aller voir Hope, déclara-t-elle enfin avec un manque d'enthousiasme évident.

— Qui est-ce ?

— La meilleure amie de Tricia. Elles se connaissaient depuis le lycée. Si elle s'est confiée à quelqu'un, au sujet de cette aventure amoureuse, c'est à Hope.

— Vous ne semblez pas la porter dans votre cœur, remarqua Brick.

— Pas vraiment, reconnut Maureen en fronçant les sourcils. J'ai toujours pensé que Tricia la fréquentait plus par pitié que par réelle amitié. Elle fait partie de ces gens qui sont toujours en demande, qui ne cessent de se désoler sur leur propre sort. Il m'arrive de penser qu'elle se crée exprès des problèmes dans l'espoir de se faire consoler ensuite…

— C'est un jugement assez dur, remarqua Brick.

— Et peut-être pas complètement honnête, reconnut Maureen avec un pâle sourire. J'ai toujours été un peu jalouse de la relation qu'entretenaient Tricia et Hope. Elles étaient beaucoup plus proches que je ne l'étais de ma sœur. Mais c'est précisément pour cela qu'elle aurait pu se confier à elle plutôt qu'à moi.

— Peut-être craignait-elle aussi que vous ne la désapprouviez, suggéra Brick. Le jugement d'un frère ou d'une sœur est souvent plus dur à encaisser que celui d'un ami…

— Vous savez que vous avez un don étonnant pour trouver les mots justes, Brick Savage ?

Il ne put s'empêcher de rire.

— Je crois que c'est bien la première fois que quelqu'un me fait ce genre de compliment, lui avoua-t-il. Je ne pense pas que ce soit vrai. C'est juste…

Il s'interrompit au beau milieu de sa phrase, se contentant pour la conclure d'un geste vague.

— Juste que quoi ? lui demanda Maureen, curieuse.

Il hésita un instant avant de lui dire ce qu'il avait vraiment sur le cœur.

— C'est juste que je n'aime pas vous savoir triste.

Le sourire qui se dessina sur les lèvres de la jeune femme valait toutes les récompenses du monde.

Quelques heures plus tard, ils arrivèrent en vue de Billings. Chaque fois que Brick y était passé, il était arrivé par l'ouest et il fut surpris par le panorama qu'offrait la partie orientale de la ville. Nichée contre le lit du fleuve Yellowstone, elle paraissait étonnamment verdoyante, contrastant avec les paysages plus arides qu'ils venaient de traverser.

Il suivit les instructions que lui donna Maureen et traversa Billings Heights avant de s'engager dans la circulation nettement plus dense du centre-ville.

Hope Purdwell vivait dans un quartier assez chic et la maison qu'elle habitait, quoique petite, était d'apparence coquette. Ils se garèrent à proximité et descendirent de voiture, soulagés de pouvoir se détendre les jambes après ces longues heures de route.

— Je crois que vous devriez beaucoup plaire à Hope, déclara Maureen. Vous êtes tout à fait son type.

— Mais pas le vôtre ? ne put-il s'empêcher de lui demander.

Il eut la satisfaction de voir ses joues s'empourprer légèrement.

— J'ai connu pire, répondit-elle en haussant les épaules.

Il rit et la suivit jusqu'au perron de la maison. Maureen sonna et, quelques instants plus tard, une jeune femme aux longs cheveux bruns vint leur ouvrir. Elle portait un short et un débardeur noirs qui mettaient en valeur sa silhouette élancée.

En avisant Maureen, elle se rembrunit légèrement. Elle paraissait également surprise de la trouver sur le pas de sa porte. Puis elle aperçut Brick et son expression se métamorphosa brusquement, laissant apparaître un charmant sourire.

— Je ne m'attendais pas à te revoir, dit-elle à Maureen. On ne peut pas dire que tu te sois montrée très chaleureuse, lors des funérailles de Tricia.

— Peut-être parce qu'il s'agissait de funérailles, justement, et pas d'une soirée mondaine, répliqua sèchement Maureen.

L'inimitié qui existait entre les deux femmes était presque palpable et Brick se demanda s'ils parviendraient réellement à convaincre Hope de se confier à eux. Il se garda pourtant d'intervenir dans la conversation.

— Écoute, Hope, je ne suis pas venue ici pour discuter de nos malentendus passés…

— Tu veux dire que tu ne comptes même pas t'excuser ?

Maureen parut comprendre qu'elle n'avait pas abordé la discussion sous le bon angle et décida de changer de tactique.

— Est-ce que tu peux nous laisser entrer, s'il te plaît ? demanda-t-elle d'une voix nettement radoucie. Nous avons des questions à te poser au sujet de Tricia.

Hope parut hésiter, les observant tour à tour comme si elle essayait de deviner ce dont ils étaient venus lui parler. La curiosité dut l'emporter car elle finit par s'écarter pour les laisser passer. Lorsqu'ils furent dans le hall d'entrée, elle ne les invita pas à s'asseoir mais se contenta de les considérer d'un œil méfiant, les bras croisés sur sa poitrine.

Maureen prit donc l'initiative et pénétra dans le salon

attenant. Là, elle prit place sur le canapé et attendit que Hope daigne la rejoindre. Celle-ci finit par le faire, la mâchoire serrée. Brick lui emboîta le pas et resta debout, un peu en retrait, près de la cheminée.

— Hope, je te présente le marshal Brick Savage, lui dit Maureen. Il m'aide dans mon enquête sur la mort de Joey.

— Je croyais que tu avais été renvoyée de la police, remarqua Hope.

— J'ai juste été suspendue, pas renvoyée. Et c'est la raison pour laquelle Brick a accepté de me donner un coup de main.

— Vous ne savez pas où vous mettez les pieds, déclara Hope à l'intention de Brick.

Il se força à lui décocher un sourire complice et elle parut se détendre légèrement.

— Qu'est-ce que tu veux savoir, exactement ? demanda-t-elle à Maureen.

— J'aimerais que tu me dises si Tricia avait bien un amant, répondit celle-ci d'une voix égale.

Hope ne put s'empêcher de tressaillir.

— Si Tricia avait voulu te le dire, elle l'aurait probablement fait de son vivant, remarqua-t-elle enfin.

— Mais elle n'est plus là. Et tu es probablement la seule personne qui puisse répondre à cette question.

— La seule en dehors de cet homme lui-même…

Ce fut au tour de Maureen de tiquer. Avisant son expression, Brick comprit que jusqu'à cet instant, elle avait espéré que Natalie lui avait menti, que sa sœur avait été fidèle à son mari.

— Dis-moi qui c'est, demanda-t-elle à Hope.

— Pourquoi le ferais-je ? Tricia m'avait fait promettre de n'en parler à personne – tout particulièrement pas à toi.

— Depuis combien de temps le fréquentait-elle ?

— Un peu plus d'un an.

Maureen se mordit la lèvre et il vit un doute passer dans son regard. Ce que Hope venait de leur révéler signifiait que Joey pouvait très bien être l'enfant de l'amant en question.

— Est-ce qu'elle était amoureuse de lui ?

Hope parut réfléchir à la question.

— Au début, ce n'était qu'une simple aventure, répondit-elle. Tricia ne pensait vraiment pas que cela durerait. Je pense qu'elle cherchait juste à pimenter son quotidien. Elle s'était mariée très jeune et n'avait jamais connu d'autre homme que Thomas. Elle voulait savoir si elle n'avait pas raté quelque chose. Apparemment, c'était le cas car leur liaison a rapidement pris un tour plus passionné…

— Pourquoi ne m'en a-t-elle jamais parlé, à ton avis ?

Hope laissa échapper un petit ricanement ironique.

— Parce qu'elle savait que tu la jugerais.

Maureen fit mine de protester.

— N'est-ce pas ce que tu fais, en cet instant même ? l'interrompit Hope.

Maureen détourna les yeux, ce qui fit sourire son interlocutrice.

— Est-ce que tu as rencontré cet homme ? demanda Maureen au bout de quelques instants.

— Non. Tricia voulait que cette liaison reste un secret. Je crois que cela rendait la chose encore un peu plus excitante pour elle.

— Elle ne t'a même pas dit son nom ?

— Qu'est-ce que cela peut bien faire, aujourd'hui ? Tricia est morte…

— Justement, acquiesça Maureen. Nous avons des raisons de penser qu'elle ne s'est peut-être pas suicidée.

Hope la considéra avec stupeur.

— Tu penses que quelqu'un l'a tuée ? articula-t-elle.

— J'en suis de plus en plus convaincue.

— Mais Andy n'aurait jamais fait une chose pareille ! protesta Hope.

— Andy ? s'exclama Maureen, visiblement sidérée.

De toute évidence, le prénom lui disait quelque chose.

— Qui est Andy ? s'enquit Brick.

— Un ami de Thomas.

Maureen n'en revenait pas. Elle avait beaucoup de mal à croire que sa sœur ait pu avoir une aventure avec Andy Carmichael. De plus, celui-ci ne cadrait pas du tout avec la description que Natalie leur avait faite de l'amant de Tricia : il était plutôt petit et avait les cheveux d'un noir de jais.

— Tu es certaine que c'était Andy ? demanda-t-elle.

— Elle ne me l'a jamais dit explicitement, reconnut Hope. Mais c'était quelqu'un qu'elle avait rencontré du temps où nous étions à l'université, quelqu'un pour qui elle avait eu le béguin mais avec qui il ne s'était rien passé à l'époque…

— Tu es vraiment certaine que Tricia n'a pas inventé cette histoire juste pour se rendre intéressante ?

— Oh ! je t'assure que non. Je peux te dire qu'elle était vraiment très amoureuse.

— Amoureuse ? répéta Maureen. Mais je croyais que c'était juste une aventure !

— Au début, oui. Mais au fil du temps, elle s'est rendu compte qu'elle l'aimait vraiment. Et ça la rendait malade parce qu'elle ne voulait pas faire de mal à Thomas. Et puis…

Hope s'interrompit et détourna les yeux.

— Et puis, elle est tombée enceinte, devina Maureen. Savait-elle de qui était le bébé ?

— Non, répondit Hope. Je lui ai bien conseillé de

demander un test génétique avant la naissance mais elle a catégoriquement refusé.

— Pourquoi ?

— Parce qu'elle avait décidé que, quel que soit son père génétique, cet enfant serait celui de Thomas. Cela faisait si longtemps qu'ils essayaient d'en avoir un qu'elle ne s'est pas senti le courage de le lui refuser. Alors, elle a rompu avec son amant. Et apparemment, celui-ci l'a très mal pris.

Maureen commençait à mieux comprendre pourquoi la grossesse de sa sœur avait été si difficile, sur le plan psychologique. Non seulement elle avait dû faire face à tous ces sentiments contradictoires mais, surtout, elle avait dû les affronter seule et en secret.

— Qu'a dit son amant lorsqu'il a appris qu'elle était enceinte ?

— C'est tout le problème. Lui aussi était prêt à avoir cet enfant avec elle. Il voulait qu'elle quitte Thomas et qu'elle vienne vivre avec lui. Alors, elle a décidé de lui mentir : elle lui a dit qu'elle avait procédé au test génétique et que le bébé était de Thomas.

Hope poussa un profond soupir.

— Ça a été une période très dure pour elle, comme tu peux t'en douter. Et puis, Joey est né et elle a dû faire face à toutes ces complications médicales. Elle était complètement perdue et elle s'accablait de reproches.

— Je sais, murmura Maureen, les larmes aux yeux. J'ai bien essayé de lui faire comprendre qu'elle n'y était pour rien mais ça n'a rien changé.

— Parce que tu ne savais pas que ce qu'elle se reprochait le plus, c'était la liaison qu'elle avait eue. Elle s'est convaincue que la maladie de Joey était une sorte de malédiction qui résultait directement de cette infidélité.

Maureen prit une profonde inspiration, refusant de s'abandonner aux émotions qui l'assaillaient en cet instant.

— Est-ce que tu sais comment nous pourrions identifier l'amant de Tricia ? demanda-t-elle enfin.

Hope haussa les épaules.

— Comme je te l'ai dit, je ne sais pas grand-chose de lui. Elle parlait surtout de ce qu'elle ressentait à son égard. Elle disait souvent qu'il lui ressemblait. Par exemple, lui aussi adorait les animaux.

Maureen savait que Tricia avait toujours regretté de ne pas pouvoir adopter un chien à cause des allergies dont souffrait Thomas.

— C'était quelqu'un de très romantique. Une fois, par exemple, ils étaient partis camper ensemble et il avait gravé leurs initiales sur un arbre.

— Quand cela s'est-il passé ?

— Un week-end où Thomas assistait à l'un de ces stupides séminaires organisés par Jeffrey Palmer.

— Et où se trouve cet arbre ?

— Du côté de Red Lodge, près d'un ruisseau. Je ne peux pas être beaucoup plus précise que ça… Tout ce que je peux te dire, c'est que Tricia n'a probablement jamais été aussi heureuse que ce week-end-là.

— Malheureusement, ça n'a pas duré.

— Non. Lorsqu'elle a rompu avec lui, il s'est mis dans une colère noire. Elle m'a dit qu'elle ne l'avait jamais vu comme ça auparavant, qu'il lui avait fait peur. Sur le moment, ça l'avait un peu aidée à se dire qu'elle avait pris la bonne décision. Mais un jour, il l'a appelée alors qu'elle était chez moi. Je ne sais pas ce qu'ils se sont dit mais ils ont longuement parlé. Après avoir raccroché, elle a fondu en sanglots et a pleuré pendant plus d'une heure. Je crois vraiment qu'elle l'aimait profondément…

— Est-ce qu'ils ont continué à se voir, après avoir rompu ?

— Tricia ne m'en parlait plus du tout, reconnut Hope.

Mais je crois que c'est justement parce qu'elle le fréquentait toujours. J'ignore si leur liaison était devenue platonique, en revanche.

— Excusez-moi, intervint Brick qui était resté silencieux jusque-là. Savez-vous où cette photo a été prise ?

Il désignait un cliché représentant Tricia en pleine nature. Elle arborait un sourire rayonnant et, derrière elle, on pouvait apercevoir un magnifique paysage de montagne.

— C'est son amant qui l'a prise durant ce fameux week-end en amoureux, répondit Hope. Elle l'a laissée ici parce qu'elle ne voulait pas courir le risque que Thomas tombe dessus. Son amant lui a dit que c'était la photo d'elle qu'il préférait. J'imagine qu'ils en avaient pris d'autres tous les deux mais je ne les ai jamais vues. C'est sûrement lui qui les a conservées…

Hope se leva alors pour se diriger vers l'un des placards de la pièce.

— À ce propos, poursuivit-elle, Tricia avait laissé quelque chose pour toi.

Elle sortit du placard une grande enveloppe en papier kraft.

— Elle m'avait demandé de te la remettre s'il lui arrivait quelque chose.

Maureen lui prit l'enveloppe des mains.

— Pourquoi ne me l'as-tu pas donnée avant ? balbutia-t-elle, partagée entre stupeur et colère.

— Parce que tu t'es montrée atroce envers moi, lors des funérailles, répondit Hope.

— Vous ne trouvez pas tout ça un peu curieux ? intervint précipitamment Brick qui cherchait visiblement à étouffer dans l'œuf une nouvelle querelle.

Elles se tournèrent vers lui d'un air interrogatif.

— Je ne comprends pas, par exemple, pourquoi Tricia refusait de vous livrer le nom de son amant. Après tout, elle vous a dit quasiment tout le reste. Pourquoi garder le mystère sur ce détail précis ?

— Je me suis posé la question, avoua Hope. Il y a deux possibilités : soit il s'agissait de quelqu'un que je connaissais – c'est la raison pour laquelle j'ai pensé à Andy. Soit c'était quelqu'un de célèbre.

— Peut-être avait-elle juste peur que tu ne sois incapable de garder le secret, suggéra Maureen.

Hope la fusilla du regard.

— Au moins, elle me faisait assez confiance pour me parler des choses importantes qui se passaient dans sa vie, répliqua-t-elle. Tout le monde ne peut pas en dire autant.

Maureen tressaillit malgré elle. C'était un coup bas mais elle ne pouvait nier la véracité de ces paroles, si cruelles soient-elles.

— Je crois que vous feriez mieux de partir, à présent, déclara Hope.

Maureen interrogea Brick du regard pour s'assurer qu'il n'avait plus de questions et elle le vit glisser subrepticement la photo de Tricia dans sa poche.

— N'hésite pas à nous appeler si quoi que ce soit te revient, dit-elle à Hope.

Celle-ci les raccompagna jusqu'à la porte d'entrée. Ils retraversèrent le jardin et regagnèrent le pick-up. Brick démarra et prit la direction du centre-ville.

— Alors ? lui demanda-t-elle au bout d'un moment. Qu'en pensez-vous ?

— Que Natalie nous a dit la vérité au sujet de l'amant de votre sœur, répondit-il gravement. Je me demande par conséquent si elle ne disait pas vrai aussi au sujet de Tricia et de Joey. Il se peut qu'elle ne les ait tués ni l'un ni l'autre. Vous avez entendu ce que Hope a dit au sujet de l'amant de Tricia : il était furieux, lorsqu'elle a rompu.

Comment aurait-il réagi s'il avait appris qu'en plus, elle lui avait menti au sujet du bébé ?

Maureen demeura longuement silencieuse.

— À ce stade, nous ne pouvons que spéculer, déclara-t-elle enfin. Mais rappelez-vous ce qu'a dit votre père : il nous faut des preuves.

— Peut-être en trouverons-nous dans cette enveloppe.

— Peut-être, soupira Maureen. Mais ne vous faites pas trop d'illusions : si Tricia m'a tenue à l'écart de toute cette histoire lorsqu'elle était encore vivante, il n'y a pas de raison qu'elle ait décidé de se confier à moi après sa mort.

— Le seul moyen de le savoir, c'est de l'ouvrir…

Brick s'interrompit et jeta un coup d'œil suspicieux dans le rétroviseur. Sans raison, il obliqua alors dans une rue latérale et ralentit brusquement.

— Que se passe-t-il ? lui demanda-t-elle, inquiète.

— Il y a une berline grise qui nous suit depuis que nous sommes partis de chez Hope.

12

— Vous aviez raison, déclara Jim Cameron en tournant à droite pour suivre le pick-up de Brick. Ils sont bien passés chez elle. Et ils y sont restés pendant plus d'une demi-heure.

Jim s'aperçut que Brick avait brusquement ralenti et comprit qu'il s'était fait repérer. Étouffant un juron, il s'engagea dans la première rue latérale qui se présenta. Avec un peu de chance, il pourrait les rattraper un peu plus loin.

— Quelle tête faisaient-ils en sortant de chez Hope ? lui demanda son client.

— C'est difficile à dire, soupira Jim.

Il était payé pour suivre les gens et pour les prendre en photo, pas pour spéculer sur leurs états d'âme. Mais il ne pouvait pas vraiment répondre cela à quelqu'un qui le payait rubis sur l'ongle.

— Je dirais qu'ils avaient l'air abasourdis, déclara-t-il enfin. Comme s'ils avaient appris une mauvaise nouvelle.

Le grommellement qu'émit alors son client indiquait clairement qu'il ne s'agissait pas de la réponse qu'il aurait aimé entendre. Jim accéléra de façon à déboucher dans l'avenue principale plus tôt que Brick Savage.

Cette fois, il prit soin de ménager un large espace entre leurs deux véhicules. Quelques minutes plus tard, il vit le pick-up s'arrêter devant un hôtel. Brick et la fille descendirent, sortirent leurs sacs du coffre et confièrent les clés au voiturier avant de disparaître à l'intérieur du bâtiment.

— Ils sont entrés dans un hôtel, indiqua-t-il à son commanditaire.

Il déclina le nom et l'adresse de l'établissement et se gara à prudente distance de l'entrée.

— Que voulez-vous que je fasse ?

— Est-ce que vous pouvez placer un mouchard sur leur voiture ? s'enquit son client.

— Cela ne devrait pas poser de problème, répondit Jim.

— Vous n'aurez qu'à me donner le récepteur et je me chargerai de la suite de la filature. Je crois que ce sera préférable.

— C'est vous qui décidez, répondit Jim.

L'idée que son client reprenne l'affaire ne lui souriait guère mais il n'avait pas vraiment le choix.

— Je vous dédommagerai en conséquence, lui assura son interlocuteur comme s'il avait perçu sa réticence. Je passerai à votre bureau pour vous payer en liquide et récupérer les notes que vous avez prises.

— Pas de problème, lui assura Jim qui, au fond, se sentait passablement soulagé d'en avoir fini avec cette histoire.

Suivre une inspectrice de la police criminelle et un marshal le rendait plutôt nerveux. Et le fait que les cadavres commencent à se multiplier dans cette affaire n'arrangeait rien à la chose.

Évidemment, il conservait toujours une copie numérique de tous les dossiers sur lesquels il travaillait, ainsi que des enregistrements de ses conversations avec ses employeurs. Mais c'était un détail qu'il entendait bien garder pour lui. Dans le métier qu'il exerçait, on n'était jamais trop prudent.

— Je ne suis pas sûre de comprendre ce que tout cela veut dire, déclara Maureen en reposant sur la table basse les documents contenus dans l'enveloppe que Hope lui avait remise.

Elle se sentait épuisée et passablement dépassée par la situation. Si Tricia avait remis ces papiers à sa meilleure amie, c'était parce qu'elle envisageait que quelque chose puisse lui arriver. Et cela jetait une lueur entièrement nouvelle sur cette affaire.

Non seulement elle avait appris que sa sœur ne s'était peut-être pas suicidée, mais voilà que ce meurtre pouvait avoir été prémédité.

— De quoi s'agit-il, exactement ?

— De photocopies de comptes rendus financiers, répondit-elle. Mais je suis trop fatiguée pour comprendre ce qu'ils peuvent bien concerner.

— Je ne suis pas beaucoup plus en forme, avoua Brick en étouffant un bâillement.

Une fois de plus, il écarta les rideaux de la fenêtre de leur chambre d'hôtel auprès de laquelle il était assis pour jeter un coup d'œil à l'extérieur.

— Est-ce que vous avez repéré la voiture qui nous suivait ? lui demanda Maureen.

— Non. Je commence à me demander si je ne me suis pas montré un peu trop parano.

— Espérons-le, soupira-t-elle. Je crois que je vais aller prendre une douche et me coucher.

— Vous ne voulez pas que je nous commande quelque chose à manger ?

— Je n'ai vraiment pas faim, avoua-t-elle. Mais n'hésitez surtout pas à prendre quelque chose.

Maureen récupéra sa trousse de toilette et une chemise de nuit, puis gagna la salle de bains. Après s'être douchée, changée et lavé les dents, elle regagna la chambre et s'aperçut que Brick s'était endormi tout habillé sur son lit.

Réprimant un sourire, elle alla s'allonger sur le sien et ferma les yeux. Mais en dépit de sa fatigue, elle ne parvint pas immédiatement à trouver le sommeil. Elle ne cessait de repenser à ce que leur avait dit Hope. Jamais elle n'aurait imaginé que sa sœur puisse tromper Thomas – surtout de façon aussi régulière et délibérée.

Maureen en venait presque à regretter d'être retournée à Billings. N'aurait-elle pas préféré ignorer la double vie que Tricia avait menée ?

D'un autre côté, si elle refusait de se confronter à ce qu'avait été la vie de sa sœur, elle n'aurait strictement aucune chance de découvrir qui l'avait tuée et pourquoi.

Elle n'aurait su dire combien de temps elle continua à retourner ces questions dans sa tête. Mais elle dut finir par s'endormir car elle ne tarda pas à sombrer dans un cauchemar terriblement familier.

Lorsqu'elle s'éveilla en hurlant, elle sentit des mains se saisir de ses poignets et se débattit avec acharnement sans parvenir à discerner le rêve qu'elle venait de faire de la réalité.

— Maureen, c'est moi, fit une voix familière. Tout va bien…

Elle ouvrit enfin les yeux et se retrouva nez à nez avec Brick qui la tenait toujours par les poignets.

— Tout va bien, répéta-t-il d'une voix très douce. Vous avez juste fait un cauchemar.

Elle reprit progressivement conscience de son environnement et se laissa retomber sur son oreiller. Sa chemise de nuit était trempée d'une sueur glacée et elle ne pouvait réprimer les violents frissons qui la parcouraient de la tête aux pieds.

Elle se força à respirer profondément et à chasser les images qui s'attardaient dans son esprit.

— Est-ce que ça va mieux ? lui demanda Brick en la libérant.

Il se redressa et la considéra d'un air inquiet.

Elle hocha la tête, se sentant un peu honteuse d'avoir été surprise dans un tel moment de faiblesse.

— On dirait que ce cauchemar était particulièrement violent, lui dit-il en souriant gentiment. J'en ai fait pas mal de ce genre-là et je sais qu'il faut un certain temps pour s'en remettre.

Tout en parlant, il fixait le tableau qui était accroché dans la chambre. Il représentait un paysage de montagne et elle se rappela alors ce qu'il lui était arrivé au Wyoming. Lui aussi était régulièrement en proie à ce genre de cauchemars. Et elle se sentit un peu rassérénée de savoir qu'il comprenait parfaitement ce qu'elle pouvait éprouver.

— Vous voulez que je laisse la lumière ? lui demanda-t-il.

Elle secoua la tête. Comme il s'apprêtait à s'écarter d'elle pour retourner vers son propre lit, elle céda à une brusque impulsion et lui prit la main.

— Est-ce que vous voulez que je reste un peu à vos côtés ?

Elle acquiesça et s'écarta légèrement pour lui laisser la place de s'allonger auprès d'elle. Il lui reprit doucement la main et la serra entre les siennes. Elle s'aperçut alors qu'elle tremblait toujours et que ses yeux étaient brouillés de larmes.

Elle se força à maîtriser sa respiration et le rythme effréné de ses battements de cœur commença à ralentir. La douce chaleur qui émanait des paumes de Brick lui semblait se répandre en elle, apaisant la tension qui l'habitait. Progressivement, elle se détendit et se laissa regagner par la fatigue.

Puis ses yeux se fermèrent et elle plongea dans un sommeil sans rêves.

Lorsque Brick se réveilla, il constata avec étonnement qu'il était toujours allongé sur le lit de Maureen. Il avait eu l'intention de retourner dans le sien, au cours de la nuit, mais il avait dormi profondément jusqu'au matin.

À présent, elle était nichée tout contre lui et ses longs cheveux blonds étaient répandus sur son torse. Le contact de son corps contre le sien éveilla en lui un brusque accès de désir qu'il aurait été bien en peine de réprimer. Elle était l'une des femmes les plus belles et les plus séduisantes qu'il ait jamais rencontrées.

Comme il se faisait cette réflexion, il la sentit bouger légèrement et retint sa respiration.

— Je sais que tu es réveillé, lui dit-elle d'une voix encore enrouée de sommeil.

— Comment ?

— Parce que ta main n'est plus posée sur mon sein…

Il se redressa sur un coude et ôta son bras qui était posé en travers du corps de la jeune femme.

— Je suis désolé, lui dit-il. Je ne voulais pas…

— Je plaisantais, répondit-elle en souriant.

Ses yeux brillaient d'un éclat malicieux et Brick se prit à songer qu'il aurait pu se perdre dans leurs profondeurs bleutées. Cela faisait très longtemps qu'il ne s'était pas senti aussi attiré par quelqu'un – fasciné, même.

— Tu t'es conduit en parfait gentleman, lui dit-elle. J'en viens presque à me demander si je ne devrais pas me sentir un peu vexée…

Brick tendit la main vers sa joue qu'il effleura doucement, lui arrachant un léger frisson.

— Ne prends surtout pas ma galanterie pour un manque

d'intérêt, lui dit-il d'une voix que son désir rendait légèrement rauque. Ce serait une grave erreur d'appréciation.

Le sourire de Maureen s'élargit encore un peu plus.

— Je ne l'oublierai pas, déclara-t-elle avec un brin d'effronterie.

Elle se redressa et récupéra son sac avant de se diriger vers la salle de bains.

— Malheureusement, nous avons du pain sur la planche, aujourd'hui, lui dit-elle avant de disparaître à l'intérieur.

Brick laissa échapper un grognement de frustration mais se laissa retomber sur l'oreiller en souriant. Cette fille était décidément totalement imprévisible…

Ils avaient passé la matinée à interroger les voisins de Tricia et Thomas pour savoir si l'un d'eux avait aperçu un homme pouvant correspondre à la description que Natalie leur avait faite du mystérieux amant.

Une habitante de la rue leur confirma qu'elle avait bien vu un homme répondant à ce signalement entrer chez les Colton mais elle fut incapable de leur en dire plus.

Dans un petit café situé à proximité, ils reçurent le témoignage concordant d'une serveuse qui leur indiqua que Tricia était venue déjeuner avec un homme grand, blond et très séduisant, quelques jours avant sa mort.

Elle se rappelait ce détail parce que Tricia avait beaucoup pleuré et qu'elle lui avait apporté des mouchoirs. Malheureusement, elle ne se rappelait pas précisément le visage de l'homme et se sentait incapable d'établir un portrait-robot.

Frustrés, Maureen et Brick décidèrent de déjeuner sur place avant de partir pour Red Lodge dans l'espoir de trouver le camping où avaient séjourné Tricia et son amant. Avec un peu de chance, ils parviendraient à localiser l'arbre où ils avaient gravé leurs initiales.

En étudiant attentivement la configuration des lieux au moyen de leurs téléphones portables et en la comparant avec le décor de la photo de Tricia, ils parvinrent à identifier l'endroit où elle avait dû être prise. Il s'agissait d'un site de camping aménagé situé dans les montagnes, près de Grizzly Peak.

Maureen profita du trajet pour éplucher les documents que lui avait laissés sa sœur. Mais elle ne parvenait toujours pas à comprendre l'intérêt que ces comptes pouvaient bien présenter – ni même à quoi ils faisaient référence. Finalement, elle renonça et rangea la liasse de documents dans son sac.

— Je n'arrive toujours pas à croire que Tricia ait pu avoir une aventure, dit-elle à Brick. Elle était la plus sage et la plus raisonnable de nous deux…

— Les gens amoureux n'agissent pas tout le temps de façon rationnelle, répondit-il. Du moins, c'est ce que j'ai entendu dire…

Tricia lui lança un coup d'œil étonné.

— Tu n'as jamais été amoureux ?

— Non, répondit-il. Et toi ?

— Des tas de fois, s'exclama-t-elle, visiblement sidérée. De mon prof de maths, au collège… D'un garçon qui m'écrivait des poèmes un peu ridicules au lycée… De mon petit ami à l'université et encore deux ou trois fois après ça…

Brick ne répondit pas.

— Tu as forcément été amoureux, insista Maureen qui semblait bien décidée à approfondir ce sujet.

— Je ne crois pas ; soupira-t-il. Je suis sorti avec un certain nombre de filles, bien sûr, et j'avais de l'affection pour elles. Mais je ne peux pas dire que j'étais amoureux.

Cela dit, nous n'avons peut-être pas la même définition de l'amour. Pour moi, ce n'est pas une simple attirance, un engouement du moment. C'est un sentiment profond, inaltérable, permanent. Quelque chose qui te dépasse complètement…

— Je ne sais pas si ce genre de sentiments existe réellement, objecta-t-elle. Ce genre d'amour ne se trouve que dans les romans et dans les films.

— Je ne suis pas d'accord. Je peux te dire que c'est ce que mon frère ressent pour Jinx, sa fiancée. Et s'il faut en croire ce que nous a dit Hope, c'était ce que ta sœur Tricia éprouvait envers son amant…

— Au fond, tu es un romantique, s'exclama Maureen en secouant la tête d'un air légèrement incrédule.

Il se fendit d'un sourire empli d'autodérision.

— Disons que je suis un romantique croyant mais non pratiquant, pour le moment, répondit-il en ralentissant légèrement.

Maureen s'aperçut alors qu'ils étaient parvenus au bout de la route goudronnée, sur un parking où stationnaient déjà quelques voitures. Brick se gara et tous deux descendirent du pick-up.

— Nous allons devoir continuer à pied, déclara-t-il. Si nous ne nous sommes pas trompés, la photo a dû être prise dans le camping qui se trouve au bout de ce sentier.

Maureen sortit la photo de sa sœur et observa attentivement le paysage autour d'eux.

— Ça semble correspondre, acquiesça-t-elle. Je reconnais cette montagne, au loin. Et la forêt en contrebas est probablement celle dans laquelle nous nous trouvons actuellement.

— Alors, allons-y ! s'exclama Brick qui se mit en route d'un bon pas.

Il leur fallut un peu plus d'une demi-heure de marche à un rythme soutenu pour atteindre le camping. La forêt qu'ils avaient traversée était magnifique mais la vue qui s'offrit à eux lorsqu'ils débouchèrent sur les hauteurs était plus spectaculaire encore.

— C'est bien l'endroit que nous cherchons, constata Maureen en admirant le panorama.

Ils commencèrent à explorer le site. Maureen avait du mal à croire que Tricia, qui détestait le camping, ait pu accepter de venir ici. Mais le bonheur qui se lisait sur son visage était indéniable et Maureen sentit une étrange émotion l'envahir, mélange de tristesse, de tendresse et peut-être aussi d'une légère pointe de jalousie.

Une fois de plus, elle essaya d'imaginer quel genre d'homme avait bien pu transformer sa sœur à ce point. Mais curieusement, le seul visage qui lui vint à l'esprit fut celui de Brick.

— Par ici ! l'interpella alors ce dernier.

Arrachée à sa rêverie éveillée, elle pressa le pas pour le rejoindre et s'aperçut qu'il avait trouvé l'endroit exact où la photo avait été prise.

— Ta sœur se trouvait devant cet arbre, lui indiqua-t-il. Et le photographe était probablement là où je me tiens en cet instant.

Maureen s'approcha de l'arbre en question et le contourna.

— J'ai trouvé, murmura-t-elle, le cœur battant à tout rompre.

Elle avait du mal à détacher son regard du cœur qui était gravé dans le bois. En son centre figuraient deux paires d'initiales.

— TM et JP, lut Brick qui l'avait rejointe. Elle a utilisé son nom de jeune fille, Mortensen.

— Peut-être ne voulait-elle pas penser à Thomas lorsqu'elle était avec son amant. Ou peut-être ne lui avait-elle pas dit qu'elle était mariée… Et JP, est-ce que cela te dit quelque chose ?

— Rien du tout, soupira-t-elle.

— Vois les choses du bon côté : nous sommes désormais certains que Hope ne nous a pas menti et que ta sœur avait bien un amant.

— Nous savons aussi que ce n'est pas Andy Carmichael comme elle avait pu le penser.

— Peut-être pourrions-nous nous procurer l'album de promotion de l'université qu'a fréquentée ta sœur ? suggéra Brick. Hope nous a dit que c'était là qu'elle l'avait connu en premier…

Il fut interrompu par un coup de feu qui fit voler un morceau d'écorce de l'arbre et effaroucha tous les oiseaux du voisinage. Sans hésiter, Brick se jeta sur Maureen et la plaqua au sol au moment où un second coup de feu claquait, qui atteignit de nouveau le tronc.

Puis un profond silence retomba soudain, plus oppressant encore que les détonations qui venaient de retentir. À tout moment, ils s'attendaient à ce qu'une balle vienne les faucher.

13

Brick n'aurait su dire combien de temps ils restèrent allongés côte à côte. Ils avaient rampé précipitamment de façon à contourner l'arbre qui leur offrait un semblant de couverture. Brick avait dégainé son arme et il guettait le moindre mouvement suspect dans les bois qui aurait pu le renseigner sur la position du tireur.

Mais plus rien ne venait déranger le calme de la forêt et même les oiseaux s'étaient remis à pépier joyeusement.

— Je pense qu'il est parti, souffla-t-il à Maureen. Ne bouge pas.

Avant qu'elle ait eu le temps de protester, il se redressa et courut en direction du bois. À son grand soulagement, personne n'essaya de lui tirer dessus.

— La voie est libre, cria-t-il à Maureen.

Elle se redressa à son tour et alla le rejoindre.

— Tu crois que c'était le tueur ? lui demanda-t-elle.

— Probablement, acquiesça-t-il. Et je suis de plus en plus convaincu que Natalie nous disait la vérité. Quelqu'un a probablement tué ta sœur et il ne tient pas à ce que nous remontions jusqu'à lui.

— Mais comment a-t-il su que nous viendrions ici ? Tu crois que c'est Hope qui le lui a dit ? Elle nous a peut-être menti en prétendant ne pas le connaître. Elle l'a peut-être appelé juste après notre départ…

— C'est possible, bien sûr, concéda Brick. Mais très franchement, j'en doute. Je sais bien que tu ne l'aimes pas beaucoup mais elle m'a fait l'effet d'être sincère.

— Alors comment le tireur a-t-il fait pour nous retrouver ?

— Tu te souviens qu'en sortant de chez elle, j'ai eu l'impression que quelqu'un nous suivait.

— Oui. Mais nous nous sommes rendu compte que ce n'était pas le cas.

— Celui qui me suivait s'est peut-être aperçu que je l'avais remarqué.

— Mais la route que nous avons empruntée pour venir à Red Lodge était quasiment déserte, objecta Maureen. Tu l'aurais repéré à des kilomètres.

— Sauf s'il a placé un mouchard sur ma voiture…

Maureen fronça les sourcils.

— Si c'est le cas, cela prouve que la mort de ma sœur n'était pas un simple crime passionnel, remarqua-t-elle.

— Avant d'aller nous en assurer, je vais récupérer les balles qui se sont logées dans le tronc d'arbre. Je doute que cela nous permette d'identifier l'arme du tireur mais cela ne coûte rien d'essayer.

Ils retournèrent auprès de l'arbre et Brick utilisa son couteau de poche pour déloger les deux projectiles.

— Est-ce que tu penses que l'on essayait vraiment de nous tuer ou juste de nous faire peur ?

Brick observa attentivement les environs.

— Deux coups manqués alors que le tireur avait tout le temps de viser et que nous étions immobiles ? Honnêtement, je pense qu'on cherchait plutôt à nous faire passer un message.

— Si c'est le cas, cette personne me connaît mal, déclara Maureen en croisant les bras sur sa poitrine d'un air résolu. Cette attaque a eu l'effet inverse à celui escompté. Je suis plus décidée que jamais à découvrir qui est responsable de la mort de ma sœur !

— Et peut-être de ton neveu, remarqua Brick.

Elle hocha la tête et tous deux redescendirent le long du sentier qui menait au parking. Une fois de retour auprès du pick-up, ils entreprirent d'inspecter ce dernier sous toutes ses coutures à la recherche d'un éventuel mouchard. Ils ne tardèrent pas à en trouver un, accroché sous le pare-chocs arrière.

Comme Brick s'apprêtait à l'écraser, Maureen le lui prit des mains.

— Autant compliquer la vie de notre adversaire, déclara-t-elle.

Elle alla fixer le mouchard sous le pare-chocs de l'une des autres voitures qui stationnaient sur le parking.

— Cela nous fera gagner un peu de temps avant qu'il s'en aperçoive.

— Bien vu, commenta Brick en souriant. Et maintenant ? Que suggères-tu ? Un passage par l'université ?

— Je préférerais d'abord aller parler à mon partenaire, déclara-t-elle.

— Ton *partenaire* ? lui demanda Brick, surpris.

Elle rit.

— Pas dans le sens que tu crois, lui assura-t-elle. Lou Landry était mon partenaire au sein de la police criminelle avant que je sois suspendue.

— Cela me fait penser que tu ne m'as jamais dit si tu avais un petit ami.

— Pas en ce moment, répondit-elle.

Brick eut la présence d'esprit de retenir le soupir de soulagement qui lui venait aux lèvres.

— Nous laisserons les balles à Lou pour qu'il fasse procéder à une étude balistique rapide, reprit-elle. Comme toi, je doute que cela nous mène bien loin mais à ce stade, nous ne pouvons négliger aucune piste. J'aimerais aussi qu'il nous donne une copie du dossier concernant la mort de Tricia.

Tandis qu'ils reprenaient la route de Billings, Maureen appela Hope pour lui faire part de leur récente découverte.

— Nous avons trouvé le camping où ont séjourné Tricia et son amant, lui dit-elle. Et il y avait bien un cœur avec leurs initiales. Celles de l'homme sont JP. Est-ce quc cela te dit quelque chose ?

— JP ? répéta Hope. Non, je ne vois pas. En tout cas, je suis certaine que Tricia n'est sortie avec aucun garçon dont les initiales étaient JP lorsque nous étions à l'université.

— Est-ce que tu as toujours ton album de promotion ?

— Bien sûr.

— Est-ce que tu pourrais jeter un coup d'œil ? A priori, nous cherchons un grand blond avec ces initiales.

— Comment savez-vous à quoi il ressemblait ?

— C'est Natalie qui me l'a dit, répondit Maureen. Apparemment, elle l'a aperçu du temps où elle travaillait pour Tricia et Thomas. Et nous avons recueilli plusieurs témoignages concordants aux abords de leur appartement.

— D'accord, acquiesça Hope. Je regarde ça dès que je serai de retour chez moi et je t'appelle si je trouve quoi que ce soit.

Maureen s'éclaircit la gorge.

— Hope… Je voulais te dire merci. Et je suis désolée si j'ai pu te paraître désagréable au moment de l'enterrement de Tricia. J'étais vraiment sur les nerfs.

Un long silence salua ce mea-culpa inattendu.

— Je comprends, répondit enfin Hope. Et j'espère vraiment qu'avec le temps, nous pourrons surmonter nos différends et devenir amies, Maureen. Nous le devons à Tricia.

— Je l'espère aussi, soupira Maureen.

— Quoi qu'il en soit, moi aussi, je te dois des excuses, ajouta Hope. J'aurais dû te donner cette enveloppe plus tôt et je suis désolée de ne pas l'avoir fait. Est-ce que tu y as trouvé quelque chose d'intéressant ?

— Juste des copies de comptes bancaires. Mais je ne sais pas encore à quoi ils correspondent.

— J'espère que tu trouveras. Si Tricia te les a laissées, ce devait être important.

Maureen prit congé de Hope puis appela son partenaire pour lui donner rendez-vous. Moins d'une heure plus tard, ils le retrouvèrent dans un café situé à proximité du commissariat principal de Billings.

Maureen présenta Lou à Brick. C'était un inspecteur chevronné qui travaillait depuis plus de trente-cinq ans au sein de la police criminelle de Billings. Maureen l'avait toujours considéré comme un mentor et une figure paternelle bien plus que comme un simple partenaire.

Il écouta très attentivement Maureen tandis qu'elle lui racontait tout ce qu'ils avaient découvert depuis qu'elle avait retrouvé Natalie à l'hôpital de Big Sky.

— Incroyable, conclut-il en observant tour à tour Brick et Maureen. Si vous dites vrai, nous allons devoir rouvrir le dossier concernant la mort de ta sœur.

— Justement, est-ce que tu pourrais m'en donner une copie ? Je sais que je suis suspendue et que, théoriquement, tu n'as pas le droit de le faire. Mais il faut que je jette un coup d'œil au rapport d'autopsie pour voir si le médecin légiste aurait pu négliger un détail.

— C'est peu probable, remarqua Lou. Il ne faisait absolument aucun doute à ses yeux qu'il s'agissait d'un suicide.

— Il me faudrait aussi des copies des photos de la scène.

— Tu es sûre de vouloir t'infliger ça ? s'enquit Lou en fronçant les sourcils.

— Je n'ai pas le choix, répondit-elle. Il faut que je sache.

Son partenaire ne put réprimer un soupir.

— D'accord, lui dit-il. Je vais aller te chercher ce que tu me demandes.

— Merci, Lou. Je te revaudrai ça.

— Eh, c'est à ça que sert un équipier, non ? Je reviens d'ici une demi-heure.

Sur ce, il se leva et quitta le café, les laissant seuls.

— Ça a vraiment l'air d'être un type bien, remarqua Brick qui était demeuré silencieux pendant l'entrevue.

— C'est le meilleur, acquiesça-t-elle en souriant.

Tandis qu'ils buvaient leur café en attendant le retour de Lou, Maureen parla à Brick de son travail au sein de la police locale. Il se montra très intéressé par le sujet et lui posa de nombreuses questions.

Au bout d'une vingtaine de minutes, Lou les rejoignit et déposa devant Maureen une épaisse enveloppe en papier kraft.

— Il y a tout ce que tu m'as demandé, lui indiqua-t-il.

Il paraissait préoccupé, se demandant probablement si la lecture de ce dossier ne se révélerait pas trop douloureuse pour elle. Elle-même ne se faisait pas d'illusions : ce serait certainement une épreuve difficile. Mais comme elle l'avait dit à Lou, elle n'avait plus le choix. Il lui fallait aller jusqu'au bout de cette affaire, quel que puisse être le prix à payer.

— Est-ce que tu comptes lire ça tout de suite ? s'enquit Brick lorsque Lou eut pris congé d'eux pour retourner travailler.

Il semblait tout aussi inquiet que le partenaire de Maureen.

— Pas ici, répondit-elle. Il y a beaucoup trop de policiers qui fréquentent ce café. Il vaudrait mieux que nous retournions à l'hôtel. Mais avant cela, il faut que je fasse un tour aux toilettes.

— Je vais chercher la voiture, lui dit Brick. Je t'attendrai devant la porte.

Brick quitta le café et se dirigea vers le parking où ils s'étaient garés. Mais alors qu'il passait devant une ruelle, il entendit quelqu'un l'interpeller.

— Ça alors ! Si ce n'est pas le nouveau petit ami de Maureen…

Surpris, il se retourna et avisa Shane Danby, le policier que Maureen et lui avaient sévèrement corrigé dans le bar tex-mex de Big Sky. Il était appuyé contre le capot d'une voiture de patrouille et deux autres policiers se trouvaient à ses côtés. Brick comprit aussitôt qu'il avait dû les voir arriver et qu'il avait décidé de les attendre. Fort heureusement, Maureen était en sécurité à l'intérieur.

— Comme on se retrouve…, ajouta Shane en s'avançant vers lui.

— On dirait que, cette fois, vous avez amené des amis, rétorqua Brick d'un ton moqueur. Vous aviez peur de vous faire humilier une fois de plus ?

— Vous n'auriez pas dû me provoquer, lui dit Shane. Vous allez le regretter amèrement.

Sur ce, il se précipita vers Brick. Mais ce dernier s'était préparé à une telle éventualité. Il esquiva son adversaire avec facilité puis le cueillit d'un crochet du droit en pleine mâchoire. Shane tomba à genoux, légèrement sonné, mais ses deux camarades se jetèrent sur Brick.

L'un d'eux le frappa au plexus tandis que l'autre l'agrippait par-derrière, écrasant sa trachée pour lui couper la respiration. Il tenta de se débattre et parvint à faire reculer l'homme qui se trouvait devant lui. Mais l'autre le fit tomber à terre.

Shane qui s'était relevé lui décocha un violent coup de pied dans les côtes. Ses acolytes l'imitèrent et Brick se recroquevilla sur lui-même pour protéger son visage des coups qui pleuvaient sur lui de toutes parts. Au bout d'un moment, il entendit retentir une voix familière.

— Qu'est-ce qui se passe, ici ?

— Ce type s'est jeté sur moi et m'a frappé, affirma Shane. Je ne sais pas ce qui lui a pris…

— Cet homme est policier ! s'exclama-t-elle, furieuse. C'est un marshal !

— Je n'en savais rien, lui assura Shane d'une voix faussement innocente.

— Je sais que c'est faux ! Il te l'a dit lorsque nous étions à Big Sky.

— Mais j'ai des témoins, répliqua Shane. Flic ou pas, ce type m'a agressé et je vais le conduire directement en cellule.

Brick s'efforça désespérément de se redresser mais il se sentait inexorablement glisser dans les ténèbres.

— Ne t'en fais pas ! lui cria Maureen. Je vais te sortir de là…

Puis il perdit connaissance.

Maureen était tellement folle de rage qu'elle faillit s'en prendre physiquement à Shane. Mais elle savait que cela n'aurait fait que compliquer les choses. Aussi se força-t-elle à ravaler momentanément sa colère.

— Tu ne perds rien pour attendre, lui dit-elle d'une voix sourde tandis que les deux policiers qui étaient avec lui faisaient monter Brick à l'arrière de la voiture de patrouille.

— Est-ce que par hasard tu serais en train de me

menacer ? répliqua Shane d'un ton faussement mielleux. Je te rappelle que je suis un policier dans l'exercice de ses fonctions. Fais attention, je ne voudrais pas que tu finisses en prison, toi aussi…

Maureen serra les dents, douloureusement consciente que tout ceci s'était produit par sa faute. Si elle n'avait pas provoqué Shane, à Big Sky, Brick n'aurait pas volé à son secours et il ne se serait pas retrouvé dans cette situation.

Mais il était trop tard pour faire marche arrière. Et Shane avait pris soin de s'entourer de collègues qui témoigneraient en sa faveur. La seule chose qu'elle pouvait faire, pour le moment, c'était attendre que la caution de Brick soit fixée. Puis elle lui retournerait le service qu'il lui avait rendu à Big Sky et le ferait sortir.

D'ici là, elle aurait tout le temps d'étudier le rapport d'autopsie et les photos de la scène de crime. Avec un peu de chance, elle parviendrait à prouver que sa sœur avait réellement été assassinée. Et dans ce cas, comme l'avait dit Lou, le procureur n'aurait d'autre choix que de rouvrir le dossier.

Elle retourna donc à pied à leur hôtel et, après s'être préparé une tasse de thé, elle ouvrit l'enveloppe que lui avait remise Lou.

Elle s'était attendue à ce que la vision de ces photos constitue pour elle un choc mais elle avait grandement sous-estimé leur impact. Lorsqu'elle vit le visage cyanosé de sa sœur, le nœud coulant qui enserrait son cou et ce regard vide qui semblait la fixer par-delà la mort, elle fondit en larmes, incapable de réprimer le flot d'émotion qui se déversait brusquement en elle, la submergeant totalement.

Durant de longues minutes, elle demeura prostrée, sanglotant convulsivement et tremblant de tout son corps. Pendant toutes ces semaines, elle s'était efforcée de tenir à l'écart la réalité de cette mort, se concentrant sur sa propre colère, sur son désir de vengeance. Mais elle prenait soudain pleinement conscience de l'horreur de ce qui s'était passé.

Il lui fallut très longtemps pour s'arracher à ce sentiment d'effroi. D'un pas mal assuré, elle se dirigea vers la salle de bains pour se passer de l'eau sur le visage. Prenant appui sur le lavabo, elle se força alors à respirer profondément.

Lorsqu'elle eut retrouvé un semblant de calme et de self-control, elle retourna s'asseoir devant la table basse et se prépara à se replonger dans le dossier de sa sœur. Mais son téléphone portable se mit à sonner. Constatant qu'il s'agissait de Hope, elle décrocha.

— Tu ne vas pas le croire, lui dit la jeune femme en guise d'entrée en matière.

— Tu as trouvé le fameux JP ? demanda-t-elle, le cœur battant à tout rompre.

— Je crois, répondit Hope. Est-ce que tu te souviens de Paul Palmer ?

Maureen fronça les sourcils. Le nom lui paraissait vaguement familier.

— Vaguement, répondit-elle. Je l'ai vu une fois ou deux aux soirées que vous organisiez, Tricia et toi. Je me souviens d'un garçon assez grand, châtain… Je crois qu'il portait des lunettes à monture d'écaille.

— C'est bien lui, confirma Hope.

— Mais quel rapport avec l'amant de Tricia ? Paul n'est pas blond et son prénom ne commence pas par un J…

— Détrompe-toi. Paul Palmer s'appelle en réalité Jeffrey Paul Palmer. Il utilise son deuxième prénom pour se démarquer de son père, Jeffrey Palmer.

— Jeffrey Palmer ? s'exclama Maureen. Le Jeffrey Palmer dont Thomas est tellement fan ?

— Lui-même.

— C'est dingue !

— Je ne te le fais pas dire. Si tu vas sur le site de Jeffrey Palmer, tu verras une photo de lui avec son fils.

— Attends une minute, lui demanda Maureen en activant l'amplificateur de son téléphone.

Elle bascula vers le navigateur Internet et tapa le nom de Jeffrey Palmer dans le moteur de recherche.

— Je suis sur son site, indiqua-t-elle à Hope.

— Il y a un onglet avec des photos.

Maureen appuya dessus puis fit défiler les images.

— Je l'ai ! s'exclama-t-elle.

Paul Palmer avait beaucoup changé depuis l'époque où Maureen l'avait connu. Les dernières traces d'acné avaient disparu de son visage, il avait troqué ses lunettes contre des lentilles et ses cheveux étaient teints en blond. Le jeune homme timide et mal dégourdi qu'il était autrefois s'était changé en un homme très séduisant.

Maureen jeta un coup d'œil à la légende de la photo. Elle avait été prise lors d'un cocktail organisé par le gouverneur du Montana en l'honneur de Jeffrey Palmer et de son fils, à l'occasion de la création d'une fondation pour le bien-être animal.

— Ça alors ! s'exclama-t-elle. Paul Palmer est le directeur de MSD !

— MSD ? Qu'est-ce que c'est ?

— L'association de défense des animaux pour laquelle Tricia travaillait occasionnellement comme bénévole, répondit Maureen.

— Ah oui, elle m'avait parlé du chenil où elle faisait parfois des permanences. C'est un endroit où Thomas ne mettait jamais les pieds à cause de ses allergies. Elle était même obligée de se doucher et de se changer chaque fois qu'elle revenait de là-bas.

— Et tu nous as dit hier soir que l'amant de Tricia aimait les animaux, comme elle…

— Ils auraient très bien pu se rencontrer lors de l'un des séminaires de Jeffrey Palmer où Thomas traînait parfois Tricia. Il lui a sans doute parlé de son association à cette occasion…

— Tout concorde, murmura Maureen. Je crois bien que tu as réussi à identifier l'amant de ma sœur.

— Cela ne signifie pas forcément que c'est lui qui a tué Tricia, remarqua Hope.

— Effectivement. Mais il aura peut-être une idée de qui pourrait l'avoir fait et pourquoi.

— Tu ne comptes pas aller le trouver toute seule, quand même ? s'exclama Hope.

— Je n'ai pas le choix. Pour le moment, tout ce que nous avons, ce sont des spéculations. Il nous faut des preuves.

— Sois prudente, Maureen. Si c'est bien Paul qui a tué ta sœur, il n'hésitera peut-être pas à recommencer…

14

Brick était allongé sur le lit de sa cellule, les bras croisés derrière la nuque. Il ne pouvait s'empêcher de s'inquiéter au sujet de Maureen qui avait dû compulser le dossier de l'enquête. Réussirait-elle à faire face à la violence des images et du rapport d'autopsie ?

Il craignait surtout que la personne qui leur avait tiré dessus ce jour-là ne renouvelle ce genre de tentative d'intimidation – voire qu'il se décide à passer à la vitesse supérieure.

— Savage ? Un appel pour toi.

Brick jeta un coup d'œil à l'agent qui était en train de déverrouiller sa cellule.

— Amène-toi, lui ordonna son geôlier.

Il se leva et suivit ce dernier jusqu'à un petit bureau où on lui tendit le combiné d'un téléphone. Il espérait entendre la voix de Maureen et fut un peu surpris lorsque ce fut celle de son père qui retentit à son oreille.

— Brick ? Mais qu'est-ce que tu fabriques ? J'ai appris que tu avais agressé des policiers de Billings ?

— C'est le contraire qui s'est passé. Trois policiers m'ont attaqué sans la moindre provocation. Crois-moi, je n'y suis vraiment pour rien.

— Qu'est devenue Maureen Mortensen ?

— Elle continue à rechercher l'homme qui a tué sa

sœur. Il y a des chances pour qu'il s'agisse de l'amant de Tricia. Je t'avoue que je m'inquiète pour elle.

— Et moi, je m'inquiète pour toi !

— Il n'y a pas de quoi. Maureen me sortira de là dès que le juge aura fixé ma caution.

— Tu te rends compte que cela risque de compromettre ta carrière dans la police ?

— Pas si nous parvenons à démontrer que nous avons raison et que Tricia ne s'est pas suicidée.

— En attendant, tu es accusé d'avoir agressé un policier, lui rappela son père.

— Des tas de gens à Big Sky pourront témoigner du fait que Shane Danby a agressé Maureen et que je l'ai défendue. Et je ne suis pas sûr que les deux autres flics maintiendront leur témoignage face à un juge. Ils doivent savoir quel risque ils courent si on démontre par la suite qu'ils se sont parjurés.

Brick était loin d'en être aussi convaincu qu'il voulait bien le laisser paraître. Mais il ne tenait pas à ce que ses parents s'inquiètent à son sujet tant qu'il n'y avait pas de raisons objectives de le faire…

Lorsqu'elle se retrouva face à Paul Palmer, Maureen comprit comment Tricia avait pu se laisser séduire. Non seulement il s'était métamorphosé physiquement depuis qu'il avait quitté l'université mais il émanait de lui un charme indéniable.

Maureen l'observa tandis qu'il évoluait au milieu de ses nombreux invités, échangeant quelques paroles avec les uns et les autres. En arrivant au siège de l'association, elle avait découvert qu'une réception était organisée ce soir-là pour rendre hommage aux généreux donateurs qui avaient permis à la fondation de prospérer au fil du temps.

Elle finit par se frayer un chemin jusqu'à lui. Lorsqu'il l'aperçut, elle décela de l'étonnement dans ses yeux. Il était évident qu'il l'avait reconnue d'entrée de jeu, ce à quoi elle ne s'était pas attendue. Mais elle prit alors conscience du fait que sa sœur avait probablement dû lui parler d'elle, de temps à autre, et peut-être même lui montrer des photos.

— Maureen, s'exclama-t-il en prenant l'une de ses mains entre les siennes. Quelle surprise de te voir ici ! Je ne savais pas que tu étais une amoureuse des animaux !

— Pas autant que ma sœur, je le reconnais, répondit-elle.

Il ne se départit pas de son sourire mais elle vit ses sourcils se froncer légèrement.

— Viens dans mon bureau, lui proposa-t-il. Nous y serons plus à l'aise pour discuter.

Elle le suivit dans un couloir couvert d'une épaisse moquette et dont les murs étaient décorés de clichés encadrés représentant toutes sortes d'animaux sauvages ou domestiques. Paul la conduisit jusqu'à un bureau meublé de façon très élégante.

Tricia avait dû se sentir impressionnée par cette fondation dont la cause lui tenait à cœur mais qui savait conserver un certain sens du décorum.

— Je n'ai malheureusement pas autant de temps à t'accorder que je le voudrais, dit-il en lui désignant une chaise. Cette soirée est un moment important pour notre association. Elle nous permet d'informer nos donateurs de toutes les activités que nous avons entreprises durant l'année en cours. Mais est-ce que je peux t'offrir quelque chose à boire ? Un café ? Un verre d'eau ? Une flûte de champagne ?

— Merci, mais ce n'est pas la peine, lui assura-t-elle. Cela fait longtemps que je ne t'avais pas vu. Tu as changé.

— Physiquement, peut-être, concéda-t-il. Mais au

fond, je suis toujours le garçon timide et maladroit que j'étais à l'université.

— J'en doute, répondit Maureen en lui souriant.

Paul se renversa dans son siège et la considéra avec attention.

— Que puis-je faire pour toi, Maureen ? lui demanda-t-il enfin.

— Me confirmer que tu étais bien l'amant de ma sœur, tout d'abord.

S'il fut surpris par cette demande, il se garda bien de le lui montrer.

— Est-ce que c'est Tricia qui t'en a parlé ?

— Non, avoua Maureen. Je ne l'ai découvert qu'après sa mort. Mais j'ai retrouvé le cœur que vous avez gravé à Red Lodge. Tricia a utilisé son nom de jeune fille. Pourtant, tu savais qu'elle était mariée, n'est-ce pas ?

Le sourire de Paul disparut brusquement.

— J'étais au courant, en effet, acquiesça-t-il.

Un lourd silence s'ensuivit.

— J'imagine que tu désapprouves cette liaison, reprit-il. Mais ni Tricia ni moi ne l'avons préméditée, tu sais. Nous travaillions ensemble et nous sommes tombés amoureux l'un de l'autre.

— Est-ce que ton père était au courant ?

— Pourquoi cette question ?

Maureen haussa les épaules.

— Eh bien, Thomas est l'un de ses plus fervents admirateurs…

Paul se rembrunit encore un peu plus.

— Tu as raison, reconnut-il à contrecœur. Mon père désapprouvait cette liaison. Mais je considérais que cela ne le regardait pas et je le lui ai dit. J'étais bien décidé à tout faire pour pouvoir épouser Tricia et élever Joey à ses côtés.

— Est-ce que Joey était ton fils ? s'enquit Maureen.

— Biologiquement, je l'ignore. Mais cela n'avait pas d'importance.

— C'est une attitude très noble de ta part, remarqua Maureen. D'autant que Joey n'était pas un enfant comme les autres…

— Je te l'ai dit : j'aimais ta sœur et j'aurais fait n'importe quoi pour la rendre heureuse.

— Où est-ce que vous vous retrouviez, tous les deux ? La fondation n'est pas forcément l'endroit idéal pour entretenir une relation amoureuse.

— Mon père possède une maison près de Red Lodge, répondit-il. Mais pourquoi toutes ces questions ? Qu'est-ce que cela change, maintenant que Tricia…

Il laissa sa phrase en suspens comme s'il n'avait pas la force de l'achever.

— Si tu l'aimais à ce point, tu as dû être déçu lorsqu'elle a décidé de rompre, remarqua Maureen.

Paul laissa échapper un rire sans joie.

— Déçu ? répéta-t-il d'un ton ironique. Ce n'est pas le terme que je choisirais. Désespéré. Anéanti. Effondré. Elle m'a dit que l'enfant était de Thomas, même si je ne suis pas sûr qu'elle l'ait vraiment su. Elle m'a dit qu'elle voulait redonner une chance à son mariage. Je crois qu'elle essayait de se punir parce qu'elle était tombée amoureuse de moi.

— Que s'est-il passé, ensuite ?

— Malgré toutes ses bonnes résolutions, Tricia n'a pas pu rester très longtemps loin de moi. Quant à moi, je ne supportais plus d'être perpétuellement le numéro deux, celui qu'on cache et dont on ne parle pas. Je voulais que tout le monde sache ce que je ressentais pour elle.

— Ça devait te mettre en colère qu'elle s'y refuse.

Une fois de plus, Paul la considéra d'un air méfiant.

— Où veux-tu en venir, exactement ? M'accuserais-tu d'avoir délibérément acculé ta sœur au suicide ?

— Tu penses donc qu'elle s'est suicidée…

La surprise qui se lut alors dans les yeux de Paul paraissait sincère.

— C'est ce qu'ont dit les journaux. Es-tu en train de me dire qu'elle a été tuée ?

— Je pense que c'est très probable, répondit-elle en le regardant droit dans les yeux.

Il paraissait être sous le choc de cette révélation. Il fit mine de se lever mais se laissa aussitôt retomber sur son siège.

— Est-ce que tu as des preuves de ce que tu avances ? lui demanda-t-il enfin.

— Pas encore.

— Alors pourquoi crois-tu que ce soit le cas ?

— C'est Natalie Berkshire qui me l'a dit.

— Et comment l'aurait-elle su ? protesta-t-il.

— Je l'ignore.

— Je te rappelle que ce n'est pas précisément quelqu'un de confiance…

Il s'interrompit, paraissant réfléchir intensément à la question.

— D'un autre côté, reprit-il pensivement, si jamais elle dit vrai, cela pourrait expliquer certaines choses… Est-ce que tu crois que Thomas pourrait être le coupable ? S'il a découvert notre aventure…

— Comment l'aurait-il apprise ? objecta Maureen. Tricia n'avait parlé de votre histoire à personne – pas même à moi.

— Peut-être a-t-elle décidé de tout lui raconter, suggéra Paul. Après la naissance de Joey, Tricia n'était plus elle-même. Elle a basculé dans une sorte de dépression, une véritable spirale autodestructrice. C'est d'ailleurs la raison pour laquelle je n'ai jamais mis en doute les conclusions du médecin légiste. Elle s'était mis en tête qu'elle était responsable de la maladie de Joey, que c'était une sorte de vengeance divine ou de dette karmique à payer... J'ai essayé de la raisonner. Je savais que si nous étions ensemble, tout finirait par s'arranger. Nous étions faits l'un pour l'autre...

— Mais elle a refusé, n'est-ce pas ? demanda Maureen.

Il serra les dents et une lueur de colère passa dans son regard bleu acier. C'était la première fois qu'elle voyait se fissurer le vernis de civilité et de bienveillance qu'arborait Paul et elle se demanda si l'homme passionné qu'elle croyait discerner sous ce masque n'était pas capable du pire.

— Elle ne voulait pas briser le cœur de Thomas, répondit-il d'une voix amère. J'imagine que, au fond, le mien avait moins d'importance à ses yeux...

15

Dès le lendemain matin, Maureen se mit en quête d'éléments susceptibles d'innocenter Brick. Elle ne voulait pas uniquement le tirer de prison, mais aussi et surtout faire en sorte que sa réputation ne soit pas ternie par cette histoire ridicule.

Il ne lui fallut pas longtemps pour trouver ce qu'elle cherchait : un magasin possédant une caméra de surveillance braquée sur l'allée où Shane et ses camarades avaient agressé Brick.

Elle usa de son charme pour convaincre le propriétaire de la boutique de lui confier une copie de l'enregistrement de la veille puis alla directement trouver son supérieur, le chef de la police criminelle de Billings.

Ce dernier regarda attentivement la scène que Maureen avait copiée sur son téléphone portable et conclut ce visionnage par une bordée de jurons qui n'augurait rien de bon. Elle savait que ce n'était pas la première fois que Shane était mis en cause pour ce genre de pratiques.

— Je préférerais régler ça moi-même, si ça ne t'ennuie pas, gronda-t-il. Envoie-moi la vidéo et je vais apprendre à cet abruti ce qu'il en coûte de déshonorer l'insigne que nous portons. Et à ce propos, Maureen, j'aimerais savoir si tu te sens prête à réintégrer le service.

Surprise par cette proposition inattendue, elle hésita

quelques instants. Récupérer son badge faciliterait probablement ses investigations. Mais cela signifiait aussi qu'elle devrait se plier aux ordres de son supérieur et remplir les missions qu'il entendait lui confier.

— Je crois que j'ai besoin d'encore un peu de temps, répondit-elle enfin. J'ai quelques affaires personnelles à régler. Mais si tout se passe comme je l'espère, cela ne devrait pas prendre plus de quelques jours…

— Parfait, approuva le commissaire. Je serai vraiment ravi de te voir revenir maintenant que tout le dossier Berkshire est clos. D'autant que nous n'allons pas tarder à perdre l'un de nos éléments.

Il secoua la tête d'un air incrédule.

— Mais qu'est-ce qui lui a pris de tabasser un autre flic ? Le fils du chef du bureau des marshals de Big Sky, en plus…

— Shane m'a agressée lorsque nous étions à Big Sky et Brick m'a défendue. J'imagine que ça n'a pas plu à Shane. Mais dites-moi, quand Brick pourra-t-il sortir de cellule ?

— Dès que j'en aurai donné l'ordre, répondit son supérieur en décrochant son téléphone.

Il appela l'agent qui supervisait la surveillance des cellules et ordonna qu'on relâche immédiatement Brick Savage.

— Il est à toi, conclut-il à l'intention de Maureen.

— Merci, lui dit-elle. À bientôt, chef.

Il hocha la tête et la suivit des yeux tandis qu'elle quittait son bureau. Maureen se rendit immédiatement au bloc de détention. Elle trouva Brick qui l'attendait dans le couloir et ne put s'empêcher de tressaillir en voyant les dégâts qu'avaient causés Shane et ses acolytes.

Il avait un œil au beurre noir, un bleu violacé sur la joue, plusieurs coupures dont une à la lèvre qui devait être très douloureuse. En percevant le léger sifflement de sa respiration, elle comprit qu'il devait avoir plusieurs côtes fêlées.

Refusant de lui montrer à quel point elle était choquée et peinée de le voir dans cet état, elle opta pour une plaisanterie.

— Nous ne pouvons vraiment pas continuer à nous rencontrer de cette façon, lui dit-elle.

Il lui décocha un sourire complice.

— Nous voilà à égalité, lui dit-il. Une incarcération partout. Qui sait ? La prochaine fois, ils nous mettront peut-être dans la même cellule.

— Je suis désolée, lui dit-elle d'un ton plus grave. Tout ceci est arrivé par ma faute. Si je ne m'étais pas disputée avec Shane, à Big Sky…

— Eh ! l'interrompit-il. Tu n'es absolument pas responsable. Shane est un sale type et un mauvais flic. Nous savions qu'il était vicieux et cette fois, il avait deux de ses amis avec lui…

— En tout cas, tu seras heureux d'apprendre que plus aucune charge ne pèse contre toi. J'ai trouvé une caméra de surveillance qui a filmé toute la scène. Shane est sur un siège éjectable. Quant aux deux autres, ils auront de la chance s'ils s'en sortent avec une mise à pied de quelques mois.

— Espérons que cela leur donnera le temps de réfléchir.

— J'ai aussi une bonne nouvelle.

— Une autre bonne nouvelle, tu veux dire ?

Elle hocha la tête.

— J'ai retrouvé le mystérieux JP.

Tandis qu'ils quittaient le commissariat et regagnaient le parking où leur pick-up était resté garé depuis la veille, Maureen entreprit de lui raconter tout ce qui s'était passé pendant qu'il était en cellule. Lorsqu'elle conclut le récit de sa visite au siège de la fondation MSD, il ne put réprimer un frisson d'angoisse rétrospective.

— Tu n'aurais pas dû aller là-bas toute seule, protesta-t-il. Si ce type est responsable de la mort de ta sœur, crois-tu qu'il hésiterait à se débarrasser de toi ?

— C'est exactement ce que m'a dit Hope, répondit-elle en souriant. Mais vous oubliez tous deux que je suis un flic. Je suis tout à fait capable de me défendre.

— Même les flics travaillent toujours par deux, lui rappela-t-il. Lorsque tu décides de courir un tel risque, tu as besoin de quelqu'un pour te couvrir.

— Pourquoi crois-tu que je t'aie tiré de prison ? répliqua-t-elle d'un ton narquois.

Brick ne put réprimer un soupir. Maureen était tout bonnement impossible. Il en venait même à se demander comment quelqu'un d'aussi rétif à toute forme d'autorité avait bien pu trouver sa place au sein des forces de police. D'un autre côté, cela expliquait peut-être pourquoi elle avait été mise à pied…

— Je suis sérieux, lui dit-il. Je n'ai pas du tout envie de te perdre, tu sais.

La tranquille assurance qui se lisait dans les yeux de la jeune femme vacilla, remplacée par un mélange d'étonnement et de vulnérabilité.

— Moi non plus, je ne veux pas te perdre, lui dit-elle d'une voix légèrement enrouée par l'émotion.

Cédant à l'envie qui l'habitait depuis qu'il l'avait rencontrée, Brick posa la main sur sa joue et s'avança vers elle, couvrant la distance qui les séparait. Il lui laissa le temps de s'écarter mais elle n'en fit rien. Il se pencha donc vers elle et posa les lèvres sur les siennes.

Ce simple contact l'électrisa. Son corps tout entier réagit sous l'effet du désir qui déferlait en lui. Il n'avait pas eu l'intention d'approfondir ce baiser mais lorsque Maureen le lui rendit, il ne put s'empêcher de lui donner un tour plus passionné.

Leur étreinte se prolongea tandis qu'ils se perdaient dans ce moment magique. Jamais Brick n'avait réagi de cette façon à un simple baiser, mais c'était peut-être parce qu'il révélait des sentiments qu'il s'était obstinément efforcé d'ignorer au cours de ces derniers jours.

Lorsqu'ils s'écartèrent enfin, ils demeurèrent enlacés, se contemplant l'un l'autre avec un mélange de surprise et d'émerveillement.

— Je suis désolé, lui dit-il.

Maureen le foudroya du regard.

— Tu n'as pas intérêt ! s'exclama-t-elle. C'était un baiser phénoménal.

Il ne put s'empêcher de rire.

— Maureen…

Elle secoua la tête et recula d'un pas, s'arrachant à lui.

— Inutile d'épiloguer, lui dit-elle. Nous nous sommes embrassés parce que nous en avions envie. Mais maintenant, nous avons des choses plus urgentes à faire, d'accord ?

Il n'était pas certain qu'elle fût parfaitement honnête en balayant de cette façon ce qui venait de se passer. Mais il ne pouvait nier le fait que le moment était très mal choisi.

— D'accord, répondit-il.

Il passa une main dans ses cheveux et s'éclaircit la gorge.

— Pour en revenir à JP, est-ce que tu crois que c'est lui qui a tué ta sœur comme semblait le penser Natalie ?

— Je ne sais pas, avoua-t-elle en fronçant les sourcils. Je crois qu'il l'aimait assez pour l'avoir assassinée par passion. Mais il n'est pas notre seul suspect. Son père, Jeffrey Palmer, était fermement opposé à cette liaison. Et si nous devons demeurer parfaitement impartiaux, nous devons ajouter Thomas à la liste. S'il a appris l'infidélité de Tricia, il peut l'avoir étranglée sous l'effet de la colère avant de maquiller son crime…

Le téléphone de Maureen se mit à sonner.

— C'est Elroy, lui dit-elle. Un ami qui travaille dans la finance. Je lui ai confié les documents qui se trouvaient dans l'enveloppe de Tricia pour voir s'il parviendrait à en tirer quelque chose.

Elle décrocha et porta l'appareil à son oreille.

— Salut, Elroy ! Dis-moi que tu as réussi à comprendre ce dont il s'agissait, exactement…

Elle écouta attentivement la réponse de son interlocuteur.

— D'accord, lui dit-elle. Si tu penses que c'est la meilleure façon de procéder. Mais je te conseille quand même de garder une copie en guise d'assurance…

Elle éclata de rire en entendant la réponse d'Elroy.

— Tu me connais. Je suis une véritable paranoïaque. En tout cas, merci mille fois, Elroy ! Je te revaudrai ça !

Après avoir pris congé, Maureen se tourna vers Brick.

— Je crois que nous allons avoir une intéressante conversation avec Jeffrey Palmer père, déclara-t-elle. Nous sommes samedi, ce qui signifie qu'il doit être dans sa maison de campagne. Et devine où elle se trouve ? À Big Sky.

— Retour au point de départ, donc. Au moins, je ne devrais pas avoir de mal à trouver, répondit Brick. Mais est-ce que tu comptes me dire ce que t'a raconté ton ami Elroy ?

Elle lui décocha un sourire malicieux.

— C'est une surprise, lui dit-elle. Mais je suis sûre que ce nouveau rebondissement va beaucoup te plaire…

— Ils ont trouvé le mouchard.

Jim se redressa sur son lit, un peu désorienté. Il avait

passé la quasi-totalité de la nuit à surveiller un entrepôt de contrebande et venait tout juste de s'endormir quand son téléphone portable s'était mis à sonner.

— Vous en êtes sûr ? demanda-t-il en se frottant les yeux.

— Certain. Ils l'ont même collé sur une autre voiture, histoire de me faire perdre mon temps.

— Bien vu, commenta Jim d'un ton appréciatif.

Il se réjouit secrètement que son client se soit fait doubler. Cela lui apprendrait à jouer les détectives amateurs au lieu de faire appel à un véritable professionnel. Malheureusement, cette bourde signifiait que Savage et Mortensen seraient sur leurs gardes, à présent, ce qui lui compliquerait encore un peu plus la tâche.

— Vous voulez que je les retrouve ? demanda-t-il.

— Oui.

— Vous connaissez mes tarifs.

— Trouvez-les. L'argent n'est pas un problème.

Jim se fendit d'un sourire ironique : c'était toujours ce que disaient les gens qui en avaient trop. Mais il ne comptait pas jouer les fines bouches. Puisque son client était prêt à payer, il reprendrait l'affaire sans hésiter.

Ce ne serait probablement pas très difficile. Car comme chaque fois qu'il installait un mouchard, Jim avait pris la précaution d'un poser un second, plus discret encore. Rares étaient les gens qui continuaient à chercher après s'être débarrassés du premier.

— Je m'y mets tout de suite, déclara-t-il. Je vous tiens au courant dès que j'aurai du nouveau.

Il raccrocha et activa l'application qui lui permettait de suivre les mouchards. Le premier se trouvait actuellement en route vers la Californie. Le second, en revanche, se dirigeait vers Big Sky, la ville où Natalie Berkshire avait refait surface après avoir été enlevée.

Jim préférait ne pas trop penser au fait que son client semblait s'être intéressé à elle de très près et qu'elle était morte, à présent. Il ne voulait pas non plus savoir ce qu'il voulait faire de Savage et Mortensen, une fois qu'il les aurait retrouvés.

Aux yeux de Jim, un détective privé était payé en grande partie pour ne pas se poser ce genre de questions…

Alors qu'ils venaient de dépasser Four Corners et qu'ils approchaient de la vallée au fond de laquelle se nichait Big Sky, de lourds nuages sombres se massaient sur les hauteurs, annonciateurs d'un orage qui ne tarderait probablement pas à éclater.

— Je ne sais pas pour toi mais je suis affamé, déclara Brick. Je n'ai rien avalé depuis le petit déjeuner qu'ils m'ont servi en prison, hier soir, et ça n'avait vraiment rien d'un festin.

— J'ai très faim, moi aussi, répondit-elle en se redressant.

La question de Brick l'avait tirée du demi-sommeil dans lequel elle avait basculé peu de temps après qu'ils avaient quitté Billings. Elle s'étonna de ne pas avoir fait de cauchemars, cette fois-ci.

Elle en venait presque à se demander si ce n'était pas la présence de Brick à ses côtés qui avait un effet salutaire sur sa vie onirique. Et cette possibilité l'inquiétait un peu.

Lorsqu'elle était avec lui, elle se sentait protégée et en sécurité. Malgré les piques qu'ils se renvoyaient très régulièrement à ce sujet, elle était intimement convaincue qu'elle pouvait lui faire confiance.

Le baiser passionné qu'ils avaient échangé sur le parking avait conféré une nouvelle dimension à la connivence qui s'était installée entre eux au fil de ces derniers jours. Et Maureen commençait à se demander avec une pointe d'angoisse si elle n'était pas en train de tomber amoureuse de Brick…

— Je connais l'endroit idéal pour aller manger un morceau, déclara ce dernier.

— Tu ne crois pas qu'il vaudrait mieux appeler pour réserver ?

— Tu as raison, répondit-il en tirant son téléphone de sa poche.

Le numéro était enregistré dans son répertoire, ce qui signifiait qu'il s'agissait d'un établissement qu'il devait fréquenter régulièrement. Elle se demanda avec une pointe de curiosité si c'était là qu'il emmenait les femmes avec lesquelles il sortait.

— C'est Brick, dit-il sans autre forme de procès. Je passe pour dîner et j'amène une amie… Parfait ! Nous devrions être là d'ici vingt minutes. À tout à l'heure !

Il raccrocha et décocha à Maureen l'un de ses sourires irrésistibles dont il avait le secret.

— Ils nous attendent, confirma-t-il. Le menu de ce soir est un rôti de bœuf accompagné d'un écrasé de pommes de terre et de carottes du jardin. Pour le dessert, il y a un fondant au chocolat.

— J'en ai déjà l'eau à la bouche, répondit-elle.

— Et quelle bouche, murmura-t-il d'un ton suggestif.

Elle ne put s'empêcher de rougir et détourna les yeux, ce qui le fit beaucoup rire, apparemment. Mais elle ne lui en voulut pas. Au contraire, flirter lui donnait un peu l'impression de renaître après des semaines de cauchemar.

Elle se réjouissait d'aller dîner en sa compagnie. Elle ne comprenait pas bien comment elle avait pu s'habituer si vite à sa présence mais elle devait bien admettre qu'elle s'était sentie un peu déprimée, la veille au soir, lorsqu'elle avait dû manger sans lui au restaurant de l'hôtel.

À mi-chemin entre Four Corners et Big Sky, Brick quitta

l'autoroute 191 pour s'engager sur une route secondaire qui longeait la rivière Gallatin. L'endroit était bucolique et charmant. Ils franchirent un petit pont de bois puis obliquèrent sur une route de terre qu'ils suivirent jusqu'à une grande maison de bois.

Autour, on pouvait voir plusieurs écuries ainsi que des corrals dans lesquels paissaient des chevaux. À flanc de colline, on distinguait plusieurs maisons traditionnelles. L'endroit ne ressemblait pas du tout à un restaurant et elle sentit une pointe d'inquiétude l'envahir.

La porte de la maison s'ouvrit alors, laissant apparaître une femme qui devait avoir entre cinquante et soixante ans. Comme elle s'avançait vers eux, Maureen crut déceler une étrange ressemblance entre Brick et elle.

— Où sommes-nous, exactement ? lui demanda-t-elle d'une voix un peu étranglée.

— Chez mes parents. Ma mère est la meilleure cuisinière que je connaisse à des lieues à la ronde.

Il descendit de voiture et la contourna pour galamment ouvrir sa portière. Maureen aperçut alors la voiture de patrouille frappée du symbole du bureau du marshal. Se rappelant tous les griefs que le père de Brick avait contre elle, elle fut brièvement tentée de prendre ses jambes à son cou.

16

— Mais qu'est-ce qui t'est arrivé ? s'exclama Dana en considérant avec effroi les blessures et les contusions que Brick arborait.

— C'est moins méchant que ça n'en a l'air, lui assura-t-il. Laisse-moi plutôt te présenter Maureen Mortensen.

Dana sourit et lui tendit la main. Maureen, qui paraissait toujours au bord de l'apoplexie, la serra dans la sienne.

— Je suis ravie que vous soyez là, tous les deux, déclara Dana. Brick ne vient pas souvent dîner, ces temps-ci, et il est encore plus rare qu'il ramène une amie…

— J'étais justement en train de dire à Maureen que tu étais la meilleure cuisinière de la région.

— Tu vas me faire rougir, lui dit-elle. Au cas où vous ne vous en seriez pas déjà aperçue, ajouta-t-elle à l'intention de Maureen, mon fils a tendance à exagérer.

— Oh ! je dois dire qu'il est plein de surprises, concéda la jeune femme en décochant à Brick un regard assassin.

Sa mère les observa avec attention, se demandant visiblement quelle était la nature exacte de leurs relations. Mais elle était bien trop polie pour poser la question. Elle leur fit donc signe de la suivre et les fit entrer dans la maison.

Ils gagnèrent le grand salon dont le sol était recouvert de tapis indiens et les murs de trophées de chasse rapportés par ses ancêtres. Les fauteuils et le canapé en cuir avaient cet aspect confortable et légèrement patiné des meubles anciens soigneusement entretenus. Une alléchante odeur de viande rôtie et de petits légumes flottait dans l'air.

Comme chaque fois qu'il se retrouvait en ces lieux, Brick sentit instantanément refluer tous ses soucis.

— Ton père ne devrait pas tarder à arriver. Il est allé jeter un coup d'œil au poulain qui est né cette nuit. Je suis sûr qu'il sera ravi de te voir, lui aussi.

— Est-ce que Jinx et Angus sont là ?

— Non, ils sont en train d'aménager leur nouvelle maison sur la colline, répondit-elle. Est-ce que vous les avez déjà rencontrés ? demanda-t-elle à Maureen.

— Je n'ai pas eu cette chance, répondit-elle très diplomatiquement.

— Nous avons été très occupés, précisa Brick.

— C'est ce que je me suis laissé dire, acquiesça Dana, que son époux avait probablement mise au courant de tous leurs déboires.

Ils entendirent alors la porte d'entrée s'ouvrir.

— Emmène ton amie à la salle à manger et installez-vous. Il faut que je dise deux mots à Hud.

Brick comprit que son père n'avait probablement pas encore été informé de leur présence.

— C'était une très mauvaise idée, lui souffla Maureen tandis qu'il l'entraînait jusqu'à la grande salle à manger au centre de laquelle trônait une table immense autour de laquelle pouvait se réunir toute la famille.

— Tout va bien, fais-moi confiance.

— Et moi qui commençais à le faire, justement… Comment as-tu pu me faire une chose pareille ? Ta mère est déjà convaincue que nous sommes en couple !

— Ce n'est pas très grave, répondit-il. À moins que tu n'aies honte de moi…

— La question n'est pas là ! protesta-t-elle, furieuse. C'est malhonnête. Et je n'ai aucune envie de lui mentir.

— Si tu y tiens, je veux bien faire l'amour avec toi, rétorqua Brick en riant. De cette façon, tu n'auras plus à t'inquiéter de lui mentir…

Elle lui décocha un coup de poing dans le bras au moment précis où ses parents les rejoignaient dans la salle à manger. Le visage de Maureen vira à l'écarlate.

— Marshal…, balbutia-t-elle, terriblement embarrassée.

— Papa, le salua Brick avec un sourire malicieux.

— Asseyez-vous, les encouragea Dana. Brick a vanté mes talents de cuisinière et je ferais mieux de sortir le rôti du four avant qu'il soit trop cuit.

— Laissez-moi vous aider, proposa Maureen.

Sa mère hocha la tête et toutes deux quittèrent la pièce, laissant Brick seul avec son père.

— Je n'ose te demander quelle est la nature de vos relations, déclara ce dernier.

— Eh bien, ne le fais pas, répondit Brick. Je ne suis pas sûr de pouvoir répondre à cette question, de toute façon.

Hud ne put réprimer un soupir résigné. Il s'approcha pourtant de son fils et posa une main sur son épaule.

— Je suis content que vous ne soyez plus en prison, l'un et l'autre, et que vous ayez réussi à vous en sortir, lui dit-il.

— Moi aussi, avoua Brick.

Voyant sa mère revenir avec le rôti, il alla lui prendre le plat pour le porter sur la table. Maureen arriva à son tour, chargée d'un immense plateau sur lequel étaient posés la purée de pommes de terre et le plat de petits légumes.

Sa mère cuisinait toujours comme si elle devait nourrir une armée en campagne et c'était la raison pour laquelle les membres de la famille, à commencer par Brick lui-même, n'hésitaient jamais à s'inviter à l'improviste.

Tandis que son père ouvrait une bouteille de vin et que

Dana servait les assiettes, Brick et Maureen prirent place à table. La discussion s'engagea, de façon un peu artificielle au début puis de plus en plus naturelle à mesure que les convives commençaient à se détendre.

Le repas et le vin délicieux contribuaient à décontracter l'atmosphère. Ils parlèrent du ranch, de la naissance du poulain, de la maison de Jinx et Angus ainsi que de l'étrange disparition de Stacy, la sœur de Dana.

Jusqu'alors, la conversation avait roulé sur toutes sortes de sujets qui avaient permis à Maureen de découvrir à quoi ressemblait la vie au ranch Cardwell. Les parents de Brick s'étaient en revanche bien gardés de parler de l'enquête que leur fils et elle s'étaient mis en tête de mener envers et contre tout.

Mais lorsqu'ils passèrent au salon pour prendre le café accompagné du succulent gâteau au chocolat de Dana, le marshal Savage aborda enfin le sujet qui devait lui brûler les lèvres depuis qu'ils étaient arrivés.

— Est-ce que vous avez découvert des éléments nouveaux, depuis que nous nous sommes parlé pour la dernière fois ?

Brick, qui était jusque-là très détendu, se redressa dans son fauteuil, recouvrant brusquement son sérieux.

— Nous progressons, déclara-t-il. Ce soir, nous comptons assister à une réception organisée par Jeffrey Palmer. Est-ce que tu as entendu parler de lui ?

— C'est le millionnaire qui écrit des livres sur le développement personnel, n'est-ce pas ? Il possède une magnifique propriété à Big Sky. Et j'ai cru comprendre qu'il avait récemment donné une série de conférences dans l'un des hôtels de la ville. C'est un homme très puissant, Brick. J'espère que tu n'as pas l'intention de lui voler dans les plumes…

— Tu me connais, répliqua Brick en souriant. Je suis un modèle de diplomatie. Je n'en dirais pas autant de tout le monde, ajouta-t-il en décochant un regard malicieux à Maureen.

Elle lui décocha un coup de pied dans le tibia.

— Espérons que vous ne vous retrouverez pas en prison, une fois de plus, commenta Hud. À ce propos, je me suis débrouillé pour que les charges qui pesaient contre Maureen soient abandonnées.

— Merci, monsieur Savage, lui dit-elle.

— Vous pouvez m'appeler Hud, répondit-il d'une voix bourrue. Mais dites-moi, Maureen, est-ce que vous pensez toujours que votre sœur a été assassinée ?

— Plus que jamais, répondit-elle.

— Et Jeffrey Palmer serait mêlé à cette histoire ?

— Nous avons découvert que son fils, Jeffrey Paul Palmer, avait été l'amant de ma sœur, répondit-elle. Il est donc notre principal suspect, à ce stade. Mais Jeffrey Palmer désapprouvait fortement cette liaison – peut-être suffisamment pour vouloir se débarrasser de ma sœur…

— Et j'imagine qu'en allant à cette soirée, vous avez l'intention de donner un coup de pied dans la fourmilière pour voir ce qu'il en sort ?

— Exact, confirma-t-elle.

— Cela ne me dit rien de bon, opina Hud en fronçant les sourcils. J'espère vraiment que vous serez très prudents, tous les deux.

— Ne t'en fais pas, répondit Brick en jetant un coup d'œil rassurant en direction de sa mère, il s'agit d'un cocktail auquel assisteront des tas de gens. Même si Jeffrey ou son fils sont coupables, ils ne courront pas le risque de s'en prendre à nous en présence de tous ces témoins.

— Je l'espère, soupira Dana avant de se tourner vers Maureen. Est-ce que cela vous ennuie de m'aider à rapporter les tasses ?

— Bien sûr, répondit-elle.

Elles débarrassèrent et regagnèrent la cuisine.

— Je sais que vous devez vous inquiéter pour votre fils, déclara alors Maureen. Mais je vous promets que nous ne courrons aucun risque inutile.

Dana secoua doucement la tête.

— Ce n'est pas uniquement cette soirée qui m'inquiète, soupira-t-elle. Très honnêtement, j'espérais qu'aucun de mes garçons ne déciderait de suivre les traces de leur père.

— C'est ce que m'a dit Brick, acquiesça Maureen.

Dana lui décocha un sourire un peu triste.

— Quoi qu'il en soit, reprit-elle, je tenais à vous dire que je suis très heureuse de vous avoir rencontrée. Cela faisait longtemps que je n'avais pas vu Brick aussi épanoui. Merci.

Sidérée par cette déclaration, Maureen chercha comment expliquer à Dana que son fils et elle ne sortaient pas ensemble et qu'elle n'était en rien responsable de ce bonheur. Mais avant qu'elle ait pu trouver les mots justes, la mère de Brick la prit affectueusement par le bras et l'entraîna en direction du salon.

Dans le couloir, ils croisèrent Brick.

— Maman, est-ce que tu as toujours le chargeur de portable que j'ai laissé ici, la dernière fois ?

— Je crois qu'il est dans mon bureau.

— Je reviens tout de suite, indiqua Brick à Maureen.

Elle suivit des yeux la mère et le fils qui s'éloignaient et finit par rejoindre Hud Savage au salon.

— J'imagine que vous m'en voulez d'avoir entraîné votre fils dans cette histoire, lui dit-elle après quelques secondes de silence un peu inconfortable.

Hud la considéra pensivement avant de secouer la tête.

— Brick est assez grand pour choisir ses combats, déclara-t-il. Ce qui m'inquiète plus, à vrai dire, c'est le fait que vous êtes la première petite amie qu'il ramène à la maison et qu'il nous présente. Je pense que c'est la première fois qu'il tombe véritablement amoureux. Et j'espère que vous ne lui briserez pas le cœur…

Il s'interrompit en voyant Brick revenir avec son chargeur. La conversation reprit comme si de rien n'était mais Maureen eut un peu de mal à la suivre. Elle ne cessait de repenser à ce que lui avaient dit les parents de Brick.

Il aurait été facile de se convaincre que tous deux se trompaient, mais ils ne s'étaient manifestement pas concertés et il était évident que tous deux connaissaient bien leur fils. Se pouvait-il que les sentiments de Brick à son égard soient plus profonds qu'elle ne l'avait imaginé ?

Et si tel était le cas, comment était-elle censée réagir à cela ?

— Ils sont retournés à Big Sky, déclara Jim Cameron.

— Pourquoi Maureen ferait-elle une chose pareille ?

Jim supposa qu'il s'agissait d'une question purement rhétorique. Après tout, lui-même ne savait pas grand-chose au sujet de Maureen Mortensen.

— Est-ce qu'ils sont toujours ensemble ?

— Je suppose, répondit prudemment Jim. Mais je ne peux vous l'assurer. Pour cela, il faudrait que je me rende personnellement à Big Sky pour mener une filature.

— Ce n'est pas la peine, répondit son client avec humeur. S'ils sont là-bas, je m'en chargerai moi-même.

Jim faillit lui rappeler qu'il s'était déjà fait repérer une fois mais y renonça. Il ne servait à rien de s'aliéner un client.

— Comme vous voulez, dit-il. Si vous avez besoin de quoi que ce soit, n'hésitez pas à me recontacter.

Il raccrocha et jeta un coup d'œil à son application. Le pick-up de Brick Savage se trouvait bien aux abords de Big Sky, sur une propriété qui devait être un ranch. À la réflexion, il se dit qu'il ne pouvait être certain que Maureen se trouvait bel et bien avec lui.

Mais ce n'était plus son problème, à présent. Il avait rempli sa part du contrat et son client était libre d'agir comme il l'entendait. Et quelque chose lui disait que se tenir à l'écart de cette affaire lui épargnerait bien des problèmes.

Or Jim Cameron avait toujours eu un instinct très sûr…

17

Jeffrey Palmer fit entrer Maureen et Brick dans une pièce richement décorée qui rappela à la jeune femme celle du bureau de Paul, à la fondation MSD.

— J'ai été très surpris d'apprendre que deux policiers s'étaient subrepticement introduits chez moi à la faveur de cette soirée, leur dit-il avec un sourire faussement badin. Je suis ravi de faire votre connaissance, inspectrice Mortensen, marshal Savage. Puis-je savoir ce qui me vaut l'honneur de votre visite ? Êtes-vous ici à titre officiel ?

— Pas encore, répondit Maureen en prenant place sur l'un des sièges qui faisaient face au bureau.

Brick ne s'assit pas, préférant rester debout derrière elle. Jeffrey prit le temps d'aller s'installer dans son propre fauteuil. Il ouvrit la boîte à cigares qui se trouvait devant lui.

— Est-ce que vous en voulez un ? proposa-t-il à ses hôtes.

Tous deux déclinèrent d'un signe de la tête. Il prit un cigare et le huma avant de l'allumer.

— Votre fils avait une liaison avec ma sœur, lui dit alors Maureen.

Il ne trahit aucune réaction et elle ne put s'empêcher d'admirer le self-control dont il faisait preuve. Qui sait ? Ces séminaires que Thomas appréciait tant n'étaient peut-être pas si inutiles que cela…

Jeffrey fit chauffer son cigare et l'alluma avant d'expulser une bouffée de fumée vers le plafond.

— Savez-vous qu'ils se retrouvaient dans votre résidence de Red Lodge ? ajouta-t-elle.

Dans ses yeux, elle vit se succéder surprise et agacement.

— J'espère que vous ne pensez pas que j'approuvais cette relation, répondit-il.

— Je me suis laissé dire que non, répondit Maureen. En revanche, je me suis demandé si ce n'était pas dans cette même résidence que Tricia avait découvert certains documents compromettants…

Une fois de plus, elle fut impressionnée par la maîtrise de Jeffrey qui ne trahit aucune culpabilité.

— J'ai bien peur de ne pas vous suivre, déclara-t-il enfin.

— Voilà ma théorie, lui dit-elle. Connaissant Tricia, elle a dû venir vous trouver pour vous faire part de ses doutes. J'imagine que, sur le moment, vous l'avez rassurée. Mais vous saviez que vos belles paroles ne résisteraient pas à un sérieux examen critique. Alors, vous avez décidé de régler définitivement le problème. Vous êtes allé chez elle, ce jour-là, et vous l'avez tuée. Évidemment, comme vous ne pouviez pas courir le risque qu'elle se défende, vous avez probablement dû commencer par la droguer. C'est ce que révéleront les tests toxicologiques…

— Je croyais que le corps de votre sœur avait été incinéré, objecta posément Jeffrey.

Maureen ne put s'empêcher de frissonner. Le simple fait qu'il soit au courant ne prouvait-il pas qu'elle avait vu juste ?

— Je vous rassure, mentit-elle avec aplomb. Il est aujourd'hui tout à fait possible d'identifier les traces des principales toxines, même sur des cendres.

Il lui sembla que Jeffrey pâlissait légèrement. Puis il

porta son cigare à sa bouche, peut-être pour dissimuler son trouble.

— Ce test n'a pas encore été effectué parce que la police n'avait aucune raison de soupçonner le fait que ce suicide n'était qu'une mise en scène, reprit-elle. Après tout, Tricia venait de perdre son enfant et son mariage battait de l'aile. N'étaient-ce pas des raisons suffisantes pour classer directement l'affaire ?

— Intéressante théorie, répondit Jeffrey d'un ton indifférent.

— Vous avez fait d'une pierre deux coups, poursuivit Maureen sans se démonter. Vous mettiez un terme à la liaison de Tricia avec votre fils, que vous désapprouviez, et vous évitiez que l'on découvre vos malversations…

Jeffrey secoua la tête d'un air faussement peiné.

— Et apparemment, j'ai réussi à faire tout cela sans laisser la moindre preuve, ironisa-t-il. J'imagine que dans le cas contraire, vous seriez venus avec un mandat et une troupe de vos collègues…

Il souffla un rond de fumée en direction du plafond.

— Je suis un homme occupé, ajouta-t-il. Et j'ai des dizaines d'invités à rejoindre. Alors, pourriez-vous me dire ce que vous attendez de moi, exactement ?

Maureen se leva de son siège.

— Rien du tout, répondit-elle. Je pense que j'aurai très bientôt ce que je recherche – la justice pour ma sœur.

Elle se détourna et se dirigea vers la porte. Mais avant de l'atteindre, elle se retourna vers Jeffrey qui n'avait pas bougé de son bureau.

— À ce propos, lui dit-elle, Tricia avait fait des copies des documents compromettants dont je vous ai parlé. Lorsqu'elle a compris à quelle fin vous comptiez utiliser l'argent de la fondation, elle a décidé de vous arrêter.

Figurez-vous que ces documents sont à présent entre mes mains.

Sur ce, elle sortit à grands pas, suivie de près par Brick. Lorsque la porte se referma derrière eux, elle eut la satisfaction d'entendre Jeffrey pousser un juron bien senti.

Lorsqu'ils émergèrent du bureau de Jeffrey et regagnèrent le grand salon où ses invités étaient rassemblés autour de buffets gargantuesques, Brick eut la surprise d'apercevoir son père au milieu des convives.

— Regarde, dit-il en le désignant à Maureen. Je me demande ce qu'il fait là.

— Du baby-sitting ? suggéra-t-elle en souriant.

— Peut-être, acquiesça Brick. Je vais quand même aller lui poser la question.

— Je t'attends sur la terrasse, lui dit-elle. J'ai besoin d'un peu d'air frais. N'hésite pas à m'appeler si tu as besoin d'un coup de main.

Il ne put s'empêcher de rire.

— Je pense que je devrais pouvoir m'en sortir tout seul, répondit-il. À tout de suite.

Il se fraya un chemin jusqu'à Hud et se planta devant lui.

— Ne me dis pas que tu nous as suivis jusqu'ici, lui dit-il.

— Mais pas du tout, répondit son père avec un sourire faussement innocent. Je suis juste venu pour le champagne.

— Ben voyons…

Son père recouvra son sérieux.

— Je suis venu vous prévenir, Maureen et toi. Apparemment, quelqu'un a envoyé au FBI des documents compromettants concernant les activités de Jeffrey Palmer et de son fils. Ils risquent de débarquer d'un instant à l'autre.

— Est-ce qu'ils vont les arrêter ?

— Probablement.

— Je vais aller chercher Maureen et nous filerons d'ici.

Son père hocha la tête d'un air approbateur.

Maureen venait de franchir les portes menant à la terrasse lorsqu'elle entendit retentir derrière elle une voix familière.

— Décidément, nous nous croisons beaucoup, ces temps-ci, lui dit Paul en posant la main sur sa taille pour la guider vers la terrasse.

Maureen estima qu'il ne servirait à rien de se débattre et de faire un scandale et se laissa donc entraîner à l'extérieur.

Le vaste balcon sur lequel ils s'avancèrent offrait un point de vue exceptionnel sur les montagnes avoisinantes. Maureen ne put s'empêcher de frissonner en prenant conscience que c'était aussi l'endroit idéal pour mettre en scène un malencontreux accident. Si elle passait par-dessus la balustrade, elle n'aurait quasiment aucune chance de s'en sortir vivante.

Jeffrey la conduisit jusqu'à l'autre bout de la terrasse, le plus loin possible de la réception qui continuait de battre son plein.

— Qu'est-ce que tu es venue faire ici ? lui demanda-t-il d'un ton nettement moins cordial.

Se tournant vers lui, Maureen vit qu'il portait un smoking qui soulignait sa minceur et sa large carrure. Il émanait de lui un mélange d'élégance et de distinction et, une fois de plus, elle eut l'impression de comprendre ce que sa sœur avait pu ressentir pour lui. D'une certaine façon, Jeffrey incarnait à merveille la note de glamour et de séduction qui devait lui manquer dans sa relation avec Thomas.

— Je voulais m'entretenir avec ton père, lui dit-elle.

Il haussa un sourcil surpris.

— Pourquoi ?

— Pour lui dire que je sais ce que cachaient les comptes de la fondation MSD. Tricia était au courant, elle aussi.

— Mais de quoi est-ce que tu parles ?

Son étonnement paraissait sincère. Se pouvait-il qu'il ne soit pas au courant ? Ou bien était-il juste aussi bon comédien que son père ?

— De la raison pour laquelle la femme que tu aimais s'est fait tuer.

Il fronça les sourcils.

— Je ne comprends pas, lui dit-il. Tu penses que la mort de Tricia a quelque chose à voir avec la fondation ?

Il fronça brusquement les sourcils, comprenant ce qu'elle insinuait.

— J'espère que tu ne penses pas que c'est moi qui l'ai tuée, lui dit-il. Je l'aimais et j'aurais fait n'importe quoi pour elle.

L'emphase avec laquelle il avait prononcé ces mots éveilla la méfiance de Maureen.

— Qu'as-tu fait pour elle, Paul ?

— De quoi essaies-tu encore de m'accuser ? s'exclama-t-il avec humeur.

Maureen tressaillit, surprise une fois encore par la rapidité avec laquelle il était capable de passer de l'affabilité à la colère.

— Que s'est-il vraiment passé entre Tricia et toi, à la fin ? lui demanda-t-elle.

— Je te l'ai dit : après la naissance de Joey, elle a totalement coupé les ponts.

— Et tu ne l'as jamais revue ? Tu n'as jamais essayé de lui faire changer d'avis ? Tu n'es jamais allé la voir chez elle ?

Paul fit mine de lui répondre mais se ravisa.

— C'est elle, n'est-ce pas ? dit-il. L'infirmière… Elle nous a vus.

Sa bouche se tordit en un rictus amer.

— Elle t'a dit qu'elle nous avait vus. Mais t'a-t-elle rapporté ce qu'elle avait entendu ? Sans doute pas, si j'en crois tes accusations…

— Est-ce que tu étais aussi en colère que tu l'es à présent ?

Il prit une profonde inspiration, s'efforçant de surmonter sa rage et de recouvrer le contrôle de lui-même.

— Tricia avait changé d'avis, lui expliqua-t-il. Elle m'a dit qu'elle en avait assez de passer son temps à se mentir. Elle voulait partir avec moi, en fin de compte. Nous aurions élevé Joey ensemble. Elle s'était décidée à tout dire à Thomas. Mais c'est à ce moment que Joey est mort et que Natalie s'est fait arrêter…

Maureen avait beaucoup de mal à savoir que penser de ce nouveau témoignage. Comment faire la part entre la sincérité apparente de Paul et la colère qu'elle sentait sourdre en lui ?

— Elle n'en a jamais parlé à Thomas, remarqua-t-elle.

— Comment aurait-elle pu le faire, après ce qui s'est passé ? Tricia était très affectée par la mort de son bébé. Mais Thomas, lui, était tout aussi inconsolable. Elle n'a pas eu le courage de lui annoncer que tout était fini entre eux. Elle m'a dit qu'elle avait besoin de temps.

— Et comment as-tu réagi ?

Il haussa les épaules.

— Je lui ai dit de prendre tout le temps qu'il lui fallait. Je crois… Je crois que moi aussi, j'avais besoin de temps. Je m'étais imaginé vivre avec elle, fonder une famille avec elle… Mais Joey n'était plus là.

Il poussa un profond soupir et passa une main dans ses cheveux.

— Tricia m'a avoué qu'elle n'était pas sûre de vouloir courir le risque d'avoir un autre enfant. Je lui ai dit que nous en adopterions un. Peu à peu, nous avons commencé à imaginer un nouvel avenir ensemble. Je t'assure que je n'avais aucune raison de la tuer…

Maureen le considéra avec attention et se forgea la conviction que Paul était sincère. Il croyait vraiment à ce qu'il lui disait et son amour pour Tricia était bien réel. En cet instant même, ses yeux étaient embués de larmes.

— Jeffrey Paul !

Reconnaissant la voix de son père, il prit une profonde inspiration et s'essuya les yeux du revers de la main.

— Il faut que j'y aille, lui dit-il d'une voix enrouée par l'émotion. Mais tu dois me croire, Maureen : j'aimais ta sœur plus que tout. Et elle me manque terriblement.

Sur ce, il se détourna et rejoignit son père qui l'attendait près de la porte-fenêtre. Maureen demeura sur la terrasse, les yeux fixés sur la silhouette imposante des montagnes dont les sommets s'ourlaient toujours de neige. Perdue dans ses pensées, elle n'entendit pas Brick approcher et sursauta lorsqu'il posa la main sur son épaule.

— Il est temps que nous partions d'ici, lui dit-il.

Durant le trajet qui les conduisit de la propriété de Jeffrey Palmer jusqu'au centre-ville, Maureen répéta à Brick la conversation qu'elle venait d'avoir avec Paul Palmer. Puis elle lui expliqua ce qu'Elroy avait découvert ce matin-là en épluchant les comptes de la fondation.

— Du blanchiment d'argent ? s'exclama-t-il. Et ta sœur était au courant ?

— Apparemment. Sinon, pourquoi aurait-elle photocopié tous ces documents ? Tricia a toujours eu un don pour les chiffres. Elle a probablement compris qu'il y avait quelque chose de bizarre dans les comptes.

— Et tu penses qu'elle l'a dit à Paul ?

Il vit Maureen hésiter.

— Je ne crois pas, lui dit-elle. Elle aimait Paul et je ne pense pas qu'elle aurait pu le croire complice d'un tel délit. À mon avis, elle est allée en parler directement à son père.

— Et tu crois que c'est Jeffrey Palmer qui l'a tuée ?

— Il avait de nombreuses raisons de le faire, expliqua-t-elle. D'une part, il mettait fin à une relation qu'il désapprouvait, d'autre part, il protégeait son entreprise et sa réputation. Et enfin, il évitait de salir le nom d'une fondation qu'il avait créée pour faire plaisir à son fils qui adorait les animaux.

— Je ne suis pas convaincu, déclara Brick au bout d'un moment. Ton histoire se tient parfaitement mais les motifs que tu évoques sont tous parfaitement rationnels. Et cela ne correspond pas au mode opératoire du tueur. Si Jeffrey avait vraiment décidé par avance d'assassiner Tricia, il se serait probablement muni d'une arme. La pendaison ressemble plus à un moyen de camoufler un meurtre par étranglement. Je pense donc qu'il s'agissait d'un crime passionnel.

— Tu crois que c'est Paul ? Mais pourquoi aurait-il tué la femme qu'il aimait ?

— Parce qu'il était en colère contre Tricia. Parce qu'elle lui avait promis de partir avec lui mais que, une fois de plus, elle avait privilégié Thomas… Il s'est emporté et l'a étranglée. Puis il a cherché à maquiller son crime.

— Jeffrey aussi aurait pu se servir de la pendaison pour dissimuler son meurtre, objecta-t-elle.

— C'est vrai, reconnut Brick. Pour le moment, rien ne nous permet vraiment de savoir qui est responsable.

Ils approchaient à présent du centre de Big Sky.

— Où allons-nous ? lui demanda alors Maureen.

— Chez moi, lui dit-il. En tout bien tout honneur,

s'empressa-t-il d'ajouter. Tu pourras prendre mon lit et je dormirai sur le canapé.

Maureen lui lança un regard amusé.

— Il n'est pas question que je te laisse dormir sur le canapé.

— Ça ne me dérange pas du tout, lui assura-t-il.

Elle rit doucement.

— Non, lui dit-elle d'une voix qui le fit frissonner malgré lui. Tu n'as pas compris ce que je voulais dire : il n'est *pas question* que je te laisse dormir sur le canapé.

Il lui jeta un coup d'œil incertain, se demandant s'il l'avait bien comprise. Mais l'expression de Maureen ne lui laissa strictement aucun doute.

— Tu es sûre ? lui demanda-t-il.

— Certaine, répondit-elle sans la moindre hésitation.

Il ne put s'empêcher de sourire, fasciné et séduit par le mélange d'audace et de volonté qui caractérisait Maureen.

— Est-ce que tu es toujours aussi sûre de toi ? lui demanda-t-il.

Elle lui prit la main et la serra doucement dans la sienne.

— Ce n'est pas de moi que je suis sûre, en l'occurrence, mais de toi, déclara-t-elle.

Brick fut pris d'une sorte de vertige. Maureen ne se trompait pas : jamais il n'avait désiré quelqu'un à ce point. Le simple contact de la paume de cette femme contre la sienne faisait remonter le long de son bras une douce chaleur qui se répandait en lui, envahissant tout son être.

Mais il s'agissait de bien plus que d'une simple réaction physique. L'attirance qu'il éprouvait envers Maureen se doublait d'un mélange d'admiration, de tendresse et d'affection dont l'intensité le stupéfiait. Pour la première fois de sa vie, il se sentait totalement dépassé par la puissance de ses propres sentiments. C'était à la fois grisant et passablement terrifiant.

Lorsqu'ils arrivèrent enfin devant chez lui, ils descendirent du pick-up et, main dans la main, ils pénétrèrent dans son immeuble. Le cœur de Brick battait à tout rompre et il se sentait aussi nerveux que s'il s'agissait de son tout premier rendez-vous amoureux.

— Est-ce que tu veux boire quelque chose ? proposa-t-il à Maureen quand ils arrivèrent à l'appartement.

— Tout ce que je veux, c'est toi, lui répondit-elle d'une voix que son désir rendait étrangement rauque.

Brick ne put réprimer un frisson tandis que tous deux se dévoraient du regard. Il se perdit totalement dans ses grands yeux bleus qui trahissaient une fièvre comparable à celle qui l'habitait en cet instant. Puis elle fit un pas vers lui et se retrouva dans ses bras.

Le baiser que Brick et Maureen échangèrent disait mieux que des mots l'envie dévorante qu'ils avaient l'un de l'autre. Elle s'y abandonna corps et âme, succombant avec délices à l'envie irrésistible qu'elle avait sentie monter en elle au cours de ces derniers jours.

Les mains de Brick coururent sur son corps, éveillant d'irrépressibles frissons qui se propageaient en elle, alimentant le besoin impérieux qu'elle avait de lui. Fiévreusement, ils commencèrent à se déshabiller mutuellement.

Leurs gestes trahissaient l'impatience qui les habitait tous deux. Et lorsqu'il posa les mains sur sa poitrine dénudée, elle ne put réprimer un gémissement inarticulé. Encouragé par sa réaction, Brick captura l'un de ses seins entre ses lèvres et l'agaça du bout de la langue.

Elle frémit de part en part. Son désir décupla tandis qu'elle s'offrait à ses caresses. Brick fit alors glisser sa jupe et délaissa sa poitrine pour semer des baisers le long de son ventre. Sa culotte alla rejoindre la jupe à ses pieds et elle se retrouva entièrement nue devant lui.

Lorsqu'elle croisa le regard de Brick qui la contemplait, l'adoration qu'elle lut dans ses yeux eut raison de sa pudeur. Les lèvres de Brick se posèrent alors entre ses cuisses et le corps de Maureen se tendit sous l'effet du plaisir presque insoutenable qu'il faisait naître en elle. Plongeant les mains dans ses cheveux, elle se cambra pour mieux s'offrir à son exploration.

Il ne fallut que quelques instants pour qu'une extase irrépressible déferle en elle. Ses jambes se dérobèrent sous elle et elle tomba à genoux face à Brick. Sans lui laisser le temps de se remettre de ses émotions, il la reprit dans ses bras et l'embrassa.

Tous deux basculèrent sur le sol et elle acheva de lui ôter sa chemise, révélant son ventre plat et son torse athlétique sur lequel elle laissa courir ses doigts, prenant plaisir à le faire frissonner à son tour. Elle lui ôta son pantalon et son caleçon, révélant le désir manifeste qu'il avait d'elle.

Lorsqu'elle referma la main sur lui, il laissa échapper un gémissement inarticulé. Elle le sentait pulser entre ses doigts tandis que, précautionneusement, elle commençait à le caresser. Brick tâtonna à la recherche de sa veste d'où il sortit son portefeuille. Il en tira un préservatif qu'il lui tendit.

— Je te veux, articula-t-il d'une voix très rauque.

Maureen ne se fit pas prier et, après lui avoir enfilé le préservatif, elle vint se jucher au-dessus de lui, puis le fit entrer très lentement en elle. Cette sensation faillit lui faire perdre de nouveau le contrôle d'elle-même mais, au prix d'un effort de volonté surhumain, elle parvint à se dominer.

Elle commença à bouger, ondulant lentement pour mieux le sentir au plus profond d'elle. Brick se redressa alors pour reprendre son sein entre ses lèvres. Tous deux ne tardèrent pas à trouver leur rythme, s'accordant à la perfection, comme s'ils étaient amants depuis toujours.

Maureen s'abandonna au plaisir qu'il lui donnait et qui ne cessait d'enfler en elle, l'emportant toujours plus loin. Jamais encore elle n'avait imaginé pouvoir éprouver quelque chose de si intense.

Il lui semblait soudain accéder à une partie d'elle-même qu'elle n'avait jamais fait qu'entrevoir. Et lorsque les lèvres de Brick quittèrent sa poitrine pour se poser sur les siennes, elle lui rendit son baiser avec fougue.

Il la fit alors basculer doucement en arrière, prenant le contrôle de leur étreinte. Maureen noua les jambes autour de sa taille et il s'enfouit encore plus loin en elle. Le mouvement de leurs hanches s'accéléra tandis que tous deux sentaient approcher le point d'orgue de leur étreinte.

Le plaisir qu'elle lisait à présent sur le visage et dans les yeux de Brick ajoutait encore à sa propre exaltation. Ensemble, ils s'élevèrent vers une ultime extase qui les balaya au même instant, ne leur laissant aucune chance de résister à cet incroyable déferlement de sensations.

Emportés par cette lame de fond, ils se raccrochèrent l'un à l'autre, ne faisant plus qu'un.

Maureen était allongée tout contre Brick, la tête posée au creux de son épaule, le corps délicieusement engourdi par leur étreinte. La journée avait été longue et elle aurait sans doute mieux fait de dormir mais elle était tout bonnement incapable de trouver le sommeil.

Elle avait très vite perçu le désir que Brick et elle éprouvaient l'un pour l'autre. Il existait entre eux une connivence physique et intellectuelle aussi rare que précieuse et ce qui s'était passé ce soir entre eux en était l'inévitable conclusion.

Ce qui l'étonnait, en revanche, c'était l'intensité de la passion qui s'était déchaînée en eux. Jamais elle n'avait éprouvé une telle fièvre, un besoin aussi irrépressible et un plaisir aussi intense.

Après avoir fait l'amour une première fois dans le salon, ils avaient partagé une bière bien fraîche. Ils n'avaient quasiment rien dit, sachant sans doute qu'aucune parole n'aurait pu rendre compte de ce qui venait de se passer. Puis Brick l'avait prise par la main pour la conduire jusqu'à sa chambre.

Là, ils avaient de nouveau fait l'amour, prenant tout leur temps, cette fois-ci, pour profiter de chaque instant et se découvrir mutuellement. Ça avait été un moment magique, presque plus intense que la première fois parce que la sensation d'intimité et de complicité qu'elle avait éprouvée alors transcendait le simple plaisir physique.

Elle fut brusquement tirée de ses réflexions par des coups tambourinés à la porte de l'appartement. Réveillé en sursaut, Brick se redressa aussitôt.

— Tu crois que c'est ton père ? lui demanda-t-elle, le cœur battant à tout rompre.

— Aucune idée, répondit-il d'une voix enrouée de sommeil.

Il alla récupérer leurs vêtements éparpillés dans le salon et lança les siens à Maureen avant de se rhabiller à la hâte. Il sortit alors son arme de service et referma doucement la porte de la chambre.

Maureen enfila à son tour ses habits, se demandant qui pouvait faire irruption chez lui à une heure pareille. Quelques instants plus tard, Brick rouvrit la porte et passa la tête par l'embrasure.

— C'est Thomas, lui dit-il. Il veut te voir.

Elle le considéra d'un air sidéré, se demandant ce que son beau-frère pouvait bien lui vouloir et comment il avait pu savoir qu'elle se trouvait chez Brick.

Quittant la chambre à coucher, elle s'avança dans le salon où Thomas l'attendait.

— Thomas ? Qu'est-ce que tu fais là ?

— Il fallait que je te parle, répondit-il.

Il jeta un coup d'œil en direction de Brick et haussa les épaules.

— Je me doutais que tu serais ici, ajouta-t-il.

Une pointe de réprobation transparaissait dans sa voix, ce qui ne manqua pas d'agacer Maureen. De quel droit se permettait-il de juger ce qu'elle faisait ?

— Est-ce que nous pourrions discuter en privé ? lui demanda-t-il alors.

Elle fut tentée de lui faire remarquer qu'ils étaient au beau milieu de la nuit.

— Ça ne prendra pas longtemps, lui assura-t-il.

— Sur le balcon, lui proposa-t-elle.

Il hocha la tête et la suivit à l'extérieur.

— Qu'est-ce que tu veux, Thomas ? lui demanda-t-elle un peu sèchement.

— Je suis désolé de débarquer comme ça à l'improviste, s'excusa-t-il, percevant probablement la colère qui l'habitait. Mais il fallait absolument que je te parle. Jeffrey m'a appelé parce qu'il avait quelque chose d'important à me dire, mais il ne pouvait le faire par téléphone. Mais lorsque je suis arrivé chez lui, le FBI était là. Ils les ont arrêtés, son fils et lui. Est-ce que tu as la moindre idée de ce qui se passe ? Est-ce que cela a un rapport avec la mort de Tricia ?

La question interpella Maureen. Elle n'avait jamais parlé à Thomas des accusations formulées par Natalie. Et, à sa connaissance, Thomas ignorait la liaison de Tricia avec Jeffrey Paul Palmer.

— Qu'est-ce qui te fait dire cela ?

— Jeffrey Paul et elle travaillaient pour cette association de défense des animaux. Et il y a autre chose. En rangeant les affaires de Tricia, hier, j'ai trouvé une boîte sur laquelle était scotché un mot me demandant de te la remettre.

— Est-ce que tu as regardé ce qu'il y avait dedans ?

— Bien sûr, répondit-il. Je sais que je n'aurais pas dû mais étant donné les circonstances, n'importe qui aurait fait la même chose, à ma place.

— Et que contenait cette boîte ?

— Des documents financiers en rapport avec la fondation de Jeffrey, répondit-il. Je ne sais pas pourquoi elle les avait gardés ni pourquoi elle voulait que je te les remette.

— Elle m'a fait parvenir une copie par un autre biais, l'informa Maureen. Ces documents prouvent que Jeffrey Palmer se sert de sa fondation pour détourner de l'argent. C'est la raison pour laquelle le FBI l'a arrêté, ce soir.

— Il y avait aussi une clé dans l'enveloppe, ajouta Thomas. Je pense qu'elle permet d'ouvrir un coffre à la banque. Mais je ne peux pas y accéder. Je me suis dit que comme tu étais de la police, tu pourrais obtenir un mandat pour le faire…

Maureen sentit les battements de son cœur s'accélérer dans sa poitrine à l'idée que sa sœur ait pu lui laisser quelque chose – quelque chose de plus personnel que les comptes de MSD, une lettre, peut-être, ou n'importe quoi qui aurait pu l'aider à donner un sens à sa mort…

Elle prit une profonde inspiration, s'efforçant de recouvrer un semblant de calme.

— Est-ce que tu as cette clé ?

Il secoua la tête.

— Elle est à mon bureau. Je ne pensais pas te voir ce soir, initialement…

— À ce propos, comment as-tu su que j'étais ici ?

— Jeffrey m'a dit que Brick Savage et toi étiez passés à sa soirée, un peu plus tôt, et que vous étiez repartis ensemble. J'ai pensé que, même si tu n'étais pas avec lui, il saurait peut-être où te trouver.

— Je vois, acquiesça-t-elle.

— Bon… Je vais retourner chez Jeffrey. Il m'a demandé de fermer la maison.

— Je ne savais pas que vous étiez si proches, tous les deux.

Thomas haussa les épaules.

— Depuis le temps que je suis ses séminaires et ses conférences, nous avons fini par bien nous connaître. Il m'a même proposé un poste au sein de sa société.

Maureen le considéra avec étonnement.

— Est-ce que tu comptes accepter ?

Son beau-frère lui décocha un pâle sourire.

— J'en avais l'intention, répondit-il. Mais je vais peut-être attendre de savoir de quoi il est accusé, précisément. J'imagine qu'il devrait être libéré sous caution d'ici quelques heures…

— Probablement.

— Passe à mon bureau demain, si tu es à Billings. Je te donnerai les papiers et la clé.

— C'est dimanche, demain, lui rappela-t-elle.

— Je sais, répondit-il. Mais je travaille souvent le week-end. Ça m'empêche de repenser à ce qui s'est passé…

Maureen eut un pincement au cœur. Elle n'avait apparemment pas été la seule à fuir la réalité de ce qui était arrivé à Tricia.

— Si tu préfères passer lundi ou n'importe quel autre

jour de la semaine, ce n'est pas un problème, ajouta Thomas. La clé est à ta disposition.

— Je passerai demain, lui dit-elle. Je t'appellerai dès que j'arriverai en ville.

Pour la deuxième fois de la nuit, Brick fut réveillé en sursaut. Cette fois, il ne s'agissait pas de la porte d'entrée mais de son téléphone qui sonnait avec insistance. Luttant pour s'arracher aux brumes du sommeil, il tâtonna à la recherche de l'appareil et constata que c'était sa mère qui cherchait à le joindre.

L'inquiétude acheva de le réveiller complètement. Dana n'avait pas pour habitude de lui téléphoner au beau milieu de la nuit.

— Maman ? s'exclama-t-il en décrochant. Que se passe-t-il ?

À ses côtés, Maureen s'était redressée, elle aussi, et elle le considérait avec une pointe d'appréhension.

— C'est ton père, articula sa mère d'une voix tremblante. Il a eu une attaque. Je suis à l'hôpital avec lui, en ce moment. Ton oncle Jordan est là aussi et le reste de la famille est en route. Nous devrions avoir des nouvelles des médecins d'un instant à l'autre…

Il entendit alors des voix en arrière-plan.

— Maman, qu'est-ce qu'il y a ?

— Ils vont le transférer par hélicoptère aux soins intensifs de l'hôpital de Bozeman, répondit-elle, terrifiée. Je dois y aller, Brick. Rejoins-nous là-bas dès que tu pourras.

Sur ce, elle raccrocha et, d'une voix légèrement tremblante, il informa Maureen de ce qui venait de se passer.

Maureen sentit son cœur se serrer en avisant la détresse qui se lisait dans le regard de Brick.

— Vas-y, lui dit-elle. Ta famille a besoin de toi.

— Est-ce que tu m'accompagnes ? lui demanda-t-il.

— Je ne suis pas sûre que ton père ait particulièrement envie de me voir – surtout après avoir eu une crise cardiaque.

— Tu sais bien que c'est faux, protesta-t-il en commençant à se rhabiller.

— Je te rejoindrai dès que j'aurai récupéré la clé dont Thomas m'a parlé.

Brick fronça les sourcils.

— Nous devions y aller ensemble, lui rappela-t-il. Je pense que nous devrions éviter de nous séparer.

— Jeffrey et son fils sont en prison, pour le moment.

— Ils ont des gens qui travaillent pour eux.

— C'est bien ce qui me fait peur, répondit-elle. Je ne voudrais pas qu'ils s'emparent de la clé avant nous. Et très franchement, je ne pense pas que Thomas soit de taille à leur tenir tête très longtemps.

— Ce n'est pas faux, concéda Brick à regret.

— Je ferai juste l'aller-retour, lui assura-t-elle. Dès que j'aurai récupéré les papiers et la clé, je viendrai te rejoindre à Bozeman.

— D'accord, acquiesça Brick. Mais fais bien attention à toi et appelle-moi dès que tu auras vu Thomas, d'accord ?

— C'est promis, lui dit-elle, touchée par la façon dont il s'inquiétait pour elle. De ton côté, appelle-moi quand tu auras des nouvelles concernant l'état de santé de ton père.

Il hocha la tête et se pencha vers elle pour déposer un baiser sur ses lèvres.

— Je vais appeler la fourrière pour demander qu'un agent conduise ta voiture jusqu'ici.

— Tu n'es pas obligé, protesta-t-elle.

— Non, mais j'en ai envie, répondit-il en lui décochant un sourire qui la fit fondre intérieurement.

Il passa le coup de téléphone et demanda aux agents de laisser la clé sous son paillasson.

— Ça t'épargnera de te faire réveiller une troisième fois dans la nuit, lui dit-il après avoir raccroché.

— Tu es un ange, Brick. Maintenant, file.

Il enfila son holster et passa un blouson par-dessus. Maureen s'enveloppa du drap et le rejoignit pour l'embrasser une dernière fois. Elle s'aperçut alors qu'au fond d'elle, elle n'avait pas envie qu'il parte. Et lui-même semblait y répugner tout autant.

Elle ne parvenait pas réellement à comprendre comment tous deux avaient pu devenir si proches l'un de l'autre en l'espace de quelques jours. Mais loin d'être effrayante, c'était une sensation grisante. Ils échangèrent un baiser qui disait mieux que des mots les sentiments qu'ils avaient l'un pour l'autre.

— Reviens-moi vite, murmura Brick en posant doucement son front contre le sien.

— Tu peux compter là-dessus, lui dit-elle. Tu n'es pas près de te débarrasser de moi.

— Dieu m'en préserve, s'exclama-t-il.

Sur ce, il se détourna et quitta l'appartement, la laissant seule. Elle contempla longuement la porte qui s'était refermée derrière lui. Puis elle retourna se coucher dans le lit de Brick et ne tarda pas à se rendormir, drapée dans son odeur.

18

Assis près du lit d'hôpital sur lequel Hud Savage était étendu, Brick tenait l'une de ses mains entre les siennes. Cela faisait plusieurs minutes qu'il la regardait comme s'il était capable d'y lire l'avenir de son père.

Les médecins leur avaient assuré qu'il était sorti d'affaire et que l'attaque qu'il avait subie était moins grave qu'ils l'avaient pensé initialement. Ils avaient en revanche insisté sur le fait que Hud devrait apprendre à se ménager un peu plus, désormais.

— Il est temps qu'il prenne sa retraite, déclara Dana qui venait de le rejoindre dans la chambre. Mais je sais déjà que ce ne sera pas facile pour lui.

— Papa est un battant, répondit Brick. Je suis sûr qu'il relèvera ce défi comme tous ceux qu'il a déjà surmontés par le passé. Et puis, qui sait ? Il aura peut-être bientôt des petits-enfants dont il devra s'occuper…

— Ça lui ferait très plaisir, répondit sa mère en souriant. Et à moi aussi, d'ailleurs.

— Je suis sûr que Jinx et Angus se sont déjà attelés à la tâche.

— Et toi ?

— Pourquoi pas ? Si je trouve une femme qui veut bien me supporter…

— Quelque chose me dit que c'est déjà fait, rétorqua sa mère.

— Ne nous emballons pas, répondit-il en riant. Je ne connais Maureen que depuis quelques jours.

— Il n'en faut parfois pas beaucoup plus. J'ai bien vu la façon dont tu la regardais. Jamais je ne t'ai connu aussi amoureux.

— Je ne prétendrai pas le contraire, avoua Brick. Mais cela ne veut pas dire que Maureen partage mes sentiments.

Sa mère secoua la tête.

— Ne t'en fais pas trop pour cela. Cette fille est folle de toi. Je n'ai absolument aucun doute là-dessus.

— Qu'est-ce que tu penses d'elle ?

— Elle me plaît beaucoup. C'est quelqu'un de franc et de direct…

— Tu n'as pas idée…

— Quelqu'un qui n'a pas la langue dans sa poche…

— C'est le moins qu'on puisse dire.

— Quelqu'un de volontaire et de courageux, aussi.

— Un peu trop, parfois, répondit-il en pensant aux risques qu'elle s'apprêtait à courir une fois de plus. Je suis content qu'elle te plaise, en tout cas.

— Je suis sûre que nous aurons bientôt l'occasion de mieux faire connaissance, toutes les deux. En attendant, j'étais venu te demander si tu voulais du café.

— Volontiers.

Sa mère hocha la tête et quitta la chambre. Brick se tourna de nouveau vers son père et eut la surprise de voir que les paupières de ce dernier bougeaient légèrement. Il était sur le point d'appeler l'infirmière lorsque Hud ouvrit les yeux.

— Brick…, murmura-t-il.

— Papa, tu es réveillé ! Je vais aller chercher maman.

— Attends, lui dit son père d'une voix encore faible. Il y a quelque chose que je dois te dire.

Brick le considéra avec étonnement.

— Je suis fier de toi. Je sais que je ne te l'ai pas toujours montré. De tous mes enfants, c'est avec toi que j'ai été le plus sévère, peut-être parce que tu es celui qui me ressemble le plus. Mais je veux que tu saches…

Hud fut interrompu par une quinte de toux.

— Papa, ça peut attendre, objecta Brick, à la fois touché et inquiet.

— Non. Lorsque j'ai senti cette douleur dans ma poitrine, j'ai pensé que je n'aurais peut-être plus l'occasion de te le dire. Je t'aime, Brick, et je suis fier de toi.

— Je sais, répondit Brick, les larmes aux yeux.

— Et j'aime aussi ta nouvelle amie, ajouta son père en souriant. Vous êtes vraiment faits pour vous entendre, tous les deux. Ne la laisse pas s'échapper, surtout.

— Je n'en ai pas l'intention, lui assura Brick en riant. Mais si je ne vais pas prévenir très rapidement maman que tu es réveillé, elle ne me le pardonnera jamais.

Il se leva et hésita un instant.

— Merci, papa, lui dit-il. Merci pour tout.

Hud sourit et ses yeux se refermèrent. Brick sortit dans le couloir et aperçut sa mère qui revenait vers la chambre en portant deux tasses de café. L'inquiétude qu'elle avait éprouvée en le voyant apparaître fut remplacée par de la joie lorsqu'elle avisa l'expression qu'il arborait en cet instant.

Sans un mot, elle lui tendit les deux tasses de café et s'engouffra dans la chambre pour aller retrouver son père. Brick jugea préférable de leur accorder un peu d'intimité. Il s'éloigna en sirotant son premier café, bien décidé à boire aussi le second. Après la nuit qu'il avait passée, il avait beaucoup de mal à garder les yeux ouverts.

Alors qu'il venait de terminer la première tasse, son

téléphone portable se mit à vibrer. Espérant qu'il s'agissait de Maureen, il gagna la cage d'escalier et décrocha.

— Marshal Savage ? fit une voix qu'il ne reconnut pas. Ici Ruth Anne Hager.

Le nom ne lui disait strictement rien.

— Je suis l'une des voisines de la femme qui s'est pendue, précisa son interlocutrice. Vous êtes passé l'autre jour avec votre collègue pour poser des questions à son sujet et vous m'avez donné votre carte, au cas où un détail me reviendrait…

— C'est vrai ! s'exclama Brick qui se souvenait à présent de la vieille dame que Maureen et lui avaient interrogée. Désolé, madame Hager. Est-ce que vous avez découvert quelque chose ?

— Oui. Vous m'avez demandé si j'avais vu quelqu'un entrer chez eux, le jour où Mme Colton est morte. Sur le moment, je n'ai pas pensé à vous le dire parce que ça ne me paraissait pas vraiment pertinent. Mais après réflexion, je me suis dit que ça pourrait vous intéresser.

— Je vois, acquiesça patiemment Brick. Alors ? Est-ce que vous avez vu quelqu'un ?

— Eh bien, j'étais en train de sortir ma poubelle, voyez-vous. Et j'ai aperçu M. Colton qui entrait par la porte de service. Vous me direz que ça n'a rien d'anormal que quelqu'un rentre chez lui. Seulement, je n'avais encore jamais vu M. Colton rentrer au beau milieu de la journée. Et puis, rétrospectivement, je ne comprends pas pourquoi il aurait fait le tour de la maison au lieu d'entrer par-devant comme il le faisait toujours…

Brick sentit un frisson glacé parcourir son échine. D'après le rapport de police, Thomas Colton n'avait jamais indiqué être repassé chez lui, ce jour-là.

— Vous êtes sûre que c'était bien le jour où Mme Colton est morte ? demanda-t-il.

— Forcément, répondit-elle. C'est toujours le vendredi que je sors ma poubelle.

— Et vous êtes certaine qu'il s'agissait bien de M. Colton ?

— Je n'entends peut-être pas très bien mais j'ai une excellente vue, lui assura Mme Hager, un peu vexée. Dix sur dix à l'œil droit et neuf sur dix à l'œil gauche.

— Est-ce que vous l'avez vu ressortir, ensuite ?

— Figurez-vous que oui. Et ça aussi, ça m'a mis la puce à l'oreille, après votre passage. Parce que je me rappelle parfaitement qu'après avoir sorti les poubelles, je suis allée faire une course. J'avais besoin de racheter du savon liquide. Il y a une marque que j'aime beaucoup et qui fait du savon parfumé à la verveine…

Quoique bouillant intérieurement, Brick se força à l'écouter patiemment.

— Quoi qu'il en soit, on n'en trouve que dans une boutique située sur Jackson Street. Le temps que j'y aille et que je revienne, il a dû s'écouler vingt ou trente minutes. Et comme je revenais chez moi, j'ai de nouveau aperçu M. Colton qui sortait de chez lui, cette fois.

— Avez-vous vu son expression, à ce moment-là ? Comment était-il ?

— Préoccupé, je dirais.

— Je vous remercie beaucoup pour votre témoignage, madame Hager. Je vous rappellerai très bientôt pour que vous puissiez passer au commissariat et officialiser tout ça.

— Avec plaisir, marshal, répondit la vieille dame.

Il prit congé et appela aussitôt Maureen. Malheureusement, il tomba sur sa messagerie.

— Maureen ? C'est Brick. Il faut que je te parle de toute urgence. C'est au sujet de Thomas.

Il raccrocha et décida de lui envoyer aussi un SMS.

Thomas est rentré chez lui le jour où Tricia a été tuée.

Il repartit ensuite à grands pas vers la chambre de son père. Là, il rapporta à ses parents la conversation qu'il venait d'avoir et les soupçons qu'elle lui inspirait.

— J'ai laissé des messages à Maureen mais j'ai peur qu'elle ne les ait pas avant d'aller voir Thomas, conclut-il. Il faut que j'y aille.

— En voiture, tu en auras pour plus de deux heures, objecta son père. Est-ce que l'hélico qui nous a amenés est toujours là ? demanda-t-il à Dana.

— Oui, je crois. Philip, le pilote, a dit qu'il avait l'intention d'attendre un peu pour voir si tu reprenais connaissance.

— Parfait, déclara Hud. Va le voir, Brick, et dis-lui que tu viens de ma part. Demande-lui de t'emmener jusqu'à Billings.

Dans l'ascenseur qui la conduisait aux bureaux de la firme pharmaceutique pour laquelle Thomas travaillait, Maureen ne put s'empêcher de penser à sa sœur, avec laquelle elle était venue ici, la dernière fois. Elle se demanda si, avec le temps, la sensation de perte et de manque finirait par s'atténuer.

Lorsque les portes métalliques s'ouvrirent, elle essuya ses larmes. S'avançant dans les bureaux, elle découvrit l'immense baie vitrée qui offrait une vue plongeante sur la ville de Billings.

Elle chercha des yeux son beau-frère, surprise qu'il ne soit pas venu l'attendre devant l'ascenseur. S'avançant dans la salle qui était séparée en une multitude de boxes, elle l'appela à voix haute.

— Par ici ! lui cria-t-il.

Elle traversa la pièce. Lorsque Tricia avait commencé à sortir avec Thomas, il était encore étudiant en médecine mais le monde semblait s'offrir à lui. Pourtant, il avait arrêté ses études et, au lieu de travailler pour un hôpital ou de monter son propre cabinet, il avait rejoint un laboratoire pharmaceutique où il était surtout chargé de vendre un maximum de médicaments à ses anciens camarades de promotion.

Ce n'était pas un métier très valorisant mais Thomas paraissait s'en satisfaire. Était-ce pour cela que Tricia avait commencé à s'intéresser à Jeffrey Paul Palmer ? Il était indubitablement plus ambitieux, plus séduisant et il avait réalisé son rêve en fondant une association de défense des animaux.

Maureen rejoignit le box de Thomas. Il était équipé du même bureau et du même ordinateur que les autres. La seule note d'originalité provenait de la photo encadrée qui était posée là. Elle représentait Tricia.

Maureen se rappelait parfaitement où avait été pris ce cliché. Ils se trouvaient tous à un pique-nique qui avait été organisé peu de temps avant le mariage de Tricia et Thomas. Sur la photo, la sœur de Maureen souriait et son expression trahissait une indéniable allégresse.

— Est-ce que vous étiez heureux, ensemble ? s'enquit alors Maureen.

Thomas suivit son regard et avisa la photo qu'il contempla un peu comme s'il la voyait pour la première fois.

— Oui, bien sûr, répondit-il sans hésiter.

— À l'époque, je me souviens que tu rêvais de devenir médecin.

Il détourna les yeux mais elle crut déceler sur son visage une certaine amertume.

— Les gens changent, lui dit-il. Et les rêves aussi. Tricia et moi voulions nous marier et fonder une famille, et si j'avais été jusqu'au bout de mes études de médecine, il nous aurait fallu attendre plusieurs années…

Il haussa les épaules et se tourna de nouveau vers Maureen.

— Pourquoi cette question ?

— Je ne sais pas. C'est la photo qui m'a rappelé cette époque, je suppose… Alors ? Est-ce que tu as les documents et la clé dont tu m'as parlé ?

Il hocha la tête et se pencha pour ouvrir le tiroir de son bureau et récupérer un paquet de cigarettes et un briquet.

— Je ne savais pas que tu fumais, remarqua-t-elle.

— Cela faisait des années que j'avais arrêté mais j'ai repris après la mort de Tricia. Ça ne t'ennuie pas si je m'en grille une ?

Maureen aurait préféré en finir rapidement. Elle avait eu une nuit agitée et avait fait plus de trois heures de voiture pour rallier Billings. À présent, elle aspirait juste à récupérer ce que Tricia lui avait légué pour pouvoir repartir au plus vite pour Bozeman et rejoindre Brick.

Mais ses relations avec Thomas étaient déjà suffisamment tendues comme cela. Et elle ne tenait pas à se fâcher définitivement avec l'homme dont sa sœur avait partagé la vie. Elle pouvait bien patienter un peu, le temps qu'il fume sa cigarette.

— Pas de problème, lui dit-elle. Mais après ça, il faut vraiment que je rentre.

— Je suis content que tu sois venue, lui dit son beau-frère en se dirigeant vers l'ascenseur.

Réprimant un soupir, Maureen lui emboîta le pas.

— J'espère que nous aurons l'occasion de nous revoir plus souvent, à présent, ajouta Thomas. Est-ce que tu sais quand tu pourras reprendre ton travail ?

— Mon supérieur m'a dit qu'il était prêt à me reprendre dès que je le voudrai, répondit-elle.

— C'est une excellente nouvelle.

— Oui, reconnut-elle. Mais j'ai besoin d'un peu plus

de temps pour réfléchir... Je ne sais même pas encore si je vais retourner travailler.

— Pourquoi ? Je croyais que tu adorais être flic !

Au lieu de prendre l'ascenseur, Thomas emprunta l'escalier de secours.

— Par là, on peut accéder au toit, expliqua-t-il en avisant le regard étonné de Maureen. Cela épargne aux fumeurs d'avoir à descendre et à remonter chaque fois.

Il commença à gravir les marches et, après un instant d'hésitation, elle le suivit. Ils ne tardèrent pas à parvenir face à une petite porte métallique que Thomas repoussa. L'éclat du soleil les aveugla un instant tandis qu'ils s'avançaient sur le toit de l'immeuble.

D'ici, le panorama qui s'offrait à eux était plus spectaculaire encore. Thomas la guida jusqu'à l'un des angles où étaient disposés deux bancs et deux grands pots de fleurs où poussaient des sortes de petits palmiers. Un cendrier rempli de mégots était posé là.

Thomas alluma sa cigarette et s'approcha de la balustrade qui délimitait l'extrémité du toit.

— La vue est impressionnante, n'est-ce pas ?

Maureen remarqua que sa main tremblait légèrement quand il écartait sa cigarette de ses lèvres. Avait-il du mal à dormir, lui aussi ? Était-il sujet aux mêmes cauchemars qu'elle ?

Elle s'avança pour s'accouder à la rambarde, ménageant une certaine distance entre eux pour éviter l'odeur âcre de la fumée.

— Il y a quelque chose que je voulais te demander, lui dit alors Thomas. Depuis combien de temps sais-tu que Tricia me trompait ?

Maureen sentit les battements de son cœur s'emballer brusquement tandis qu'un frisson glacé courait le long de sa colonne vertébrale. Ainsi, Thomas était au courant. Et alors même qu'elle se faisait cette réflexion, elle comprit que, de ce fait, il redevenait l'un des principaux suspects du meurtre de sa sœur.

— Je ne l'ai appris qu'il y a quelques jours, articula-t-elle, la gorge sèche. Tricia ne m'en avait rien dit. Et quand on me l'a raconté, je n'ai d'abord pas voulu y croire…

— Je connais cette sensation, acquiesça Thomas d'un air sombre. Et tu ne t'es pas sentie trahie ? Je veux dire… Tricia et toi étiez très proches. J'aurais imaginé que si elle avait parlé de cela avec quelqu'un, ç'aurait été toi…

Maureen ne put s'empêcher de tiquer. Thomas avait raison : elle s'était bel et bien sentie trahie. Elle ne comprenait pas pourquoi Tricia ne s'était pas confiée à elle avant qu'il soit trop tard.

— Et toi ? demanda-t-elle à Thomas. Comment as-tu découvert qu'elle avait une liaison ?

Il avala une bouffée de cigarette avant de lui répondre.

— Jeffrey m'a appelé pour m'en avertir.

Maureen le contempla d'un air incrédule. Elle n'osait imaginer ce qu'il avait pu ressentir lorsque l'homme qu'il admirait le plus au monde lui avait annoncé que Tricia avait une liaison avec son fils.

— Je suis désolée, murmura-t-elle.

Il secoua doucement la tête, les yeux rivés sur la ville à leurs pieds.

— Tricia et Thomas, le couple parfait, dit-il d'une voix vibrante d'ironie amère. C'est comme cela que nos amis nous appelaient. Quand je pense que j'étais si heureux à l'idée que nous ayons enfin un enfant… Après cet appel, je ne pouvais même plus être sûr qu'il s'agissait du mien… Tu parles d'un couple parfait…

Elle percevait toute la souffrance et la colère qui l'habitaient en cet instant. Il laissa échapper un dernier panache de fumée bleutée et écrasa rageusement son mégot du bout du pied.

— Imagine ce que j'ai pu ressentir lorsque le médecin de Joey m'a avoué sous le sceau du secret que mon groupe sanguin n'était pas compatible avec celui de mon fils. Je savais déjà que Tricia m'avait trompé mais ce jour-là, j'ai compris qu'il n'y avait plus de retour en arrière possible…

— Est-ce que Tricia savait que Joey était l'enfant de Paul ?

— Je l'ignore, répondit Thomas. Je ne lui en ai pas parlé, en tout cas. J'espérais que lorsque l'enfant serait là, il nous rapprocherait. Tu ne peux pas imaginer à quel point ce secret était lourd à porter. Mais lorsque Joey est venu au monde, il était… différent… Au lieu de nous rapprocher, la naissance de cet enfant n'a fait que compliquer encore un peu les choses.

Thomas passa nerveusement la main dans ses cheveux.

— J'ai fait tout ce que j'ai pu, soupira-t-il. J'ai essayé de nous laisser une chance. Mais j'aurais dû savoir que cela ne servirait à rien. Tricia avait fait son choix depuis le début. Lorsqu'elle m'a annoncé qu'elle avait l'intention de me quitter et de partir le rejoindre, je ne l'ai pas supporté…

À ces mots, Maureen sentit un froid glacial l'envahir. Thomas venait tout juste de lui avouer qu'il avait tué sa sœur.

19

L'hélicoptère avait déposé Brick sur le toit de l'hôpital de Billings. Il ne se trouvait qu'à quelques rues de l'immeuble qui abritait la compagnie pharmaceutique pour laquelle travaillait Thomas. Une fois de plus, il tenta de joindre Maureen et tomba sur sa messagerie. Soit elle avait coupé son téléphone, soit sa batterie était vide.

Estimant qu'il n'avait pas de temps à perdre à attendre un taxi, Brick sortit de l'hôpital et se mit à courir. Plus il approchait du but et plus il était convaincu que Thomas était bel et bien le tueur. Car s'il fallait en croire le rapport du médecin légiste et le témoignage de Mme Hager, à l'heure où il était ressorti de son domicile, Tricia était déjà morte.

Quelle chance y avait-il pour qu'il ait décidé de rentrer chez lui cet après-midi-là ? Pour qu'il ait emprunté la porte de service au lieu de l'entrée principale ? Pour qu'il n'ait pas remarqué sa femme pendue dans leur chambre à coucher ?

Lorsqu'il arriva devant l'immeuble, il repéra instantanément la voiture de Maureen qui était garée de l'autre côté de la rue. Sans attendre, il courut vers l'entrée et poussa la porte vitrée. Derrière le comptoir de l'accueil, le vigile jouait à un jeu sur son téléphone portable. En le voyant débouler dans le hall, il se redressa brusquement sur sa chaise.

— Police ! lui cria Brick en brandissant son badge. Est-ce que vous avez vu un homme et une femme entrer ici depuis ce matin ?

— Thomas Colton, un employé de Delta Pharma, est venu travailler en début d'après-midi, lui confirma le vigile. Et une femme a demandé à le voir, il y a moins d'une demi-heure.

— Ils sont toujours là-haut ?

— Oui.

— Dans ce cas, je dois impérativement accéder aux bureaux de Delta Pharma !

Le vigile se leva précipitamment et l'accompagna jusqu'à l'ascenseur.

— Utilisez cette clé, dit-il à Brick en la lui tendant. Elle vous donnera accès à n'importe quel étage. Est-ce que vous avez besoin d'aide ?

— Non, répondit Brick. Appelez la police et demandez à parler à Lou Landry. Dites-lui que Maureen Mortensen est ici et qu'elle est en danger.

— Lou Landry, répéta le vigile. Maureen Mortensen. Je m'en occupe tout de suite.

Le cœur battant à tout rompre, Brick utilisa la clé pour activer l'ascenseur. Les bureaux de Delta Pharma se trouvaient au dernier étage et tandis que la cabine s'élevait, il sortit son arme de son holster et fit sauter le cran de sûreté.

Il essaya de se convaincre que Maureen était une inspectrice expérimentée, qu'elle était capable de se défendre et qu'elle le lui avait déjà prouvé face à Shane Danby. Mais il savait aussi que Thomas était son beau-frère, le mari de sa sœur Tricia et un ami de longue date. Et même si elle l'avait inclus par principe sur la liste des suspects, elle n'avait jamais considéré sérieusement qu'il puisse être le coupable.

Lorsque les portes s'ouvrirent enfin, Brick pénétra dans les locaux de l'entreprise.

— Maureen ! appela-t-il. Est-ce que tu es là ?

Aucune réponse ne lui parvint et il se mit à arpenter la pièce en inspectant chacun des boxes qui la constituaient. Lorsqu'il eut fait le tour complet, il dut bien se rendre à l'évidence : il n'y avait pas trace de Thomas et Maureen.

Il avisa alors la porte qui donnait sur l'escalier de secours. Elle était entrebâillée et quelqu'un avait placé un extincteur pour la maintenir ouverte.

Sans attendre, il s'engouffra dans l'escalier et gravit au pas de course la volée de marches qui menaient au toit. Parvenu face à une porte métallique, il se força à s'arrêter et la repoussa doucement pour jeter un coup d'œil à l'extérieur.

Il ne vit personne mais entendit distinctement des voix qui venaient de la gauche. Reconnaissant celle de Maureen, il franchit la porte.

En dépit des aveux qu'il venait de lui faire, Maureen avait encore du mal à croire que Thomas puisse être un tueur. Cela faisait des années qu'elle le connaissait et il lui avait toujours fait l'effet de quelqu'un de doux, de patient et d'effacé. Jamais elle n'aurait imaginé qu'il pût un jour en venir à de telles extrémités.

— Je savais que tu finirais par deviner la vérité, lui dit-il. Tricia disait souvent que lorsque tu étais sur une affaire, rien ni personne ne pouvait t'arrêter. Tu as toujours été un flic dans l'âme, Maureen, même lorsque nous étions jeunes. Ce que je ne comprends pas, en revanche, c'est pourquoi tu as pris le risque de venir toute seule ici aujourd'hui…

Il s'interrompit et ses yeux s'agrandirent sous l'effet de la stupeur.

— Tu ne savais pas, murmura-t-il.

— Non, répondit-elle gravement.

Il éclata d'un rire sans joie.

— On dirait qu'en fin de compte, c'est moi qui me suis jeté dans la gueule du loup…

— Thomas, tu n'es pas un tueur.

— C'est ce dont j'étais convaincu, il y a encore quelques semaines. Mais entre-temps, j'ai découvert quel genre d'homme j'étais vraiment. Je sais de quoi je suis capable, Maureen…

— Tu as tué Tricia sous le coup de la colère, lui dit-elle d'une voix qui se voulait conciliante.

L'idée que Thomas ait pu assassiner sa sœur la rendait malade mais elle espérait encore pouvoir le convaincre de se livrer à la police. Elle plongea néanmoins la main dans la poche de son blouson qui contenait le couteau dont elle ne se séparait jamais. Si Thomas s'en prenait à elle, elle était bien décidée à se défendre.

— Je ne veux pas aller en prison, lui dit Thomas. J'ai encore la vie devant moi. Et j'ai rencontré quelqu'un qui est prêt à me donner tout ce que Tricia me refusait…

— Quinn Pierson, devina Maureen. La femme avec laquelle tu as assisté au séminaire de Jeffrey Palmer.

— Exact.

— Depuis combien de temps êtes-vous ensemble ?

Il lui jeta un regard presque peiné.

— Ne va surtout pas croire que j'ai trompé Tricia, lui dit-il. Je n'ai commencé à sortir avec Quinn qu'après sa mort. Elle m'a aidé à surmonter cette épreuve…

— Cette épreuve ? articula Maureen d'une voix blanche. Je te rappelle que c'est toi qui l'as tuée !

— Et tu crois peut-être que c'est facile ? s'emporta-t-il.

Tu crois que je me suis réveillé un matin en me disant : « Tiens, pourquoi est-ce que je ne tuerais pas la femme que j'aime ? » Ne sois pas ridicule, Maureen. Sa mort m'a affecté tout autant que toi. Plus, peut-être, parce que j'ai dû aussi faire face à la culpabilité…

Elle se mordit les lèvres de peur de trahir la colère grandissante qui l'habitait. De quel droit se présentait-il en victime alors qu'il avait assassiné sa sœur ?

— Pour en revenir à ce que je disais, reprit-il, Quinn a été là pour moi. Elle m'a même aidé à organiser la crémation.

— Je comprends mieux pourquoi tu tenais absolument à ce que Tricia soit incinérée. Tu ne voulais pas courir le risque qu'une seconde autopsie puisse avoir lieu.

— Tu n'y es pas du tout, répondit Thomas d'une voix vibrante de haine et de rage difficilement contenue. Tricia ne méritait pas d'être enterrée. Non seulement elle me trompait mais elle voulait faire passer son bâtard pour mon enfant. Elle a essayé de me manipuler sans le moindre état d'âme.

Le débit de Thomas se faisait de plus en plus précipité, ses mots de plus en plus hachés. Elle percevait distinctement la colère qui montait en lui et sentait confusément que d'ici peu, il serait probablement incapable de la contrôler.

Toute la question était de savoir s'il valait mieux essayer de lui échapper en misant sur sa rapidité ou le combattre en tablant sur sa pratique assidue des arts martiaux. Elle décida de temporiser en espérant qu'elle parviendrait à le calmer.

— Écoute, lui dit-elle, je t'assure que si tu te rends, tu as encore une chance de retrouver une vie normale. Tu plaideras le crime passionnel. Tu n'as pas d'antécédents judiciaires et cela te vaudra quinze ans, dix peut-être si tu as un bon avocat. Si tu ne fais pas de vagues, tu pourras solliciter une libération anticipée d'ici sept ans…

— Je n'ai pas l'intention de passer sept ans derrière les barreaux, répliqua-t-il. Je suis désolé de te le dire de façon aussi brutale, Maureen, mais ta sœur méritait ce qui lui est arrivé.

Il soupira d'un air presque désolé.

— On ne peut pas en dire autant pour toi, reconnut-il. Mais je ne peux pas courir le risque de te laisser vivre maintenant que tu sais tout. Je ne veux pas passer le reste de ma vie à regarder par-dessus mon épaule.

— Alors, tu comptes me tuer, moi aussi ? lui demanda-t-elle.

Il secoua la tête.

— Tu vas sauter du haut du toit, lui dit-il. J'expliquerai à tes collègues que tu es venue me voir, désespérée par la mort de ta sœur, et que tu t'es jetée du haut de l'immeuble.

— Tu es complètement fou, s'exclama-t-elle.

Il pencha légèrement la tête de côté.

— Tu ne t'es jamais dit que dans un monde en proie à la folie, les fous étaient peut-être les seules personnes véritablement saines d'esprit ?

Avisant la résolution implacable qui se lisait dans ses yeux, elle comprit qu'elle n'avait aucune chance de lui faire entendre raison. Mais alors qu'elle s'apprêtait à se précipiter en direction de la porte donnant sur l'escalier, Thomas sortit un pistolet de la poche intérieure de sa veste et le braqua sur elle.

Brick s'était rapproché sur la pointe des pieds, progressant d'une cachette à l'autre en profitant de la discussion qui monopolisait l'attention de Maureen et de Thomas.

Lorsqu'il vit ce dernier sortir une arme à feu, il sentit

les battements de son cœur s'accélérer et se reprocha amèrement de ne pas être intervenu plus tôt. Peut-être aurait-il eu une chance de le mettre hors de combat avant même qu'il ait le temps de dégainer.

Ravalant ces regrets inutiles, il poursuivit sa progression en redoublant de précautions. Il ne se trouvait plus qu'à cinq mètres, à présent, embusqué derrière la petite construction métallique qui abritait le moteur de l'ascenseur.

Malheureusement, de cet endroit, il ne pouvait ouvrir le feu sans risquer de blesser Maureen. Il devait se rapprocher encore un peu – suffisamment vite pour devancer Thomas.

Du coin de l'œil, Maureen aperçut Brick qui se tenait à quelques pas de là, arme au poing. Instantanément, elle reprit espoir. Mais si elle voulait lui permettre d'intervenir, elle allait devoir gagner encore un peu de temps et se déplacer de façon à ce qu'il puisse tirer sans courir le risque de l'atteindre.

— Thomas, je suis certaine que ce n'est pas ce que tu veux.

— Bien sûr que non, répondit-il avec une pointe d'agacement dans la voix. Malheureusement, tu ne me laisses pas le choix. J'ai pourtant tout fait pour te dissuader de continuer tes investigations. Je t'ai suppliée à plusieurs reprises de laisser tomber. Mais tu t'es acharnée…

La main de Maureen se serra convulsivement sur le manche de son couteau. Elle savait que, si elle devait s'en servir, elle n'aurait qu'une seule chance de le faire. Passé le premier effet de surprise, il ne lui servirait plus à grand-chose face à une arme à feu.

— Et si je ne te dénonçais pas ? lui proposa-t-elle.

Il laissa échapper un ricanement sardonique.

— Même si tu n'étais pas la sœur de Tricia, tu es un

flic, Maureen. Tôt ou tard, ta conscience finirait par te rattraper. N'est-ce pas ironique, d'ailleurs ? J'ai tué ta sœur parce qu'elle était dénuée de conscience et me voilà forcé de te tuer parce que tu en as une…

Brick continuait à progresser pas à pas, se rapprochant toujours un peu plus de Thomas. Elle devait absolument continuer à l'occuper.

— Tu te trompes au sujet de Tricia, déclara-t-elle. Elle avait une conscience et sa propre infidélité la rendait malade.

— Comment le sais-tu ? Je croyais qu'elle ne t'en avait pas parlé !

Il fronça les sourcils.

— Oh ! je vois, murmura-t-il. Elle ne t'en avait pas parlé à toi, mais elle avait tout raconté à Hope…

Maureen s'en voulut de l'avoir laissé deviner que quelqu'un d'autre était au courant. Mais si tout se passait comme elle l'espérait, Thomas n'aurait pas l'occasion de s'en prendre à la jeune femme.

— Tricia t'aimait, reprit-elle. Elle t'aimait tellement que lorsque Joey est né, elle a rompu avec Paul. Elle lui a dit qu'elle voulait élever Joey avec toi et qu'elle espérait ainsi vous laisser une seconde chance.

— Croyait-elle vraiment que j'accepterais après m'être fait humilier ? Croyait-elle que j'élèverais le bébé d'un autre homme ?

Un atroce soupçon s'insinua alors en elle.

— Ne me dis pas que c'est toi qui as étouffé Joey, articula-t-elle d'une voix blanche.

Thomas haussa les épaules d'un air indifférent.

— Il serait mort, de toute façon…

— Comment as-tu pu faire ça ? murmura-t-elle, horrifiée. Ce bébé n'était pour rien dans cette histoire. Et comment as-tu pu laisser Natalie être accusée à ta place ?

— Ne me dis pas que tu la plains ! s'exclama Thomas

d'un ton méprisant. Cette fille n'a peut-être pas tué Joey, mais elle a écourté la vie de tas de gens sans leur demander leur avis.

— Même si c'est vrai, tu ne pouvais pas le savoir, à l'époque, objecta-t-elle.

— Cette conversation ne nous mène nulle part, s'exclama Thomas. Nous savons tous les deux que tu ne garderas jamais le silence. Quant à moi, je ne veux pas croupir dix ou quinze ans en prison à cause d'une garce qui a fait de ma vie un enfer. J'ai une nouvelle chance d'être heureux et je compte bien la saisir.

Il avança d'un pas vers elle, la faisant reculer contre la balustrade.

— Enjambe la rambarde, lui ordonna-t-il en pointant son arme sur sa tête. Ne m'oblige pas à te frapper.

— Tu crois peut-être que je vais te faciliter la tâche ? répliqua-t-elle en sortant de sa poche sa main crispée sur le manche de son couteau.

Brick comprit qu'il n'avait plus que quelques secondes pour passer à l'action. Thomas avait bloqué Maureen contre la balustrade et, d'un instant à l'autre, il tenterait de la faire basculer par-dessus.

— Thomas ! lui cria-t-il en s'élançant vers lui.

Ce dernier sursauta et se retourna. Brick vit alors que l'objet que Maureen tenait à la main était un couteau dont la lame jaillit soudain. Thomas dut percevoir l'éclat métallique, lui aussi, car il se retourna vers elle et tenta de la frapper avec la crosse de son pistolet.

Elle esquiva le coup qui manqua sa tête mais l'atteignit violemment à l'épaule, lui arrachant un cri de douleur. Thomas en profita pour la pousser contre la balustrade. Il agrippa ses jambes pour la faire passer par-dessus.

Mais Brick était sur lui, à présent, et il se servit de sa propre arme pour lui assener un coup sur la nuque. Maureen, qui tenait toujours son couteau, le frappa au côté. Il hurla de douleur et de rage.

Brick s'aperçut alors avec horreur que Thomas n'avait toujours pas lâché son arme et qu'il agrippait Maureen par le cou pour la plaquer contre lui en braquant le pistolet sur sa tempe.

— Reculez ou je la tue ! ordonna-t-il à Brick.

Ce dernier abaissa son arme et recula d'un pas. Mais à cet instant, Maureen passa à l'action. D'un violent coup de talon, elle écrasa le pied de Thomas, lui faisant relâcher légèrement la pression qu'il exerçait sur son cou. Elle se laissa alors tomber, échappant à son étreinte.

Horrifié, Brick entendit retentir un coup de feu. Cette fois, il n'hésita pas et, relevant son arme, il tira à son tour, atteignant Thomas en pleine tête. Sans attendre, Brick se précipita vers Maureen et tomba à genoux à ses côtés.

Éperdu de soulagement, il la vit se redresser en grimaçant et comprit que la balle l'avait manquée.

— Que les choses soient claires, lui dit-elle. Je ne ferais pas ça tous les jours…

Tous deux se dévisagèrent en silence durant quelques instants puis, brusquement, ils succombèrent de concert à un fou rire nerveux.

20

En ce 4 juillet, fidèles à la tradition, presque tous les membres de la famille Cardwell s'étaient réunis au ranch de Gallatin Canyon pour célébrer la fête de l'Indépendance et assister au tirage d'un grand feu d'artifice.

Traversant la vaste pelouse qui s'étendait devant la maison, Brick alla rejoindre Maureen qui se tenait près de la rivière. Elle avait passé la plus grande partie de la matinée à s'activer en cuisine aux côtés de sa mère et de ses tantes pour préparer le véritable festin qui les attendait.

Il s'émerveillait de la facilité avec laquelle elle avait su trouver ses marques au sein de la tribu Cardwell. Mais peut-être aurait-il dû se douter qu'elle n'aurait aucun mal à s'adapter à un nouvel environnement, quel qu'il soit.

Car Maureen était incontestablement la personne la plus forte, la plus volontaire et la plus résiliente qu'il ait jamais rencontrée. Et cela ne faisait qu'ajouter à l'admiration sans bornes qu'il lui vouait.

Les semaines qui avaient suivi leur confrontation avec Thomas avaient été très mouvementées. Jeffrey Palmer et son fils n'avaient pas réussi à obtenir une libération sous caution, le juge estimant que les risques de fuite étaient bien trop élevés.

Jeffrey Paul affirmait qu'il n'avait pas eu connaissance des détournements de fonds opérés par son père. Maureen avait tendance à accorder du crédit à ses dénégations. Brick, quant à lui, était nettement plus sceptique. Mais la justice aurait tout le loisir d'établir les responsabilités de chacun.

Le corps de Thomas avait été incinéré et ses cendres répandues dans la rivière Yellowstone. Maureen avait insisté pour assister à la courte cérémonie, expliquant que cela l'aiderait à mettre un point final à cette histoire. Brick l'avait accompagnée et l'avait serrée dans ses bras, après coup, lorsqu'elle avait brusquement fondu en sanglots. Elle lui avait dit alors qu'elle avait eu l'impression de perdre sa sœur une seconde fois.

L'expertise des balles qu'ils avaient retrouvées dans le tronc d'arbre où étaient gravées les initiales de Jeffrey Paul et Tricia avait démontré qu'elles avaient été tirées par le pistolet dont Thomas s'était servi sur le toit.

La police de Billings avait également découvert que Thomas avait engagé un certain Jim Cameron, détective privé à la moralité douteuse. C'était lui qui les avait suivis à plusieurs reprises et qui avait placé un mouchard sur leur pick-up.

De retour à Big Sky, Brick avait obtenu un certificat de son psychologue qui le déclarait apte au service actif. Il avait donc commencé officiellement à travailler mais ses missions faisaient presque figure de vacances, comparées à ce que l'on appelait désormais l'affaire Colton.

Au grand soulagement de Dana, Hud avait annoncé qu'il comptait prendre sa retraite. Une place de marshal en chef se libérerait donc bientôt et il avait suggéré à Maureen de poser sa candidature.

— Tu es sûr que ça ne t'ennuierait pas de travailler sous mes ordres ? avait-elle demandé à Brick.

— Pas si cela nous permet d'habiter dans la même ville, avait-il répondu sans hésiter. Tu mérites ce poste, Maureen. Tu es l'un des meilleurs policiers que j'aie jamais connus. Tu as de l'expérience, un instinct très sûr et du courage à revendre. Je serais honoré de travailler pour quelqu'un comme toi. De toute façon, avait-il ajouté avec une pointe de malice, j'ai déjà l'habitude que tu me mènes par le bout du nez…

Brick espérait que Maureen décrocherait rapidement le poste, ce qui lui permettrait de venir s'installer définitivement à Big Sky au lieu de n'y passer que trois jours par semaine, comme c'était le cas actuellement. De son côté, il s'arrangeait pour la rejoindre à Billings dès qu'il en avait l'occasion.

Mais ce qu'il avait l'intention de lui proposer ce soir-là changerait peut-être la donne. Et il avait hâte d'entendre sa réponse.

L'entendant approcher, Maureen se tourna vers lui et lui sourit. Cette simple vue suffisait à faire son bonheur et il ne se lassait pas de la contempler.

— Tu as remarqué cette étoile très brillante, juste au-dessus de Lone Peak ? lui demanda-t-elle.

— Oui. Lorsque nous étions petits, nous avions l'habitude de faire des vœux en la regardant.

Maureen se tourna vers la montagne et ferma les yeux pendant quelques instants.

— Qu'est-ce que tu as souhaité ? lui demanda-t-il, curieux.

— Je ne peux pas te le dire, sinon ça ne se réalisera pas.

Brick se tourna vers l'étoile pour faire un vœu à son tour. Après tout, il n'avait pas grand-chose à perdre et énormément à gagner.

— Il y a une chose que je voulais te dire, Maureen.

Elle hocha la tête, attendant qu'il poursuive.

— Je t'aime, lui dit-il.

Elle laissa échapper un charmant éclat de rire.

— Ça, je l'avais un peu deviné, lui dit-elle.

— Tu te rappelles la discussion que nous avons eue à ce sujet, lorsque nous étions à Red Lodge ? Je ne veux pas juste te dire que je suis amoureux de toi. Je t'aime. Et c'est quelque chose que je ne comptais dire qu'à la personne que je demanderais en mariage.

Maureen pâlit brusquement et il comprit que le moment de vérité était venu. Sa vie future dépendrait de ce qui se produirait dans les minutes suivantes.

Il posa donc un genou à terre et sortit de sa poche l'anneau de fiançailles qu'il avait mis des heures à choisir, au grand désespoir de Mo Langden, le bijoutier de Big Sky.

— Maureen, lui dit-il d'une voix nettement moins assurée que lorsqu'il avait répété la scène la veille au soir, depuis que je t'ai rencontrée, ma vie a changé. J'ai toujours cru qu'être libre, c'était ne pas avoir d'attaches, ne dépendre de personne. Mais à tes côtés, j'ai découvert que la véritable liberté, c'était de choisir ceux avec qui on souhaitait bâtir sa vie. Et j'aimerais bâtir la mienne à tes côtés, Maureen. J'aimerais fonder une famille et vieillir avec toi. Alors je te le demande à genoux : veux-tu devenir ma femme ?

Maureen voyait bien que Brick attendait une réponse mais elle était bien trop émue pour pouvoir articuler le moindre son. Lorsque Tricia était encore vivante, elle lui disait souvent qu'en matière de relations amoureuses, elle se montrait bien trop difficile et que c'était pour cette raison qu'elle était toujours célibataire.

Tricia avait sans doute raison mais cela n'avait jamais dérangé Maureen. Au fond, elle ne s'imaginait pas vraiment trouver un jour quelqu'un avec qui elle pourrait avoir envie de partager l'ensemble de sa vie. Mais elle ne s'était pas non plus imaginé rencontrer un jour quelqu'un comme Brick Savage…

— Maureen, loin de moi l'idée de vouloir te mettre le couteau sous la gorge, mais ton silence me rend un peu nerveux…, lui dit-il alors.

— Oui, répondit-elle, riant et pleurant à la fois. Oui, Brick, je serais honorée de devenir ta femme.

Rayonnant de bonheur, il passa l'anneau à son doigt et se redressa pour pouvoir l'embrasser. Elle lui rendit son baiser avec passion tandis que les premiers feux d'artifice fusaient dans le ciel, illuminant les ténèbres d'une véritable fantasmagorie de lumières.

Tandis que les cris et les applaudissements de la famille Cardwell venaient ponctuer ce moment féerique, Maureen se prit à songer qu'au milieu de la tourmente, elle avait trouvé un havre de paix, un endroit où elle pourrait s'épanouir en toute confiance.

Et lorsque Brick la prit par la taille pour l'entraîner vers la pelouse où s'étaient rassemblés les membres de sa famille, elle sut que, désormais, elle ne serait plus jamais seule.

BLACK ROSE

HARLEQUIN

Ne manquez pas dès le mois prochain
dans votre collection

BLACK ROSE

le premier tome de la nouvelle série

Patrouilleurs en mission

Enquêter, protéger,
c'est le devoir des policiers qui
surveillent la frontière du Mexique…

Un roman inédit
à découvrir chaque mois

Retrouvez prochainement,
dans votre collection

BLACK ROSE

Une mariée à protéger, de Carol Ericson - N°642

PATROUILLEURS EN MISSION - 1/4

Dans un tourbillon de tulle blanc, la femme sort de la voiture, et Clay la reconnaît aussitôt. April Hart ! Que fait-elle ici ? Et en robe de mariée qui plus est… Mais bientôt il comprend tout : ayant découvert que son fiancé était un patron de la drogue, April s'est enfuie juste avant son mariage. Et c'est chez Clay qu'elle est venue trouver refuge. Clay, qui depuis toujours la protège. Et qui n'a jamais cessé de l'aimer…

L'échappée du désespoir, de Nicole Helm

Alors qu'elle fait sa ronde dans le parc national où elle est ranger, Felicity découvre le corps d'une femme assassinée. À son grand désarroi, c'est elle que les autorités locales accusent du meurtre. Seul Gage Wyatt, policier farouche et déterminé, la croit innocente. Pour l'aider à retrouver le meurtrier, il l'entraîne alors dans une folle cavale, bravant le danger et les éléments déchaînés…

L'enfant de la discorde, de Marie Ferrarella - N°643

Abasourdie, Marlowe Colton fixe le test de grossesse… Dire qu'il a suffi d'un unique moment d'abandon pour qu'elle se retrouve enceinte ! Enceinte de Bowie, l'héritier des Robertson, le clan ennemi du sien. Mais, alors qu'elle se demande comment le lui annoncer, il surgit chez elle, en proie à une terrible colère. Car il vient d'être victime d'une attaque à main armée, et c'est le clan Colton qu'il accuse de cette agression…

Dangereuse vérité, d'Elizabeth Heiter

En reprenant les rênes de la société d'armement de son père, Leila est consternée de découvrir que le matériel fabriqué dans son usine vient de causer la mort de plusieurs militaires en action sur le terrain. Mise en cause dans ce scandale, elle est contrainte d'ouvrir sa porte à Davis Rogers, un enquêteur du FBI au charisme troublant, mais dont l'attitude méfiante l'irrite au plus haut point…

Retrouvez prochainement,
dans votre collection

BLACK ROSE

Une collaboration tendue, de Beth Cornelison - N°644

Nolan Colton est revenu à Whisperwood ! En apprenant le retour de son amour de jeunesse, Summer maîtrise mal son trouble. D'autant plus que Nolan, devenu policier, lui propose bientôt de l'aider dans son enquête en cours. Une collaboration que Summer accepte avant de se rendre compte de son erreur : car non seulement elle peine à garder les rênes de son affaire, mais elle a bien du mal en outre à cacher son désir pour Nolan…

Troublante énigme, de Barb Han

Quel mystère plane sur Brooklyn, la fillette de trois mois qu'un homme a confiée à Rylan avant de s'enfuir ? Rylan est-il le père de ce bébé comme l'a affirmé l'inconnu ? Et qui est sa mère ? Dépassé par les événements, déterminé à enquêter pour lever les secrets qui entourent l'enfant, Rylan fait appel à Amber, la sœur de son meilleur ami dont il était amoureux autrefois…

Les clés d'un secret, d'Elle James- N°645

En voyant Wade Coltrane s'avancer vers elle, Lindsay est prise de vertige. Ainsi, son amour de jeunesse est de retour. Que vient-il faire ici, sur le ranch de son grand-père ? Il cache forcément quelque chose. Mais peut-elle le forcer à avouer les raisons de son retour, alors qu'elle-même lui dissimule depuis cinq ans un terrible secret ?

Au piège des sentiments, de Marilyn Pappano

Enfin ! Après des mois de recherches, Liz Dalton a localisé Joe Saldana. À présent, sa véritable mission commence : le séduire, afin qu'il lui révèle où se cache Josh, son frère jumeau, recherché pour complicité avec de dangereux criminels… Une mission qui, très vite, devient pour Liz synonyme de piège car Joe se révèle un homme infiniment attirant…

Retrouvez prochainement,
dans votre collection

BLACK ROSE

La fausse accusation, de Joanna Wayne - N°646

« Ne me cherche pas, maman, ce que j'ai fait est trop grave... » Incapable de retenir ses larmes, Faith raccroche le téléphone et se tourne vers Travis, le détective qui l'aide à localiser Cornell, son fils adolescent disparu depuis plusieurs mois. Mais, dans ses yeux, elle ne voit que le reflet de ses propres craintes. À quelle sombre activité Cornell a-t-il été mêlé ?

Une surprenante révélation, de Cassie Miles

Dès le premier regard, Kelly est tombée amoureuse de Nick Spencer, le richissime et ténébreux homme d'affaires, un coup de foudre qui bientôt bouleverse sa vie. Car de dangereux criminels poursuivent Nick, persuadés qu'il a transmis à Kelly des informations capitales à leur sujet. Unis par le danger, tous deux se lancent dans une terrible course contre la montre... et contre la mort.